W9-BNM-766

EL PRECIO DEL AMOR

MITOS BOLSILLO

Danielle Steel
EL PRECIO DEL AMOR

Traducción de María Antonia Menini

grijalbo mondadori

Quedan rigurosamente prohibidas, sin la autorización escrita de los titulares del *copyright*, bajo las sanciones establecidas por las leyes, la reproducción total o parcial de esta obra por cualquier medio o procedimiento, comprendidos la reprografía y el tratamiento informático, así como la distribución de ejemplares de la misma mediante alquiler o préstamo público.

Título original: *Fine Things*
Traducido de la edición de Delacorte Press, Nueva York, 1987
© 1987 Danielle Steel
© 1987 de la edición en castellano para todo el mundo:
  GRIJALBO MONDADORI, S.A.
  Aragó, 385, 08013 Barcelona
  www.grijalbo.com
© 1987, María Antonia Menini, por la traducción
Diseño de la cubierta: Luz de la Mora
Fotografía de la cubierta: Cover Photonica, © Chromazone Images B.V.
Primera edición en Mitos Bolsillo: mayo de 2000
Primera reimpresión: octubre de 2000
Segunda reimpresión: abril de 2001
ISBN: 84-397-0518-2
Depósito Legal: B-15527-2001
Impreso en España
2001. - Novoprint, S.A., Energia, 53
        08740 Sant Andreu de la Barca (Barcelona)

1

Era casi imposible llegar a la confluencia entre la Avenida Lexington y la calle Sesenta y tres. El viento aullaba con fuerza creciente y los ventisqueros habían devorado casi todos los vehículos, a excepción de los más grandes. Los autobuses se rindieron a la altura de la calle Veintitrés y se quedaron apretujados los unos contra los otros como dinosaurios congelados. De vez en cuando, uno de ellos se atrevía a abandonar el rebaño, subía calle arriba y avanzaba con dificultad por los caminos abiertos por las máquinas quitanieves para recoger a los pocos viajeros esforzados que salían corriendo de los portales, agitando los brazos, patinando por la acera y corriendo sobre la nieve para subir al vehículo con los ojos húmedos, las caras enrojecidas y, en el caso de Bernie, incluso carámbanos en la barba.

Le fue imposible conseguir un taxi. Se dio por vencido tras esperar un cuarto de hora, y decidió bajar a pie desde la calle Setenta y nueve. A menudo iba andando al trabajo. Eran sólo dieciocho manzanas. Pero, aquel día, mientras avanzaba por las avenidas Madison y Park y giraba a la derecha para adentrarse en la Avenida Lexington, se dio cuenta de que el viento era glacial y, al cabo de cuatro manzanas, se rindió. Un portero amable le permitió aguardar en el vestíbulo porque sólo unos pocos valientes esperaban el autobús que tardó horas en llegar a la Avenida Madison y, en aquellos momentos, bajaba por Lexington para llevarles al trabajo. Los ciudadanos más sensatos se desanimaron al ver la nevada de aquella mañana y decidieron quedarse en casa. Bernie estaba seguro de que en los almacenes no habría nadie. Pero él no sabía estar mano sobre mano y no le apetecía ver los estúpidos seriales de la televisión.

Sin embargo, el hecho de que fuera al trabajo no se debía al carácter inquieto de su personalidad. Bernie iba al trabajo seis días a la semana y, con frecuencia, incluso cuando no estaba obligado a hacerlo, como por ejemplo, aquel día, sencillamente porque le gustaba. Comía, dormía y respiraba todo cuanto sucedía desde la primera hasta la octava planta de los grandes almacenes Wolff's. Y aquel año iba a ser muy importante porque pensaban introducir siete nuevas líneas, cuatro de ellas de grandes diseñadores europeos, y toda la moda del vestir norteamericano en los mercados del *prêt-à-porter* masculino y femenino experimentaría un cambio radical. Bernie pensó en ello mientras contemplaba los ventisqueros desde el interior del autobús, pero ya no veía la nieve, ni las personas que corrían dando traspiés para subir al mismo y ni siquiera las prendas que éstas vestían. Mentalmente estaba viendo las colecciones de primavera que ya había admirado en noviembre en París, Roma y Milán, y las preciosas modelos que exhibían las creaciones, desfilando por la pasarela como exquisitas muñecas. De repente, se alegró de poder acudir al trabajo. Quería echar otro vistazo a los modelos que utilizarían en el gran desfile de modas de la semana siguiente. Tras haber seleccionado y aprobado las prendas, quería cerciorarse de que los modelos elegidos eran también los más idóneos. Bernie Fine lo supervisaba todo, desde la contabilidad del departamento a la compra de las creaciones e incluso a la selección de los maniquíes y el diseño de las invitaciones que se enviaban a los mejores clientes. Para él, todo formaba parte del mismo paquete. Nada carecía de importancia. Más o menos tal como ocurría en las grandes empresas del tipo de la U.S. Steel o la Kodak. Tenían un producto, mejor dicho, varios productos, y de él dependía que éstos causaran buena o mala impresión.

Si alguien le hubiera dicho quince años antes, cuando jugaba al fútbol americano en la Universidad de Michigan, que un día estaría preocupado por la ropa interior de las maniquíes o por el buen efecto que producen los vestidos de noche, se hubiera echado a reír…, o tal vez le hubiera roto a alguien la mandíbula de un puñetazo. En realidad, la cosa le hacía gracia y muchas veces, sentado en su enorme despacho de la octava planta, recordaba aquellos tiempos con una nostálgica sonrisa en los labios. Durante los dos primeros cursos en Michigan fue un auténtico botarate, pero después encontró su camino en la literatura rusa. Dostoievski fue su héroe, sólo equiparable a Tolstoi. Sin embargo, ambos quedaron inmediatamente eclipsados por Sheila Borden, algo menos famosa que ellos. Bernie la conoció en primero de ruso, tras haber llegado a la conclusión de que mal podría llegar a conocer a los clásicos rusos a través de las traducciones. Se matriculó en un curso acelerado de la Berlitz y aprendió a preguntar dónde estaba la estafeta de correos, el lavabo y el tren en un impecable acento que dejó maravillado a su profesor. Aun así, el primero de ruso le reconfortó el corazón. Lo mismo que Sheila Borden, la cual solía sentarse en un banco de la primera fila; tenía una romántica melena negra que le llegaba hasta la cintura y un cuerpo extremadamente esbelto y compacto. Estudiaba ruso porque era muy aficionada al ballet. Estudiaba baile clásico desde los cinco años, le explicó a Bernie la primera vez que habló con él, y no se puede entender el ballet hasta que se entiende a los rusos. Era nerviosa, vehemente y extrovertida, y su cuerpo era todo un poema de simetría y gracia que dejó a Bernie totalmente hechizado cuando, al día siguiente, fue a verla bailar.

Sheila había nacido en Hartford, Connecticut, y su padre trabajaba en un banco, cosa que a ella le parecía muy prosaico. Hubiera deseado tener una historia más emocionante; una madre postrada en una silla de ruedas, por ejemplo, o un padre tuberculoso, muerto poco después de que ella naciera. Bernie se hubiera burlado de ella un año antes, pero, en penúltimo de carrera, ya no. A los veinte años, se la tomaba muy en serio porque era una bailarina extraordinaria, tal como le explicó a su madre cuando regresó a casa para pasar las vacaciones en compañía de los suyos.

—¿Es judía? —le preguntó su madre al oír el apellido.

Sheila le sonaba a irlandés, pero Borden la desconcertaba. De todos modos, cabía la posibilidad de que inicialmente el apellido fuera Boardman, o Berkowitz, o un sinfín de otras cosas, lo cual hubiera demostrado que eran unos cobardes, pero, por lo menos, aceptables. A Bernie le disgustó muchísimo que su madre le hiciera el tipo de preguntas que siempre le había hecho a lo largo de toda su vida, incluso mucho antes de que empezaran a interesarle las chicas. Su madre le preguntaba siempre lo mismo a propósito de todo el mundo. «¿Es judío…? ¿Es judía…? ¿Celebró el año pasado el *bar mitzvah*? * ¿A qué has dicho que se dedica su padre? *Es* judía, ¿verdad?». ¿Acaso no lo era todo el mundo? Por lo menos, todos los conocidos de los Fine. Sus padres querían que estudiara en la Universidad de Columbia o incluso en la de Nueva York. Decían que, de este modo, podría ir y venir de casa a la universidad. Su madre insistió mucho en ello. Pero sólo le admitieron en la Universidad de Michigan, lo cual le facilitó mucho la decisión. ¡Estaba salvado! Se fue al País de la Libertad y empezó a salir con chicas

---

* Ceremonia de consagración de los varones judíos que se celebra a los trece años en la sinagoga. (*N. de la T.*)

rubias y de ojos azules que jamás habían oído hablar de manjares tales como el *gefilte fish* (pescado relleno), el *kreplach* o los *knishes,* y que no tenían la menor idea de cuándo se celebraba la Pascua judía. Fue un cambio delicioso porque, para entonces, ya había salido con todas las chicas de Scarsdale que más le gustaban a su madre, y estaba hasta la coronilla de ellas. Quería algo nuevo, distinto y tal vez un poco prohibido. Sheila era todo eso y mucho más. Por si fuera poco, era increíblemente guapa, tenía unos grandes ojos negros y una lustrosa melena de sedoso cabello negro que quitaba el hipo. La joven le hizo conocer los grandes autores rusos que Bernie no conocía ni de nombre, y juntos los leyeron..., traducidos al inglés, naturalmente. En el transcurso de las vacaciones, Bernie trató infructuosamente de comentar aquellas obras con sus padres.

—Tu abuela era rusa. Si querías aprender el ruso, hubieras podido aprenderlo con ella.

—No es lo mismo. Además, ella hablaba constantemente en yiddish...

Dejó la frase inconclusa. Estaba harto de discutir con ellos. A su madre, en cambio, le encantaban las discusiones. Eran el principal elemento de su vida, su mayor diversión y su deporte preferido. Discutía con todo el mundo, y sobre todo con él.

—¡No faltes el respeto a los muertos!

—Yo no le he faltado el respeto. He dicho tan sólo que la abuela hablaba siempre en yiddish...

—También hablaba un ruso precioso. ¿Y eso de qué te va a servir ahora? Tendrías que estudiar ciencias, eso es lo que necesitan actualmente los hombres de este país. Ciencias económicas.

Su madre hubiera querido que fuera médico como su padre, o, por lo menos, abogado. Su padre era cirujano laringólogo y estaba considerado uno de los mejores en su especialidad. Pero a Bernie jamás le interesó seguir los pasos de su padre, ni siquiera cuando era niño. Aunque le admiraba mucho, no le hubiera gustado ser médico. Quería hacer otras cosas, a pesar de los sueños de su madre.

—¿El ruso? ¿Quién habla ruso a excepción de los comunistas?

Sheila Borden, por ejemplo. Bernie miró a su madre con desesperación. Era muy atractiva, siempre lo había sido. Nunca tuvo que avergonzarse del aspecto de su madre, y ni siquiera del de su padre, un hombre alto y musculoso, de ojos oscuros, cabello gris y aire distraído. Se encontraba a gusto en su trabajo y pensaba constantemente en sus pacientes, pero Bernie sabía que siempre podía contar con él en los momentos de apuro. Su madre llevaba muchos años tiñéndose el cabello de rubio; «Sol de otoño» se llamaba el color y le sentaba de maravilla. Tenía los ojos verdes, que Bernie había heredado de ella, y una figura preciosa. Lucía prendas muy caras, pero de esas que pasan inadvertidas: trajes de chaqueta azul marino o vestidos negros que le costaban un riñón en los lujosos establecimientos Lord y Taylor o Saks. Pero, para él, era sencillamente su madre.

—¿Y por qué estudia ruso esta chica, vamos a ver? ¿De dónde son sus padres?

—De Connecticut.

—¿De qué sitio de Connecticut?

Bernie estaba a punto de preguntarle si pensaba hacerles una visita.

—De Hartford. Pero, ¿eso qué importa?

—No seas grosero, Bernard —dijo su madre con aire relamido mientras él doblaba la servilleta y empujaba la silla hacia atrás para levantarse; cenar con su madre le causaba siempre dolor de estómago—. ¿A dónde vas? Ni siquiera te has excusado.

Como si aún tuviera cinco años. A veces, Bernie aborrecía volver a casa. Pero después se arrepentía de ello y se enojaba con su madre por obligarle a arrepentirse.

—Tengo que estudiar un poco antes de irme.

—Menos mal que ya no juegas al fútbol.

Siempre decía cosas que le hacían sentir deseos de rebelarse. Hubiera querido decirle que había vuelto al equipo o que estudiaba baile clásico con Sheila sólo para hacerla rabiar.

—Esa decisión no es necesariamente definitiva, mamá.

—Habla de ello con tu padre —dijo Ruth Fine, mirándole con ojos de fuego.

Ella ya había hablado largo y tendido con su esposo. Si Bernie quiere volver al fútbol, ofrécele un nuevo automóvil a cambio... De haberse enterado, Bernie se hubiera puesto furioso y no sólo hubiera rechazado el automóvil sino que, además, hubiera vuelto al fútbol de inmediato. No quería que le sobornaran. A veces, aborrecía las ideas de su madre y su empalagosa solicitud por él, en contraste con la actitud más sensata de su padre. Ser hijo único era muy difícil. Cuando regresó a Ann Arbor y se reunió de nuevo con Sheila, ésta se mostró de acuerdo con él. Sus vacaciones en casa tampoco fueron fáciles para ella. Aunque Hartford no se encontraba en el confín del mundo, no pudieron verse ni una sola vez. Sus padres, que la tuvieron a una edad muy avanzada, la trataban como si fuera una figurilla de cristal y se morían de miedo cada vez que salía de casa, temiendo que sufriera algún daño, que la atracaran o raptaran, que resbalara sobre la nieve, que encontrara a algún hombre poco recomendable o que no fuera a una escuela adecuada. La idea de que estudiara en la Universidad de Michigan no les hizo la menor gracia, pero ella se empeñó en hacerlo. Sabía cómo conseguir de ellos lo que quería, pero estaba harta de que la vigilaran constantemente. Comprendía muy bien lo que Bernie quería decir, y, una vez pasadas las vacaciones de Pascua, ambos elaboraron un plan. En verano, se reunirían en Europa y se pasarían un mes viajando, sin decírselo a nadie. Y así lo hicieron.

Fue una experiencia extraordinaria visitar juntos Venecia, París y Roma por primera vez. Sheila estaba locamente enamorada y un día en que ambos yacían desnudos en una desierta playa de la isla de Ischia, Bernie pensó que jamás había conocido a una chica más hermosa. En su fuero interno, estaba decidido a pedirle que se casara con él. Pero prefería no decir nada por el momento. Soñaba con formalizar el compromiso durante las vacaciones de Navidad y casarse con ella cuando ambos finalizaran sus estudios en junio. Visitaron también Inglaterra e Irlanda y regresaron a los Estados Unidos en el mismo avión desde Londres.

Como de costumbre, el padre de Bernie estaba operando. Su madre fue a recogerle al aeropuerto, a pesar de haberle pedido él en su cablegrama que no lo hiciera. Le saludó agitando una mano en cuanto le vio; vestía un juvenil modelo de Ben Zuckermann y lucía un peinado que le habían hecho especialmente para él. Su actitud cambió de golpe al ver a su compañera de viaje.

—Y ésa, ¿quién es?

—Sheila Borden, mamá.

La señora Fine estuvo a punto de desmayarse.

—¿Habéis viajado juntos todo este tiempo? —le habían dado dinero suficiente para seis semanas. Fue el regalo que le hicieron para su vigésimo primer cumpleaños—. ¿Habéis viajado *juntos* con este... descaro...?

Bernie hubiera querido que se lo tragara la tierra, pero Sheila le miró sonriendo como si todo aquello le importara un bledo.

—No te preocupes, Bernie... De todos modos, tengo que tomar el autocar de Hartford.

Dirigiéndole una significativa sonrisa, Sheila tomó su bolsa de muletón y desapareció sin decir ni adiós mientras la madre de Bernie se enjugaba disimuladamente una lágrima.

—Mamá, por favor...

—¿Cómo pudiste mentirnos de esta manera?

—No os mentí. Os dije que me reuniría con unos amigos.

Estaba colorado como un tomate y se moría de vergüenza. Hubiera deseado no volver a ver a su madre nunca más.

—¿Y a *eso* le llamas tú un amigo?

Bernie recordó todas las veces que Sheila y él habían hecho el amor en las playas, en los parques, a la orilla de los ríos, en minúsculos hoteles. Nada de lo que su madre le dijera podría borrar de su mente aquellas imágenes.

—¡Es la mejor amiga que tengo! —exclamó, mirándola con beligerancia.

Después tomó la bolsa e hizo ademán de marcharse solo del aeropuerto y dejarla plantada, pero cometió el error de volverse a mirarla una vez y la vio llorando a lágrima viva. No podía hacerle eso a su madre. Regresó junto a ella, le pidió perdón y después se arrepintió de haberlo hecho.

Cuando reanudaron las clases en otoño, el idilio ya se había consolidado y, al llegar el Día de Acción de Gracias, Bernie tomó el automóvil y se dirigió a Hartford para conocer a la familia de su amada. Los padres de la chica se mostraron corteses, pero visiblemente sorprendidos por algo que Sheila les había ocultado. Al volver a la universidad, Bernie le preguntó:

—¿Les molestó que fuera judío?

Sentía curiosidad por saberlo. A lo mejor, los padres de Sheila eran tan fanáticos como los suyos, aunque eso le parecía imposible. Nadie podía ser tan fanático como Ruth Fine, o, por lo menos, eso pensaba él.

—No —contestó Sheila con aire ausente, encendiendo un cigarrillo de marihuana en la última fila de asientos del aparato que les llevaba a Michigan—. Supongo que sólo están sorprendidos. No pensé que fuera tan importante como para tener que mencionarlo.

Eso era lo que a Bernie más le gustaba de ella. Superaba siempre los obstáculos sin hacer el menor esfuerzo. Para Sheila, nada era importante. Ambos dieron unas rápidas chupadas al cigarrillo y, luego, lo apagaron cuidadosamente y la chica metió la colilla en un sobre y se la guardó en el bolso.

—Les fuiste muy simpático.

—Ellos también me lo fueron a mí —mintió Bernie.

En realidad, le parecieron soberanamente aburridos, y se sorprendió de que la madre tuviera tan poco estilo. Sólo hablaron del tiempo y de la situación mundial. Era como vivir en el vacío o como soportar un perenne noticiario de televisión. Sheila era muy distinta de sus padres y opinaba lo mismo con respecto a Bernie y los suyos. Le dijo que su madre era una histérica tras haberla visto sólo una vez, y él no pudo por menos que estar de acuerdo con ella.

—¿Vendrán a la graduación? —preguntó Bernie.

—¡Pues, claro! —contestó Sheila, echándose a reír—. Mi madre se pone a llorar de sólo pensarlo.

Bernie seguía empeñado en casarse con ella, pero aún no le había dicho nada. El Día de San Valentín, la sorprendió regalándole un precioso anillo de brillantes de dos quilates comprado con el dinero que le dejaron sus abuelos al morir. Era un pequeño solitario de talla esmeralda y pureza absoluta. El día que lo compró apenas pudo contener la emoción mientras regresaba a casa. Tomó a Sheila en brazos, la llevó en volandas, la besó fuertemente en la boca y después le arrojó el estuche envuelto en papel ropo sobre el regazo como el que no quiere la cosa.

—Pruébatelo a ver qué tal te está, nena.

Sheila pensó que era una broma hasta que lo abrió. Entonces se quedó boquiabierta de asombro y rompió a llorar. Después le devolvió el estuche y se marchó en silencio mientras él la miraba perplejo. No lo entendió hasta que ella volvió aquella noche para darle explicaciones. Ambos tenían habitaciones separadas, pero dormían casi siempre en la de Bernie. Era más grande y cómoda y, además, había dos escritorios.

—¿Cómo pudiste hacer una cosa así? —preguntó

Sheila contemplando la sortija en el estuche abierto sobre el escritorio de Bernie.

—¿Una cosa así? —repitió Bernie, desconcertado. A lo mejor, pensaba que la sortija era un regalo excesivo—. Quiero casarme contigo.

La miró con dulzura y extendió los brazos hacia ella, pero Sheila se apartó bruscamente y se retiró al otro extremo de la estancia.

—Creí que lo habías comprendido, creí que todo estaba muy claro.

—Pero, ¿qué demonios significa todo eso?

—Significa que, en mi opinión, estas relaciones no tenían por qué coartar nuestra libertad.

—Y no la coartan. Pero, ¿eso qué tiene que ver con lo otro?

—No tenemos por qué casarnos. No tenemos por qué someternos a toda esta basura tradicional —contestó Sheila, mirándole con desprecio—. Nos basta con lo que tenemos ahora, mientras dure.

Era la primera vez que Bernie la oía hablar de aquella forma y no comprendía qué le había pasado.

—¿Y hasta cuándo va a durar?

—Hasta hoy... Hasta la semana que viene... —contestó Sheila, encogiéndose de hombros—. Lo que no se puede hacer es sujetarlo con una sortija de brillantes.

—Entonces, perdona que te haya ofendido —Bernie estaba furioso. Tomó el estuche, lo cerró y lo guardó en uno de los cajones de su escritorio—. Te pido disculpas por haber hecho algo tan cochinamente burgués. Supongo que es una consecuencia de mi educación de Scarsdale.

—No tenía idea de que te lo hubieras tomado tan en serio —añadió Sheila, mirándole confusa, como si, de repente, hubiera olvidado su nombre—. Creí que lo habías entendido —añadió, sentándose en el sofá mientras Bernie se acercaba a la ventana y se volvía después a mirarla.

—Pues, no. ¿Y sabes lo que te digo? Que ya no comprendo nada. Llevamos más de un año acostándonos juntos. Vivimos prácticamente juntos, fuimos a Europa juntos el año pasado. ¿Qué creíste que era? ¿Una aventura fugaz?

Para él no lo había sido. Él no era así, a pesar de no haber cumplido aún los veintiún años.

—No utilices estas palabras tan anticuadas.

Sheila se levantó del sillón y se desperezó como si estuviera aburrida. Bernie observó que no llevaba sujetador y, de repente, se enardeció de deseo por ella.

—Tal vez es demasiado pronto —dijo, dominado no sólo por el sentimiento, sino también por el apetito carnal—. A lo mejor, necesitamos un poco más de tiempo.

Pero ella sacudió la cabeza y no le dio un beso de buenas noches al marcharse.

—Yo no quiero casarme nunca, Bern. Eso no va conmigo. Quiero irme a California cuando salga de la universidad y quedarme allí algún tiempo.

De repente, Bernie se la imaginó viviendo en una comuna.

—¿Y qué clase de vida es ésa? ¡Un callejón sin salida!

—De momento, es lo único que yo quiero, Bern —dijo Sheila, mirándole largamente a los ojos—. De todos modos, gracias por la sortija.

Después, cerró suavemente la puerta a su espalda y él permaneció un buen rato sentado solo en la oscuridad, pensando en ella. La quería muchísimo, o, por lo menos, eso creía. Pero jamás hubiera podido imaginar que fuera tan indiferente a los sentimientos de los demás. De repente, recordó su manera de tratar a sus padres cuando él los visitó. No parecía preocuparse demasiado por ellos y siempre le decía que era un tonto cuando él llamaba a los suyos o le compraba un regalo a su madre antes de regresar a casa. Recordó, asimismo, sus burlones comentarios cuando él le envió un ramo de flores para su cumpleaños. A lo mejor, le importaba todo un comino, incluso él. Sólo quería pasarlo bien y hacer siempre lo que más le apeteciera. Y, hasta aquel instante, él era lo que más le apetecía; en cambio, la sortija de compromiso no le interesaba en absoluto. Bernie la volvió a guardar en el cajón cuando se fue a la cama, y recordó a Sheila con ansia, tendido en la oscuridad.

A partir de entonces, las cosas fueron de mal en peor. Sheila se incorporó a un «grupo de concienciación» en el que uno de los temas de discusión preferidos era el de las relaciones que mantenía con Bernie. Al volver, Sheila atacaba los valores de Bernie, sus objetivos y su forma de hablar.

—No me trates como si fuera una niña. Soy una mujer, para que te enteres, y no olvides que estas pelotas que tienes sólo son decorativas, y ni siquiera eso. Soy tan inteligente como tú, saco muy buenas notas y lo único que me falta es este trozo de piel que te cuelga entre las piernas, pero me da igual.

Bernie se escandalizaba al oírla. Más tarde, Sheila dejó las clases de baile clásico, aunque siguió estudiando el ruso. Sin embargo, hablaba sin cesar del *Che* Guevara, calzaba botas de combate y lucía accesorios comprados en el almacén de excedentes del ejército. Le encantaban las camisas de hombre que lucía sin llevar sujetador y a través de las cuales se le transparentaban los oscuros pezones. Bernie se avergonzaba de ir con ella por la calle.

—¿No hablarás en serio? —preguntó Sheila cuando él le comentó el baile de gala estudiantil. Ambos estaban de acuerdo en que era una cursilada, pero de todos modos a Bernie le apetecía ir porque deseaba conservar el recuerdo más adelante. Al fin, Sheila accedió a acompañarle, pero se presentó en su apartamento enfundada en un uniforme de fajina desabrochado hasta la cintura y con una camiseta debajo. Las botas no eran auténticamente militares, pero lo parecían. Sheila las calificó, entre risas, de sus «nuevos zapatos de baile» mientras él la miraba horrorizado. Bernie lucía un esmoquin blanco que había utilizado hacía un año para asistir a una boda. Se lo compró su padre en Brooks Brothers y le sentaba muy bien. Con su cabello cobrizo, sus ojos verdes y su tez bronceada, estaba guapísimo. El atuendo de Sheila le parecía ridículo y así se lo dijo.

—Es una descortesía para con los chicos que organizan el baile. Si vamos, tenemos que ir correctamente vestidos.

—¡Anda ya! —exclamó Sheila, tendiéndose en el sofá con aire de absoluto desprecio—. Pareces lord Fauntleroy. Ya verás cuando se lo cuente a los del grupo.

—¡Me importa un bledo tu grupo! —era la primera vez que Bernie perdía los estribos con ella y Sheila le miró extrañada, balanceando las largas piernas envueltas en las doradas botas paramilitares—. Ahora sal de aquí inmediatamente y ve a tu habitación a cambiarte.

—Vete a pasear —le contestó ella sonriendo.

—Hablo en serio, Sheila. No irás al baile vestida de esta forma.

—Iré.

—Te digo que no.

—Pues, entonces, no vamos.

Bernie vaciló durante una décima de segundo y luego se encaminó a grandes zancadas hacia la puerta de la habitación.

—No irás tú. Yo, sí. Iré por mi cuenta.

—Pues que te diviertas —contestó Sheila, saludándole con una mano.

Bernie salió echando chispas. Fue al baile solo y lo pasó fatal. No bailó, pero se quedó hasta el final por aguantar el tipo. Sin embargo, Sheila le destrozó la velada. Y también le destrozó más tarde la ceremonia de la graduación, montándole un número parecido sólo que mucho peor porque la madre de Bernie asistía a la ceremonia. Cuando subió al estrado para recoger el diploma, Sheila se volvió hacia los asistentes y pronunció un pequeño discurso a propósito de la hipocresía de los gestos institucionales y de la opresión de las mujeres en todo el mundo. En nombre de todas ellas y en el suyo propio, añadió, rechazaba el patrioterismo de la Universidad de Michigan. Luego, y ante la mirada de asombro de todos los presentes, rompió el diploma en dos pedazos y Bernie sintió deseos de echarse a llorar. Después de aquel espectáculo, ya no podía decirle absolutamente nada a su madre. Y tanto menos se lo pudo decir a Sheila aquella noche, cuando ambos empezaron a recoger sus cosas y a hacer el equipaje. Ni siquiera le dijo lo que opinaba de su comportamiento. Prefería callarse. Apenas hablaron mientras la joven sacaba sus cosas de los cajones de la cómoda de Bernie. Éste cenaría aquella noche con sus padres y unos amigos en el hotel y, al día siguiente, almorzarían todos juntos para celebrar su graduación antes de volver a Nueva York. Bernie miró a Sheila con tristeza y recordó el año y medio que había desperdiciado a su lado. Pasaron juntos las últimas semanas por simple comodidad. Sin embargo, Bernie se resistía a aceptar la ruptura. Aunque pensaba irse a Europa con sus padres, no podía creer que todo hubiera terminado. Era curioso que Sheila pudiera ser tan apasionada en la cama y tan fría en todo lo demás. Fue lo que más le desconcertó cuando la conoció. Aun así, no lograba pensar en ella con objetividad.

—Mañana por la noche me voy a California —dijo Sheila, rompiendo el silencio.

—Creía que tus padres querían que fueras a casa.

—Supongo que sí —Sheila esbozó una sonrisa mientras introducía un puñado de calcetines en la bolsa de muletón. Se encogió indiferentemente de hombros y Bernie experimentó un irresistible impulso de abofetearla. Estaba sinceramente enamorado y quería casarse con ella, pero a Sheila sólo le interesaba la satisfacción de sus propios deseos. Era el ser humano más egocéntrico que él jamás hubiera conocido—. Tomaré el primer avión a Los

Ángeles y, desde allí, creo que haré autoestop hasta San Francisco.

—¿Y después?

—¿Quién sabe? —Sheila extendió las manos, mirándole como si acabara de conocerle, no como si fuera su amigo y su amante. Había sido la parte más importante de la vida de Bernie durante los dos últimos cursos en la Universidad de Michigan, y ahora él se sentía ridículo. Dos años desperdiciados—. ¿Por qué no te vienes a San Francisco cuando vuelvas de Europa? No me importaría verte por allí.

—¿Que no te *importaría*? ¿Al cabo de dos años?

—No creo —Bernie sonrió por primera vez en muchas horas, pero su mirada era todavía muy triste—. Tendré que buscarme un trabajo.

Sabía que eso a Sheila le daba igual. Sus padres le habían regalado veinte mil dólares cuando se graduó, y ella se guardó mucho de romper los billetes tal como hizo con el diploma. Tenía dinero suficiente para vivir en California durante varios años. Por su parte, Bernie no se dio demasiada maña en buscar un empleo porque aún no estaba seguro de lo que iba a hacer Sheila. Era tonto de remate. Lo que más le hubiera gustado era que le contrataran como profesor de literatura rusa en alguna pequeña escuela de Nueva Inglaterra. Había enviado varias instancias y esperaba las respuestas.

—¿No te parece una estupidez ser engullido por las instituciones y trabajar en algo que no te gusta a cambio de un dinero que no necesitas?

—Habla por ti. Mis padres no tienen la menor intención de mantenerme durante toda la vida.

—Toma, y los míos tampoco —le replicó Sheila.

—¿Pretendes encontrar trabajo en la Costa Oeste?

—Puede que más tarde.

—¿Haciendo qué? ¿Pasando modelos como el que llevas? —le preguntó Bernie, señalando su estrambótico atuendo y sus botas mientras ella le miraba con cara de asco.

.—Un día serás exactamente igual que tus padres —era el peor insulto que podía imaginar. Sheila cerró la cremallera de su bolsa de muletón y le tendió una mano—. Hasta luego, Bernie.

Era absurdo, pensó Bernie, mirándola fijamente.

—¿Eso es todo? ¿Al cabo de casi dos años me dices simplemente «hasta luego»? —había lágrimas en sus ojos y no le importó que ella las viera—. Parece increíble, íbamos a casarnos y tener hijos...

—Ése no era nuestro proyecto —dijo Sheila, muy seria.

—¿Cuál era pues nuestro proyecto, Sheila? ¿Sólo acostarnos juntos durante dos años? Yo estaba enamorado de ti, aunque no te lo creas.

De repente, Bernie no comprendió qué había visto en ella y reconoció a regañadientes que su madre tenía razón. Por una vez.

—Creo que yo también te quería... —a Sheila le temblaron los labios levemente a pesar de los esfuerzos que hizo por impedirlo. Súbitamente, se acercó a Bernie y él la estrechó en sus brazos en el centro de la desnuda habitación que antaño fuera su hogar—. Lo siento, Bernie... Creo que todo ha cambiado.

Ambos rompieron a llorar mientras él asentía en silencio.

—Lo sé, tú no tienes la culpa —dijo él, tras una pausa.

Después, se preguntó en silencio quién la tenía, y la besó.

—Ven a San Francisco, si puedes —dijo Sheila.

—Lo intentaré.

Pero jamás lo hizo.

Sheila se pasó los tres años siguientes en una comuna de las cercanías de Stinson Beach, y Bernie le perdió completamente la pista hasta que, por Navidad, recibió una tarjeta de su antigua amante junto con una fotografía. Jamás la hubera reconocido. Vivía en un viejo autobús escolar aparcado en proximidad de la costa, junto con otras nueve personas y seis niños pequeños. Dos de las niñas eran hijas suyas, pero, en aquellos instantes, Bernie ya no sentía el menor interés por ella, a pesar de haberla amado tanto en otros tiempos. Se alegró de que sus padres se abstuvieran de hacer comentarios. Su madre exhaló un suspiro de alivio y se pasó mucho tiempo sin hablar de ella. Sheila había sido el primer amor de Bernie y a éste le costó mucho olvidarla. Pero Europa le sentó bien. Conoció a docenas de chicas en París, Londres, en el sur de Francia, en Suza y en Italia, y se sorprendió de que fuera tan divertido viajar con sus padres. Al final, éstos se fueron por su cuenta para reunirse con unos amigos, y él hizo lo propio.

Se reunió en Berlín con tres chicos de la escuela y los tres lo pasaron muy bien antes de volver a la vida cotidiana. Dos de ellos estudiarían derecho y el tercero se iba a casar en otoño y quería echar primero una cana al aire, aunque, en realidad, se casaba para librarse del servicio militar, cosa por la que Bernie no tenía que preocuparse para gran vergüenza suya. Había sufrido asma de niño y su padre presentó toda la documentación correspondiente. Le clasificaron como no apto al cumplir los dieciocho años, pero él jamás se lo confesó a ninguno de sus amigos. En cambio, ahora no le importaba hacerlo. No tenía que preocuparse por eso. Por desgracia, le rechazaron en todas las escuelas a las que ofreció sus servicios porque aún no había seguido ningún curso de especialización. Por tanto decidió matricularse en la Universidad de Columbia para sacar el título. Todas las escuelas le contestaron que volviera a presentarse al cabo de un año cuando ya lo tuviera. Sin embargo, todo le parecía muy lejano y los cursos generales en los que se matriculó no le interesaban.

Vivía en casa, todos sus amigos se habían ido y su madre le volvía loco. Todo el mundo estaba en el ejército, estudiaba o trabajaba en algún sitio. Al parecer, él era el único que se había quedado en casa; durante las vacaciones de Navidad, se presentó para desempeñar un empleo eventual en los almacenes Wolff's y no le importó que le destinaran a la sección de zapatería de caballeros. Cualquier cosa era mejor que quedarse en casa, y, además, aquellos almacenes siempre le habían gustado mucho. Estaban ubicados en un gran edificio de perfumado ambiente en el que todo el mundo vestía con elegancia, el personal de venta poseía una clase especial y el ajetreo navideño era algo más refinado que en los demás establecimientos. Wolff's había marcado estilo en otros tiempos y lo seguía marcando hasta cierto punto, aunque no poseyera el resplandor de unos almacenes como Bloomingdale's, situado a pocas manzanas de distancia.

Pero eso a Bernie le gustaba. Le explicó al jefe lo que podían hacer para competir con Bloomingdale's, pero el jefe se limitó a sonreír. Wolff's no tenía necesidad de competir con nadie. Por lo menos, eso creía él. Sin embargo, Paul Berman, el director de los almacenes, sintió curiosidad cuando recibió un memorándum suyo. El jefe se disculpó y prometió despachar inmediatamente a aquel chico de ideas tan luminosas, pero no era eso lo que Berman quería. En cuanto se lo presentaron, Paul Berman adivinó en él un brillante porvenir. Se lo llevó a almorzar más de una vez, y comprobó que era muy audaz e inteligente. Se echó a reír cuando Bernie le dijo que quería enseñar literatura rusa y que, para ello, estaba siguiendo unos cursos nocturnos en la Universidad de Columbia.

—Eso es perder el tiempo, muchacho.

Bernie se quedó de una pieza, a pesar de lo mucho que admiraba a aquel hombre. Era un personaje elegante y comedido que siempre escuchaba con interés las opiniones de los demás. Su abuelo fue el fundador del establecimiento.

—Estudié literatura rusa, señor.

—Hubieras tenido que estudiar ciencias empresariales.

—Habla usted como mi madre —contestó Bernie, sonriendo.

—¿A qué se dedica tu padre?

—Es cirujano laringólogo, pero a mí no me gusta la medicina. Me pongo enfermo de sólo pensar en ciertas cosas.

Berman asintió en silencio. Lo comprendía muy bien.

—Mi cuñado también era médico —dijo—, y a mí tampoco me gustaba la idea —frunció el ceño—. Y tú, ¿qué piensas hacer?

Bernie quería sincerarse con aquel hombre. Se sentía en deuda con él y se tomaba aquellos grandes almacenes lo suficientemente en serio como para haber escrito el memorándum. Wolff's le gustaba a rabiar. Le parecía un lugar estupendo, aunque no estaba hecho para él. Por lo menos, con carácter permanente.

—Conseguiré el título de especialización, volveré a presentar las instancias dentro de un año y, con un poco de suerte, al otro año ya estaré enseñando en algún internado.

Sonrió con candorosa inocencia y Paul Berman le miró con simpatía.

—¿Y si primero te llaman a filas? —Bernie contestó que no era apto—. Menuda suerte tienes, muchacho. Este pequeño engorro del Vietnam podría convertirse en algo muy serio el día menos pensado. Mira lo que les pasó a los franceses en aquellos andurriales. Se les cayó el pelo y a nosotros nos ocurrirá lo mismo como no nos andemos con cuidado —Bernie opinaba lo mismo—. ¿Por qué no dejas los cursos nocturnos?

—¿Para hacer qué?

—Quiero hacerte una propuesta. Te quedas en los almacenes un año, nosotros te adiestramos en las distintas áreas, te hacemos saborear lo que es todo eso y, si quieres quedarte con nosotros y apruebas el ingreso, te enviaremos a la escuela de ciencias empresariales. Entre tanto, podrás seguir adiestrándote. ¿Qué te parece?

Jamás le habían ofrecido eso a nadie, pero a Berman le gustaba aquel chico de sinceros ojos verdes y rostro inteligente. No era guapo, pero poseía cierto atractivo y una expresión honrada que a Paul Berman le gustaba mucho. Bernie le pidió un plazo de uno o dos días para pensarlo, pero reconoció que se sentía muy halagado y conmovido. No estaba muy seguro de que le gustaran las ciencias empresariales, y no quería abandonar su sueño de convertirse en un profesor de internado en una soñolienta ciudad provinciana y explicarles a sus alumnos las excelencias literarias de Dostoievski y Tolstoi. Aunque puede que todo fuera un simple sueño que ya empezaba a desvanecerse.

Aquella noche habló con sus progenitores. A su padre, la proposición le pareció de perlas. Era una oportunidad extraordinaria, en caso de que, efectivamente, quisiera dedicarse a eso. El año de adiestramiento en los almacenes le permitiría ver si Wolff's le gustaba o no. No perdía nada con ello, le dijo su padre; y le felicitó. Su madre le preguntó cuántos hijos tenía Berman, en otras palabras, cuánta competencia habría... y cuántas hijas... ¡Si tuviera la suerte de casarse con una de ellas!

—¡Déjale en paz, Ruth! —la reprendió Lou con firmeza, aquella noche.

Haciendo un gran esfuerzo, la señora Fine se abstuvo de acosar a su hijo y, al día siguiente, Bernie le dio la respuesta al señor Berman. Aceptaba encantado. Entonces, el director de los almacenes le aconsejó que presentara inmediatamente instancias a varias escuelas de ciencias empresariales. Eligió las de Columbia y la Universidad de Nueva York porque estaban en la misma ciudad, y las de Wharton y Harvard por su prestigio. Tardaría mucho tiempo en saber si le habían admitido o no, pero, entre tanto, tenía muchas cosas que hacer.

El año de adiestramiento pasó volando. Le aceptaron en tres de las escuelas a las que envió instancias. Sólo le rechazaron en la de Wharton, aunque le dijeron que tal vez habría plaza para él al otro año, si no le importaba esperar, pero a él sí le importaba. Optó por matricularse en la Universidad de Columbia y empezó a estudiar allí, simultaneando los estudios con algunas horas de trabajo semanales en los almacenes. Quería seguir en contacto con el ambiente y descubrió en seguida que le interesaba sobre todo el diseño de la moda masculina. Hizo un estudio sobre el tema en su primer trabajo, el cual no sólo le reportó una alta calificación, sino que, además, le permitió apuntarse un considerable éxito en los almacenes cuando Berman le autorizó a llevar a la práctica sus ideas en pequeña escala. Terminó sus estudios empresariales sin la menor dificultad y, después, trabajó seis meses con Berman; posteriormente, pasó a la sección de moda masculina y, más tarde, a la femenina. Introdujo cambios muy beneficiosos para todo el establecimiento y, al cabo de cinco años, se convirtió en el astro ascendente de Wolff's. Sufrió un duro golpe cuando, una soleada tarde de primavera, Paul Berman le anunció que le iban a enviar a la sucursal de Chicago durante dos años.

—Pero, ¿por qué?

Aquello se le antojaba Siberia. No quería ir a ninguna parte. Le encantaba Nueva York y su labor en los almacenes era extraordinariamente satisfactoria.

—En primer lugar, porque conoces bien la zona del Medio Oeste. Y, en segundo —Berman lanzó un suspiro y encendió un cigarro—, porque nos haces falta allí. El negocio no marcha todo lo bien que quisiéramos. Necesita una inyección y eso es lo que tú vas a ser.

Berman miró sonriendo a su joven amigo. Ambos se respetaban enormemente el uno al otro, pero esta vez Bernie no quería ceder. Sin embargo, tuvo que hacerlo. Berman se mostró inflexible y, a los dos meses, Bernie se trasladó a Chicago, donde, al cabo de un año, le nombraron gerente de los almacenes, lo cual le obligó a permanecer allí otros dos años, muy a pesar suyo. Chicago le parecía una ciudad deprimente y el riguroso clima le atacaba los nervios.

Sus padres le visitaban muy a menudo y se enorgullecían de su éxito. Ser gerente de los grandes almacenes Wolff's, de Chicago, a los treinta años era toda una hazaña, pero él se moría de ganas de volver a Nueva York. Su madre organizó una gran fiesta en su honor cuando él le anunció la noticia. Tenía treinta y un años cuando regresó a casa y Berman le ofreció un cheque en blanco a la vuelta. Aun así, cuando Bernie le expuso su propósito de mejorar la sección de moda femenina, a Berman no le entusiasmó demasiado la idea. Bernie quería introducir una docena de grandes líneas de alta costura y situar de nuevo a Wolff's en su antiguo lugar de líder de la moda en los Estados Unidos.

—¿Te das cuenta de lo que valen estos modelos? —preguntó Berman, mirándole asustado.

—Sí —contestó Bernie sonriendo—. Pero a nosotros nos los rebajarán un poco. En realidad, no serán precisamente de alta costura.

—Poco les faltará. Los precios, en todo caso, lo serán. ¿Quién va a comprar estas cosas aquí?

Berman consideraba excesivamente arriesgada la idea, pero, al mismo tiempo, sentía curiosidad.

—Estoy seguro de que los clientes nos los arrebatarán de las manos, Paul. Sobre todo, en ciudades como Chicago, Boston, Washington e incluso Los Ángeles, donde no tienen a su disposición tantos almacenes como en Nueva York. Les vamos a ofrecer en bandeja todo lo mejor de París y Milán.

—Acabaremos pidiendo limosna —dijo Berman, que, sin embargo, no estaba totalmente en contra.

Bernie le miró con aire pensativo. La idea era sugestiva. Quería comprar inmediatamente aquellos modelos y venderlos a cinco, seis o incluso siete mil dólares, a pesar de que, en realidad, eran técnicamente prendas de *prêt-à-porter,* aunque los diseños fueran de alta costura.

—Ni siquiera tendremos que comprarlos. No hay por qué acumular existencias. Pediremos que cada diseñador organice un desfile y las clientes podrán hacer directamente los pedidos a través de nosotros, lo cual nos resultará todavía más rentable desde el punto de vista económico.

Berman aceptó la idea. En tal caso, no correrían ningún peligro.

—Eso ya me gusta más, Bernard.

—No obstante, creo que primero tenemos que reorganizarnos. Nuestra sección de diseño no es lo suficientemente europea.

Pasaron muchas horas analizando el proyecto y cuando, al final, se pusieron más o menos de acuerdo sobre lo que iban a hacer, Berman le estrechó la mano a su colaborador. Bernard había madurado mucho en pocos años. Tenía una enorme seguridad en sí mismo y sus decisiones empresariales eran siempre acertadas. Incluso parecía mayor, le dijo Berman en broma, señalándole la barba que se dejó crecer antes de su regreso a Nueva York. A sus treinta y un años era un hombre muy apuesto.

—Creo que el proyecto será muy provechoso —ambos hombres se sonrieron. Estaban muy contentos porque en Wolff's estaba a punto de iniciarse una etapa decisiva—. ¿Qué vas a hacer primero?

—Esta semana quiero hablar con algunos decoradores. Les pediré que elaboren varios planos para enseñártelos y luego me iré a París. Tenemos que averiguar qué opinan los diseñadores sobre el proyecto.

—¿Crees que lo rechazarán?

—No es probable —contestó Bernie, frunciendo el ceño—. Es una buena oportunidad de ganar un montón de dinero.

No se equivocó. Los diseñadores aceptaron de mil amores la idea y Bernie firmó contratos con veinte de ellos. Fue a París dispuesto a cerrar el trato, y regresó victorioso a Nueva York al cabo de tres semanas. El nuevo programa se lanzaría nueve meses más tarde con una fabulosa serie de desfiles de moda en junio, en los que las damas podrían hacer pedidos para su vestuario de otoño. Sería como ir a París a comprar modelos de alta costura. Bernie pensaba iniciar el programa con una fiesta y un impresionante desfile de gala en el que se incluirían varios modelos de cada uno de los diseñadores participantes. Ninguno de ellos estaría a la venta, serían tan sólo una muestra de los desfiles que se organizarían a continuación. Las creaciones llegarían directamente de París junto con sus diseñadores y en el proyecto intervendrían asimismo tres diseñadores norteamericanos. Bernie se pasó varios meses trabajando pero, al final, fue nombrado vicepresidente primero a la edad de treinta y dos años.

El desfile inaugural fue el acontecimiento más espectacular que jamás se hubiera visto. Los modelos eran sensacionales y los asistentes los acogieron con exclamaciones de admiración y aplausos constantes. Fue algo increíble y Bernie intuyó en aquel instante que estaban escribiendo una nueva página en la historia de la moda. Sabía combinar los principios empresariales con la comercialización y, por si fuera poco, tenía un instinto innato para la moda. Gracias a ello, los grandes almacenes Wolff's eran el establecimiento de más empuje no sólo en Nueva York, sino en todo el país. Sentado en la última fila, Bernie observó satisfecho el desarrollo del primer desfile mientras las mujeres contemplaban fascinadas los modelos. Hacía un rato, había visto pasar a Paul Berman. Todo el mundo parecía muy contento y eso le tranquilizó, permitiéndole disfrutar de la velada y concentrarse en el pase de modelos. En aquel momento, las maniquíes exhibían los trajes de noche y Bernie se fijó especialmente en una esbelta rubia de cuerpo felino, facciones perfectas y enormes ojos azules. Parecía deslizarse por la pasarela y Bernie sentía deseos de volver a verla cada vez que se iniciaba el pase de una nueva serie de modelos. Sufrió una decepción cuando, al final, terminó el desfile y comprendió que ella ya no volvería a salir.

En lugar de regresar inmediatamente a su despacho, tal como tenía previsto hacer, se quedó un rato en la sala y después fue a felicitar a la jefa de la sección, una francesa que había trabajado muchos años en la casa Dior.

—Has hecho un trabajo estupendo, Marianne —le dijo sonriendo.

La mujer le miró con avidez. Tenía unos cincuenta años y poseía una serena y elegante belleza. Le había echado el ojo desde que llegara a los almacenes.

—Los modelos han causado sensación, ¿no crees, Bernard?

Pronunciaba el nombre a la francesa y, aunque se mostraba muy fría, emanaba de ella un poderoso atractivo sexual. Como el fuego y el hielo.

Bernie miró de soslayo a las chicas que corrían de un lado para otro enfundadas en pantalones vaqueros azules o sencillos atuendos de calle, con los lujosos modelos de noche colgados del brazo. Las dependientas las seguían, recogiendo aquellas prendas exquisitas para que las clientas se las pudieran probar y hacer los encargos. Todo marchaba a pedir de boca. Fue entonces cuando Bernie vio a la chica, con un vestido de novia colgado del brazo.

—¿Quién es esta chica, Marianne? ¿Es una de las nuestras o la hemos contratado para el desfile?

Marianne siguió la dirección de sus ojos y no se llamó a engaño a pesar de la estudiada indiferencia de Bernie. Miró a la chica. No podía tener más allá de veintiún años y era muy guapa.

—Colabora ocasionalmente con nosotros. Es francesa.

No hizo falta decir más. La muchacha se acercó a ellos y miró primero a Bernie y después a Marianne, preguntándole a ésta en francés qué tenía que hacer con el vestido. Marianne le indicó a quién se lo tenía que entregar y Bernie se la quedó mirando boquiabierto. La jefa de la sección comprendió entonces cuál era su deber.

Presentó a Bernie a la chica sin omitir el cargo que

éste ocupaba, e incluso le explicó que la idea del plan era enteramente suya. Por nada del mundo hubiera querido presentarlos, pero no tuvo más remedio que hacerlo. Estudió los ojos de Bernie mientras éste miraba a la chica, y le hizo gracia su turbación porque solía mostrarse muy reservado. Le gustaban las mujeres, pero nunca se encaprichaba de ninguna a juzgar por lo que decía la gente. A diferencia de lo que hacía con los artículos que seleccionaba para Wolff's, prefería la cantidad a la calidad, es decir, el «volumen», aunque puede que aquella vez no ocurriera lo mismo.

Se llamaba Isabelle Martin y tenía veinticuatro años. Se crió en el sur de Francia y se fue a París a los dieciocho años para trabajar con Saint Laurent y después con Givenchy. Tenía una figura perfecta y había cosechado grandes éxitos en París. Era lógico que la hubieran llamado de los Estados Unidos y que llevara cuatro años trabajando en Nueva York. Bernie se sorprendió de no haberla conocido antes.

—Generalmente, sólo hago fotografía, *monsieur* Fine —tenía un acento delicioso—. Pero, para este desfile...

Esbozó una sonrisa que derritió el corazón de Bernie. De repente, éste recordó el rostro de la muchacha. La había visto más de una vez en las portadas de *Vogue,* y también de *Bazaar* y *Women's Wear,* sólo que en la vida real parecía muy distinta e incluso más guapa. No era frecuente que las modelos se dedicaran simultáneamente a la fotografía y los desfiles de moda, pero ella era hábil en ambas cosas. Su actuación en el desfile había sido sensacional y Bernie la felicitó efusivamente.

—Ha estado usted maravillosa, señorita... hum...

Se le quedó la mente en blanco de golpe mientras ella sonreía.

—Isabelle.

Bernie la contempló embobado y aquella noche la invitó a cenar a La Caravelle. La gente se volvía a mirarla. Después se fueron a bailar al Raffles y Bernie hubiera deseado que la velada no terminara jamás. Nunca había conocido a nadie como ella. La coraza que se había confeccionado después de su aventura con Sheila desapareció como por ensalmo. Isabelle tenía un cabello rubio natural tan claro que casi parecía blanco. Bernie pensó que era la criatura más bella del mundo y cualquiera le hubiera dado la razón.

Aquel año, ambos pasaron un verano delicioso en East Hampton. Bernie alquiló una casita preciosa donde pasaba todos los fines de semana con ella. A su llegada a los Estados Unidos, Isabelle había iniciado unas relaciones con un famoso fotógrafo de modas al que abandonó al cabo de dos años por un magnate de la construcción. Sin embargo, todos los hombres desaparecieron de su vida en cuanto conoció a Bernie. Éste la llevaba consigo a todas partes, la exhibía y se dejaba fotografiar bailando con ella hasta la madrugada. Todo parecía muy *jet set,* muy de alto rango, tal como le comentó su madre un día en que él la invitó a almorzar.

—¿No te parece que es excesivamente fuerte para tu sangre?

—Y eso, ¿qué quiere decir?

—Quiere decir que huele a *jet set*, y que tú no encajas en esto, Bernie.

—¿No dicen que nadie es profeta en su tierra? De todos modos, no es muy halagador para mí que digamos.

Bernie admiró el modelo azul marino de Dior que lucía su madre. Se lo había comprado la última vez que estuvo en el extranjero y le sentaba muy bien. No le apetecía hablar con ella de Isabelle. No la había presentado a sus padres y no tenía la menor intención de hacerlo. Pertenecían a dos mundos completamente distintos y no hubiera podido haber el menor entendimiento entre ellos, aunque le constaba que a su padre le hubiera gustado mucho verla. A cualquier hombre le hubiera gustado porque Isabelle era espectacular.

—¿Cómo es? —preguntó su madre, insistiendo en el tema tal como siempre solía hacer.

—Es muy simpática, mamá.

—No me parece una descripción muy acertada —dijo su madre, sonriendo—. Desde luego, es muy guapa.

La veía fotografiada en todas partes y se lo contaba a todas sus amistades. En la peluquería, la mostraba a todo el mundo. «Esta chica..., no, la de la portada..., sale con mi hijo...»

—¿Estás enamorado de ella?

Nunca temía preguntar lo que deseaba saber, pero Bernie se puso en tensión cuando oyó esas palabras. No estaba preparado para eso aunque la chica le volvía loco. Sin embargo, recordaba lo que había ocurrido en Michigan, la sortija de compromiso que le ofreció a Sheila el Día de San Valentín y el desaire que sufrió, los planes de boda y el día en que ella se fue de su vida, llevándose consigo su corazón. No quería volver a pasar jamás por la misma experiencia y siempre procuraba mantener las distancias. Aunque, con Isabelle, era distinto.

—Somos buenos amigos —se limitó a contestar.

—Espero que sea algo más que eso —dijo su madre, mirándole horrorizada, como si temiera de repente que fuera homosexual.

—¿Te parece bien, entonces? —preguntó Bernie, soltando una carcajada al ver la expresión de su rostro—. Pero aquí nadie se va a casar. ¿De acuerdo? ¿Estás ya más tranquila? Bueno, pues, ahora, ¿qué quieres para almorzar?

Él pidió un bistec, y su madre un filete de lenguado.

Ambos eran ahora casi amigos, pese a que Bernie visitaba a sus padres mucho menos que al principio. No tenía tiempo, sobre todo, desde que Isabelle había aparecido en su vida.

Aquel otoño, se la llevó en un viaje de negocios a Europa donde ambos causaron sensación por doquier. Eran inseparables hasta tal punto que, poco antes de Navidad, ella se fue a vivir con él y, al fin, Bernie no tuvo más remedio que ceder y llevarla a Scardale, muy a pesar suyo. Isabelle estuvo muy amable con sus padres, pero le dio a entender claramente que no sentía especial interés en verles muy a menudo.

—Tenemos tan poco tiempo para estar solos... —le dijo, haciendo pucheros.

A Bernie le encantaba hacer el amor con ella. Era la mujer más exquisita que jamás hubiera conocido; a veces, se limitaba a mirarla mientras se maquillaba o se secaba el cabello o salía de la ducha o se encaminaba hacia la puerta con una cartera bajo el brazo.

Hasta su madre se quedó muda de asombro al verla. Isabelle hacía que todo el mundo se sintiera muy pequeño a su lado, excepto Bernie, que jamás se había sentido más hombre con nadie. Las relaciones entre ambos estaban basadas más en la pasión que en el amor. Hacían el amor en cualquier sitio, en la bañera, bajo la ducha, en el suelo, e incluso en la parte de atrás del automóvil un domingo por la tarde en que ambos hicieron una excursión a Connecticut. Un día, estuvieron a punto de hacerlo hasta en el ascensor, pero se contuvieron a tiempo, antes de que se abrieran las puertas. Bernie no se cansaba jamás de ella y, por esta razón, volvió a llevársela a Francia en primavera y, luego, ambos se fueron de nuevo a East Hampton, donde esta vez alternaron más con la gente. Una noche, Isabelle le echó el ojo a un productor cinematográfico en el transcurso de una fiesta celebrada en la playa de Quogue y, a la mañana siguiente, Bernie no pudo localizarla en ninguna parte. Al final, la encontró en un yate amarrado en el embarcadero, haciendo el amor en la cubierta con el productor de Hollywood. Los contempló un instante en silencio y después se alejó con los ojos llenos de lágrimas, reconociendo algo que intentaba disimular desde hacía mucho tiempo. Isabelle no era una simple aventura, sino la mujer a la que amaba, y perderla le haría sufrir mucho.

Isabelle se disculpó cuando volvió a casa al cabo de varias horas. Se había pasado mucho rato hablando con el productor sobre sus objetivos y sobre sus relaciones con Bernie. El productor se entusiasmó con ella y así se lo dijo. Al regresar, Isabelle decidió hablar claro.

—No puedo vivir enjaulada el resto de mi vida, Bernard. Quiero ser libre de volar donde me apetezca.

Bernie ya había oído aquellas palabras en otra ocasión, de boca de una mujer con botas de combate y una bolsa de muletón en lugar de un modelo de Pucci, unos zapatos de Chanel y una maleta Louis Vuitton abierta en la habitación de al lado.

—¿O sea que para ti yo soy una jaula? —preguntó, mirándola fríamente.

No iba a tolerar que se acostara con otro. Así de sencillo. Se preguntó si lo habría hecho alguna vez y con quién.

—Tú no eres una jaula, *mon amour,* sino un hombre extraordinario. Pero esta vida aparentemente de casados... no puede durar mucho tiempo.

Llevaban juntos ocho meses desde que Isabelle decidiera irse a vivir con él, lo cual no era precisamente una eternidad.

—Creo que interpreté erróneamente nuestras relaciones, Isabelle.

—Pues, sí, Bernard —dijo ella asintiendo. Estaba más guapa que nunca y, por un instante, Bernie la odió—. Quiero irme a California una temporada —añadió con toda sinceridad—. Dick dice que podrá organizarme una prueba cinematográfica en unos estudios. Me gustaría mucho hacer una película con él.

—Comprendo —Bernie encendió un cigarrillo a pesar de que casi nunca fumaba—. Jamás me lo habías dicho.

Pero la conducta de Isabelle era lógica. Hubiera sido una lástima que aquel rostro no apareciera en la pantalla. Las portadas de las revistas no eran suficientes para ella.

—No pensé que fuera importante.

—¿Acaso no lo fue porque primero querías exprimirle todo el jugo a Wolff's? —Bernie se avergonzó de haber hecho un comentario tan mezquino. Isabelle no le necesitaba para nada y eso era lo que más le dolía—. Perdona, Isabelle... —cruzó la estancia y se la quedó mirando a través del humo del cigarrillo—. Pero no te precipites.

Hubiera querido suplicarle que no se fuera, pero ella no se hubiera ablandado. Su decisión era irrevocable.

—Me voy a Los Ángeles la semana que viene.

Bernie asintió en silencio y cruzó de nuevo la estancia para contemplar el mar a través de la ventana.

—Aquello debe de tener una magia especial —dijo, volviéndose a mirarla con amargura infinita—. Todos quieren irse al Oeste —recordó a Sheila. Le había hablado a Isabelle de ella hacía mucho tiempo—. Puede que yo también me traslade a vivir allí algún día.

—Tú perteneces a Nueva York, Bernard —le dijo Isabelle, sonriendo—. Tú eres la encarnación de todo lo más vivo y emocionante que se está desarrollando aquí.

—Pero parece que eso no te basta —contestó él con tristeza.

—No es eso, no es por ti. Si quisiera algún compromiso serio, si quisiera casarme..., te elegiría a ti.

—Yo nunca te sugerí semejante cosa.

Pero ambos sabían que lo hubiera hecho a su debido tiempo. Él era así, mal que le pesara. Hubiera querido ser más calavera y decadente y poder producir películas para Isabelle.

—Yo no puedo imaginarme viviendo aquí toda la vida, Bernard.

Se imaginaba más bien como una estrella cinematográfica y, a los tres días de su regreso de East Hampton con Bernie, se fue con el productor. Hizo el equipaje con más pulcritud que Sheila y se llevó los preciosos vestidos que Bernie le había regalado. Aquella tarde, lo metió todo en sus bolsas Louis Vuitton y le dejó una nota. Se llevó incluso los cuatrocientos dólares que él guardaba en un cajón de su escritorio. Lo llamó «un pequeño préstamo» y estaba segura de que él lo «comprendería.» Se sometió a una prueba cinematográfica y, exactamente un año más tarde, hizo su primera película. Para entonces, a Bernie ya le daba igual porque era un caso perdido. Salía con modelos, secretarias y ejecutivas. Conocía a muchas mujeres en Roma, salía en Milán con una azafata muy guapa, con una artista y con una aristócrata, pero ninguna de ellas le importaba. Alguna vez se preguntaba si podría volver a enamorarse. Aún se sentía un poco ridículo cuando alguien le mencionaba a Isabelle. Por supuesto, jamás le devolvió el dinero, ni tampoco el reloj Piaget cuya desaparición él advirtió mucho tiempo después. Ni siquiera le envió una tarjeta de felicitación por Navidad. Sólo le utilizó como un peldaño para pasar a otra cosa, tal como antes lo había hecho con otros. En Hollywood hizo exactamente lo mismo y abandonó al productor que la introdujo en el mundo del cine para juntarse con otro todavía más importante. Estaba claro que Isabelle Martin llegaría muy lejos. Los padres de Bernie sabían que Isabelle era un tema tabú, tras haber cometido el error de hacerle un comentario que indujo al joven a abandonar la casa de Scarsdale hecho una furia. Tardó dos meses en regresar y a su madre le asustó esa reacción. A partir de aquel momento, el tema quedó eternamente archivado.

Al cabo de un año y medio, Bernie volvió a ser el mismo de antes. Tenía en su agenda más mujeres de las que podía atender, los negocios marchaban viento en popa, los almacenes vivían un período de esplendor y cuando, aquella mañana, se despertó y vio la nevada, decidió ir al trabajo a pesar de todo. Tenía muchas cosas que hacer y necesitaba hablar con Paul Berman sobre los planes de la campaña de verano. Quería exponerle unos proyectos muy interesantes. Se apeó del autobús en la confluencia entre la Avenida Lexington y la calle Sesenta y tres, enfundado en un grueso abrigo inglés y tocado con un gorro de piel ruso. Entró en los almacenes con la cabeza inclinada para protegerse del viento y miró a su alrededor con orgullo. Estaba casado con Wolff's y no le importaba lo más mínimo reconocerlo. Se encontraba muy a gusto allí y se consideraba un hombre de éxito. Tenía muchas cosas por las que sentirse agradecido, pensó, mientras pulsaba el botón de la octava planta y se sacudía la nieve del abrigo.

—Buenos días, señor Fine —dijo una voz mientras se cerraba la puerta.

Él esbozó una sonrisa y entornó los ojos momentos antes de que la puerta se volviera a abrir, pensando en todo el trabajo que tenía que hacer aquel día y en lo que deseaba decirle a Paul. Pero no estaba preparado en absoluto para lo que Paul Berman iba a decirle aquella mañana.

2

—Menudo día —dijo Paul Berman, contemplando la nieve a través de la ventana. Tendría que pasarse otra noche en la ciudad. No habría forma de regresar a Connecticut. La víspera, pernoctó en el Hotel Pierre y le prometió a su mujer que no cometería la imprudencia de intentar volver a casa en medio de aquella nevada—. ¿Hay clientes abajo?

Siempre se sorprendía del volumen de ventas que se registraba cuando hacía mal tiempo. La gente se las apañaba para gastarse el dinero como fuera.

—Bastantes —contestó Bernie, asistiendo con la cabeza—. Hemos instalado dos mostradores en los que se sirve té, café y chocolate caliente. Es un detalle muy acertado. Nuestros clientes se merecen esta atención por atreverse a venir con semejante tiempo.

—En realidad, son muy listos porque se compra mejor cuando no hay aglomeraciones. Yo lo prefiero también —ambos hombres intercambiaron una sonrisa. Hacía doce años que eran amigos y Bernie no olvidaba jamás que Paul era el artífice de su carrera. Le había animado a estudiar ciencias empresariales y le había abierto numerosas puertas en Wolff's. Pero, sobre todo, le dio un voto de confianza cuando nadie se hubiera atrevido a poner en práctica los planes que él le propuso, y a nadie se le ocultaba que, en ausencia de hijos propios, Paul llevaba mucho tiempo preparando a Bernie para la presidencia de la empresa. En este instante, le ofreció un cigarro a Bernie y éste le miró expectante—. ¿Qué opinas de cómo marchan los negocios últimamente? —le preguntó.

Era un buen día para mantener una larga conversación, pensó Bernie, dirigiéndole una sonrisa a Paul. De vez en cuando, ambos mantenían charlas informales de las que siempre surgía alguna idea maravillosa para aumentar las ventas de Wolff's. La decisión de contratar a una nueva directora de la moda para los almacenes surgió de su última charla. Se la habían robado a los almacenes Saks y estaba desarrollando una labor estupenda.

—Yo creo que lo tenemos todo muy bien controlado. ¿No lo crees así, Paul?

Berman asintió en silencio; no sabía cómo empezar, pero de alguna manera tendría que hacerlo.

—Sí. Justamente por eso el consejo de administración y yo hemos decidido que podemos permitirnos el lujo de dar un paso importante.

—¿Ah, sí?

Si alguien le hubiera tomado el pulso a Bernie en aquel instante, hubiera comprobado que el corazón le galopaba como el de un caballo de carreras. Paul Berman sólo mencionaba el consejo de administración cuando el asunto era muy serio.

—Sabes que en junio inauguraremos nuestra sucursal de San Francisco —faltaban todavía varios meses, pero la construcción ya estaba muy adelantada. Paul y Bernie ya se habían desplazado allí varias veces y todo marchaba como la seda, por lo menos, de momento—. Sin embargo, todavía no hemos encontrado a nadie capaz de dirigir nuestros almacenes de allí.

Bernie exhaló un suspiro de alivio. Por un instante, temió que fuera a ocurrirle algo. Sabía la importancia que

Paul atribuía al mercado de San Francisco. Allí abundaba el dinero, y la moda de alta costura se vendía como el agua. Había llegado el momento de que Wolff's se introdujera en aquella plaza. Ya estaban bien atrincherados en Los Ángeles y convenía que se trasladaran un poco más al norte.

—Sigo pensando que Jane Wilson sería estupenda, pero no creo que quiera dejar Nueva York.

—Y tú sabes que yo sí.

Más tarde, Bernie permaneció sentado solo en su despacho, contemplando la nieve con aire aturdido; era como si acabara de recibir un mazazo. No acertaba a imaginar cómo sería la vida en San Francisco. Le gustaba vivir en Nueva York. Sería como empezar de nuevo por el principio y no le apetecía demasiado abrir un nuevo establecimiento, por muy lujoso y elegante que éste fuera. Jamás sería como en Nueva York. A pesar de las nevadas de invierno, la suciedad y el insoportable calor de julio, le encantaba vivir allí y no sentía el menor interés por aquella pintoresca ciudad asomada a la preciosa bahía. Jamás le había atraído aquel lugar. Pensó tristemente en Sheila. Aquel ambiente era más apropiado para ella que para él; se preguntó si tendría que comprarse también unas botas de combate para ir por la calle. Esa idea le deprimía y su madre se lo notó en la voz cuando le llamó.

—¿Qué te ocurre, Bernard?

—Nada, mamá. Es que he tenido una jornada muy larga.

—¿Te encuentras mal?

—No —cerró los ojos, y procuró disimular—. Me encuentro muy bien. ¿Cómo estáis tú y papá?

—Deprimidos. Ha muerto la señora Goodman. ¿La recuerdas? Solía hacerte pastelillos cuando eras pequeño —ya era vieja cuando él era un niño, y de eso hacía treinta años. No era de extrañar que, al final, se hubiera muerto, pero a su madre le encantaba darle aquellas noticias. Ahora volvió de nuevo a la carga—. Bueno, pues, ¿qué te pasa?

—Nada, mamá. Ya te he dicho que estoy bien.

—Nadie lo diría. Te noto cansado y abatido.

—Ha sido una jornada muy larga —repitió Bernie, apretando los dientes. «Me van a enviar otra vez a la Siberia», pensó—. No te preocupes —añadió—. ¿Sigue en pie el proyecto de ir a cenar juntos para celebrar vuestro aniversario la semana que viene? ¿Adónde queréis ir?

—No lo sé. A tu padre le gustaría que vinieras tú aquí.

Era una mentira. Bernie sabía que a su padre le encantaba salir para distraerse un poco después de su intensa jornada de trabajo. Era su madre la que siempre quería que fuera a casa; era como si con ello quisiera demotrarle algo.

—¿Qué tal el «21»? ¿Os gustaría? ¿O prefieres un restaurante francés? ¿El Côte Basque… o tal vez el Grenouille?

—De acuerdo, pues —contestó su madre con aire resignado—. Iremos al «21».

—Estupendo. ¿Por qué no os pasáis primero por mi casa para tomar un trago a las siete? Iremos a cenar a las ocho.

—¿Vas a llevar a alguna chica? —preguntó, atemorizada, su madre como si él tuviera por costumbre hacerlo, cuando, en realidad, nunca les había presentado a ninguna de sus amigas desde que rompiera con Isabelle.

Ninguna de ellas le duró lo bastante como para eso.

—¿Y por qué iba a llevar a una chica?

—¿Y por qué no? Jamás nos presentas a tus amigas. ¿Acaso te avergüenzas de nosotros?

—Pues claro que no, mamá —contestó Bernie casi con un gruñido—. Mira, tengo que dejarte. Nos veremos la semana que viene. A las siete en punto en mi casa —sabía que de nada le serviría repetirlo porque su madre le llamaría otras cuatro veces para confirmarlo y asegurarse de que él no había cambiado los planes, había reservado mesa y no llevaría a ninguna chica—. Dale un abrazo a papá de mi parte.

—Llámale alguna vez, ya nunca lo haces...

Parecía un disco rayado, pensó Bernie mientras colgaba el teléfono y sonreía para sus adentros, preguntándose si alguna vez sería como ella en caso de que tuviera hijos, cosa bastante improbable, por cierto. Hacía un año, una de sus amigas creyó durante unos días que estaba embarazada y, por un instante, Bernie acarició la idea de permitirle tener el hijo para, de este modo, poder disfrutar de las delicias de la paternidad. Pero resultó que la chica se equivocó y ambos lanzaron un suspiro de alivio. Durante un par de días la idea le pareció interesante. Sin embargo, no le apetecía tener hijos porque estaba demasiado enfrascado en su trabajo y no le interesaba un hijo que no fuera fruto del amor. En eso era todavía muy idealista y, de momento, no había ninguna candidata en perspectiva. Contempló la nieve y pensó que tendría que abandonar toda su vida social en Nueva York y ya no podría ver a sus chicas preferidas. Aquella noche, cuando salió de su despacho, casi estuvo a punto de echarse a llorar. Era una noche tan fría y tan clara como una gélida campana de cristal. Esta vez, no intentó tomar el autobús porque el viento ya había cesado. Se dirigió a pie a la Avenida Madison y echó a andar calle arriba, contemplando los escaparates de las tiendas sin detener la marcha. Había dejado de nevar y el paisaje parecía el del país de las hadas, donde la gente pasaba por su lado esquiando y los niños se arrojaban bolas de nieve unos a otros. No hubo tan siquiera una congestión de tráfico que estropeara la escena. Cuando entró en su casa y tomó el ascensor, Bernie empezó a tranquilizarse. Sería tremendo tener que dejar Nueva York. No quería ni imaginarlo, pero no se le ocurría ninguna alternativa. A no ser que dejara la empresa, cosa que no quería hacer. Comprendió que no tendría más remedio que aceptar y sintió que el corazón le pesaba en el pecho. No había escapatoria para él.

3

—¿Adónde dices que vas? —preguntó la madre de Bernie, mirándole por encima de la salsa *vichyssoise* como si hubiera dicho una barbaridad. Que se iba a incorporar, por ejemplo, a una colonia nudista o que practicaba el intercambio de parejas—. ¿Te despiden o simplemente te destituyen?

—Ninguna de las dos cosas, mamá —contestó Bernie, agradeciendo aquel típico voto de confianza de su madre—. Me piden que dirija la nueva sucursal de San Francisco. Es la más importante que tenemos, aparte la de Nueva York.

Se preguntó por qué intentaba justificarse ante su madre, aunque lo que en realidad pretendía era justificarse ante sí mismo. Le dio la respuesta a Paul al cabo de dos días y aún estaba deprimido. Le habían concedido un aumento de sueldo sensacional y el propio Berman le recordó que, un día, llegaría a ser el presidente de Wolff's. Quizá poco después de su regreso a Nueva York. Y, sobre todo, sabía que Paul Berman le estaba agradecido; pero, aun así, le costaba aceptarlo y no le apetecía lo más mínimo irse a vivir a San Francisco. Decidió conservar el apartamento, subarrendarlo durante uno o dos años y buscarse un alojamiento temporal en su nuevo lugar de residencia. Ya le había dicho a Paul que deseaba volver a Nueva York al cabo de un año y, aunque no le habían prometido nada en concreto, estaba seguro de que procuraría complacerle. También aguantaría dieciocho meses. No podría soportar un período más prolongado, pero eso no se lo dijo a su madre.

—Pero, ¿por qué San Francisco? Si allí no hay más que hippies. ¿Y ésos compran ropa?

—Pues, sí —contestó Bernie, sonriendo—. Y muy cara, por cierto. Me gustaría que vinierais a verlo —añadió, mirando con afecto a sus padres—. ¿Queréis asistir a la inauguración?

—Puede que vengamos —contestó su madre poniendo cara de funeral—. ¿Cuándo será?

—En junio —Bernie sabía que no tenían nada que hacer por aquellas fechas.

Pensaba irse a Europa en julio, pero antes podían ir a visitarle.

—No lo sé. Ya veremos. El programa de tu padre…

El señor Fine era el cabeza de turco de los caprichos de su mujer, pero no parecía importarle demasiado. En ese instante miró a su hijo con inquietud.

—¿Significa eso un paso adelante para ti, hijo mío? —preguntó.

—Sí, papá —contestó Bernie con toda sinceridad—. Es un cargo muy prestigioso, y Paul Berman y el consejo de administración me han pedido que lo ocupe personalmente. Pero tengo que reconocer —añadió, sonriendo con tristeza— que preferiría quedarme en Nueva York.

—¿Tienes relaciones con alguien? —preguntó su madre, inclinándose sobre la mesa como si el tema fuera estrictamente confidencial.

—No, mamá —contestó Bernie, riéndose—. Es que me gusta Nueva York. Mejor dicho, me encanta. De todos modos, espero regresar antes de dieciocho meses. Podré resistirlo. Supongo que debe de haber ciudades peores que San Francisco —de momento, no se le ocurría ninguna. Apuró la copa y añadió en tono filosófico:

—Qué demonios, me podrían haber enviado a Cleveland, Miami o Detroit..., y tampoco es que tengan nada de malo, pero no son Nueva York.

—Dicen que San Francisco está lleno de homosexuales —dijo la Voz de la Desgracia, mirando angustiada a su hijo.

—Sé cuidarme muy bien, mamá. Os voy a echar mucho de menos a los dos.

—¿No vas a venir nunca por aquí? —preguntó su madre con los ojos llenos de lágrimas.

Bernie casi estuvo a punto de compadecerse de ella. Lo malo era que lloraba siempre que le convenía y, por esta razón, sus lágrimas no resultaban demasiado conmovedoras.

—Iré y vendré muy a menudo —le contestó, dándole unas palmadas en una mano—. Pero no viviré aquí. Tendréis que ir vosotros a verme. Quiero que vengáis a la inauguración. Serán unos almacenes fabulosos.

Se lo repitió a sí mismo una y otra vez cuando, a principios de febrero, hizo el equipaje, se despidió de sus amigos y salió a cenar por última vez con Paul en Nueva York. El Día de San Valentín, a las tres semanas de haber aceptado el empleo, ya se encontraba a bordo del aparato que le conduciría a San Francisco; pero creía que había cometido un error y que más le hubiera valido marcharse. Cuando salió de Nueva York, estaba nevando. En cambio, al tomar tierra en San Francisco a las dos de la tarde, lucía el sol, el aire era tibio y soplaba una suave brisa. Había flores por doquier como en los meses de mayo y junio en Nueva York. Súbitamente, se alegró de estar allí, por lo menos durante algún tiempo. El clima era bueno y su habitación del Hotel Huntington resultaba sumamente acogedora.

Sin embargo, lo más importante eran los almacenes, cuyo impresionante aspecto le dejó sin habla a pesar de no estar aún terminados. Cuando al día siguiente llamó a Paul, éste lanzó un suspiro de alivio al oír la voz de Bernie. Todo se desarrollaba según el programa previsto. La construcción marchaba por buen camino y la decoración ya estaba a punto de ser instalada. Bernie se reunió con los representantes de la agencia publicitaria, habló con los encargados de las relaciones públicas para organizar el lanzamiento y concedió una entrevista a un reportero del *Chronicle*. Se iban cumpliendo todas las previsiones y Bernie controlaba la situación.

Lo único que le quedaba por hacer era inaugurar los almacenes y buscarse un apartamento, cosas ambas harto difíciles, aunque lo que más le preocupaba eran los almacenes. Alquiló inmediatamente un apartamento amueblado en un moderno rascacielos de Nob Hill. No poseía el encanto especial de las casas típicas de la ciudad, pero era cómodo y estaba cerca de los almacenes.

La inauguración fue un acontecimiento sensacional. La prensa estaba favorablemente dispuesta de antemano. En la fiesta participaron modelos elegantemente ataviadas, y unos camareros impecablemente uniformados sirvieron caviar, emparedados y champán. Hubo baile, atracciones y libertad para recorrer los almacenes sin la presencia de compradores. Bernie se sentía muy orgulloso. El establecimiento era una maravilla y combinaba a partes iguales la gracia con el lujo. Poseía el estilo de Nueva York y la naturalidad de la Costa Oeste. Paul Berman se mostró muy satisfecho cuando se trasladó a San Francisco para ver el resultado.

Los agentes de policía y los sonrientes empleados del departamento de relaciones públicas tuvieron que formar cordones para contener a las multitudes que se presentaron el día de la inauguración. La primera semana, se batieron todos los récords de ventas, e incluso la madre de Bernie se sintió orgullosa de él. Dijo que eran los almacenes más fabulosos que jamás había visto y les explicó a todas las dependientas que la atendieron durante sus cinco días de compras que su hijo era el director y que, un día, cuando regresara a Nueva York, se convertiría en el presidente de toda la cadena. Estaba absolutamente convencida de ello.

Cuando, al fin, sus padres abandonaron San Francisco para trasladarse a Los Ángeles y el contingente de Nueva York regresó a sus puestos, Bernie se sintió muy solo. Todos los miembros del consejo de administración volvieron a Nueva York al día siguiente y Paul tomó un avión con destino a Detroit aquella misma noche. Súbitamente, Bernie se quedó solo en aquella ciudad desconocida, sin ningún amigo y en un apartamento estéril y vacío, enteramente decorado en tonos marrones y beige y excesivamente tristes para el soleado ambiente del norte de California. Se arrepintió de no haber alquilado un bonito apartamento victoriano, aunque eso no tenía en realidad demasiada importancia; se pasaba los siete días de la semana en los almacenes, dado que en California los establecimientos estaban abiertos todos los días. No podía pasar los fines de semana fuera, pero le daba igual porque de todos modos no tenía nada que hacer. Sus colaboradores decían que Bernie Fine trabajaba como un negro y que era un hombre muy simpático. Él esperaba mucho de ellos, pero más todavía de sí mismo, cosa que nadie hubiera podido discutirle. Poseía, por otra parte, un instinto infalible para elegir los artículos más adecuados y nadie se hubiera atrevido a llevarle la contraria. Era decidido y casi nunca se equivocaba. Intuía al instante lo que era vendible y lo que no, y se pasaba el rato cambiando las cosas de sitio y asimilando la información que recibía. Mantenía los artículos en perpetuo movimiento, enviándolos a otras sucursales cuando no tenían salida en San Francisco y ordenando a los jefes de compras que hicieran constantes pedidos. Su capacidad de trabajo era extraordinaria y todo el mundo le reconocía el mérito. Nadie se tomaba a mal que se pasara varias horas cada día recorriendo las distintas secciones de los almacenes. Quería ver cómo vestía la gente, cómo compraba y qué le gustaba. Hablaba con las amas de casa, las adolescentes y los solteros, e incluso se interesaba por las prendas que lucían los niños. Quería saberlo todo y, para ello, decía, tenía que estar en primera línea de combate.

A menudo, la gente le daba cosas para que las reservara junto con otras o le devolvía artículos. En tales casos, buscaba en seguida a un dependiente y aprovechaba para conversar con los compradores. El personal de los almacenes ya estaba acostumbrado a verle en todas partes con su cabello cobrizo, su recortada barba, sus ojos verdes y sus trajes ingleses confeccionados a la medida. Se mostraba siempre muy cortés y, cuando quería que las cosas se hicieran de otra manera, lo decía con gran amabilidad, explicándole al empleado lo que quería y ganándose de este modo el respeto de todo el mundo. Cuando Paul Berman examinó en Nueva York las cifras de ventas, comprendió que no se había equivocado y no se sorprendió lo más mínimo. Bernie iba a convertir el Wolff's de San Francisco en el mejor establecimiento de toda la cadena. Era el hombre más indicado para el puesto y, un día, ocuparía el lugar de presidente. Paul estaba seguro de ello.

4

El primer mes fue muy ajetreado, pero en julio la situación se estabilizó un poco e inmediatamente después se empezaron a recibir los artículos de la temporada de otoño. Bernie tenía programados varios desfiles de moda que tendrían lugar al cabo de un mes. El gran acontecimiento social de julio sería la inauguración de la temporada de ópera de San Francisco, para la que las mujeres se iban a gastar cinco, siete e incluso diez mil dólares en un solo vestido de noche.

Los exquisitos modelos ya estaban almacenados en un cuarto cerrado bajo llave de la planta del sótano, con un vigilante jurado en la puerta para que nadie pirateara lo que había, tomara fotografías sin autorización o robara la mercancía valorada en una pequeña fortuna. A mediados de julio, cuando subió a la planta superior, Bernie estaba pensando precisamente en la colección de modelos para la ópera. Abandonó la escalera mecánica en la planta de confección para niños porque sabía que habían tenido problemas en la recepción de los artículos de vuelta al colegio, la semana anterior, y quería averiguar si todo se había resuelto. Localizó al jefe de compras junto a la caja, dando instrucciones a unas dependientas que, al verle, le sonrieron y después miró con aire distraído a su alrededor y se adentró en la sección hasta que se topó con un perchero de trajes de baño de vistosos colores y con los grandes ojos azules de una niña preciosa, la cual se lo quedó mirando un buen rato sin sonreír y sin dar la menor muestra de temor, como intentando averiguar lo que iba a hacer.

—Hola —le dijo Bernie, sonriendo—. ¿Cómo estás?

Era un poco incongruente hablarle de aquella forma a una niña que no tendría más allá de cinco años, pero Bernie nunca sabía qué decirles a los niños. Su mejor frase —«¿Te gusta ir a la escuela?»— se le antojaba irremediablemente fuera de lugar, sobre todo, en aquella época del año—. ¿Qué te parecen estos almacenes?

—No están mal —contestó la chiquilla, encogiéndose de hombros. El foco de su interés era, evidentemente, Bernie—. No me gustan las barbas.

—Vaya por Dios, cuánto lo siento.

Era la niña más graciosa que jamás hubiera visto. Alguien le había peinado el cabello en dos grandes trenzas rubias con cintas de color de rosa. Lucía un vestido rosa y arrastraba una muñeca por una mano. La muñeca se encontraba en perfecto estado y debía de ser uno de sus juguetes preferidos.

—Las barbas rascan —sentenció la niña como si considerara importante facilitarle aquella información.

Bernie asintió muy serio y se la acarició. A él le parecía bastante suave aunque nunca la había probado con niños de cinco años. En realidad, desde su llegada a San Francisco, aún no la había probado con nadie. Por el momento, las mujeres de San Francisco no eran su tipo. Solían llevar el cabello largo y suelto, los pies desnudos enfundados en unas feas sandalias probablemente muy cómodas, y el resto del cuerpo cubierto por unas camisetas y unos vaqueros. Él echaba de menos la elegancia de Nueva York, los altos tacones, los sombreros, los accesorios, el cabello perfectamente peinado, los pendientes que encuadraban el rostro, los abrigos de pieles... Eran detalles frívolos, desde luego, pero a Bernie le gustaban, y de eso no se veía nada en San Francisco.

—Por cierto, yo me llamo Bernie —añadió, tendiéndole la mano a la niña.

Ésta se la estrechó muy seria, sin quitarle los ojos de encima.

—Yo me llamo Jane. ¿Trabajas aquí?

—Sí.

—¿Son simpáticos los mandamases?

—Muchísimo.

No podía decirle que el mandamás era él.

—Menos mal. Los de mi mamá no siempre son simpáticos allí donde trabaja —dijo la niña. Bernie procuró reprimir una sonrisa y se preguntó dónde estaría la madre. Pensó que, a lo mejor, la niña se había extraviado, pero aún no lo sabía, lo cual era una excelente posibilidad. Sin embargo, no lo mencionó para que no se asustara—. A veces, ni siquiera la dejan quedarse en casa cuando yo estoy enferma —añadió la pequeña, visiblemente escandalizada por la insensibilidad de los jefes de su madre. El comentario le hizo recordar a su madre y, de repente, preguntó con los ojos muy abiertos: —¿Dónde está mi mamá?

—Pues no lo sé, Jane —contestó Bernie, mirando a su alrededor. No había nadie a la vista a excepción de las dependientas que hacía unos momentos estaban hablando con el jefe de compras. Aún se encontraban junto a la caja, pero no había nadie más. La madre de Jane no estaba por allí—. ¿Recuerdas dónde la viste por última vez?

La niña entornó los ojos, tratando de concentrarse.

—Estaba abajo, comprando unos *panties* rosa —contestó, mirando a Bernie con timidez—. Yo quería ver los trajes de baño —miró a su alrededor. Los había por todas partes. Seguramente había subido ella sola para verlos—. Nos iremos a la playa la semana que viene. Los trajes de baño son muy bonitos.

Se encontraba de pie junto a un perchero de minúsculos biquinis cuando Bernie descubrió su presencia. Al ver que le temblaba ligeramente el labio inferior, Bernie extendió una mano hacia ella.

—Vamos a ver si encontramos a tu mamá.

La niña sacudió la cabeza y retrocedió.

—Me han dicho que no vaya con nadie.

Bernie llamó por señas a una dependienta y ésta se acercó cautelosamente mientras la chiquilla trataba de reprimir unas lágrimas.

—¿Qué te parece si nos tomamos un helado en el restaurante mientras esta señora busca a tu mamá? —Jane los estudió a los dos con recelo mientras la dependienta la miraba sonriendo. Bernie le explicó a la mujer que la madre de la niña estaba comprando unos *panties* en la planta baja cuando la pequeña subió a la planta infantil—. ¿Por qué no utilizamos el sistema de altavoces? —Se usaba en caso de incendio, amenaza de bomba o cualquier otra emergencia, pero también sería útil para avisar a la madre de Jane—. Llame a mi despacho para que se encarguen de ello —Bernie miró de nuevo a Jane, la cual se estaba enjugando furtivamente los ojos con la muñeca—. ¿Cómo se llama tu mamá? Qué apellido tiene, quiero decir.

La niña le miró con expresión confiada, aunque no quería ir a ninguna parte con él. Su madre le había repetido mil veces que no lo hiciera, y Bernie lo comprendía.

—El mismo que el mío —contestó Jane casi a punto de sonreír.

—¿Cuál es?

—O'Reilly —esta vez, la niña sonrió sin poderlo remediar—. Es irlandés. Yo soy católica. ¿Tú también lo eres?

Se sentían atraídos mutuamente. Bernie sonrió para sus adentros, pensando que aquélla era quizá la mujer que llevaba treinta y cuatro años esperando. Desde luego, era la mejor que jamás hubiera conocido en mucho tiempo.

—Yo soy judío —le contestó mientras la dependienta se retiraba para cumplir el encargo.

—Y eso, ¿qué es? —preguntó la chiquilla, intrigada.

—Significa que celebramos una fiesta tradicional llamada Chanukah en lugar de la Navidad.

—¿Y viene Papá Noel a tu casa? —preguntó Jane.

La pregunta no era fácil de responder.

—Nos intercambiamos regalos durante siete días —contestó Bernie, sustituyendo la respuesta por una explicación.

—¿Siete días? —repitió Jane, impresionada—. Qué estupendo —de repente, se puso muy seria y volvió a olvidarse de su madre—. ¿Tú crees en Dios?

Bernie asintió en silencio, sorprendiéndose de la profundidad de los conceptos de la niña. Llevaba mucho tiempo sin pensar en Dios y se avergonzaba de reconocerlo. Estaba claro que alguien había puesto a la chiquilla en su camino para que se enmendara.

—Sí —corroboró Bernie.

—Yo también —la niña asintió, mirándole inquisitivamente—. ¿Tú crees que mi mamá volverá pronto?

Las lágrimas pugnaron por asomarse otra vez a sus ojos, pero ahora ya estaba más tranquila.

—Estoy seguro de que sí. ¿Me permites que te invite ahora a tomar el helado? El restaurante está al fondo —añadió Bernie, señalándoselo, mientras ella seguía, intrigada, la dirección de su mano.

Le apetecía mucho un helado, pensó la chiquilla, deslizando confiadamente la mano en la de Bernie. Sus trenzas se movieron al ritmo de sus pasos mientras ambos caminaban tomados de la mano.

Bernie la ayudó a encaramarse a un taburete de la barra y pidió un helado de plátano y nueces que no figuraba en el menú, pero que le prepararon especialmente para él. Jane se lanzó a saborearlo con una radiante sonrisa en los labios a pesar de su inquietud. No había olvidado por entero a su madre, pero estaba enfrascada en una interesante conversación con Bernie a propósito del apartamento, la playa y la escuela. Quería tener un perro, pero el dueño de la casa no se lo permitía.

—Es un antipático —dijo la niña con la boca llena y toda la cara untada de chocolate y helado—. Su mujer también lo es... Y, además, está gordísima —se metió en la boca una enorme cucharada de nueces, plátano y crema batida mientras Bernie asentía muy serio, preguntándose cómo era posible que hubiera podido vivir sin ella tanto tiempo—. Tus trajes de baño están muy bien —añadió, limpiándose la boca con la servilleta.

—¿Cuáles te gustan más? —preguntó Bernie, sonriendo.

—Los pequeñitos de dos piezas. Mi mamá dice que no hace falta que me ponga la pieza de arriba si no quiero... Pero yo siempre me la pongo —estaba graciosísima con toda la nariz manchada de chocolate—. Me gustan el azul y el rosa y el rojo... y el anaranjado.

La niña se terminó de comer el plátano, las cerezas y la crema batida y, de repente, hubo un revuelo en la puerta y apareció un mujer de dorada melena que cruzó rápidamente la estancia acercándose a ellos.

—¡Jane! —exclamó. Era muy agraciada y se parecía un poco a Jane. Tenía los ojos llorosos y sostenía en sus brazos el bolso, tres paquetes, una chaqueta que debía ser de Jane y otra muñeca—. ¿Dónde te metiste?

Jane se ruborizó y miró tímidamente a su madre.

—Yo sólo quería ver...

—¡No se te ocurra *volver* a hacerlo! —dijo su madre, interrumpiéndola al tiempo que la tomaba del brazo, la sacudía un poco e inmediatamente la estrechaba en sus brazos, tratando de reprimir las lágrimas. Se debía de haber llevado un buen susto. Tardó un rato en percatarse de la presencia de Bernard—. Perdón —dijo, mirándole. A Bernie le gustó su aspecto. Llevaba sandalias, una camiseta y unos pantalones vaqueros, pero era más bonita que la mayoría de mujeres que él había visto hasta entonces, y también más frágil, delicada y rubia; y tenía unos enormes ojos azules como los de Jane—. Le pido disculpas por todas las molestias que le hemos causado.

Todo el establecimiento se había movilizado en la búsqueda de madre e hija y en la planta baja se armó un alboroto. La madre temía que hubieran secuestrado a la niña y solicitó la ayuda de un dependiente, el cual fue en busca del jefe de la planta y de un jefe de compras que se encontraba casualmente allí. Al final, se anunció a través del sistema de altavoces que la pequeña estaba en el restaurante.

—No se preocupe. No viene mal un poco de emoción de vez en cuando. Nos lo hemos pasado muy bien —dijo Bernie, intercambiando una mirada de complicidad con la niña.

—¿Sabes una cosa? —terció repentinamente Jane—. Si te hubieras comido un helado de plátano, ¡estarías hecho un asco! ¡Por eso no me gustan las barbas!

Bernie y Jane se echaron a reír mientras la madre de la niña exclamaba escandalizada:

—¡Jane!

—¡Pues es verdad!

—Tiene razón —reconoció alegremente Bernie.

Había pasado un rato muy agradable con la niña y lamentaba tener que despedirse de ella. Miró sonriendo a la madre.

—Le pido de nuevo disculpas —dijo ésta, ruborizándose al recordar que no se había presentado—. Perdone, me llamo Elizabeth O'Reilly.

—Y es usted católica —dijo Bernie, pensando en el comentario de Jane. Al ver que la madre de la niña le miraba asombrada, trató de explicárselo—. Verá... Es que Jane y yo hemos mantenido una conversación muy seria al respecto.

Jane asintió en silencio mientras se introducía otra cereza confitada en la boca.

—Él es otra cosa. ¿Qué me dijiste que eras? —le preguntó a Bernie, mirándole con ojos entornados.

—Judío —contestó él mientras Elizabeth O'Reilly esbozaba una sonrisa.

Estaba acostumbrada a las cosas de Jane, pero a veces...

—Y celebra siete Navidades... —añadió Jane muy impresionada mientras los adultos se echaban a reír—. De veras que sí. Es lo que me ha dicho, ¿verdad?

La niña miró a Bernie en demanda de confirmación y éste asintió en silencio.

—Chanukah —dijo Bernie—. Tal como ella la describe, me suena todavía mejor.

Llevaba muchos años sin acudir al templo. Sus padres pertenecían a la rama «reformada», y él no era practicante. Pero, en aquellos momentos, pensaba en otra persona. Se preguntaba hasta qué punto sería católica la señora O'Reilly y si existiría o no el señor O'Reilly. No se le ocurrió preguntárselo a Jane y la niña no lo mencionó.

—No sé cómo agradecérselo —dijo Elizabeth, fingiendo mirar con enojo a la niña, que ahora estaba mucho más tranquila. Ya no agarraba la muñeca con tanta fuerza y parecía disfrutar plenamente del helado.

—Tienen unos trajes de baño muy bonitos —comentó Jane.

Elizabeth sacudió la cabeza y le tendió una mano a Bernie.

—Gracias de nuevo por rescatarla. Anda, nena, vámonos a casa. Tenemos mucho que hacer.

—¿No podríamos echar un vistazo a los trajes de baño antes de irnos?

—No —contestó la madre con firmeza.

Antes de marcharse, Jane estrechó la mano de Bernie, le dio las gracias muy seria y después le dirigió una radiante sonrisa.

—Has sido muy amable y el helado estaba buenísimo. **Muchas gracias.**

Se lo había pasado divinamente. Bernie lamentó tener que despedirse de ella y permaneció de pie en lo alto de la escalera mecánica, contemplando alejarse las cintas del cabello de aquella niña que era su única amiga en California.

Se acercó a la caja para agradecer su ayuda a los empleados y, mientras se retiraba, sus ojos se posaron sin querer en los minúsculos biquinis. Eligió tres de la talla seis: el anaranjado, el rosa y el azul —el rojo estaba agotado en su talla—, y tomó dos sombreros a juego y un pequeño albornoz de rizo. Le sentarían muy bien, pensó mientras lo dejaba todo en la caja.

—¿Tienen registrada a una tal Elizabeth O'Rielly en el ordenador? No sé si tiene tarjeta de compra ni cómo se apellida su marido —confió de repente en que no lo tuviera y se alegró de la noticia cuando, dos minutos más tarde, le confirmaron que la persona en cuestión tenía una nueva cuenta y vivía en Vallejo Street, de Pacific Heights—. Muy bien —Bernie anotó el número de teléfono y la dirección como si los necesitara para su archivo y no ya para su pequeña y vacía agenda personal, y les pidió que enviaran aquellas prendas playeras a nombre de la «señorita Jane» y lo cargaran todo en su cuenta. Después, escribió una nota que decía simplemente: «Gracias por tu agradable compañía. Espero volver a verte muy pronto. Tu amigo, Bernie Fine», y se la entregó a la dependienta para que la incluyera en el envío. Tras lo cual, regresó a su despacho con una misteriosa sonrisa en los labios, convencido de que en la vida todo encerraba una bendición.

5

Los trajes de baño llegaron el miércoles por la tarde y Liz le llamó al día siguiente para agradecerle su generosidad.

—No hubiera tenido que hacerlo. La niña aún está hablando del helado de plátano y de lo bien que se lo pasó con usted.

Elizabeth O'Reilly tenía una voz muy juvenil y Bernie evocó su rubio cabello mientras hablaba con ella por teléfono.

—Me pareció una niña muy valiente. Cuando se dio cuenta de que se había perdido, se asustó mucho, pero no perdió la compostura en ningún momento. Eso es toda una hazaña en una niña de cinco años.

—Es una chiquilla muy buena —dijo Elizabeth.

«Su mamá también», sintió deseos de decir Bernie, pero se abstuvo de hacerlo.

—¿Le van a la medida los trajes de baño?

—Todos. Se los probó anoche y ahora mismo lleva puesto uno bajo el vestido... Está en el parque con unos amiguitos. Hoy he tenido mucho que hacer. Nos han prestado una casa en Stinson Beach y ahora Jane ya tiene completo su vestuario de verano gracias a usted —dijo Liz riéndose.

No sabía qué otra cosa decirle. Por su parte, Bernie trataba de encontrar las palabras más adecuadas. De repente, todo se le antojaba nuevo, como si en aquella ciudad la gente hablara un idioma distinto. Era como empezar otra vez por el principio.

—¿Podría..., podría volver a verla?

Se sintió totalmente ridículo cuando pronunció aquellas palabras a través del teléfono... En algo así como si fuera un comunicante anónimo de esos que se dedican a soltar palabrotas. Se asombró de la respuesta afirmativa.

—Me encantaría.

—¿De veras?

—Pues, sí —contestó ella, echándose a reír ante la sorpresa del joven—: ¿Le gustaría venir a vernos una tarde a Stinson Beach?

Bernie le agradeció su sencillez y naturalidad. No parecía ni molesta ni asombrada.

—Sería un placer. ¿Cuánto tiempo estarán allí?

—Dos semanas.

Bernie hizo un rápido cálculo mental. Por una vez, no había razón para que no pudiera tomarse un sábado libre. Nadie le obligaba a estar en los almacenes. Y, además, no tenía nada que hacer.

—¿Qué le parece este sábado?

Se le humedecieron las palmas de las manos al pensar que sólo faltaban dos días.

Liz hizo una pausa, tratando de recordar a quién había invitado. Stinson Beach siempre le daba ocasión de ver a todos sus amigos e invitarlos a pasar un día en la playa con ella. Pero el sábado lo tenía libre.

—Me parece muy bien, mejor dicho, estupendo... —sonrió al pensar en él. Era un hombre muy apuesto, había estado muy cariñoso con Jane, no parecía marica y no llevaba alianza matrimonial—. Por cierto, no estará usted casado, ¿verdad?

Nunca estaba de más preguntarlo. Hubiera sido un poco violento averiguarlo más tarde. Le había ocurrido otras veces.

—¡No, por Dios! ¡Qué disparate!

Vaya, vaya, conque era uno de ésos.

—¿Es alérgico al matrimonio?

—No. Es que trabajo con ahínco.

—Y eso, ¿qué tiene que ver? —preguntó Liz, yendo directamente al grano. De repente, sintió curiosidad por él. Ella tenía sus propias razones para no volver a casarse. Salió escaldada de la experiencia, pero, por lo menos, lo probó. Sin embargo, puede que él también tuviera las suyas—. ¿Es usted divorciado?

Bernie sonrió para sus adentros, sorprendiéndose de la pregunta.

—No, no estoy divorciado y me gustan las mujeres a rabiar. He vivido con dos mujeres y ahora me encuentro a gusto tal como estoy. No he podido dedicarle mucho tiempo a nadie porque me he pasado estos últimos diez años concentrado en mi trabajo.

—Eso produce a veces mucha soledad —dijo Liz como si conociera el paño—. Por suerte, yo tengo a Jane.

—Sí, desde luego —Bernie recordó a la chiquilla y decidió guardarse el resto de las preguntas para Stinson Beach, cuando pudiera ver el rostro, los ojos y las manos de Liz. Jamás le había gustado conocer a la gente a través del teléfono—. Entonces, las veré el sábado a las dos. ¿Qué puedo traer? ¿La merienda? ¿Un poco de vino? ¿Algo de los almacenes?

—Pues, mire, un abrigo de visón no me vendría del todo mal.

Bernie se echó a reír y, tras colgar el teléfono, se pasó una hora dominado por una increíble sensación de euforia. Liz tenía una voz cálida y afectuosa y no parecía dominada por ninguna obsesión especial. No odiaba a los hombres o, por lo menos, no daba esta impresión, y no pretendía demostrar nada. Bernie deseaba que llegara el sábado. El viernes, antes de regresar a casa, se fue a una charcutería especial y compró varias cosas: un osito de chocolate para Jane y una caja de bombones para Liz, dos clases de queso, una *baguette* de pan traída directamente de Francia, una lata de caviar y otra de *pâté*, dos botellas de vino —una de tinto y otra de blanco— y una lata de *marron glacé*.

Colocó las bolsas en el interior de su automóvil y se fue a casa.

A las diez de la mañana siguiente, se duchó y se afeitó, se puso unos pantalones vaqueros y una vieja camisa azul, se calzó unas zapatillas de lona y sacó del armario del vestíbulo una chaqueta. Había llevado consigo aquellas viejas prendas de Nueva York para ponérselas cuando visitaba las obras de los almacenes, y ahora le serían útiles para la playa. Justo cuando estaba recogiendo las bolsas de la comida, sonó el teléfono. Estaba a punto de no contestar, pero entonces se preguntó si no sería Elizabeth que había cambiado de plan o quería pedirle que recogiera algo por el camino y decidió ponerse al aparato, sin soltar la chaqueta ni las bolsas.

—¡Sí!

—Ésa no es manera de contestar al teléfono, Bernard.

—Hola, mamá. Es que estaba a punto de salir.

—¿Vas a los almacenes?

Ya empezaba el interrogatorio.

—No, a la playa. Voy a visitar a unos amigos.

—¿Los conozco yo?

Lo cual significaba, en traducción aproximada: ¿Son de mi gusto?

—No creo, mamá. ¿Todo bien por ahí?

—Sí.

—De acuerdo, pues. Te llamaré esta noche o mañana desde los almacenes. Ahora tengo que irme corriendo.

—Debe de ser alguien muy importante si no puedes

dedicar cinco minutos a hablar con tu madre. ¿Es una chica?

No. Una mujer. Y, además, estaba Jane.

—No, sólo unos amigos.

—No te habrás mezclado con estos chicos tan raros que andan por ahí, ¿verdad, Bernard?

—Por Dios, mamá —hubiera deseado decirle que sí, sólo para fastidiarla—. No, no te preocupes. Ya te llamaré.

—Bueno, bueno... No te olvides de ponerte un sombrero para tomar el sol.

—Dale un abrazo a papá de mi parte.

Bernie colgó el teléfono y salió a escape del apartamento antes de que su madre volviera a llamarle para advertirle de que tuviera cuidado con los tiburones. Le encantaba comentarle las noticias que leía en el *Daily News* y le aconsejaba constantemente que no utilizara determinados productos en mal estado que habían provocado la muerte de dos personas en Des Moines, que tuviera cuidado con el botulismo, la enfermedad del legionario, los ataques al corazón, las hemorroides o la toxoplasmosis. Las posibilidades eran ilimitadas. Era agradable tener a alguien que se preocupara por la salud de uno, aunque no con tanta pasión como su madre.

Colocó las bolsas de la comida en la parte de atrás del automóvil, se puso al volante y, al cabo de diez minutos, ya estaba en el puente Golden Gate, camino hacia el norte. No conocía Stinson Beach y le encantó la tortuosa carretera que rodeaba las colinas desde las que se podían divisar los farallones proyectándose sobre el mar. Era una especie de Big Sur en miniatura y disfrutó mucho del viaje. Cruzó la pequeña localidad y se dirigió al lugar que Liz le había indicado. Era una urbanización llamada Seadrift y tuvo que facilitar su nombre al vigilante de la entrada. Pero, aparte las medidas de seguridad, no parecía un sitio demasiado lujoso. Las casas eran más bien sencillas y la gente iba descalza y en calzones cortos. Era un ambiente familiar semejante al de Long Island o Cape Cod, pensó Bernie mientras enfilaba la calzada de la casa de Liz. Fuera había un triciclo y un caballo mecedor descolorido por la acción de los elementos. Tiró de la cadena de una vieja campana de escuela y abrió la verja. Inmediatamente apareció Jane, luciendo uno de los biquinis que él le había enviado y el albornoz de rizo a juego.

—Hola, Bernie —exclamó la niña, recordando el helado de plátano y la conversación a propósito de Dios y de la Navidad—. Me encanta el traje de baño.

—Te sienta muy bien —dijo Bernard, acercándose a ella—. Podríamos utilizarte como modelo en los almacenes. ¿Dónde está tu mamá? No me digas que se ha vuelto a perder —añadió, frunciendo el ceño mientras la niña soltaba una espontánea carcajada—. ¿Lo hace muy a menudo?

—Sólo en los almacenes... algunas veces... —contestó Jane, sacudiendo la cabeza.

—¿Qué es lo que hago en los almacenes? —preguntó Elizabeth, asomando la cabeza por la puerta—. Hola —añadió, esbozando una radiante sonrisa al ver a Bernard—. ¿Qué tal el viaje?

—Delicioso —contestó Bernie, intercambiando con ella una cordial y expresiva mirada.

—No todo el mundo dice lo mismo al llegar. Es una carretera llena de curvas.

—Yo siempre vomito —explicó Jane—. Pero, cuando ya estamos aquí, me olvido de todo.

—¿Te sientas delante con las ventanillas abiertas? —preguntó Bernie.

—Sí.

—¿Comes galletas saladas antes de salir? ¡Qué va! Apuesto a que te pasas la vida comiendo helados de plátano —en aquel instante, Bernie recordó el osito de chocolate, lo sacó de la bolsa y le entregó el resto a Liz—. Para las dos, unas cuantas golosinas de la tienda.

Elizabeth se llevó una agradable sorpresa y Jane lanzó un grito de júbilo sosteniendo el osito de chocolate en la mano. Era todavía más grande que su muñeca, pensó mientras lo contemplaba embobada.

—¿Me lo puedo comer ahora, mamá? ¡Por favor! —Jane miró a su madre con ojos suplicantes y ésta no tuvo más remedio que ceder—. ¡Por favor, mamá! ¡Sólo una orejita!

—Bueno, pero no comas demasiado. El almuerzo estará listo en seguida.

—De acuerdo —contestó la niña, alejándose con el osito como hubiera podido hacerlo un cachorro con un hueso.

—Es una chiquilla encantadora —dijo Bernard, mirando y sonriendo a Liz.

Jane le hacía recordar que había varios huecos en su vida, y los niños eran uno de ellos.

—Está loca por usted —dijo Liz.

—Los helados de plátano y los ositos de chocolate ayudan mucho. A ella le hubiera dado igual que fuera el mismísimo estrangulador de Boston con tal de que tuviera un buen surtido de ositos de chocolate.

Bernard siguió a Elizabeth a la cocina donde ésta empezó a sacar las cosas de las bolsas y lanzó una exclamación de asombro al ver el caviar, el *pâté* y todas las demás exquisiteces que él había comprado.

—¡Bernie, no hubiera tenido que hacerlo! Madre mía, fíjate en eso —añadió, contemplando la caja de bombones de chocolate. Después, con expresión culpable, hizo exactamente lo que Jane hubiera hecho. Le ofreció la caja a Bernie, se introdujo un bombón en la boca y cerró los ojos extasiada—. Hum... Qué bueno está... —dijo en tono casi sensual. Bernie admiró su delicada belleza de corte típicamente norteamericano. Llevaba el cabello rubio recogido en una sola trenza y sus ojos eran tan azules como la descolorida camisa de dril que lucía. Los calzones blancos dejaban al descubierto sus bien torneadas piernas y Bernie observó que se había pintado las uñas de los pies con esmalte rojo, lo cual denotaba que también era un poco coqueta. Sin embargo, no se maquillaba los ojos ni se pintaba los labios, y llevaba las uñas de las manos muy cortas. Era una chica muy guapa, pero no frívola, rasgo éste que a Bernie le encantaba. No le quitaba a uno el hipo, pero le calentaba el corazón..., y algo más, pensó Bernie mientras ella se inclinaba para sacar las botellas de vino y luego se volvía a mirarle con una sonrisa muy parecida a la de Jane—. Nos mima usted demasiado, Bernard... No sé qué decir.

—Mire, me gusta hacer nuevas amistades... Aquí no tengo muchas.

—¿Cuánto tiempo lleva en San Francisco?

—Cinco meses.

—¿Viene de Nueva York?

—He vivido en Nueva York toda mi vida —contestó Bernie, asintiendo—, menos los tres años que pasé en Chicago, hace mucho tiempo.

—Yo también soy de allí —dijo Liz, sacando dos cervezas del frigorífico y ofreciéndole una—. ¿Por qué se fue allí?

—Fue mi prueba de fuego. Me enviaron para dirigir los almacenes de aquella ciudad... y ahora me han mandado aquí.

Seguía pensando que aquello era un castigo. Sin embargo, mientras seguía a Liz hasta el cómodo salón, se lo pareció un poco menos. La casa era pequeña y en el suelo había esteras de paja. Los muebles estaban cubiertos con descoloridas fundas de algodón y había trozos de madera de la playa y caparazones de moluscos por todas partes. Hubiera podido ser una casa de cualquier localidad costera, East Hampton, Fire Island, Malibú... No poseía ningún rasgo distintivo en particular, pero, a través de la ventana panorámica, se podía ver el mar, y, allá a lo lejos, la ciudad de San Francisco encaramada en las colinas y centelleando bajo el sol. La vista era preciosa... y la chica todavía más. Indicándole un mullido sillón, Elizabeth se acomodó en el sofá, en la posición del loto.

—¿Le gusta estar aquí? Me refiero a San Francisco.

—A veces —contestó Bernie, con toda sinceridad—. Reconozco que no he visto demasiadas cosas. He estado muy ocupado en los almacenes. Me gusta mucho el clima. Cuando salí de Nueva York, estaba nevando y, al llegar aquí cinco horas más tarde, me encontré con un ambiente primaveral. Eso es muy agradable.

—¿Pero...? —Liz le invitó a seguir con una sonrisa. La mujer tenía una personalidad muy atractiva, de esas que le inducen a uno a hablar incesantemente y a compartir los pensamientos más íntimos. Bernie imaginó de repente que debía ser muy consolador tenerla por amiga, aunque no estaba muy seguro de que fuera eso lo que quería de ella. Se sentía subyugado por un sutil atractivo sexual de difícil definición que tal vez emanaba de la curva de su seno bajo la vieja camisa azul que llevaba, o de su manera de ladear la cabeza, o de los mechones de cabello que le encuadraban delicadamente el rostro. Hubiera querido tocarla, tomarle la mano, besarle los sensuales labios. Mientras la miraba, tuvo que hacer un esfuerzo para concentrarse en lo que ella decía—. Se sentirá usted muy solo aquí, sin sus amigos. El primer año yo también lo pasé fatal.

—Pero, ¿se quedó de todos modos? —preguntó Bernie, intrigado.

Quería saberlo todo de ella.

—Sí, durante algún tiempo no tuve otra opción. No tenía familia en la que poder refugiarme. Mis padres murieron en un accidente de tráfico cuando yo estudiaba segundo de carrera en la Universidad Northwestern —Liz cerró los ojos al recordarlo y Bernie hizo una involuntaria mueca—. Eso me convirtió en una persona mucho más vulnerable que antes y me indujo a enamorarme locamente del principal protagonista de la obra teatral en la que yo también trabajaba, en penúltimo de carrera —se le entristeció la mirada y pensó que su comportamiento era un tanto insólito; por regla general, no solía contarle a nadie aquellas cosas. Sin embargo, con Bernie le apetecía hacerlo. Mientras ambos contemplaban a Jane a través de la ventana panorámica, jugando en la arena con la muñeca sentada a su lado, algo la indujo a ser sincera con Bernie desde el principio. No tenía nada que perder. En caso de que a él no le gustaran sus revelaciones, no la volvería a llamar, pero, por lo menos, todo estaría claro ya de entrada. Estaba harta de los disimulos de la gente. Ése no era su estilo, pensó, mirando a Bernie con sus grandes ojos azules—. Yo estudiaba arte dramático en la Universidad de Northwestern y ambos trabajábamos juntos en las obras del repertorio de verano cuando murieron mis padres. Me quedé sola en el mundo y estaba tan aturdida que parecía un fantasma. Por eso me enamoré como una loca de aquel chico tan guapo y simpático. Me quedé embarazada antes de la graduación. Me dijo que quería casarse aquí porque alguien le había ofrecido un papel en una película de Hollywood. Por consiguiente, él se vino aquí primero. Yo no tenía adonde ir y no podía aceptar la idea del aborto. Más tarde, seguí a Chandler pero las cosas empezaron a ir mal en seguida. Él no estaba muy entusiasmado con la idea del embarazo, pero yo aún le quería muchísimo y pensaba que las cosas se iban a arreglar —miró a Jane a través de la ventana como si quisiera cerciorarse de que, efectivamente, se habían arreglado—. Me trasladé a Los Ángeles haciendo autoestop y me reuní con Chandler. Con Chandler Scott. Luego resultó que su verdadero nombre era Charlie Schiavo, pero se lo había cambiado. En fin, no consiguió el papel prometido y entonces se dedicó a buscar empleo y a perseguir a las actrices mientras yo trabajaba como camarera y engordaba cada día más. Nos casamos tres días antes de que naciera Jane. El juez de paz estuvo a punto de sufrir un soponcio cuando me vio... Después, Chandler desapareció. Cuando la niña tenía seis meses me llamó para decirme que había encontrado un trabajo de actor en Oregón, y más adelante descubrí que había estado en la cárcel. Le daba miedo el matrimonio y decidió desaparecer aunque, en realidad, más tarde supe que se había pasado todo aquel tiempo haciendo cosas raras. Le detuvieron por vender mercancía robada y lo volvieron a detener por robo. Regresó cuando Jane contaba nueve meses y, cuando la niña cumplió un año, volvió a largarse. Averigüé que estaba en la cárcel y entonces pedí el divorcio y me trasladé a San Francisco donde nunca más supe de él. Era un auténtico sinvergüenza, pero consiguió engañarme. Si le hubiera conocido ahora, creo que no me hubiera tomado el pelo como entonces lo hizo, pero era tan zalamero que cualquiera sabe... Qué deprimente, ¿verdad? Recuperé mi apellido de soltera al divorciarme. Y aquí estoy —Liz había contado su historia con total indiferencia y Bernie se sorprendió de que hubiera logrado sobrevivir. Se la veía feliz y contenta y tenía una hija preciosa—. Jane es ahora mi única familia. Creo que, al fin, tuve suerte.

—¿Y qué piensa Jane de todo eso?

Bernie sentía curiosidad por saber lo que Liz le había dicho a la niña.

—Nada. Piensa que su padre murió. Le dije que era un actor muy guapo y que nos casamos al terminar los estudios y nos vinimos aquí, donde él falleció al cabo de un año. El resto no lo sabe, pero, puesto que jamás volveremos a verle, ¿qué más da? A saber por dónde andará. Probablemente, terminará en la cárcel el resto de sus días, y, además, no siente el menor interés por nosotras. Jamás lo tuvo. Prefiero que la niña conserve algunas ilusiones sobre su venida al mundo. Por lo menos, de momento.

—Creo que tiene usted razón.

Bernie la admiró por haber conseguido sacar el mejor partido de la situación y ofrecer a su hija una existencia dichosa y despreocupada, iniciando con ella una nueva vida.

California era un buen lugar para eso.

—Aquí soy maestra de escuela. Con el dinero de la póliza de seguros de mis padres, seguí unos cursos nocturnos y obtuve el título. ¡Me encanta mi trabajo y mis alumnos son estupendos! Jane estudia también en mi escuela y, de esta manera, la matrícula me sale más barata. Ése fue uno de los principales motivos de que me dedicara a la enseñanza. Quería que la niña estudiara en una buena escuela privada. Por consiguiente, todo me salió a pedir de boca.

Era curioso que hubiera podido transformar un fracaso en un triunfo. El tal «Chandler Scott» o cómo se llamara parecía una versión masculina de Isabelle aunque, en realidad, no era tan profesional como ella y, por su parte, ella nunca acabó en la cárcel.

—Yo también tuve relaciones con una persona como esa hace algunos años —dijo Bernie. La sinceridad de Liz se merecía una respuesta análogamente sincera—. Una modelo francesa muy guapa que conocí en los almacenes. Me tuvo en su poder más de un año, pero yo no conseguí a cambio una preciosa chiquilla —añadió, contemplando a Jane a través de la ventana—. Al final, comprendí que se había aprovechado de mí. Se largó, llevándose unos cuantos miles de dólares y un reloj que me habían regalado mis padres. Era muy lista. Alguien le ofreció una carrera cinematográfica y la sorprendí haciendo el amor con él en la cubierta de su yate. Creo que gente como esa la hay de todas las razas y nacionalidades. Lo que ocurre es que, después, uno se vuelve muy precavido, ¿verdad? Desde entonces, no he vuelto a tener relaciones estables con nadie, y ya han pasado tres años. Estas personas te hacen dudar de tu sano juicio. Te preguntas cómo pudiste ser tan insensato.

—¡Y que lo diga! —exclamó Liz, riéndose—. Yo tardé dos años en volver a salir e incluso ahora ando con pies de plomo. Me encanta mi trabajo y me gustan mis amigos, pero paso de lo demás —añadió, encogiéndose de hombros.

Bernie la miró con tristeza.

—¿Quiere que me vaya ahora? —le preguntó.

Ambos se rieron mientras ella se levantaba para controlar la cocción de la *quiche* que había preparado. Cuando abrió el horno, el aroma llegó hasta el salón.

—¡Qué bien huele!

—Gracias. Me encanta cocinar —dijo Elizabeth, disponiéndose a hacer una ensalada.

La aliñó con tanta habilidad como el camarero preferido de Bernie en el restaurante «21» de Nueva York, y después le ofreció a éste un cóctel Bloody Mary. Se acercó a la ventana, golpeó con los nudillos el cristal y le hizo señas a Jane de que entrara en la casa. Le había preparado un bocadillo de mantequilla de cacahuete y jamón ahumado; la niña se presentó con el osito de chocolate al que le faltaba una oreja.

—¿Aún te puede oír, Jane?

—¿Cómo? —preguntó la pequeña.

No había comprendido la pregunta de Bernie.

—Quiero decir el osito… Sin la oreja.

—Ah, sí —contestó sonriendo—. Lo próximo que me voy a comer será el hocico.

—Probrecito. Esta noche estará para el arrastre. Te voy a tener que comprar otro.

—¿De veras? —exclamó Jane, entusiasmada.

Liz sirvió el almuerzo. Había unos posaplatos de paja sobre la mesa y un jarrón con flores anaranjadas, servilletas de color naranja, vajilla de porcelana y cubiertos de plata.

—Nos gusta mucho vivir aquí —explicó Liz—. Son unas vacaciones estupendas para nosotras. Esta casa es de una de las maestras de la escuela donde yo trabajo. La construyó hace años su marido, que es arquitecto. Cada año se van al Este a visitar a sus padres en Martha's Vineyard y nos prestan la casa donde pasamos los mejores días del año, ¿verdad, Jane?

La niña asintió, y miró, sonriendo, a Bernie.

—¿A ti también te gusta? —le preguntó.

—Muchísimo.

—¿Y también vomitaste por el camino?

Bernie se rió, pensando que no era un tema muy apropiado para la hora del almuerzo. Sin embargo, le encantaban el candor y la sinceridad de aquella niña, tan parecida a su madre, incluso físicamente. Era una versión en miniatura de Liz.

—No, no vomité, aunque eso es muy útil cuando se viaja en automóvil.

—Lo mismo dice mamá. Pero ella nunca vomita.

—Jane... —dijo Liz, dirigiéndole a la niña una expresión de reproche mientras Bernie la miraba complacido.

Fue una tarde muy agradable, tras la cual él y Liz salieron a dar un paseo por la playa mientras Jane correteaba algo más lejos, en busca de caparazones de moluscos. Bernie sospechaba que la vida no siempre debía ser cómoda para ellas. Era muy difícil estar sola con una niña pequeña, pero Liz no se quejaba. Más bien daba a entender que le gustaba.

Bernie le contó cómo era su trabajo en Wolff's, y le habló de su sueño de convertirse en profesor e incluso de Sheila y de lo mucho que sufrió por su causa. Mientras regresaban de su paseo, la miró con ternura. Era mucho más baja que él, y eso también le gustaba.

—¿Sabe una cosa? Tengo la sensación de que la conozco desde hace años. Qué curioso, ¿verdad?

Jamás le había ocurrido eso con nadie.

—Es usted muy bueno. Lo supe en cuanto le conocí en los almacenes.

—Es muy amable de su parte —dijo Bernie muy contento.

Ansiaba conocer todos los pensamientos de aquella mujer.

—Lo adiviné por su manera de tratar a Jane. La niña se pasó el rato hablando de usted cuando volvió a casa. Parecía que fuera usted su mejor amigo.

—Me gustaría serlo —dijo Bernie, mirando a Liz a los ojos.

—¡Fijaos lo que he encontrado! —exclamó Jane, acercándose a ellos corriendo—. ¡Un dólar de plata en buen estado! ¡No está roto ni nada!

—Déjame verlo —dijo Bernie, extendiendo una mano. La niña colocó en ella un blanco caparazón de molusco completamente redondo—. ¡Por Júpiter, tienes razón!

—¿Quién es Júpiter?

—Sólo es una expresión estúpida que utilizan a veces los mayores —contestó Bernie, echándose a reír.

—Ah, ya —dijo la niña, dándose por satisfecha con la explicación.

—Tu dólar de plata es precioso —Bernie le devolvió el caparazón de molusco a la niña con el mismo cuidado con que ella se lo había entregado—. Creo que ahora ya tengo que irme —añadió, mirando a Liz a los ojos.

No le apetecía lo más mínimo marcharse.

—¿Quiere quedarse a cenar con nosotras? Será una cena muy sencilla, unas hamburguesas.

Liz tenía que vigilar mucho el presupuesto, pero siempre conseguía arreglárselas. Al principio, fue muy duro, pero más tarde aprendió a administrarse mejor. Sacaba el máximo partido a la ropa de Jane, lo guisaba todo ella misma e incluso cocía el pan. Con la ayuda de amigos como los que les prestaban la casa de Stinson Beach, disponían de todo lo necesario. Hasta Bernie les regaló los trajes de baño. Ella pensaba comprarle a Jane uno o tal vez dos. Gracias a él, la niña tenía toda la colección.

—Se me ocurre una idea mejor —Bernie había visto un restaurante al cruzar el pueblo—. ¿Me permiten que las invite a cenar esta noche, señoritas? —de repente recordó la ropa que llevaba—. ¿Me dejarán entrar en el Sand Dollar vestido de esta forma?

Extendió los brazos mientras las damas le estudiaban detenidamente.

—Yo le veo muy bien —contestó Liz, riéndose.

—Pues, entonces, ¿qué?

—Vamos, mamá, por favor... ¿Por qué no podemos ir...? ¡Por favor! —gritó Jane.

A Liz también le atraía la idea. Aceptó de buen grado y mandó a Jane al piso de arriba para que se cambiara mientras ella le ofrecía a Bernie una cerveza en el salón.

—No bebo mucho —dijo él, declinando la invitación.

Elizabeth lanzó un suspiro de alivio. No le gustaba salir con hombres que la hicieran beber. Chandler siempre bebía demasiado y eso a ella la ponía muy nerviosa, aunque entonces no se atrevía a decirlo.

—Es curioso lo mucho que se enfadan algunas personas cuando no bebes.

—Supongo que eso representa para ellas una amenaza, sobre todo si tienen costumbre de beber.

Qué fácil resultaba conversar con él, pensó Liz. Pasaron una velada maravillosa. El Sand Dollar estaba decorado como un viejo salón del Oeste y la gente entraba toda la noche a través de la puerta oscilante para tomar una copa en la barra o sentarse a una mesa y saborear los deliciosos platos a base de carne o langosta que servían allí. Era la única atracción del pueblo, explicó Liz, pero, afortunadamente, la comida era estupenda, y hasta Jane se zampó con entusiasmo su pequeño bistec. Raras veces comían platos tan exquisitos. Durante el camino de vuelta, la niña se quedó dormida en el automóvil y, al llegar, Bernie la tomó en brazos y la dejó cuidadosamente en su cama de la pequeña habitación de huéspedes, al lado de la de su madre.

—Creo que me estoy enamorando de ella —dijo, regresando con Liz al salón.

—El sentimiento es compartido. Nos lo hemos pasado muy bien.

—Lo mismo digo —Bernie se acercó lentamente a la puerta con deseos de darle un beso a Liz. Sin embargo, pensó que era demasiado pronto y no quiso asustarla—. ¿Cuándo regresarán a la ciudad?

—Dentro de dos semanas. Pero, ¿por qué no vuelve la semana que viene? La distancia no es mucha. Se puede hacer en cuarenta minutos más o menos, siempre que soporte las curvas de la carretera. Cenaremos temprano y podrá marcharse en seguida. Incluso puede quedarse a dormir aquí, si quiere. Le dejaría la habitación de Jane y ella dormiría conmigo.

Hubiera preferido ser él quien durmiera con ella, pero no se atrevió a decírselo, ni siquiera en broma. No quería poner en peligro aquella amistad. La situación sería muy delicada porque la niña constituía una parte muy considerable de la vida de su madre y él no quería causarle ningún daño.

—Me encantará venir, si puedo salir de los almacenes a una hora decente.

—¿A qué hora suele salir del trabajo? —preguntó Liz en voz baja para no despertar a la niña.

—Entre nueve y diez de la noche —contestó Bernie, riéndose—, pero es que yo soy así. Nadie tiene la culpa. Trabajo siete días a la semana —confesó mientras Liz le miraba atónita.

—Eso no es vivir.

—No tengo nada mejor que hacer —le explicó Bernie. Puede que, a partir de aquel momento, tuviera cosas mejor que hacer con ellas—. Intentaré reformarme la semana que viene. Ya la llamaré.

Liz asintió en silencio, confiando en que Bernie lo hiciera. Los comienzos eran siempre difíciles porque en ellos se establecían los primeros contactos y se exponían los propios sueños y esperanzas. Sin embargo, con Bernie fue todo más fácil. Era el hombre más simpático que jamás había conocido en mucho tiempo, pensó mientras le acompañaba al automóvil.

Alzó los ojos al cielo para contemplar las estrellas y, luego, los posó en Bernie mientras él la miraba sin decir nada.

—Hoy ha sido un día maravilloso, Liz —dijo Bernie al final. Fue tan sincera con él, y tan cordial. Le contó incluso la verdad sobre ella y Jane, y sobre su desastroso matrimonio con Chandler Scott. A veces, era agradable conocer estas cosas al principio—. Me encantará volver a verla —añadió, tomándole una mano.

Liz la retuvo un momento en la suya antes de que él subiera al automóvil.

—A mí también me gustará verle a usted. Tenga cuidado en la carretera.

—Procuraré no vomitar por el camino —contestó Bernie, asomando la cabeza por la ventanilla abierta.

Ambos se echaron a reír mientras él hacía marcha atrás en la calzada saludándola con la mano. Bernie se alejó, recordando la alegre conversación que había mantenido con ella y con Jane en el transcurso de la cena.

6

A la semana siguiente, Bernie acudió dos veces a cenar a Stinson Beach. La primera vez, Liz preparó la cena y, la segunda, él las llevó a cenar de nuevo al Sand Dollar. El sábado regresó con una pelota de playa para Jane y varios juegos, entre ellos un aro que se lanzaron unos a otros en la playa y una serie de cubos y palas para que la niña se divirtiera con la arena. También llevó un traje de baño para Liz. Era de color azul claro casi como el de sus ojos y le sentaba de maravilla.

—Por Dios, Bernie... Eso tiene que acabar.

—¿Por qué? Esta semana, vi el traje de baño expuesto en un maniquí y pensé que le gustaría.

Bernie no cabía en sí de gozo. Le gustaba mimarla porque sabía que nadie lo había hecho hasta entonces.

—¡No puede mimarnos de esta manera!

—¿Por qué no?

—Pues, porque... —Liz se quedó pensativa un instante y después le miró sonriendo—, porque podríamos acostumbrarnos y entonces, ¿qué haríamos? Acudiríamos cada día a los almacenes y aporrearíamos su puerta, pidiéndole que nos comprara trajes de baño, ositos de chocolate, caviar y *pâté*...

—En tal caso, procuraré que estén siempre bien abastecidas, ¿qué le parece? —dijo Bernie.

Pero comprendía muy bien lo que ella quería decir. La situación sería muy difícil si, de repente, él desapareciera de sus vidas. Sin embargo, Bernie no acertaba siquiera a imaginar tal cosa.

A la otra semana, regresó a la playa en dos ocasiones, y la segunda noche Liz buscó un canguro para que atendiera a Jane en su ausencia y se fueron los dos a cenar solos, al Sand Dollar, claro, porque no había otro sitio, aunque a ambos les encantaba la comida y el ambiente que reinaba allí.

—Ha sido usted muy amable aguantándonos a las dos —dijo Liz, sonriendo.

—En realidad, aún no sé cuál de las dos me gusta más. Por consiguiente, no se preocupe por eso.

Liz se echó a reír. Bernie tenía el don de crear a su alrededor una atmósfera agradable merced a su enorme simpatía.

—Dios sabrá por qué —contestó Bernie cuando ella se lo comentó—. Con una madre como la mía, tendría que ser un tipo de lo más raro.

—Tal mala no será —dijo Liz, mirándole con afecto.

—No tiene usted ni idea. Ya lo verá…, si vuelve otra vez por aquí, cosa que dudo mucho. En junio no le gustó. Menos mal que los almacenes fueron de su agrado. No sabe lo exigente que es.

Llevaba dos semanas evitando sus llamadas. No quería explicarle adónde iba y, en caso de que lo hubiera llamado, sabría que no paraba mucho en casa. «He estado recorriendo los bares, mamá.» Ya se imaginaba su comentario. Si le hubiera dicho que salía con una chica apellidada «O'Reilly» le hubiera dado un ataque. Pero eso todavía no se lo quería decir a Liz. No quería asustarla por nada del mundo.

—¿Cuánto tiempo llevan casados sus padres?

—Treinta y ocho años. Mi padre es un candidato a

un infarto —Liz se echó a reír—. Hablo en serio. No sabe cómo es mi madre.

—Me gustaría conocerla alguna vez.

—¡No, por Dios! Ssss... —Bernie se volvió a mirar a su espalda como si temiera la repentina aparición de su madre con un hacha en la mano—. ¡No se le ocurra decir eso, Liz! ¡Podría ser peligroso! —añadió en tono burlón.

Siguieron hablando animadamente hasta bien entrada la noche. La segunda vez que se desplazó a la playa, Bernie la besó y hasta Jane los sorprendió en una o dos ocasiones, pero la cosa no pasó de ahí. La presencia de la niña le ponía nervioso y, de momento, prefería cortejar a Liz al estilo antiguo. Ya habría tiempo para otras cosas cuando volvieran a la ciudad y Jane no durmiera en la habitación de al lado, separada tan sólo por un delgado tabique.

El domingo regresó para ayudar a Liz a hacer las maletas. Sus amigos le dijeron que podía quedarse un día más. Liz y Jane estaban muy tristes porque era el final de las vacaciones. Aquel año, no podrían permitirse el lujo de ir a otro sitio. Bernie se compadeció de ellas al verlas tan abatidas durante el camino de regreso.

—Bueno, ¿por qué no nos vamos los tres a algún sitio bonito dentro de unos días? ¿A Carmel... o al lago Tahoe, por ejemplo? ¿Qué les parece la idea, señoritas? Nunca he estado allí y podrían enseñármelo. ¡Bien mirado, podríamos ir a los dos sitios!

Liz y Jane lanzaron un grito de júbilo. Al día siguiente, Bernie le pidió a su secretaria que les hiciera las reservas. Ésta les reservó un apartamento de tres habitaciones en el lago Tahoe para el siguiente fin de semana y también para el primer lunes de septiembre, el Día del Trabajo en los Estados Unidos. Cuando aquella noche les comunicó la noticia, Jane le lanzó un beso desde la cama mientras Liz la arropaba amorosamente. Al salir de la habitación, Liz fue a sentarse con Bernie en el cuartito de estar de su casa. Tenía un apartamento de un solo dormitorio en el que dormía Jane. Liz dormía en un sofá-cama del cuarto de estar. Bernie comprendió inmediatamente que su vida amorosa no podría hacer allí grandes progresos.

—Bernie... —dijo Liz, mirándole preocupada—. No quiero que me interprete erróneamente, pero creo que no debemos ir con usted al lago Tahoe.

—¿Por qué no? —preguntó Bernie, decepcionado.

—Porque todo eso es maravilloso y, aunque a usted le parezca una tontería, no puedo hacer ciertas cosas, estando Jane de por medio. Si permito que usted nos invite y nos agasaje, ¿qué haremos después?

—¿Después de qué?

Bernie sabía muy bien lo que Liz quería decir. No hubiera querido saberlo, pero lo sabía.

—Cuando usted regrese a Nueva York —la voz de Liz era tan suave como la seda. Sentada en el sofá, tomó una mano de Bernie entre las suyas—. O cuando se canse de la situación. Somos personas adultas y ahora todo nos parece estupendo..., pero, ¿quién sabe lo que ocurrirá el mes que viene, o la semana que viene o el año que viene...?

—Quiero que te cases conmigo —susurró Bernie.

Liz se lo quedó mirando fijamente, pero no se sorprendió demasiado. A Bernie, las palabras le brotaron de la boca sin pensar, pero, tras haberlas pronunciado, comprendió que eran acertadas.

—¿Cómo? ¡No hablará en serio! —dijo Liz, levantándose de un salto—. Ni siquiera me conoce —añadió.

—Sí, te conozco. Me he pasado la vida saliendo con mujeres a las que me constaba que jamás querría volver a ver tras la primera cita, pero siempre pensaba: «¡Qué demonios! Vamos a probarlo, estas cosas nunca se saben...» Y a los dos, tres o seis meses, arrojaba la toalla y ya no las volvía a llamar. Ahora te encuentro a ti y me enamoro a primera vista. La segunda vez que te vi, me di cuenta de que estabas hecha para mí y que me consideraría muy honrado si pudiera pasarme el resto de mi vida lustrándote los zapatos. ¿Qué tengo que hacer ahora? ¿Disimular durante seis meses y decir que aún no lo he pensado? No tengo que pensar nada. Te quiero y deseo casarme contigo —Bernie no cabía en sí de gozo—. ¿Quieres casarte conmigo, Liz?

La mujer le miró con su joven sonrisa de veintisiete años.

—Estás loco, ¿ya lo sabías? Pero loco de remate —sin embargo, ella también lo estaba—. No puedo casarme contigo al cabo de tan sólo tres semanas. ¿Qué va a decir la gente? ¿Qué dirá tu madre?

—Mira —dijo Bernie, sonriendo a pesar de la inoportuna pregunta—, como no te llames Rachel Nussbaum y el apellido del soltera de tu madre no sea Greenberg o Schwartz como debe serlo el de cualquier judía que se precie, le va a dar un ataque de todos modos. Por consiguiente, ¿qué más da?

—La cosa será peor si le dices que me conociste hace tres semanas.

La mujer se acercó a Bernie y éste la atrajo hacia sí, obligándola a sentarse a su lado en el sofá.

—Estoy enamorado de ti, Elizabeth O'Reilly, y me daría igual que estuvieras emparentada con el Papa y que te hubiera conocido ayer. La vida es demasiado corta como para perder el tiempo con tonterías. Nunca lo he hecho y jamás pienso hacerlo —a Bernie se le ocurrió una idea—. Vamos a hacer las cosas como Dios manda. Nos comprometeremos en matrimonio. Hoy estamos a uno de agosto. Nos casaremos por Navidad, dentro de unos cinco meses. Si entonces me dices que no es lo que tú pensabas, lo dejamos y santas pascuas. ¿Qué te parece?

Ya estaba pensando en la sortija que iba a regalarle... Cinco quilates, siete, ocho, diez... Lo que ella quisiera.

La rodeó con los brazos mientras Liz le miraba con los ojos llenos de lágrimas.

—¿Te das cuenta de que ni siquiera te has acostado todavía conmigo?

—Es un descuido por mi parte —contestó Bernie, mirándola pensativo—. En realidad, iba a hablarte de eso. ¿Te parece que podrías buscar un canguro uno de estos días? No es que no quiera a nuestra niña —ya la consideraba un poco suya—, pero es que me ronda por la cabeza la perversa idea de que vengas a pasar unas cuantas horas a mi casa.

—Veré qué puedo hacer —contestó Liz riéndose.

Era la cosa más descabellada que jamás le hubiera ocurrido, pero Bernie era un hombre muy bueno y ella estaba segura de que jamás se arrepentiría de lo que iba a hacer. Además, estaba locamente enamorada de él. Parecía un poco extraño que se hubiera enamorado en sólo tres semanas. Estaba deseando contárselo a Tracy, su mejor amiga en la escuela, una maestra auxiliar que estaba a punto de regresar de un crucero de vacaciones. Se fue dejándola solitaria y, al volver, la encontraría comprometida en matrimonio con el director general de Wolff's. Era una locura impensable.

—Bueno, bueno, ya buscaré un canguro —añadió, cediendo ante la insistencia de Bernie.

—¿Quiere eso decir que somos novios?

—Supongo que sí.

Parecía increíble, pensó, mientras Bernie la miraba con los ojos entornados.

—¿Qué te parece si nos casáramos el veintinueve de diciembre? Será sábado —Bernie lo sabía por los planes que ya habían hecho en los almacenes—. De este modo, pasaremos las Navidades con Jane y después nos iremos a Hawai o cualquier otro sitio a pasar la luna de miel.

Liz se rió como una loca mientras él se inclinaba para darle un beso.

De repente, todo les pareció lógico. Era un sueño convertido en realidad, un matrimonio perfecto hecho de helado de plátano y bendecido por Jane que era algo así como su ángel de la guarda.

Cuando Bernie la besó emocionado, ambos comprendieron sin el menor asomo de duda que aquello iba a durar para siempre.

7

Liz tardó dos días en encontrar un «canguro». Por la tarde, telefoneó a Bernie para comunicarle la noticia y se puso colorada como un tomate. Sabía muy bien lo que él se proponía, y le daba vergüenza ser tan espontánea al respecto. Sin embargo, como sólo había un dormitorio en la casa, no quedaba más remedio que buscar otra solución. La mujer llegaría a las siete de la tarde y se quedaría hasta la una.

—Es un poco como lo de Cenicienta, pero ya me las arreglaré —dijo sonriendo.

—Me parece muy bien. No te preocupes —Bernie ya tenía preparado un billete de cincuenta dólares para entregárselo a la mujer cuando Liz fue a darle a Jane un beso de buenas noches—. Ponte algo especial esta noche.

—¿Un liguero, por ejemplo?

Estaba tan nerviosa como una novia.

—Fantástico —contestó Bernie, echándose a reír—. Pero con un vestido encima porque vamos a cenar fuera.

Liz se sorprendió. Pensaba que irían directamente al apartamento de Bernard y que allí mismo lo harían «por primera vez». Le parecía algo como enfrentarse con una intervención quirúrgica. Las primeras veces eran siempre embarazosas y la idea de ir a cenar la atraía muchísimo.

Fueron a L'Étoile, donde él había reservado mesa para dos, y, poco a poco, Liz empezó a relajarse. Bernié le habló de los almacenes, de sus planes para el otoño, de las promociones y los desfiles de moda. La temporada de ópera había sido un éxito extraordinario, y ya se anunciaban otros acontecimientos por el estilo. Liz admiraba la aptitud de Bernie para los negocios, su habilidad para aplicar los principios económicos a su gestión, su fina intuición y su capacidad para convertir en oro cualquier cosa que tocara, tal como decía Paul Berman. Últimamente, a Bernie ya ni siquiera le importaba que le hubieran enviado a San Francisco para inaugurar los almacenes. Probablemente, se quedaría un año más en California, con lo cual tendrían tiempo para casarse y estar unos cuantos meses solos, antes de regresar a Nueva York. Por su parte, Liz tendría que superar la prueba de su futura suegra. Quizá ya tuvieran un hijo en camino para entonces... Además, tendrían que buscarle una escuela a Jane. Pero todo eso no se lo dijo a Liz. Sólo le comentó que, más adelante, tendrían que regresar a Nueva York, sin añadir más detalles. Al fin y al cabo, aún faltaba un año, y primero tenían que pensar en la boda.

—¿Te pondrás un vestido de novia? —preguntó Bernie.

La idea le encantaba. Recientemente, había visto un modelo en el escaparate de una tienda y pensó que a Liz le sentaría de maravilla.

—A ti te gustaría, ¿verdad?

Liz se ruborizó mientras él asentía, tomándole una mano por debajo de la mesa. Estaba preciosa con su vestido de seda blanco que acentuaba su bronceado y con el cabello recogido hacia arriba en un moño. Bernie observó que se había pintado las uñas, cosa insólita en ella. Lo aprobó en su fuero interno, pero no le dijo nada cuando se inclinó para besarle suavemente el cuello.

—Sí, me gustaría mucho —contestó—. No sé explicarlo. Uno sabe siempre en cierto modo cuándo hace lo que debe y cuándo no. Yo siempre lo he sabido y sólo me equivoco las veces en que no confío en mi intuición —Liz le comprendía muy bien, aunque aquel matrimonio tan precipitado la asustaba un poco. Sin embargo, sabía que jamás lo tendría que lamentar—. Espero que algún día estés tan segura como yo lo estoy ahora, Liz.

Bernie la miró con dulzura. Le encantaba sentir el contacto del muslo de Liz contra el suyo y se emocionaba al imaginarla tendida a su lado, aunque todavía era demasiado pronto para eso. Tenía toda la velada perfectamente planificada.

—Mira, lo más curioso es que yo también estoy segura... Sólo que no sé cómo se lo voy a explicar a los demás.

—Yo creo que la vida real es así, Liz. Cuántas veces has oído hablar de personas que llevan diez años viviendo juntas y, de repente, una de ellas conoce a alguien y se casa en cinco días..., porque la primera relación no era adecuada, pero, en un abrir y cerrar de ojos, la persona comprende que la segunda sí lo será.

—Ya lo sé, muchas veces lo he pensado. Pero nunca imaginé que pudiera ocurrirme a mí.

Saborearon el delicioso plato, la ensalada y el *soufflé* y después se dirigieron al bar donde Bernie pidió champán y ambos conversaron un buen rato sobre el trasfondo de la música del piano, compartiendo sus opiniones, ideas, esperanzas y sueños. Fue la velada más hermosa que Liz hubiera vivido en mucho tiempo. El hecho de estar con Bernie la compensaba de todo lo malo que le había sucedido en la vida; de la muerte de sus padres, de la pesadilla de Chandler Scott y de los largos y solitarios años que pasó con Jane sin que nadie la ayudara ni le prestara el menor apoyo. De repente, ya nada le importaba. Fue como si se hubiera pasado la vida preparándose para aquel hombre que era tan cariñoso con ella.

Cuando terminaron de beberse el champán, Bernie

pagó la cuenta y ambos subieron lentamente los peldaños, tomados de la mano. Una vez arriba, en lugar de salir a la calle, Bernie la tomó del brazo y cruzó con ella el vestíbulo del hotel, dirigiéndose hacia los ascensores con una leve sonrisa apenas disimulada por la barba.

—¿Te apetece subir arriba a tomar una copa?

Liz adivinó lo que él se proponía y la situación se le antojó romántica y perversa a la vez. Bernie le susurró unas palabras y ella contestó con una sonrisa.

—Siempre y cuando me prometas no decirle nada a mi madre.

Eran sólo las diez y Liz sabía que les quedaban tres horas por delante.

El ascensor subió hasta el último piso y Liz siguió a Bernie en silencio hacia una puerta situada directamente enfrente. Bernie se sacó una llave del bolsillo y le cedió el paso. Era la *suite* más preciosa que Liz hubiera visto jamás, ni en el cine ni en la vida real y ni siquiera en sueños. Todo era en blanco y oro, con delicadas sedas, piezas antiguas por todas partes y una araña de cristal que centelleaba desde el techo. La iluminación era indirecta y en el centro de la estancia había una mesa con unas velas encendidas, una bandeja que contenía quesos y fruta, y una botella de champán puesta a enfriar en un cubo de plata.

Liz miró a Bernie sin saber qué decirle al principio. Lo hacía todo con tanto estilo y era siempre tan considerado...

—Es usted asombroso, señor Fine... ¿Lo sabía?

—Pensé que, si ésa iba a ser nuestra luna de miel, teníamos que hacerlo bien.

Y vaya si lo hizo. Nadie hubiera podido hacerlo mejor. En el resto de las habitaciones, la iluminación era también indirecta. Él mismo alquiló la *suite* al mediodía y subió a inspeccionarla antes de recoger a Liz para asegurarse de que todo estaba a punto. Pidió a la doncella que les abriera el lecho y dejó en él un maravilloso salto de cama de raso color de rosa ribeteado de plumas de marabú, con camisón y chinelas a juego. Liz lo descubrió todo al entrar en el dormitorio. Emitió un jadeo entrecortado al ver sobre la cama aquellas prendas más propias de una estrella cinematográfica que de la pequeña e insignificante Liz O'Reilly, de Chicago.

Así se lo dijo a Bernie cuando éste la tomó en sus brazos.

—¿Esa eres tú? ¿La pequeña e insignificante Liz O'Reilly, de Chicago? Bueno, pues, dentro de poco te vas a convertir en la pequeña Liz Fine, de San Francisco.

Bernie empezó a besarla con ansia y ella le correspondió apasionadamente mientras ambos se tendían en la cama, apartando a un lado las lujosas prendas de rosa. Era la primera vez que podían saciar el hambre que sentían el uno del otro al cabo de tres semanas de deseo contenido. Sus ropas se juntaron en un montón en el suelo, cubiertas por el salto de cama ribeteado de plumas de marabú mientras sus cuerpos se entrelazaban y sus bocas se juntaban una y otra vez. Liz convirtió en realidad todos los sueños de Bernie y él la asombró con su vehemencia hasta que, al final, ambos se quedaron tendidos en la cama con los ojos entornados y los cuerpos exhaustos.

—Eres la mujer más hermosa que jamás he conocido —dijo Bernie, acariciando el largo y sedoso cabello rubio de Liz.

—Tú también eres un hombre muy guapo, Bernie Fine... Por dentro y por fuera.

Liz hablaba con la voz ronca y le miraba amorosamente a los ojos. De repente, se echó a reír al descubrir lo que había dejado bajo la almohada. Era un liguero negro con un lacito rojo. Lo sostuvo en alto como si fuera un trofeo y besó a su amante con pasión. Después se lo puso y ambos volvieron a hacer el amor. Fue la noche más bella que jamás hubiera vivido ninguno de los dos. Ya era más de la una cuando tomaron un baño juntos en la bañera del hotel, jugueteando el uno con el otro entre las burbujas de jabón.

—Si nos ponemos así, nunca más saldremos de aquí —dijo Liz, apoyando la cabeza en el lujoso mármol rosado. Quería llamar a la canguro para decirle que llegarían un poco más tarde, pero, al final, Bernie le dijo que él ya se había encargado de todo—. ¿Le diste una propina? —preguntó, ruborizándose.

—Sí —contestó Bernie, satisfecho.

—Te quiero muchísimo, Bernie Fine.

Bernie la miró, pensando que ojalá pudiera pasar toda la noche con ella, pero sabía que no era posible. Ahora lamentaba haberle sugerido que se casaran después de las Navidades. La espera se le haría interminable. De repente, recordó algo que había olvidado.

—¿Adónde vas? —preguntó Liz, al verle salir de la bañera completamente enjabonado.

—Vuelvo en seguida.

Liz lo contempló mientras se alejaba. Poseía un cuerpo vigoroso, unos hombros muy anchos y unas piernas muy largas y fuertes. El cuerpo de Bernie la atraía irresistiblemente, pensó mientras el deseo le encogía el estómago. Se tendió en la bañera con los ojos cerrados, esperando el regreso de su amante. Bernie volvió en seguida y, tan pronto como se introdujo en la bañera, su mano empezó a acariciar el cuerpo de Liz y, antes de que tuviera ocasión de darle lo que llevaba, sus labios volvieron a juntarse con los de su amante. Esta vez, hicieron el amor en la bañera mientras sus voces jadeantes resonaban en el mármol rosado del cuarto de baño.

—Sssss —susurró Liz, riéndose—. Nos van a echar de aquí.

—O eso o nos obligarán a fregar platos —hacía muchos años que Bernie no se sentía tan a gusto. Hubiera deseado que aquello no terminara jamás. Nunca había conocido a nadie como Liz. Ambos llevaban mucho tiempo sin hacer el amor y, por consiguiente, pudieron saciar cumplidamente su apetito el uno en el otro—. Por cierto, quería entregarte algo antes de que me atacaras.

—¿Conque *yo* te he atacado, eh? —Liz se volvió a mirar, siguiendo la dirección de los ojos de Bernie. Estar a su lado era como celebrar diariamente la Navidad. En aquel momento se preguntó qué sorpresa le iba a dar. Un salto de cama…, un liguero y… Bernie había dejado una caja de zapatos al lado de la bañera. Liz la abrió y vio en su interior unas chillonas zapatillas doradas completamente cubiertas de piedras falsas. Se echó a reír sin estar muy segura de si el regalo iba en serio o no—. ¿Son las de Cenicienta? —preguntó. En realidad, eran muy cursis y no acertaba a comprender por qué razón Bernie se las había comprado. Él la miraba con aire divertido. Una de ellas incluso llevaba un enorme trozo de vidrio colgado del lazo dorado. —¡Dios mío! —exclamó al darse cuenta de lo que era—. ¡Dios mío! —repitió, levantándose de golpe en la bañera—. ¡No, Bernie! ¡No puedes hacer eso! —pero lo había hecho. Había prendido un maravilloso anillo de compromiso con un diamante enorme en uno de los lazos de oro de las vulgares zapatillas, induciendo a Liz a tomarlo al principio por un cacho de vidrio como los demás. Tomó la zapatilla entre lágrimas mientras Bernie se levantaba para desprender la sortija. Cuando él se la deslizó en el dedo, Liz se echó a temblar de pies a cabeza mientras las lágrimas le rodaban por las mejillas. Era un solitario de talla esmeralda de más de ocho quilates—. Oh, Bernie… —exclamó Liz, abrazándole mientras él le acariciaba el cabello y la besaba con pasión.

Tras salir de la bañera, Bernie la llevó a la cama y ambos volvieron a hacer el amor, pero esta vez más despacio, algo así como cantar en susurros o ejecutar una lenta y delicada danza que, por fin, culminó en un estremecimiento de placer inenarrable.

Eran las cinco de la mañana cuando Liz regresó a casa perfectamente compuesta y arreglada como si se hubiera pasado toda la noche participando en una reunión de profesores. Le hubiera sido un poco difícil explicar sus andanzas. Se disculpó ante la canguro por llegar tan tarde, pero la mujer dijo que no le importaba. Ambas sabían muy bien por qué. De todos modos, se había pasado el rato durmiendo. Cuando la mujer se marchó, cerrando suavemente la puerta a su espalda, Liz se quedó sola en el salón; y, mientras contemplaba la niebla estival a través de la ventana, pensó con ternura infinita en el hombre con quien iba a casarse y en la suerte que había tenido al encontrarlo. Sus ojos se posaron en el enorme brillante que centelleaba en uno de sus dedos. Tan pronto como se metió en la cama, telefoneó a Bernie y se pasó una hora hablando con él en románticos susurros. No podía soportar su ausencia.

8

Durante su estancia en Tahoe, donde todos durmieron en habitaciones separadas, Liz le comentó varias veces a Jane lo bonito que sería que los tres pudieran vivir siempre juntos. A la vuelta, Bernie insistió en que Liz eligiera un modelo de los almacenes para asistir a la inauguración de la temporada de ópera. Sería el acontecimiento social más destacado de San Francisco y ambos ocuparían un palco. Liz no tenía ningún vestido suficientemente elegante que ponerse y Bernie quería que luciera un modelo espectacular.

—Ya puedes empezar a aprovecharte de los almacenes, cariño. Alguna ventaja tengo yo que sacar de mis siete días de dedicación semanales.

No le daban nada gratis, pero le hacían un gran descuento.

Liz acudió a los almacenes y, tras probarse una docena de vestidos, eligió un modelo de un diseñador italiano que le gustaba mucho. Era una creación en terciopelo drapeado color coñac con incrustaciones de cuentas doradas y lentejuelas multicolores que semejaban piedras semipreciosas. Al principio, le pareció excesivamente recargado y temió que fuera tan extravagante como las zapatillas que Bernie le había ofrecido junto con la sortija de compromiso, pero, en cuanto se lo puso, se dio cuenta de cuán maravilloso era. El estilo recordaba la época del Renacimiento, tenía un generoso escote, unas mangas muy anchas y una falda larga de cola que podía sujetarse al dedo. Mientras se lo probaba en el salón del diseñador, se sintió como una reina y empezó a evolucionar ante el espejo. Se sobresaltó de repente cuando oyó que se abría la puerta y escuchó una conocida voz a su espalda.

—¿Encontraste algo? —preguntó Bernie, admirándola extasiado. Había visto el modelo cuando llegó de Italia. Era uno de los más caros que tenían, costaba un dineral, pero a él no le importaba. A Liz le sentaba de maravilla y, con el descuento, no le saldría demasiado caro—. ¡Madre mía! ¡El diseñador tendría que verte con este vestido, Liz!

La dependienta le miró sonriendo. Era un placer encontrar a una persona como Liz en tan perfecta sintonía con un vestido que realzaba toda su belleza, desde el bronceado de la piel hasta los ojos y la figura. Mientras Bernie se acercaba para besarla, la puerta de la estancia se cerró discretamente y la dependienta se retiró, murmurando:

—Voy a buscar otra cosa… Unos zapatos que hagan juego, quizá…

Conocía bien su oficio y siempre lo desempeñaba con eficiencia y habilidad.

—¿Te gusta de veras? —preguntó Liz, mirándole con ojos tan brillantes como las lentejuelas que constelaban el vestido.

Las risas de ambos resonaron en el probador como campanillas de plata mientras él la contemplaba arrobado, soñando con el momento en que podría exhibirla en la ópera.

—Me encanta. Parece hecho especialmente para ti. ¿Ves alguna otra cosa que te guste?

Liz se ruborizó ligeramente. No quería aprovecharse de él.

—Debería decir que no. No me han permitido ver la etiqueta del precio..., pero creo que ni siquiera tendría que comprarme éste.

Sabía que no hubiera podido permitirse el lujo de pagarlo, pero le gustaba acicalarse, tal como lo hubiera hecho Jane en las mismas circunstancias. Por otra parte, estaba segura de que Bernie le ofrecería su cuenta. Aun así...

Mientras la miraba, Bernie recordó de repente a Isabelle Martin y pensó en lo distintas que eran ambas muchachas. La una nunca tenía bastante, la otra no se atrevía a aceptar ningún regalo. Decididamente, era un hombre de suerte.

—Tú no vas a comprar nada, señora O'Reilly. El vestido es un obsequio de tu futuro marido, junto con cualquier otra cosa que te guste de las de aquí.

—Bernie, yo...

Él le selló los labios con un beso y después se encaminó hacia la puerta; antes de salir, se volvió a mirarla.

—Elige unos zapatos a juego, cariño. Y sube a mi despacho cuando hayas terminado. Nos iremos a almorzar por ahí.

En aquel instante, llegó la dependienta cargada de vestidos por si a Liz le gustaba alguno, pero ella se negó a probárselos y tan sólo accedió a elegir unos zapatos que hicieran juego con el modelo. Eran de raso color brandy, incrustados de lentejuelas casi idénticas a las del vestido. Liz estaba radiante de felicidad cuando subió al despacho de Bernie. Mientras abandonaban los almacenes, Liz comentaba lo mucho que le gustaban el vestido y los zapatos y reprendía cariñosamente a Bernie por mimarla de aquella manera. Se fueron a pie al Trader Vic's tomados del brazo y disfrutaron de un pausado almuerzo, tras el cual él la acompañó a su casa cuando ya eran casi las tres de la tarde. Liz tenía que recoger a Jane en casa de una amiguita. La chiquilla disfrutaba de sus últimos días de libertad antes de reanudar el curso el lunes de la próxima semana.

Liz sólo pensaba en la inauguración de la temporada de ópera. El viernes por la tarde fue a la peluquería para que la peinaran y le hicieran la manicura y, a las seis, se puso el soberbio vestido que le había regalado Bernie. Subió la cremallera con sumo cuidado y luego se miró un instante al espejo. Llevaba el cabello peinado hacia arriba y recogido en una redecilla dorada que había encontrado en el transcurso de una de sus correrías en Wolff's, y, por debajo de los pliegues del vestido, asomaban los preciosos zapatos a juego. Oyó a lo lejos el sonido del timbre y, de repente, apareció Bernie en la puerta del dormitorio, enfundado en un impresionante frac, con corbata blanca, una almidonada camisa inglesa confeccionada a la medida y los gemelos de brillantes de su abuelo.

—Dios mío, Liz…, estás preciosa —dijo besándola con cuidado para no estropearle el maquillaje—. ¿Lista? —preguntó mientras Jane, momentáneamente olvidada, los miraba desde la puerta.

Liz se percató súbitamente de la presencia de su hija. La niña no parecía muy contenta. Por una parte, le gustaba ver a su madre tan guapa, pero, por otra, le molestaba verlos juntos. Esa cuestión la tenía preocupada y Liz comprendió que pronto tendría que comunicarle sus planes a la niña, aunque no sabía cómo hacerlo. ¿Y si se opusiera a la boda? Liz sabía que Jane apreciaba a Bernie, pero eso no era suficiente. En cierto modo, la chiquilla consideraba a Bernie más amigo suyo que de su madre.

—Buenas noches, cariño —dijo Liz, inclinándose para darle un beso.

La niña se apartó, mirándola enfurecida y sin decirle nada a Bernie. Liz salió de la casa un poco preocupada, pero no le hizo ningún comentario a Bernie. No quería que nada empañara aquella mágica velada.

Primero fueron a cenar al Museo de Arte Moderno en el Rolls que Bernie alquiló para la ocasión, e inmediatamente se vieron arrastrados por un torbellino de mujeres vestidas con deslumbrantes modelos y cubiertas de fabulosas joyas mientras los fotógrafos pugnaban por obtener sus fotografías. Sin embargo, Liz se sentía perfectamente a sus anchas entre ellas, tomada del brazo de Bernie en medio de los flashes de los fotógrafos. Sabía que también la habían fotografiado a ella porque Bernie ya era conocido en la ciudad como el director de los almacenes más elegantes de la ciudad y muchas de aquellas mujeres parecían saber quién era. El museo había sido decorado por damas de la alta sociedad y estaba lleno de globos en oro y plata y árboles cubiertos de purpurina. Había regalos delicadamente envueltos en cada asiento, agua de colonia para los hombres y un bonito frasco de perfume para las mujeres; todo de Wolff's, naturalmente, cuyo característico papel de envolver resultaba claramente visible en todas las mesas.

La multitud los empujó mientras entraban al enorme salón donde se hallaban dispuestas las mesas. Liz miró sonriendo a Bernie y él le oprimió cariñosamente el brazo mientras otro fotógrafo disparaba un flash.

—¿Te diviertes? —preguntó Bernie.

Liz asintió, aunque tal vez la palabra «divertirse» no fuera la más idónea.

Era un apretujamiento de personas elegantemente vestidas y con tantas joyas encima como para llenar varias carretillas, si alguien hubiera querido tomarse la molestia de intentarlo. Sin embargo, Liz reconocía que la velada era muy emocionante.

Ambos se sentaron a una mesa junto con una pareja de Texas, el conservador del museo y su esposa, una importante clienta de Wolff's acompañada de su quinto marido, y la alcaldesa y su marido. Fue una mesa interesante en la que la conversación no decayó en ningún momento durante la cena. Hablaron de las vacaciones estivales, de los hijos, de los recientes viajes y de la última vez que habían visto a Plácido Domingo. Éste se había trasladado especialmente a San Francisco para cantar *La Traviata* aquella noche, con Renata Scotto, lo cual sería un espléndido regalo para los verdaderos aficionados a la ópera que, por cierto, eran muy pocos. En San Francisco, la ópera guardaba más relación con la posición social y con la moda que con la auténtica afición a la música. Bernie lo sabía, pero le daba lo mismo. Él quería pasarlo bien y asistir con Liz a semejante acontecimiento. Para él, Plácido Domingo y Renata Scotto no serían más que un placer adicional. Entendía muy poco de ópera.

Sin embargo, cuando más tarde cruzaron a pie la calzada en herradura de caballo para dirigirse al War Memorial Opera House, hasta él intuyó la emoción del momento. Esta vez, los fotógrafos aparecieron en masa para fotografiarlos a todos y la policía tuvo que formar cordones de protección para contener a la muchedumbre de mirones que deseaba ver de cerca a los famosos. Bernie tuvo la sensación de estar asistiendo a la ceremonia de concesión de premios de la Academia Cinematográfica de Hollywood, sólo que la gente le miraba a él y no a Gregory Peck o a Kirk Douglas. Se sintió un poco aturdido mientras protegía a Liz de los empujones de la gente y la acompañaba al interior del edificio; subieron la escalinata que conducía al lugar donde se encontraba su palco. Encontraron los asientos con facilidad y en seguida se vieron rodeados de rostros conocidos, sobre todo, de mujeres clientas de Wolff's. Bernie se alegró de que casi todas ellas lucieran modelos de los almacenes. Sin embargo, la más guapa era, sin lugar a dudas, Liz, con su vestido estilo Renacimiento y su cabello recogido en la redecilla dorada. Sintió deseos de besarla mientras la gente la miraba con envidia. Se apagaron las luces y ambos se pasaron el primer acto con las manos entrelazadas. Plácido Domingo y Renata Scotto ofrecieron una interpretación magistral. Fue una velada extraordinaria en todos los sentidos. Durante el entreacto, se fueron al bar donde el champán corrió como el agua y los fotógrafos se hartaron de tomar fotografías. Debían de haber fotografiado a Liz por lo menos quince veces, pero a ella no le importaba. Se sentía segura al lado de Bernie.

Mientras éste le ofrecía una copa de champán, Liz miró extasiada a su alrededor.

—Es divertido, ¿verdad? —dijo, mirando a Bernie y sonriendo.

Efectivamente, lo era. Todo era tan elegante y todo el mundo se lo tomaba tan en serio que era como si hubieran retrocedido en el tiempo y se encontraran en una época en que aquellas cosas eran infinitamente importantes.

—Es un cambio agradable, para variar, ¿no es cierto, Liz?

Ésta asintió sonriendo. A la mañana siguiente, tendría que ir a Safeway para hacer la compra y el lunes se pasaría la mañana anotando números en la pizarra.

—Todo lo demás parece irreal.

—Creo que esa debe ser la magia de la ópera —dijo Bernie.

Le gustaba que aquel acontecimiento tuviera tanta importancia en San Francisco y le encantaba formar parte del mismo. Pero, sobre todo, le gustaba compartirlo con Liz. Era la primera vez que ambos asistían a un acontecimiento de aquella clase y quería compartir con ella toda una vida de primeras veces. Las luces se amortiguaron y volvieron a encender mientras sonaba un discreto timbre a lo lejos—. Tenemos que volver.

Dejó la copa encima de la mesa y Liz imitó su ejemplo, pero entonces se dieron cuenta de que nadie más lo había hecho. Cuando, por fin, abandonaron el bar ante la insistencia del timbre, Bernie observó que casi todos los espectadores de los palcos se quedaban en el bar, hablando, riendo y bebiendo. Todo aquello también formaba parte de la tradición de San Francisco. El bar y sus intrigas eran, en la mayoría de los casos, mucho más importantes que la música.

En el transcurso del segundo acto, los palcos estuvieron casi vacíos; en cambio, el bar estaba lleno a rebosar cuando Liz y Bernie regresaron al mismo durante el segundo entreacto. Liz ahogó un bostezo y miró tímidamente a Bernie.

—¿Cansada, cariño?

—Un poco… Es una velada impresionante.

Aún quedaban muchas cosas por hacer. Más tarde tomarían un piscolabis en el Camarote del Capitán del Trader Vic's, de donde Bernie era cliente habitual. Después, pasarían un momento por el baile de la ópera del Ayuntamiento. Probablemente, no regresarían a casa hasta las tres o las cuatro de la madrugada, pero aquél era el acontecimiento que inauguraba la temporada social de San Francisco y destacaba como el mejor diamante de la diadema.

Al término de la representación, subieron al automóvil que les aguardaba en la calzada y se dirigieron inmediatamente al Trader Vic's, donde bebieron champán y tomaron caviar, sopa Bongo Bongo y *crêpes* de setas. Liz se rió al leer el mensaje que contenía la galletita china de la fortuna. «Él siempre te querrá tanto como tú le quieres a él.»

—Me gusta —dijo, sonriendo. Fue una velada deliciosa. Plácido Domingo, Renata Scotto y sus acompañantes acababan de entrar en el local y se habían sentado a una alargada mesa de un rincón, en medio de un gran revuelo. Numerosas personas se acercaron para pedirles autógrafos y ambos artistas las atendieron complacidos—. Gracias por esta velada tan hermosa, cariño.

—Aún no ha terminado —dijo Bernie, dándole una palmada en la mano mientras le volvía a llenar la copa de champán.

—Me vas a tener que llevar en brazos como siga bebiendo.

—No te preocupes, podré hacerlo —contestó Bernie, rodeándole los hombros con el brazo mientras brindaba con ella.

Abandonaron el Trader Vic's pasada la una para dirigirse al baile de la ópera, donde Liz empezó a reconocer los rostros que ya había visto en el museo, en el teatro de la ópera, en el bar y en el Trader Vic's. Todo el mundo parecía divertirse. Incluso los fotógrafos se habían calmado un poco. Ya tenían todas las fotografías que necesitaban, aunque todavía les tomaron otra a Bernie y a Liz mientras ambos evolucionaban por la pista a los acordes de un vals.

Fue precisamente la fotografía que publicaron al día siguiente los periódicos. Una gran fotografía de Liz en brazos de Bernie en el salón de baile del Ayuntamiento. Se podían distinguir algunos detalles del vestido, pero, sobre todo, el rostro radiante de felicidad de Liz.

—Te gusta mucho, ¿verdad, mamá? —preguntó Jane, sosteniéndose la barbilla con ambas manos mientras echaba un vistazo al periódico durante el desayuno de la mañana siguiente.

Liz tenía un dolor de cabeza espantoso. Regresó a casa a las cuatro y media de la madrugada y, mientras la habitación daba vueltas a su alrededor, calculó que aquella noche habrían consumido, por lo menos, dos o tres botellas de champán. Fue la noche más fantástica de su vida, aunque ahora, sólo de pensar en el champán, le daban mareos. En aquel momento, no estaba en condiciones de esquivar las preguntas de su hija.

—Es un hombre muy simpático, y a ti te quiere mucho, Jane.

No sabía qué otra cosa decirle.

—Yo también le quiero —dijo Jane, pero sus ojos revelaban que no estaba tan segura de ello como al principio. Las cosas empezaron a complicarse durante el verano y la chiquilla comprendió instintivamente que las relaciones iban en serio—. ¿Por qué sales tanto con él?

Liz miró a su hija en silencio por encima del borde de la taza de café.

—Me gusta —dijo al final. Qué demonios, pensó, decidiendo lanzarse—. En realidad, le quiero —la mujer y la niña se miraron sin decir nada. Jane ya lo sabía, pero era la primera vez que oía aquellas palabras y la cosa no le gustaba lo más mínimo—. Le quiero —repitió Liz con la voz temblorosa, muy a pesar suyo.

—Bueno... ¿y qué? —dijo Jane, levantándose para irse.

—¿Qué tiene eso de malo? —preguntó Liz, inmovilizando a su hija con la mirada.

—Nadie dice que tenga nada de malo.

—Lo dices tú, con tu forma de comportarte. Él también te quiere mucho a ti, ¿comprendes?

—¿Ah, sí? Y tú, ¿cómo lo sabes? —replicó Jane, con los ojos llenos de lágrimas.

—Lo sé porque me lo ha dicho —contestó Liz, levantándose para acercarse a su hija. Estaba tentada de contárselo todo. Al fin, tendría que hacerlo de todos modos y tal vez fuera mejor ahora que más tarde. Se sentó en el sofá y atrajo a Jane sobre su regazo. La niña tenía el cuerpo en tensión, pero no opuso resistencia—. Quiere casarse con nosotras —al oír la voz de su madre, Jane ya no pudo reprimir las lágrimas por más tiempo. Hundió el rostro en su hombro y empezó a sollozar muy quedo. Las lágrimas asomaron asimismo a los ojos de Liz mientras ésta abrazaba a la que era su niñita y siempre lo seguiría siendo—. Yo le quiero, cariño...

—¿Por qué...? Quiero decir, ¿por qué tenemos que casarnos con él? Ya estábamos bien las dos solas.

—¿De veras? ¿No querías tener un papá?

Los sollozos cesaron, pero sólo por un instante.

—A veces, pero nos lo pasábamos muy bien sin él.

Jane conservaba todavía la ilusión del padre al que jamás conoció, del «guapo actor» que murió cuando ella era pequeña.

—Puede que lo pasáramos todavía mejor con un papá. ¿Nunca se te ocurrió pensarlo?

Jane miró a Liz lloriqueando.

—Tendrás que dormir en su cama y yo ya no podré

meterme en la tuya los sábados y los domingos por la mañana.

—Pues claro que podrás —sin embargo, ambas sabían que todo sería distinto. Por una parte, sería una circunstancia triste y, por otra, afortunada—. Piensa en la cantidad de cosas que podremos hacer con él: ir a la playa, dar largos paseos, salir a navegar en bote. Y... piensa en lo simpático que es, nenita.

Jane asintió con la cabeza, Eso no podía negarlo. No quería ser injusta con él.

—Creo que a mí también me gusta..., aunque lleve barba... —dijo, mirando a su madre y dirigiéndole una sonrisa mientras trataba de contener el llanto. Después hizo la pregunta que más le interesaba—: ¿Me seguirás queriendo cuando le tengas?

—Siempre —contestó Liz, abrazando fuertemente a su hijita con los ojos llenos de lágrimas—. Siempre, siempre, siempre.

9

Jane y Liz se dedicaron a comprar revistas especializadas en vestidos de novia y, cuando, al final, acudieron juntas a Wolff's para elegir los vestidos de la boda, Jane no sólo estaba resignada sino que, además, ya empezaba a pasarlo bien. Permanecieron una hora en la sección de confección infantil, buscando un vestido adecuado hasta que lo encontraron. Era un modelo de terciopelo blanco con un cinturón ancho de raso color de rosa y una rosa en el cuello, precisamente lo que Jane quería. Tuvieron la misma suerte en la elección del vestido de novia de Liz. Después, Bernie se las llevó a almorzar al Saint Francis.

A la semana siguiente, en Nueva York, Bernie se enteró de la fausta nueva. Las noticias se propagaban con mucha rapidez en los círculos de los minoristas y Bernie era un hombre importante en Wolff's. Berman le llamó poseído de una mezcla de curiosidad y diversión.

—Conque no querías revelarme el secreto, ¿eh? —le preguntó sonriendo.

—No es eso —contestó tímidamente Bernie.

—Me dicen que Cupido ha lanzado uno de sus dardos en la Costa Oeste. ¿Es verdad o sólo se trata de un rumor?

Se alegraba por su amigo y le deseaba la mejor suerte del mundo. Quienquiera que fuera la novia, estaba seguro de que Bernie habría hecho una elección acertada, y esperaba conocerla muy pronto.

—Es verdad, pero hubiera querido decírtelo yo mismo, Paul.

—Pues adelante. ¿Quién es ella? Sólo sé que se compró un vestido de novia en la cuarta planta —dijo Bernan, riéndose.

Vivían en un mundo cerrado presidido por los rumores y los chismorreos.

—Se llama Liz y es maestra de escuela. Es de Chicago, estudió en la Universidad Northwestern, tiene veintisiete años y una deliciosa hijita de cinco llamada Jane. Nos vamos a casar después de Navidad.

—Me parece todo perfecto. ¿Cuál es su apellido?

—O'Reilly.

Paul soltó una estruendosa carcajada porque conocía a la señora Fine.

—¿Qué ha dicho tu madre?

—Aún no se lo he comunicado —contestó Bernie, sonriendo.

—Ya nos avisarás cuando lo hagas. Seguramente oiremos la explosión desde aquí. ¿O acaso se ha ablandado en los últimos años?

—Más bien no.

—Bueno, pues, te deseo mucha suerte —dijo Berman—. ¿Tendré ocasión de conocer a Liz cuando vengas al este el mes que viene?

Bernie pensaba trasladarse a Nueva York y luego a Europa, pero Liz no había previsto acompañarle. Tenía que trabajar y cuidar de Jane y, además, quería alquilar una casa para el año siguiente. Hubiera sido absurdo comprarla, teniendo que regresar tan pronto a Nueva York.

—Creo que estará ocupada aquí. Pero nos gustaría mucho que vinieras a la boda.

Ya había mandado imprimir las invitaciones. En Wolff's, naturalmente. Pero la boda tendría carácter familiar. No habría más de cincuenta o sesenta personas. Organizarían un almuerzo en un restaurante y después se irían a las islas Hawai. Tracy, la mejor amiga de Liz en la escuela, ya había prometido quedarse con Jane en la nueva casa durante su asusencia, lo cual era muy de agradecer.

—Procuraré ir —dijo Berman—. Supongo que ahora no tendrás tanta prisa en regresar a Nueva York.

Bernie se asustó al oír esas palabras.

—Pues no creas —dijo—. Empezaré a buscarle una escuela a Jane durante mi estancia en Nueva York, y Liz me ayudará cuando venga conmigo en primavera —quería que Berman se sintiera obligado a llamarle a Nueva York; al ver que no contestaba, Bernie frunció el ceño—. Queremos matricularla para el próximo septiembre.

—Ya…, bueno… Pues te veré en Nueva York dentro de unas semanas. Y enhorabuena.

Tras colgar el aparato, Bernie permaneció inmóvil, con la mirada perdida en el espacio. Estaba preocupado y se lo comentó a Liz aquella noche.

—No quiero que me dejen tres años aquí como hicieron en Chicago.

—¿No puedes hablar con él cuando vayas al este?

—Eso pienso hacer.

Pero, una vez estuvo en Nueva York, Paul Berman no quiso comprometerse con una fecha concreta.

—Llevas allí tan sólo unos cuantos meses. Tienes que dejar la sucursal completamente en marcha, Bernard. Ése fue el trato.

—El negocio marcha viento en popa y ya llevo allí ocho meses.

—Pero los almacenes se inauguraron hace sólo cinco. Concédenos otro año. Tú sabes lo mucho que te necesitamos. Lo que tú hagas ahora marcará la pauta de los almacenes en los próximos años. Tú eres el mejor hombre que tenemos.

—Un año más es mucho tiempo.

A Bernie se le antojaba una eternidad.

—Ya hablaremos de ello dentro de seis meses.

Paul quería dar largas al asunto y aquella noche Bernie abandonó los almacenes muy deprimido. No se encontraba en el mejor estado de ánimo para reunirse con sus padres. Se había citado con ellos en La Côte Basque porque no tenía tiempo de ir a verles a Scarsdale y sabía lo mucho que deseaba verle su madre. Aquella tarde, le compró un bolso precioso de lagarto beige con un cierre de ojo de gato que era la más reciente novedad de la casa Gucci. Era una obra de arte más que bolso, y esperaba que a su madre le gustara. Pese a ello, se sentía muy inquieto cuando salió del hotel para dirigirse a pie al restaurante. Era una de aquellas hermosas noches de octubre en que el tiempo es tan perfecto como lo es todo el año en San Francisco, aunque en Nueva York, por su carácter fugaz, siempre parece algo especial.

Sin embargo, el ambiente era extraordinariamente animado; pasaban los automóviles y sonaban los cláxons y, mientras, las mujeres elegantemente vestidas descendían de los taxis para entrar en los restaurantes o subían o bajaban de los automóviles particulares, luciendo preciosos vestidos y fabulosos abrigos para dirigirse al teatro, los conciertos o las fiestas. Bernie recordó súbitamente todo lo que se había perdido durante los ocho meses pasados y pensó que ojalá Liz estuviera allí con él. Se prometió a sí mismo que la próxima vez la llevaría consigo. Con un poco de suerte, conseguiría que su viaje de negocios de primavera coincidiera con las vacaciones de Pascua de Liz.

Entró rápidamente a través de la puerta giratoria de La Côte Basque y aspiró a pleno pulmón la lujosa atmósfera de su restaurante preferido. Los murales eran todavía más bonitos de lo que él recordaba, la iluminación era suave, y unas mujeres enjoyadas y vestidas de negro ocupaban las banquetas y contemplaban a los restantes clientes mientras conversaban con docenas de hombres, todos vestidos de gris como si fueran de uniforme, pese a que rezumaban dinero y poder por todos los poros.

Miró a su alrededor e intercambió unas breves palabras con el *maître*. Sus padres ya estaban allí, sentados a una mesa de cuatro en la parte de atrás. Cuando Bernie llegó a la mesa, su madre extendió los brazos mirándole angustiada, y se aferró a su cuello como si se estuviera ahogando.

Era una manera de saludarle que a Bernie le daba mucha vergüenza y después le hacía arrepentirse de no ser más cariñoso con ella.

—Hola, mamá.

—¿Eso es lo único que se te ocurre decir al cabo de ocho meses? ¿«Hola, mamá»?

La señora Fine le miró escandalizada y empujó a su marido a una silla para poder sentarse al lado de Bernie en la banqueta. Bernie tuvo la impresión de que todo el mundo les estaba mirando cuando su madre empezó a regañarle por su insensibilidad.

—Estamos en un restaurante, mamá. No podemos hacer una escena, eso es todo.

—¿Y eso te parece a ti una escena? Te pasas ocho meses sin ver a tu madre y te limitas a decirle hola. ¡Menuda *escena*!

Bernie hubiera deseado esconderse bajo la mesa. Los clientes de las mesas cercanas podían oír las palabras de su madre.

—Nos vimos en junio —dijo Bernie, bajando deliberadamente la voz, aunque más le hubiera valido no discutir con ella.

—Eso fue en San Francisco.

—Pero también cuenta.

—No, porque siempre estabas demasiado ocupado para verme.

Fue cuando la inauguración de los almacenes. Bernie procuró pasar todo el tiempo que pudo con sus padres, aunque ella no quisiera reconocerlo.

—Tienes muy buen aspecto —dijo Bernie, cambiando de tema.

Su padre pidió un whisky bourbon con hielo para él y un Rob Roy para su madre, y Bernie pidió un kir.

—¿Qué clase de bebida es ésa? —preguntó su madre, recelosa.

—Ya te la dejaré probar cuando la sirvan. Es muy ligera. Estás fantástica, mamá —dijo Bernie.

Lamentaba que en las conversaciones sólo interviniera su madre. No recordaba cuándo había hablado por última vez con su padre y se sorprendía de que éste no hubiera llevado consigo sus revistas médicas al restaurante.

Les sirvieron las bebidas, Bernie tomó un sorbo de kir y le ofreció un poco a su madre, pero ésta lo rechazó. No sabía si comunicarles la noticia de su boda con Liz antes o después de la cena. En caso de que lo hiciera después, su madre le acusaría de ser un hipócrita por no haberles dicho nada al principio. Y, en caso de que lo hiciera antes de la cena, su madre podía organizar un escándalo y colocarle en una situación embarazosa. Decirlo después era más seguro, pero hacerlo antes le parecía más honrado. Ingirió un buen sorbo de kir y se lanzó.

—Tengo una buena noticia para ti, mamá —dijo con voz temblorosa mientras ella le miraba con ojos de halcón, intuyendo que se trataba de algo importante.

—¿Vuelves a Nueva York?

Esas palabras fueron como una puñalada en el corazón de Bernie.

—Todavía no. Pero lo haré uno de estos días. No, es algo todavía mejor.

—¿Te han ascendido a un cargo de más responsabilidad?

Bernie contuvo el aliento. Tenía que acabar de una vez con aquel juego de las adivinanzas.

—Voy a casarme.

Se hizo un silencio sepulcral. La señora Fine miró a su hijo aturdida, como si alguien le hubiera desconectado la corriente. Volvió a hablar al cabo de una eternidad sin que su marido hubiera dicho esta boca es mía.

—¿Quieres hacerme el favor de explicármelo?

Le hablaba como si acabaran de detenerle por vender droga; en lo más hondo de su ser, Bernie empezó a enojarse con ella.

—Es una chica estupenda, mamá. Te gustará mucho. Tiene veintisiete años y es guapísima. Trabaja como maestra en una escuela —lo cual significaba que era respetable. No era una bailarina de discoteca, ni una camarera de bar o una practicante de estriptís—. Y tiene una niña que se llama Jane.

—¿Es divorciada?

—Sí, Jane tiene cinco años.

Su madre le miró a los ojos, tratando de averiguar algo más.

—¿Cuánto tiempo hace que la conoces?

—Desde que me trasladé a San Francisco —mintió Bernie, sintiéndose de nuevo como un chiquillo de diez años mientras buscaba las fotografías en la cartera.

Eran unas bonitas fotografías de Liz y Jane, en Stinson Beach. Las mostró a su madre y ésta se las pasó a su padre, el cual admiró a la hermosa joven y a su hijita, mientras Ruth Fine miraba a su hijo, en busca de la verdad.

—¿Por qué no nos la presentaste en junio?

Debía de ser porque era coja, tenía una fisura palatina o aún vivía con su marido.

—Porque entonces no la conocía.

—¿Quieres decir que sólo la conoces desde hace unas semanas y ya quieres casarte con ella? —con esas palabras, Ruth le dificultaba a su hijo la labor de explicarle debidamente las cosas. Después decidió darle el golpe de gracia y fue directamente al grano—. ¿Es judía?

—No —Bernie creyó por un momento que su madre se iba a desmayar y a duras penas pudo reprimir la risa—. Pero no pongas esta cara, por el amor de Dios. No todo el mundo es judío, ¿sabes?

—Pero hay las suficientes personas como para que pudieras elegir entre ellas. ¿Qué es? —preguntó Ruth Fine sin que, en realidad, le importara demasiado saberlo.

Disfrutaba sufriendo. Bernie decidió terminar de una vez por todas.

—Es católica y se apellida O'Reilly.

—Oh, Dios mío —exclamó su madre, hundiéndose en la silla. Bernie pensó por un instante que se había desmayado de verdad. Miró, asustado, a su padre y éste le tranquilizó con un gesto de la mano, dándole a entender que no era nada. Poco después, Ruth abrió los ojos y miró a su marido—. ¿Oíste lo que dijo? ¿Sabes lo que está haciendo? Me está matando y, ¿crees que le importa? No, le importa un bledo.

Inmediatamente se echó a llorar y abrió ostentosamente el bolso para sacar un pañuelo con que enjugarse las lágrimas mientras la gente de las mesas contiguas observaba el espectáculo y el camarero esperaba a cierta distancia, preguntándose si iban a pedir la cena o no.

—Creo que tendríamos que pedir la cena —dijo Bernie con calma.

—Tú..., tú si puedes comer —replicó su madre con furia—. A mí me daría un ataque al corazón aquí mismo, en la mesa.

—Pide una sopa —le aconsejó su marido.

—Se me atragantaría.

Bernie sintió deseos de estrangularla con sus propias manos.

—Es una chica estupenda, mamá. La vas a querer mucho.

—¿Ya lo has decidido? —Bernie asintió con la cabeza—. ¿Cuándo será la boda?

—El veintinueve de diciembre.

Omitió deliberadamente las palabras «después de Navidad», pero ella se echó a llorar de todos modos.

—Todo planeado... Todo dispuesto... La fecha... La chica... Y a mí nadie me dice nada. ¿Cuándo lo decidiste? ¿Por eso te fuiste a California?

El interrogatorio era interminable y la noche iba a ser muy larga.

—La conocí nada más llegar.

—¿Cómo? ¿Quién os presentó? ¿Quién me ha hecho esta faena? —preguntó Ruth, enjugándose nuevamente los ojos mientras le servían la sopa.

—La conocí en los almacenes.

—¿Cómo? ¿En las escaleras mecánicas?

—¡Por el amor de Dios, mamá, ya basta! —dijo Bernie, descargando un puñetazo sobre la mesa, que sobresaltó no sólo a su madre sino a las personas de las mesas contiguas—. Me voy a casar y sanseacabó. Tengo treinta y cinco años y me voy a casar con una mujer encantadora. Me daría igual que fuera budista. Es una mujer buena, una buena madre y una buena persona, y eso es suficiente para mí.

Tomó una cucharada de sopa mientras su madre le preguntaba:

—¿Está embarazada?

—No.

—Entonces, ¿por qué tienes tanta prisa en casarte? Espera un poco.

—He esperado treinta y cinco años, me parece tiempo más que suficiente.

—¿Conoces a sus padres? —preguntó su madre, lanzando un suspiro de resignación.

—No. Murieron.

Por un instante, Ruth estuvo casi a punto de compadecerse de ella, aunque jamás lo hubiera reconocido ante Bernie.

En su lugar, prefirió guardar silencio y sólo cuando les sirvieron el café, se acordó Bernie del regalo que le había comprado a su madre.

Se lo entregó por encima de la mesa, pero ella sacudió la cabeza, negándose a aceptarlo.

—Preferiría no recordar esta noche.

—Tómalo, de todos modos. Te gustará.

Estaba a punto de arrojárselo a la cara cuando ella aceptó el estuche a regañadientes y lo dejó en el asiento contiguo como si fuera una bomba de relojería lista para explotar antes de una hora.

—No entiendo cómo puedes hacer eso.

—Porque es lo mejor que jamás he hecho —Bernie se deprimió de repente al pensar en cuán difícil era su madre. Lo más lógico hubiera sido que se alegrara por él y le felicitara. Lanzó un suspiro, tomó un sorbo de café y se repantigó en el respaldo de la banqueta—. Supongo que no querrás asistir a la boda.

Su madre se echó a llorar de nuevo y esta vez se enjugó las lágrimas con la servilleta, en vez de utilizar el pañuelo.

—No nos quiere ni en la boda —añadió entre sollozos, dirigiéndose a su marido como si Bernie no estuviera presente.

Bernie estaba a punto de perder la paciencia.

—Mamá, yo no he dicho eso. Sólo suponía...

—¡Pues no supongas nada! —replicó su madre, recuperándose momentáneamente antes de asumir de nuevo el papel de víctima—. No puedo creerlo.

Lou le dio unas palmadas en la mano y miró a su hijo.

—Es difícil para ella, pero ya se acostumbrará.

—¿Y tú, papá? —preguntó Bernie, mirándole a los ojos—. ¿Te parece bien? —era una tontería, pero necesitaba la bendición de su padre—. Es una chica maravillosa.

—Espero que te haga feliz —contestó su padre, sonriendo—. Creo que ahora será mejor que me lleve a tu madre a casa. Ha tenido una noche muy agitada.

Ruth les miró furiosa a los dos y empezó a abrir el paquete que Bernie le había dado. Momentos después, abrió la caja y sacó el bolso.

—Es muy bonito —miró a su hijo sin el menor entusiasmo, tratando de transmitirle todo el alcance del daño emocional que le había causado. Si hubiera podido demandarle ante los tribunales, lo hubiera hecho—. Aunque nunca me visto de beige.

Menos un día sí y otro también, pensó Bernie sin decir nada. Sabía que la próxima vez que viera a su madre, ella luciría el bolso.

—Lo siento. Pensé que te gustaría.

La madre asintió como siguiéndole la corriente. Luego, Bernie pagó la cuenta y, mientras salían del restaurante, su madre le tomó del brazo.

—¿Cuándo volverás a Nueva York?

—No antes de primavera. Mañana me voy a Europa y regresaré directamente a San Francisco desde París.

No estaba muy amable con ella después de la escena que le había armado.

—¿No podrías quedarte una noche en Nueva York? —le preguntó su madre en tono suplicante.

—No habrá tiempo para ello. Tengo que estar de vuelta en seguida para asistir a una importante reunión en los almacenes. Te veré en la boda, si vienes.

Ella no contestó. Sin embargo, antes de entrar en la puerta giratoria, se volvió a mirar a Bernie y le dijo:

—Quiero que vengas a casa para el Día de Acción de Gracias. Será la última vez.

Pasó por la puerta giratoria y esperó a Bernie en la calle.

—No voy a la cárcel, mamá. Me voy a casar y, por

consiguiente, no tiene por qué ser la última vez que nos veamos. Espero que el año próximo ya esté de vuelta en Nueva York y entonces podremos celebrar todos juntos el Día de Acción de Gracias.

—¿Tú y aquella chica? ¿Cómo dijiste que se llamaba? —preguntó su madre, simulando que le fallaba la memoria.

Bernie sabía, sin embargo, que hubiera podido repetir todos los detalles que había oído con respecto a «aquella chica» e incluso describir las fotografías.

—Se llama Liz. Y será mi mujer. Procura recordarlo —contestó Bernie, dándole un beso.

Después llamó un taxi. No quería demorar ni un momento la partida de sus padres. Tenían que recoger su automóvil, aparcado cerca del consultorio de su padre.

—¿No vendrás para el Día de Acción de Gracias? —preguntó la madre, asomándose por la ventanilla del vehículo mientras Bernie sacudía la cabeza en silencio, y la empujaba hacia el asiento fingiendo querer ayudarla.

—No puedo. Ya te llamaré cuando vuelva de París.

—Tengo que hablar contigo sobre la boda —insistió su madre.

El taxista empezó a impacientarse.

—No hay más que decir. Será el veintinueve de diciembre en el Templo Emanuel, y la recepción se celebrará en un pequeño hotel de Sausalito que a ella le gusta mucho.

Su madre hubiera querido preguntarle si la chica era una hippie, pero no tuvo tiempo porque Lou ya le había facilitado al taxista la dirección de su consultorio.

—No tengo nada que ponerme.

—Ve a los almacenes y elige algo que te guste. Yo lo cargaré en mi cuenta.

Súbitamente, su madre se percató de lo que había dicho. Se iban a casar en el templo.

—¿Querrá casarse en el templo? —preguntó, asombrada.

No pensaba que los católicos estuvieran dispuestos a hacer semejante cosa, aunque, en realidad, era una mujer divorciada. A lo mejor, la habían excomulgado o algo por el estilo.

—Sí. Querrá casarse en el templo. Elizabeth te gustará mucho, mamá.

Bernie rozó la mano de su madre con la suya y ella le miró con ojos llorosos.

—*Mazel tov* (buena suerte) —le dijo al final, reclinándose en el respaldo del asiento mientras el taxi se alejaba rugiendo sobre los baches.

Bernie exhaló un profundo suspiro de alivio. Lo había conseguido.

10

Pasaron el Día de Acción de Gracias en el apartamento de Liz en compañía de Jane y de Tracy, la amiga de Liz, una agraciada mujer de cuarenta y pico de años, con los hijos ya crecidos. Uno estudiaba en Yale y no regresaría a casa durante las vacaciones, y la chica estaba casada y vivía en Filadelfia. Su marido había muerto hacía catorce años y ella era una de esas personas animosas y fuertes que nunca se dejan abatir por las desgracias. Le gustaban las plantas y la cocina, tenía varios gatos y un enorme perro Labrador, y vivía en un encantador apartamento en Sausalito. Se hizo amiga de Liz cuando ésta empezó a trabajar en la escuela y la ayudó a cuidar a Jane durante los primeros años en que anduvo muy escasa de dinero y con una niña pequeña a su cargo. A veces, le hacía de canguro para que pudiera ahorrarse unos dólares e ir al cine. Nadie se alegraba más que Tracy de la suerte de Liz. Ya había accedido a ser su dama de honor en la boda y Bernie le tenía una enorme simpatía.

Era alta y delgada, había nacido en el estado de Washington y no conocía Nueva York. Poseía un carácter extremadamente sencillo y cordial y estaba segura de que Liz iba a ser muy dichosa en su matrimonio. Tanto como ella lo había sido con su marido, hechos enteramente el uno para el otro. Jamás encontró a otro igual y no quería seguir buscando. Se daba por satisfecha con su vida en Sausalito, sus amigos y sus pequeños alumnos, y estaba ahorrando para ir a ver a su hija a Filadelfia.

—¿No podríamos ayudarla, Liz? —preguntó Bernie en cierta ocasión. No le parecía justo conducir un lujoso automóvil, comprar ropa carísima, regalarle a Liz un brillante de ocho quilates y a Jane una muñeca antigua de cuatrocientos dólares para su cumpleaños mientras Tracy ahorraba hasta el último céntimo para poder ir a Filadelfia—. No está bien.

—No creo que acepte nada de nosotros.

Liz aún no se había hecho a la idea de que ya nunca más tendría que pasar apuros económicos, aunque no quería aceptar la menor suma de dinero de Bernie antes de la boda. Sin embargo, él la inundaba literalmente de costosos regalos.

—¿Tampoco aceptará un préstamo?

Al fin, Bernie decidió plantearle la cuestión a Tracy, tras haber quitado todos juntos la mesa el Día de Acción de Gracias. Aprovechó el momento en que Liz fue a acostar a Jane.

—No sé cómo decírtelo, Tracy.

Hasta cierto punto, era peor que batallar con su madre porque sabía lo orgullosa que era Tracy. Sin embargo, le tenía tanto aprecio que no podía por menos que intentarlo.

—¿Acaso quieres acostarte conmigo, Bernie? Te aseguro que me encantaría.

Tenía un extraordinario sentido del humor y una tez tersa y suave como la de una niña, uno de esos rostros de piel clara y ojos azules como el de tantas mujeres inglesas. Sus uñas estaban a menudo sucias de tierra de tanto trajinar en el jardín, y siempre les llevaba rosas, lechugas, zanahorias y tomates.

Bernie respiró hondo y se lo dijo de un tirón. Ella le miró con los ojos llenos de lágrimas y extendió silenciosamente una mano para tomarle la suya. Tenía unas manos fuertes y frías, acostumbradas a abrazar a dos hijos y a un marido al que había amado con pasión.

—Mira, si fuera otra cosa… Un vestido, por ejemplo, o un automóvil o una casa, no lo aceptaría… Pero, me apetece tanto ir a Filadelfia que lo aceptaré sólo como préstamo.

Insistió en viajar aprovechando alguna plaza disponible que hubiera en algún vuelo para que Bernie ahorrara dinero, pero él fue directamente a las oficinas de la compañía, le compró un pasaje y acudió a despedirla al aeropuerto en compañía de Liz cuando faltaba una semana para Navidad. Tracy prometió estar de vuelta el veintisiete, dos días antes de la boda.

Las Navidades fueron muy ajetreadas. Bernie acompañó a Jane a ver a Papá Noel en los almacenes y juntos celebraron también el Chanukah. Pero estaban tan ocupados haciendo la mudanza a la nueva casa que apenas disponían de un rato libre. Bernie se instaló en la casa el día veintitrés y Liz lo hizo el veintisiete. Tracy regresó aquella noche y los tres fueron a recibirla al aeropuerto. Estaba radiante de felicidad y no paraba de contarles cosas.

Ellos le gastaron bromas durante el camino de vuelta y la acompañaron a la nueva casa. Era una graciosa casita de estilo victoriano encaramada en una colina, en Buchanan, precisamente al lado de un parque donde Liz podría ir a pasear con Jane cuando ésta saliera de la escuela. La habían alquilado por un año, aunque Bernie esperaba poder irse antes.

—¿Cuándo llegan tus padres, Bernie? —preguntó Tracy.

—Mañana por la noche —contestó él, lanzando un suspiro—. Es algo así como esperar la visita de Atila, el rey de los hunos.

Tracy se echó a reír. Le estaría eternamente agradecida por el viaje que le había regalado.

—¿Podré llamarla abuela? —preguntó Jane, bostezando sentada en el sofá del nuevo salón.

Era agradable vivir juntos bajo un mismo techo, en lugar de ir y venir constantemente entre tres casas.

—Pues claro que sí —contestó Bernie, rezando en silencio para que su madre se lo permitiera. Más tarde, Tracy sacó su automóvil del garaje y regresó a su casa de Sausalito y Liz se acostó en la cama de la nueva casa y le echó los brazos al cuello a Bernie. Se encontraban acurrucados el uno junto al otro, cuando, de repente, oyeron una vocecita junto a la cama y Bernie pegó un brinco al sentir que Jane le rozaba tímidamente el hombro.

—Tengo miedo.

—¿De qué? —preguntó Bernie muy circunspecto mientras Liz se reía bajo las sábanas.

—Creo que hay un monstruo debajo de mi cama.

—No es verdad. Registré toda la casa de arriba abajo antes de mudarnos. En serio.

Bernie trataba de aparentar indiferencia, pero le daba apuro que la niña le hubiera sorprendido en la cama con su madre.

—Pues entonces..., debió de entrar después. Lo traerían los hombres de las mudanzas.

Parecía sinceramente asustada. Liz emergió de debajo de las sábanas y miró a su hija con el ceño fruncido.

—Vuelve inmediatamente a tu cama, Jane.

—Tengo mucho miedo —dijo la niña, abrazándose a Bernie con los ojos llenos de lágrimas.

—¿Te parece que suba arriba para ver si hay algún monstruo? —le preguntó Bernie, compadeciéndose de ella.

—Sube tú primero —de repente, Jane miró a su madre y después a Bernie—. ¿Por qué duermes en la cama de mamá si todavía no estáis casados? ¿No es contrario a la ley?

—Bueno, pues, verás... en realidad, no suele hacerse, pero... en algunos casos es más cómodo, ¿comprendes? —Liz se rió por lo bajo mientras Jane miraba a Bernie con interés—. ¿Vamos a buscar al monstruo?

Bernie sacó las piernas de la cama y se alegró de llevar puestos los pantalones de un viejo pijama. En realidad, se los había puesto en honor de Jane.

—¿Puedo subir a la cama con vosotros? —preguntó la niña, mirando primero a Bernie y luego a su madre.

Liz soltó un gruñido. Conocía el paño y sabía muy bien que, siempre que se rendía, tenía que pasarse después tres semanas discutiendo con ella.

—La llevaré a la cama —anunció Liz, haciendo ademán de levantarse.

—Sólo una vez... Es una casa nueva... —dijo Bernie, intercediendo en favor de Jane mientras la niña le miraba arrobada y deslizaba una mano en una de las suyas.

La cama era enorme y había sitio para todos, aunque la situación echaría por tierra los planes de Liz.

—Me rindo.

Liz apoyó de nuevo la cabeza en la almohada y Jane se encaramó por encima de Bernie como si fuera una amistosa montaña y se lanzó al hueco de en medio.

—Qué divertido —exclamó, mirando agradecida a su benefactor.

Bernie le contó historias de su infancia, y, cuando finalmente Liz se quedó dormida, ambos siguieron hablando como si tal cosa.

11

El avión tomó tierra con veinte minutos de retraso a causa del mal tiempo que hacía en Nueva York, pero, aun así, Bernie les aguardaba en el aeropuerto. Decidió acudir solo a recibir a sus padres y acompañarles primero al Hotel Huntington donde Liz se reuniría con ellos más tarde para tomar una copa. Pensaban cenar en L'Étoile que tantos recuerdos les traía de la noche que pasaron en el hotel, haciendo el amor por vez primera. Bernie había encargado de antemano una cena especial. Sus padres pensaban irse a México en seguida y él y Liz emprenderían viaje a las islas Hawai inmediatamente después de la boda. Por consiguiente, aquélla iba a ser la única oportunidad que tendrían de pasar una velada juntos. Su madre quería trasladarse a San Francisco con una semana de antelación, pero Bernie le aconsejó que no lo hiciera porque la mudanza a la nueva casa y la planificación de las ventas navideñas no le dejarían ni un solo momento libre.

Bernie miró a los pasajeros que descendían del aparato y vio, finalmente, un rostro familiar casi oculto por un sombrero de piel y un nuevo abrigo de visón. Su madre llevaba un espléndido bolso de viaje que él le había regalado hacía un año y su padre iba enfundado en un estupendo abrigo forrado de piel.

—Hola, cariño —dijo la madre, arrojándole los brazos al cuello con una sonrisa en los labios.

Él le devolvió la sonrisa.

—Hola, papá —Bernie abrazó a su padre—. Estás estupenda, mamá —añadió después mirando a su madre.

—Tú también —Ruth Fine le escudriñó el rostro—. Un poco cansado tal vez, pero el descanso en Hawai te sentará muy bien.

—Estoy deseando ir.

Tenían previsto pasar allí tres semanas. Liz había obtenido un permiso de la escuela.

De repente, Bernie vio que su madre miraba asombrada a su alrededor.

—¿Dónde está ella?

—Liz no ha venido. Me ha parecido mejor acompañaros primero al hotel. Se reunirá con nosotros a la hora de cenar.

Eran las cuatro de la tarde y llegarían al hotel pasadas las cinco. Bernie le dijo a Liz que se reuniera con ellos en el bar, a las seis. Había reservado mesa para las siete, aunque para sus padres, serían las diez. Aquella noche, con el cambio de tiempo, estarían cansados y, al día siguiente, habría muchas cosas que hacer. La ceremonia en el Templo Emanuel, el almuerzo en el Hotel Alta Mira, y después su vuelo a Hawai..., y el vuelo de sus padres a Acapulco.

—¿Por qué no ha venido? —preguntó su madre, dispuesta a armar un escándalo.

Bernie la miró sonriendo. Nunca cambiaría, pensó, aunque él no perdía la esperanza de que eso ocurriera.

—Hemos tenido muchas cosas que hacer, mamá, con la nueva casa y todo lo demás.

—¿Y no ha podido venir al aeropuerto a recibir a su suegra?

—Se reunirá con nosotros en el hotel.

Su madre sonrió valerosamente y le tomó del brazo mientras se dirigían a recoger el equipaje. Por una vez, pareció que se le pasaba el enfado en seguida. No le habló de los vecinos que se habían muerto, de los parientes que se habían divorciado ni de los productos en mal estado que habían causado la muerte de docenas de personas inocentes. Ni siquiera protestó cuando, por unos instantes, no apareció una de sus maletas. Fue la última que sacaron del avión y Bernie la tomó exhalando un suspiro de alivio y fue inmediatamente a recoger el automóvil para llevarlos a la ciudad. Se pasó todo el camino hablando de los planes de boda, y su madre le comentó lo mucho que le gustaba el vestido que se había comprado en Wolff's hacía unas semanas. Le dijo que era de color verde claro y que le sentaba muy bien, pero no quiso añadir más detalles. Bernie también tuvo ocasión de hablar un poco con su padre. Después, les dejó en el hotel y prometió regresar al cabo de una hora.

—Vuelvo en seguida —les dijo como si fueran unos niños.

Subió de nuevo a su automóvil y se fue a casa para ducharse, cambiarse de ropa y recoger a Liz, que estaba todavía en la ducha cuando él llegó. Jane se hallaba entretenida, jugando en su habitación con una nueva muñeca. Sin embargo, la niña parecía un poco triste últimamente, tal vez porque extrañaba la casa. La víspera durmió con ellos, aunque Bernie le prometió a Liz que no volvería a ocurrir.

—Hola... ¿Cómo está tu amiguita? —le preguntó desde la puerta.

Ella le dirigió una triste sonrisa al verle entrar en la habitación y sentarse a su lado. De repente, soltó una carcajada.

—¡Pareces la Rubita Gordinflona! —exclamó, rompiendo a reír.

—¿Con la barba que llevo? Pero, ¿qué clase de libros lees tú?

—Lo digo porque eres demasiado grande para la silla.

Bernie se había sentado en una de sus sillitas.

—Ah, ya —dijo, rodeándole los hombros con un brazo—. ¿Todo va bien?

—Sí —contestó la niña, encogiéndose de hombros—. Bastante.

—¿Y eso qué significa? ¿Estás otra vez preocupada por el monstruo de debajo de la cama? Podemos volver a mirar, si quieres. Pero te aseguro que no hay nadie.

—Lo sé.

Jane le miró con desdén, como si ella no hubiera dicho jamás semejante idiotez. Eso sólo lo hacían los niños pequeños. O los niños que querían pasar la noche en las camas de sus mamás.

—Entonces, ¿qué pasa?

—Te vas a llevar a mi mamá... —contestó la chiquilla, mirándole directamente a los ojos— durante mucho tiempo —añadió mientras las lágrimas asomaban súbitamente a sus ojos.

Bernie se sintió culpable del dolor que le había causado.

—Bueno, es que... es nuestra luna de miel... y tía Tracy te cuidará muy bien —dijo sin estar él mismo demasiado convencido de sus palabras.

—No quiero quedarme con ella.

—¿Por qué no?

—Me obliga a comer verdura.

—¿Y si yo le digo que no lo haga?

—Lo hará, de todos modos. Dice que los animales muertos son malos para la salud.

Bernie hizo una mueca, pensando en los animales muertos que iba a zamparse en L'Étoile.

—Yo no lo diría de esta forma.

—Nunca me deja comer perros calientes, hamburguesas o cosas por el estilo... —dijo la niña con voz lasti-mera.

—¿Y si yo le digo que te deje comer todo lo que te apetezca?

—¿Qué pasa aquí? —preguntó Liz desde la puerta, envuelta en una toalla y con el cabello rubio derramán-dose como una cascada sobre sus hombros mojados mien-tras Bernie la miraba con pasión.

—Estábamos estudiando un asunto —contestó Bernie.

Jane miró a su madre con expresión culpable.

—¿Tienes más apetito, Jane? Hay plátanos y manza-nas en la cocina.

Liz ya le había dado la cena y un postre exquisito.

—No, estoy bien —contestó la niña en tono enfurru-ñado.

—Vamos a llegar tarde, si no te das prisa —le dijo Liz a Bernie—. Jane está bien, cariño.

Una vez en el cuarto de baño y con la puerta cerrada, Bernie le explicó a Liz la situación.

—Está disgustada porque nos vamos tres semanas.

—¿Te lo ha dicho ella? —preguntó Liz, sorprendi-da—. A mí no me ha dicho nada. Me parece que te con-sidera un hombre blandengue y ya te ha tomado el tran-quillo —añadió con una sonrisa mientras le rodeaba el cuello con los brazos—. Y no le falta razón.

La toalla cayó al suelo y Bernie estrechó a Liz con-tra su cuerpo.

—Si haces eso, no conseguiré vestirme.

Poco a poco, Bernie se quitó la ropa con la intención de ducharse, pero no podía apartar los ojos de Liz, que empezó a acariciarle mientras le empujaba contra el toa-llero. Al final, no pudieron resistirlo más. Bernie corrió el pestillo de la puerta y abrió el grifo de la bañera. Des-pués, hicieron apasionadamente el amor y Liz tuvo que ahogar un grito tal como siempre le ocurría cuando hacía el amor con él. Al terminar, Bernie se metió bajo la ducha esbozando una sonrisa perversa.

—Ha sido estupendo. ¿Primer plato... o entremeses?

—Espera a tomar el postre de esta noche —le contestó Liz, mirándole con picardía.

Bernie abrió el grifo de la ducha y empezó a canturrear mientras se enjabonaba. Liz se colocó a su lado bajo el chorro y poco faltó para que volvieran a empezar. Sin embargo, tenían que darse prisa. Bernie no quería llegar tarde para no enojar a su madre.

Le dieron a Jane un beso de buenas noches, le indicaron a la canguro dónde estaban las cosas y corrieron al automóvil. Liz lucía un precioso vestido de franela gris con cuello de raso, regalo de Bernie, un collar de perlas que él le había comprado en Chanel y unos zapatos grises también de Chanel, con puntera de raso. Llevaba en el dedo la impresionante sortija de compromiso y se había peinado el rubio cabello hacia arriba para que destacaran mejor sus pendientes de perlas. Estaba guapísima y Bernie se percató de lo mucho que se impresionó su madre al verla en el vestíbulo del hotel. Ruth Fine la estudió detenidamente en busca de algún fallo. Cuando bajaron al bar y ella tomó del brazo a su hijo mientras su marido hacía lo propio con Liz, Ruth susurró en voz baja:

—Es una chica muy agradable.

Viniendo de ella, se trataba de un elogio extraordinario.

—Pero, ¿qué dices? —le contestó él, también en susurros—. Es una preciosidad.

—Tiene un cabello muy bonito —reconoció la madre—. ¿Es natural?

—Pues claro —contestó Bernie mientras se acercaban a una mesa y pedían las bebidas. Sus padres pidieron lo de siempre; en cambio, él y Liz pidieron vino blanco.

—Bueno, pues —dijo Ruth Fine, mirando a Liz como si estuviera a punto de pronunciar una sentencia o de decirle algo terrible—. ¿Cómo os conocisteis?

—Ya te lo he dicho, mamá —le interrumpió Bernie.

—Me has dicho que la conociste en los almacenes. Pero nunca me explicaste en qué circunstancias.

—En realidad, fue mi hija quien le eligió —terció Liz, riéndose muy nerviosa—. Se perdió, y Bernie la encontró y la invitó a un helado de plátano mientras me localizaban.

—¿Y tú no buscaste a la niña?

Liz estuvo a punto de soltar una carcajada. Aquella mujer era tal y como él se la había descrito. La Inquisición española en abrigo de visón, le había dicho, y eso era efectivamente aunque ella ya estaba preparada.

—Pues sí. Nos reunimos arriba y todo fue muy sencillo. Bernie le envió a la niña unos trajes de baño, yo le invité a la playa... y después, un osito de chocolate por aquí y otro por allá... Y eso fue todo —Bernie la miró sonriendo al recordarlo—. Un flechazo, supongo.

La señora Fine la miró complacida.

A lo mejor, sería adecuada para su hijo. A lo mejor. Aunque todavía era demasiado pronto para decirlo. Y, además, no era judía.

—¿Y esperas que eso dure? —preguntó, mirando inquisitivamente a Liz mientras Bernie hacía una mueca de desagrado ante la brutalidad de la pregunta.

—En efecto, señora Fine.

Liz observó que los ojos de la mujer se clavaban en el enorme brillante de su sortija de compromiso y se sintió súbitamente turbada. El de Ruth era por lo menos tres veces más pequeño que el suyo y era evidente que la mujer era una experta.

—¿Te lo ha regalado mi hijo?

—Sí —contestó Liz casi en un susurro.

Ni ella misma acababa de creérselo todavía.

—Eres una chica con suerte.

—Es verdad —convino Liz mientras Bernie se ruborizaba bajo la barba.

—La suerte la he tenido yo —dijo Bernie, mirando a su prometida con dulzura.

—Así lo espero —la madre le dirigió una significativa mirada y luego se dirigió de nuevo a Liz para proseguir el inquisitorial interrogatorio—. Bernie dice que trabajas de maestra en una escuela.

—Sí. Doy clase de segundo.

—¿Y lo vas a seguir haciendo? —Bernie hubiera querido decirle que se ocupara de sus asuntos, pero conocía muy bien a su madre y no se atrevió a interrumpirla. Estaba en su elemento, interrogando a Liz, la futura esposa de su único hijo. De repente, Bernie se compadeció de Liz y extendió una mano para tomar una de las suyas y decirle con la mirada lo mucho que la amaba. Su padre miró también a la chica, pensando en su fuero interno que era encantadora. Pero Ruth no estaba muy segura de ello—. ¿Seguirás trabajando después?

—Sí. Termino a las dos y podré dedicarle toda la tarde a Jane y estar en casa cuando Bernie regrese por la noche.

En aquel momento, se les acercó el maître para acompañarles a su mesa. Una vez sentados, Ruth comentó que no le parecía bien que vivieran juntos antes de la boda. Sobre todo, por Jane, dijo con aire relamido mientras Liz se ruborizaba intensamente. Bernie le explicó que sólo serían dos días y pareció que se ablandaba un poco, pero cualquier cosa fue motivo de comentario para ella aquella noche. En realidad, era una noche que en nada se diferenciaba de otras. Ruth Fine siempre hacía comentarios sobre cuanto le daba la gana.

—¡Qué barbaridad! Y luego se queja de que yo no quiera verla —le dijo más tarde Bernie a Liz.

Ni siquiera los esfuerzos de su padre consiguieron calmarla.

—No puede evitarlo, cariño. Eres su único hijo.

—Ese es el mejor argumento en favor de tener doce. A veces, me saca de quicio.

—Ya se le pasará —dijo Liz, sonriendo—. O, por lo menos, así lo espero. ¿Crees que he superado el examen?

—Con toda brillantez. Mi padre se ha pasado toda la noche mirándote las piernas. Cada vez que te movías, se le caía la baba.

—Es muy simpático. Y un hombre muy interesante. Me ha explicado unas técnicas quirúrgicas muy difíciles y creo que las he comprendido. He hablado mucho con él mientras discutías con tu madre.

—Le encanta hablar de su trabajo.

Bernie la miró con ternura, pero seguía disgustado con su madre, la cual no había parado de pincharles en toda la noche, tal como tenía por costumbre hacer. Ahora tendría ocasión de torturar a Liz y tal vez incluso a Jane. Sólo de pensarlo, se ponía enfermo.

Aquella noche Bernie se tomó una copa antes de acostarse y se pasó un buen rato sentado frente a la chimenea, comentando con Liz los planes de la boda. Él se vestiría en casa de un amigo y Liz lo haría en casa con Jane. Tracy les acompañaría al templo y él recogería a sus padres por separado en un automóvil. Bill Robbins, el arquitecto amigo de Liz propietario de la casa de Stinson Beach, la acompañaría al altar. Ambos eran amigos desde hacía mucho tiempo y, aunque no se veían a menudo, se tenían un gran aprecio. Era lógico que ella le hubiera encomendado que desempeñara aquel papel en su boda.

—Aún me remuerde la conciencia por tener que dejar a Jane tres semanas —confesó Bernie.

—No te preocupes —contestó Liz, apoyando la cabeza en su hombro—. Tenemos derecho a hacerlo. Casi no hemos dispuesto de tiempo de estar solos.

Era cierto, pero Bernie recordaba la tristeza de Jane aquella tarde y su negativa a quedarse con Tracy.

—Es que es muy pequeña... Sólo tiene cinco años... ¿Qué sabe ella de las lunas de miel?

Liz sonrió, lanzando un suspiro. Ella también lamentaba dejarla porque raras veces lo había hecho hasta entonces. Ahora, no tenía más remedio que hacerlo y no sentía el menor escrúpulo aunque se alegraba de que Bernie se preocupara por la niña. Sería un padre maravilloso.

—Eres un sentimental como la copa de un pino —le dijo, mirándole con cariño.

Bernie era el hombre más bueno del mundo. Cuando aquella noche la chiquilla se presentó de nuevo en su dormitorio, él la levantó en brazos con sumo cuidado para no despertar a Liz y después se acurrucó a su lado. Ya empezaba a considerarla su hija y se sorprendía de que pudiera quererla tanto. A la mañana siguiente, ambos se levantaron en silencio de la cama, se cepillaron los dientes el uno al lado del otro, le prepararon el desayuno a Liz y se lo llevaron en una bandeja, con una rosa que Bernie puso en un jarroncito.

—¡Feliz día de boda! —entonaron los dos al unísono mientras Liz abría los ojos y esbozaba una soñolienta sonrisa.

—Feliz día de boda también a vosotros, chicos... ¿Cuándo os habéis levantado? —preguntó.

Luego, miró a Bernie y a Jane como si sospechara que tramaban algo a sus espaldas.

Al terminar el desayuno, Bernie se fue a casa de su amigo para vestirse. La boda sería a las doce y tenían mucho tiempo por delante. Liz trenzó cuidadosamente el cabello de Jane con unas finas cintas blancas de raso. Después, le puso el vestido de terciopelo blanco que habían elegido juntas en Wolff's y una pequeña diadema en el pelo. El atuendo se completaba con unos calcetines blancos, unos zapatos de charol negros y un abriguito de lana azul marino que Bernie le había comprado en París. Parecía un angelito cuando salió de casa tomada de la mano de Liz para subir al automóvil que Bernie les había enviado. Por su parte, Liz lucía un vestido de raso blanco de Dior, con mangas muy anchas y falda larga hasta los tobillos para que se pudieran ver los zapatos que llevaba, también de Dior. Todo era de color marfil antiguo, incluso el tocado a juego que le sujetaba el cabello hacia atrás. Estaba preciosa, pensó Tracy, mirándola con los ojos llenos de lágrimas.

—Te deseo que seas siempre tan feliz como lo eres ahora —le dijo Tracy, enjugándose furtivamente las lágrimas mientras miraba a Jane—. ¿Verdad que está guapa tu mamá?

—Sí —contestó Jane.

Mientras contemplaba a su madre admirada, la pequeña pensó que era la señora más guapa que jamás hubiera visto.

—Tú también lo estás.

Tracy le acarició suavemente las trenzas y se acordó de su hijita mientras las tres subían al vehículo para dirigirse a Arguello Boulevard donde estaba ubicado el Templo Emanuel. Todo era hermoso, pensó Liz, estrechando con fuerza la mano de Jane. La chiquilla la miró sonriendo. Era un gran día para las dos.

Bill Robbins la aguardaba enfundado en un traje azul oscuro y luciendo una barba gris que le confería la apariencia de un clérigo. Los invitados ya ocupaban todos los bancos cuando sonó la música y Liz se dio cuenta de repente de lo que ocurría. Lo que hasta entonces había sido un sueño ahora estaba a punto de convertirse en realidad. Levantó la mirada y vio a Bernie con Paul Berman al lado y los Fine de pie en el primer banco. Sin embargo, sólo se fijó en Bernie, más guapo y elegante que nunca, mientras avanzaba lentamente por el pasillo para iniciar una nueva vida con él.

12

La recepción en el Alta Mira alcanzó un gran éxito y todo el mundo se lo pasó muy bien en la terraza, admirando el soberbio panorama. El hotel no era tan lujoso como otros, pero tenía más encanto. A Liz le gustaba muchísimo y Bernie estaba de acuerdo con ella. Ni siquiera su madre tuvo nada que objetar. Bernie abrió el baile con ella y su padre lo hizo con Liz; después, ambos se cambiaron las parejas y, al cabo de un rato, Paul Berman le pidió permiso a Bernie para bailar con Liz y éste lo hizo con Tracy. Al final, Bernie bailó con Jane y ésta se emocionó mucho de que la incluyeran en el ritual.

—Bueno, ¿qué te parece todo eso, muchacha? ¿Te gusta?

—Sí.

La niña parecía nuevamente feliz, pero Bernie seguía preocupado por ella. Se tomaba muy en serio sus nuevas responsabilidades paternales hasta el punto de que Liz volvió a tomarle el pelo, la víspera. También ella estaba preocupada por la niña de la que apenas se había separado a lo largo de cinco años, pero sabía que Tracy la cuidaría muy bien, y, además, tenían derecho a disfrutar de su luna de miel, qué caramba.

—Soy judío, ¿qué otra cosa podías esperar? —le dijo Bernie por fin—. El sentido de la culpa es muy importante para mí.

—Utilízalo para otras cosas. Jane estará perfectamente atendida.

Tras bailar con Jane, Bernie la acompañó al *buffet* y la ayudó a elegir todo cuanto quiso; después, la dejó con su nueva abuela y se fue a bailar otra vez con su mujer.

—Hola —dijo Jane, mirando a Ruth—. Me gusta tu sombrero. ¿Qué clase de piel es?

La pregunta pilló desprevenida a Ruth, la cual estudió detenidamente a la niña, y pensó que era una criatura preciosa y muy educada, a juzgar por lo que había visto hasta entonces.

—Es visón.

—Te queda muy bien con el vestido… El vestido tiene el mismo color de tus ojos, ¿te has dado cuenta?

La niña estaba fascinada por todos los detalles y Ruth la miró sonriendo sin poderlo remediar.

—Tienes unos ojos muy bonitos.

—Gracias. Son como los de mi mamá. Mi papá murió, ¿sabes?

Lo dijo como si nada, con la boca llena de rosbif. Ruth se compadeció súbitamente de ella. La vida no debía haber sido muy fácil para Liz y la niña antes de que Bernie se cruzara en su camino. Su hijo se le antojaba un salvador, cosa en la cual tanto Liz como Jane hubieran estado de acuerdo con ella. Sólo Bernie hubiera discrepado tal vez.

—Siento lo de tu papá.

Ruth no sabía qué otra cosa decirle.

—Yo también. Pero ahora tengo uno nuevo —dijo Jane, mirando con orgullo a Bernard mientras los ojos de Ruth se llenaban de lágrimas. Inesperadamente, la chiquilla añadió: —Tú eres la única abuela que tengo, ¿sabes?

—Ah —dijo Ruth, avergonzándose de que la niña la viera llorar. Después, se inclinó hacia adelante para acariciarle una manita—. Es muy amable de tu parte. Tú también eres mi única nieta.

Jane la miró con adoración al tiempo que le apretaba una mano.

—Me alegro de que seas tan buena conmigo. Antes de conocerte, tenía un poco de miedo —Bernie las había presentado aquella misma mañana en el templo—. Pensé que, a lo mejor, serías una vieja fea y antipática.

—¿Eso te dijo Bernie? —preguntó Ruth, horrorizada.

—No —contestó la niña, sacudiendo la cabeza—. Dijo que eras maravillosa.

Ruth esbozó una radiante sonrisa de felicidad. La chiquilla era adorable, pensó, dándole unas palmadas en una mano mientras tomaba un pastelillo de una bandeja para entregárselo. Jane lo partió por la mitad y le ofreció uno de los trozos. Ruth se lo comió sin soltarle la mano. Cuando Liz fue a cambiarse de ropa, ambas ya se habían hecho muy amigas. Al ver que se iba su madre, Jane se puso a llorar en silencio. Fue entonces cuando Bernie la vio desde el otro extremo del salón y corrió, presuroso, a su lado.

—¿Qué pasa, cariño? —le preguntó, agachándose para rodearla con su brazo.

—No quiero que tú y mamá os vayáis —contestó Jane lloriqueando.

La madre de Bernie se había ido a bailar con su marido.

—No estaremos fuera mucho tiempo.

Pero a ella tres semanas se le antojaban una eternidad. Bernie pensaba también en su fuero interno que era demasiado tiempo para dejarla sola al cuidado de otra persona. En aquel instante, apareció Tracy y Jane rompió a llorar. Momentos más tarde, regresó Ruth, y la niña se aferró a ella como si la conociera de toda la vida.

—Pero, bueno, ¿qué ocurre? —Bernie se lo explicó y Ruth se compadeció de la niña—. ¿Por qué no os la lleváis con vosotros? —le preguntó a su hijo en voz baja.

—No creo que a Liz le pareciera una buena idea... Es nuestra luna de miel... —contestó Bernie.

Su madre le dirigió una mirada de reproche y después miró a la llorosa chiquilla.

—Nunca te lo perdonarías. ¿Cómo podrías divertirte pensando en ella?

—Te quiero, mamá —dijo Bernie, sonriendo.

El sentimiento de culpabilidad siempre daba resultado.

Momentos después, Bernie fue en busca de Liz y le dijo lo que pensaba.

—No podemos llevarla con nosotros. No tenemos el equipaje preparado, ni hemos reservado habitación para ella en el hotel.

—Ya conseguiremos una... En caso necesario, buscaremos otro hotel...

—¿Y si no encontramos habitación?

—Dormirá con nosotros —contestó Bernie, sonriendo—. Y haremos otro viaje de luna de miel más adelante.

—Bernard, ¿qué te ha pasado? —pero Liz se alegraba de haber encontrado a un hombre que amara tanto a su hija. Ella también sentía escrúpulos por dejarla y, en cierto modo, le parecía más fácil esta nueva solución—. De acuerdo, pues. Y ahora, ¿qué? ¿Corremos a casa a hacer las maletas?

—A la mayor rapidez posible. —Bernie consultó su reloj, salió de nuevo a la zona de recepción, le dio un apresurado beso a su madre, abrazó a Paul Berman y a su padre y tomó a Jane en brazos precisamente en el momento en que aparecía Liz y empezaba la lluvia de arroz. Jane se asustó, temiendo que aquello fuera la despedida. Sin embargo, Bernie la rodeó fuertemente con los brazos y le murmuró al oído: —Te vienes con nosotros. Pero cierra los ojos para que no te entre ningún grano de arroz.

La niña los cerró con fuerza y sonrió alegremente mientras Bernie la sostenía con un solo brazo y tomaba con la mano libre la de Liz. Corrieron hacia la salida bajo una lluvia de pétalos de rosas y arroz, y al cabo de unos instantes subieron al automóvil para regresar a toda prisa a San Francisco.

Hicieron la maleta de Jane en diez minutos, incluyendo todos los trajes de baño que él le había regalado en verano, y consiguieron llegar a tiempo al aeropuerto. Quedaba una plaza libre en primera clase. Bernie compró el billete y pensó que ojalá tuvieran la misma suerte en el hotel. La niña les miró sonriendo cuando subía al avión. ¡Lo había conseguido! Se sentó sobre las rodillas de Bernie y, más tarde, se quedó dormida en brazos de su madre mientras volaban rumbo al oeste. Se habían casado los tres. Bernie se inclinó y besó a Liz en los labios mientras se apagaban las luces para que pudiera iniciarse la proyección de la película.

—Te quiero, señora Fine.

—Yo a ti también —contestó Liz en voz baja para no despertar a la niña dormida.

Luego, apoyó la cabeza contra su hombro y estuvo durmiendo hasta que llegaron a las islas Hawai. Pasaron la noche en Waikiki y, al día siguiente, volaron a Kona, situada en las islas Hawai. Habían reservado habitación en el Mauna Kea Resort Hotel y los dioses les fueron nuevamente propicios. Consiguieron dos habitaciones contiguas a cambio de la suite que Bernie había reservado previamente, pero, por lo menos, no tendrían que dormir los tres juntos. Sin embargo, de nada sirvió porque también había un monstruo debajo de la cama del Mauna Kea y Jane se pasó casi todas las noches durmiendo con ellos en la espaciosa cama hasta que despuntaba el sol por encima de las palmeras. Fue una luna de miel tripartita que jamás podrían olvidar, pensó Bernie, mientras sonreía mirando tímidamente a Liz por encima de la cabeza de la chiquilla. A veces, se limitaban a permanecer tendidos en la cama, riéndose de la situación.

—París en primavera, ¡te lo juro! —dijo Bernie, levantando una mano como un campista mientras ella le miraba entre risas.

—Siempre y cuando ella no se ponga a llorar.

—No, esta vez te lo prometo... ¡No sentiré remordimiento!

—¡Ja, ja!

Pero a Liz no le importaba. Se inclinó sobre la figura dormida de Jane y volvió a besarla. Al fin y al cabo, aquella era su vida y querían compartirla con Jane. Fueron tres semanas deliciosas y los tres regresaron de *su* luna de miel morenos, felices y relajados. A la vuelta, Jane presumió ante todo el mundo, explicando que había ido en viaje de luna de miel con su mamá. Fue un recuerdo imperecedero para los tres.

13

Los meses pasaron volando porque todos estaban constantemente ocupados. Bernie tenía que organizar las campañas de verano y otoño, adquirir nuevos artículos y reunirse con la gente de Nueva York. Por su parte, Liz se pasaba la vida cocinando y cosiendo para él. Lo hacía todo ella sola e incluso invitaba a cenar a sus amigos. Tenía unos rosales preciosos en el jardincillo de su casa de Buchanan Street y un huerto en la parte de atrás que ella y Jane cuidaban con esmero, siguiendo los consejos de Tracy. Abril llegó casi inesperadamente. Por aquellas fechas, Bernie solía trasladarse a Nueva York y después a Europa, como cada año. Liz no conocía Nueva York ni Europa y él deseaba mucho llevarla consigo. En cierto modo, le hubiera gustado llevar también a Jane, pero le prometió a Liz que aquella iba a ser su auténtica luna de miel. Por suerte, consiguieron resolver la situación de la mejor manera posible. Bernie planeó el viaje de tal forma que coincidiera con las dos semanas de vacaciones de Liz y Jane, y después decidió llevar a la niña a casa de los abuelos Fine. Jane se puso tan contenta que ya no le importó no ir a Europa con ellos.

—Y, además... —anunció en el avión—, iremos al Radio City Music Hall.

Sería una gira triunfal. El Museo de Historia Natural, para ver los dinosaurios que estaba estudiando en la escuela, el rascacielos del Empire State, la estatua de la Libertad. Estaba impaciente por llegar y Ruth por tenerla consigo, tal como pudo deducir Bernie a través de sus conversaciones telefónicas con ella, que con su madre últimamente eran más relajadas. Liz llamaba constantemente a Ruth sólo para saludarla y tenerla al tanto de las noticias, pero lo que más deseaba Ruth era hablar con la chiquilla. Era curioso que se hubiera encariñado tanto con la niña, pero el caso era que Jane la idolatraba. Le encantaba tener una abuela y un día le preguntó a Bernie solemnemente si podía usar su apellido en la escuela.

—Pues claro que sí —contestó Bernie, un tanto sorprendido.

Al día siguiente, la niña se convirtió oficialmente, en la escuela, en Jane Fine y regresó a casa radiante de felicidad.

—Ahora yo también estoy casada contigo.

Liz se alegraba mucho de poder dejar a Jane en buenas manos durante su ausencia. De no haber tenido a nadie más, la hubiera dejado con Tracy, aunque Jane no se llevaba muy bien con ella.

En el Aeropuerto Kennedy de Nueva York, la «abuela Ruth» la estaba esperando.

—¿Cómo está mi cariñito?

Por primera vez en su vida, Bernie no era el objeto de aquellas palabras y, por un instante, le pareció extraño. Las lágrimas asomaron a sus ojos cuando Jane se arrojó en brazos de su «abuela» mientras él abrazaba a su padre. Durante el camino a la casa de Scarsdale, los cinco se pasaron el rato riendo y charlando todos a la vez. Era como si, de repente, se hubieran convertido en una familia en lugar de ser enemigos. Bernie comprendió que todo era obra de Liz, la cual poseía el don de ganarse a todo el mundo. Ahora la vio conversando animadamente con su madre y se alegró con toda el alma de ello. Era un alivio que sus padres la hubieran aceptado. Por un momento, temió que jamás lo hicieran, pero no había calibrado el impacto que el hecho de ser abuelos ejercería en ellos.

—Y ahora mi apellido es como el vuestro —anunció orgullosamente la niña en el automóvil—. Es mucho más fácil de pronunciar. El otro nunca conseguía pronunciarlo bien —añadió, esbozando una desdentada sonrisa.

Acababa de caérsele el primer diente aquella semana y le dijo a su abuela cuánto dinero le había dejado el ratoncito.

—¿Cincuenta centavos? —repitió Ruth, impresionada—. Yo creía que eran sólo diez.

—Eso era antes —dijo Jane en tono despectivo. Luego, besó a su abuela en una mejilla y le susurró al oído:
—Te invitaré a un helado, abuela.

A Ruth se le derritió el corazón de felicidad.

—Vamos a hacer un montón de cosas divertidas mientras tus padres estén fuera.

Ahora, Jane llamaba papá a Bernie, el cual le había preguntado un día a Liz si le permitiría adoptar a la niña.

—Podrías hacerlo —le contestó ella—. Oficialmente, su padre nos ha abandonado y, por lo tanto, podemos hacer lo que queramos. Sin embargo, no veo por qué razón tienes que tomarte esta molestia, cariño. Si utiliza tu apellido, éste se convertirá en su apellido legal al cabo de los años y, además, ella ya ha decidido espontáneamente llamarte papá.

Bernie convino con ella en que eso era lo mejor. No le parecía oportuno llevar innecesariamente a la niña a los tribunales.

Era la primera vez en muchos años que se alojaba en casa de sus padres y se asombró de lo agradable que le resultaba teniendo a Liz y Jane a su lado. Liz ayudaba a su madre a preparar las comidas y a limpiarlo todo después. El único parte médico que les facilitó Ruth aquella noche se refirió a la enfermedad de la sirvienta. Sin embargo, esta vez no les habló ni de ataques cardíacos ni de apoplejías porque, afortunadamente, a Hattie sólo la habían operado de juanetes. El único problema surgió cuando Bernie quiso hacer aquella noche el amor con Liz.

—¿Y si entra mi madre? —preguntó en la oscuridad mientras Liz se reía muy quedo.

—Podría saltar por la ventana y esperar en el jardín hasta que no hubiera moros en la costa.

—Me parece muy bien, cariño… —dijo Bernie, deslizando una mano por debajo del camisón de raso de su mujer.

Se besaron e hicieron el amor susurrando como unos niños traviesos, y después se pasaron un buen rato charlando en la oscuridad.

—No te imaginas cómo era mi madre antes de conocerte. A veces, te juro que la odiaba —dijo Bernie.

Parecía un sacrilegio decirlo en la propia casa de su madre, pero muchas veces era verdad.

—Creo que ha sido Jane quien la ha hechizado.

—Puede que las dos —Bernie la contempló amorosamente a la luz de la luna—. Eres la mujer más extraordinaria que jamás he conocido.

—¿Mejor que Isabelle? —preguntó Liz en tono burlón mientras él la acariciaba.

—Por lo menos, tú no me has robado mi mejor reloj…, sino tan sólo el corazón.

—¿Sólo eso? —dijo Liz, haciendo un gracioso mohín mientras él le introducía la mano entre los muslos—. Yo estaba pensando en otra cosa, *monsieur*.

Bernie la atacó de nuevo y fue entonces cuando ambos iniciaron verdaderamente su luna de miel. Aquella noche, Jane no entró en la habitación para dormir con ellos, lo cual fue una suerte porque a Liz se le perdió el camisón bajo la cama y Bernie había olvidado llevar el pijama.

A la mañana siguiente, ambos se presentaron a desayunar respetablemente enfundados en unas batas. Mientras preparaba los zumos de naranja con la ayuda de Jane, la madre de Bernie les hizo un anuncio, tras intercambiar una significativa mirada con la niña.

—Hoy no tendremos tiempo de acudir a despediros al aeropuerto. Nos vamos al Radio City Hall. Ya tenemos las entradas.

—¡Es la inauguración del espectáculo de Pascua! —les explicó Jane, llena de júbilo.

Su madre era extraordinariamente hábil, pensó Bernie, dirigiendo una sonrisa a Liz. Lo había organizado todo de tal forma que Jane no tuviera que ir a despedirles al aeropuerto. En su lugar, fueron ellos quienes acudieron a despedirla a la estación cuando subió al tren en compañía de su abuela. El abuelo las recogería después en el Hotel Plaza.

—¡Imaginaos! —les dijo Jane—. ¡Iremos en un coche de caballos y veremos el Central Park!

Por un instante, a la niña le temblaron ligeramente los labios cuando se despidió de ellos, pero lo olvidó todo en seguida en cuanto el tren se puso en marcha y empezó a charlar como si tal cosa con Ruth, mientras Bernie y Liz regresaban a la casa y volvían a hacer el amor. Al marcharse, cerraron cuidadosamente la puerta con llave y tomaron un taxi para dirigirse al aeropuerto, donde comenzaría oficialmente su luna de miel.

—¿Preparada para ir a París, *madame* Fine?

—*Oui, monsieur* —contestó ella, riéndose.

Aún no había visto Nueva York, pero tenían pensado quedarse allí tres días a la vuelta. De este modo, sería más fácil y podrían dedicar más tiempo a Jane.

Fueron a París en un avión de la Air France y aterrizaron en el aeropuerto de Orly a primera hora de la mañana siguiente. Eran las ocho de la mañana, hora local, y llegaron al Hotel Ritz dos horas más tarde, tras recoger el equipaje y pasar por la aduana. Alquilaron previamente un automóvil y Liz se quedó boquiabierta de asombro al ver el hotel. Jamás había visto un vestíbulo más hermoso, más lleno de elegantes mujeres, de hombres impecablemente vestidos y de mozos paseando perros caniches y pequineses. Las tiendas del Foubourg St.-Honoré aún le parecieron más bonitas de lo que había imaginado. Bernie la llevó a todas partes y fue como un sueño. Los restaurantes Fouquet's, Maxim's y La Tour d'Argent, la torre Eiffel y el Arco de Triunfo, el Bateau-Mouche del Sena, las Galerías Lafayette, el Louvre, el Museo del Jeu de Paume e incluso el Museo Rodin. La semana que pasaron en París fue la más feliz de su vida. Después, volaron a Roma y Milán para presenciar los desfiles de moda. Bernie se encargaba todavía de establecer las líneas de importación de Wolff's y la tarea de seleccionarlas era muy complicada. Liz le acompañaba a todas partes, tomaba notas e incluso una o dos veces se probó los modelos para que él viera qué tal le sentaban a una mujer «corriente y moliente» y no ya a una maniquí profesional. Le decía si eran cómodos y de qué manera se podían modificar y, poco a poco, aprendió un montón de cosas y adquirió un refinado estilo que mejoró su innato buen gusto. Le encantaba trabajar diariamente con él, regresar al hotel por la tarde para hacer el amor y salir por las noches a pasear por la Via Veneto y arrojar monedas a la Fontana di Trevi.

—¿Qué es lo que más deseas, amor mío? —le preguntó Bernie.

—Ya lo verás —contestó ella, sonriendo.

—¿De veras? ¿Cómo? —sin embargo, Bernie ya lo sabía porque ansiaba lo mismo que ella—. ¿Tu deseo te convertirá en una mujer muy gorda?

Le gustaba imaginarla embarazada, pero aún no llevaban el suficiente tiempo juntos.

—Si te lo digo, el deseo no se cumplirá.

Regresaron al Hotel Excelsior y volvieron a hacer el amor. Les hubiera gustado mucho engendrar a su hijo en el transcurso de aquella segunda luna de miel. Una vez en Londres, donde tenían previsto pasar los últimos dos días de vacaciones, Liz comprobó que no había sido así y su decepción fue tan grande que incluso se echó a llorar cuando le comunicó a Bernie la noticia.

—No te preocupes —dijo él, rodeándole los hombros con un brazo—. Lo seguiremos intentando.

Lo hicieron una hora más tarde, pese a constarles que de nada les serviría en semejantes circunstancias. Aun así, regresaron muy contentos a Nueva York, tras haber compartido las mejores dos semanas de su vida. Jane tampoco se lo pasó del todo mal. Tardó dos horas en contarles todo cuanto había hecho en su ausencia. Al parecer, la abuela Ruth había vaciado todo el establecimiento Schwartz para ella.

—Necesitaremos un camión para llevarnos todo eso a casa —dijo Bernie, contemplando las muñecas, los juguetes, el perro de tamaño natural, el caballito, la casa de muñecas y una cocina en miniatura.

—No tenía nada con que jugar aquí —dijo Ruth, mirando ligeramente turbada a su hijo—. Sólo me quedan tus viejos camiones y tus coches —añadió casi en tono acusador.

Le encantaba comprarle juguetes a la niña.

—Ya —dijo Bernie sonriendo mientras le entregaba a su madre un estuche de la joyería Bulgari. Le había comprado unos soberbios pendientes hechos con monedas de oro antiguas rodeadas de brillantitos en forma hexagonal. A Liz le regaló otros parecidos. Ruth se los puso en el acto y les abrazó a los dos con afecto. Después, corrió a enseñárselos a su marido mientras Liz rodeaba con un brazo los hombros de Jane. La había echado mucho de menos, pero el viaje a Europa había sido maravilloso y le había sentado bien estar sola con Bernie.

Los días que transcurrieron todos juntos en Nueva York fueron análogamente satisfactorios. Cenas en La Côte Basque, en el «21» y en el Grenouille, los tres restaurantes preferidos de Bernie, donde éste compartió con Liz las distintas especialidades de la casa. Tomaron copas en el

Oak Room del Hotel Plaza y en el Sherry Netherland, fueron a ver a Bobby Short al teatro Carlyle por la noche y Liz se hartó de comprar en Bergdorf's, Saks, Bendel's y los legendarios almacenes Bloomingdale's, aunque insistió en que prefería Wolff's. Bernie la llevaba a todas partes. Un día, mientras observaba el ir y venir de los personajes famosos en el bar del P. J. Clark's, Liz le dijo a su marido:

—No sabes lo feliz que soy contigo. Llenas mi vida de alegría, Bernie. Nunca pensé que pudiera ser así. Estaba tan ocupada en sobrevivir que ahora todo me parece increíble. Antes, todo era pequeño y crispado; ahora, en cambio, todo es grande y apacible. Es como un fresco gigante..., como los murales de Chagall en el Lincoln Center —Bernie la había llevado a visitar también aquel lugar—. Ahora todo es en tonos rojos, verdes, cálidos amarillos y brillantes azules... Antes, todo era en blanco y negro.

Bernie tomó un sorbo de su bebida y se inclinó para darle un beso.

—Te quiero, Liz.

—Yo a ti también —contestó Liz en un susurro. Después le dio un acceso de hipo tan fuerte que el hombre de al lado se volvió a mirarla mientras ella añadía, mirando a Bernie: —¿Cómo has dicho que te llamas?

—George. George Murphy. Estoy casado y tengo siete hijos en el Bronx. ¿Quieres venir conmigo a un hotel?

El hombre de al lado les miró con curiosidad. El lugar estaba lleno de hombres en busca de aventuras, pero la mayoría de ellos no hablaba de la mujer y los hijos.

—¿Por qué no vamos a casa y volvemos a hacer el amor? —sugirió Liz con descaro.

—Es una magnífica idea.

En la Tercera Avenida tomaron un taxi que les llevó a Scarsdale por el camino más corto y, al llegar, Bernie comprobó que su madre y Jane aún no habían regresado a casa. Su padre se encontraba todavía en el hospital. Era agradable estar en casa a solas con Liz. Era agradable estar con ella en cualquier sitio, pensó mientras se introducía entre las sábanas. Lamentó tener que levantarse de la cama cuando su madre y Jane volvieron de la calle. Y lamentó todavía más tener que marcharse de Nueva York y regresar a California. Había hablado inútilmente con Paul a este respecto.

—Vamos, Paul. Ya llevo allí más de un año. Catorce meses para ser más exactos.

—Pero sólo hace diez meses que se inauguraron los almacenes. ¿Qué prisa tienes ahora? Tienes una encantadora esposa y una bonita casa, y San Francisco es un buen lugar para Jane.

—Queremos que estudie en una escuela de aquí —sin embargo, les dijeron que no podrían matricular a la niña a menos que su traslado a la ciudad fuera seguro—. No podemos quedarnos allí años y años.

—Años y años, no... Digamos un año más. No tenemos a nadie tan competente como tú.

—Muy bien —dijo Bernie, exhalando un suspiro—. Pero después, se acabó. ¿De acuerdo?

—De acuerdo, de acuerdo... Cualquiera diría que te enviamos al infierno. San Francisco no es precisamente una colonia de castigo que digamos.

—Es cierto. Pero yo pertenezco a ese ambiente y tú lo sabes muy bien.

—No puedo negarlo, Bernard, pero nos haces mucha falta allí. Procuraremos que vuelvas dentro de un año.

—Cuento con ello.

Se fue de Nueva York a regañadientes, pero reconoció que regresar a San Francisco tampoco era tan horrible. Su casa era más bonita de lo que él recordaba, y su primer día de trabajo en los almacenes fue muy agradable. No tanto como en los almacenes de Nueva York, pero casi. Lo único que lamentaba era no poder estar con Liz todo el día. A la hora del almuerzo, se presentó en la cafetería de su escuela para tomarse un bocadillo con ella. Estaba muy guapo y elegante con su traje inglés gris oscuro. Liz lucía una falda a cuadros escoceses y un jersey rojo que se había comprado en Trois Quartiers junto con unos bonitos zapatos italianos.

—Aquel de allí es mi papá —les dijo Jane con orgullo a varios de sus amigos; después fue a sentarse a su lado para que vieran que era cierto.

Bernie cosechó un gran éxito en la cafetería donde Tracy se acercó a saludarle, dándole un cariñoso abrazo. Liz estaba un poco triste a causa de sus vanos intentos de quedar embarazada y le comentó a Bernie que, a lo mejor, tenía algún fallo. Bernie le contestó que tal vez el culpable fuera él, dado que ella ya había tenido una hija. Al fin, decidieron tomarse las cosas con calma, aunque seguían intentándolo. Ambos ansiaban tener un hijo.

En junio, Bernie le dio una sorpresa. Alquiló una casa en Stinson Beach para dos meses, que tenía un dormitorio para ellos, otro para Jane y un tercero para los invitados, un espacioso salón-comedor y una terraza en la que incluso hubieran podido tomar baños de sol desnudos, aunque no pensaban hacerlo estando Jane en casa. Bernie tenía pensado ir y venir diariamente entre el trabajo y la casa. Cuando apenas llevaba allí dos semanas, Liz enfermó de gripe y tardó semanas en recuperarse. Bernie lo comentó con su padre y éste le dijo que probablemente sería una sinusitis y convendría que tomara antibióticos. Le dolía constantemente la cabeza y se mareaba por las noches. Estaba agotada y deprimida y no recordaba haberse encontrado tan mal en toda su vida. El segundo mes, la situación mejoró un poco, aunque se pasaba todo el día encerrada en casa. En cambio, Jane se divertía mucho con sus amigos y todas las noches salía a correr por la playa acompañada de Bernie. Liz se mareaba nada más salir a la calle. Ni siquiera le apetecía subir a la ciudad para probarse el vestido que había elegido para la inauguración de la temporada de ópera de aquel año. Esta vez, luciría un ajustado vestido negro de raso de Galanos con un hombro al aire y una capa de volantes. Se llevó un susto cuan-

149

do, por fin, se lo probó al día siguiente de la fiesta del Día del Trabajo.

—¿De qué talla es? —preguntó, perpleja. Generalmente, usaba la cuarenta y seis, pero ni siquiera podía abrocharse aquel modelo.

—Es una cuarenta y ocho, señora Fine —contestó la dependienta, mirando la etiqueta.

—¿Cómo te sienta? —preguntó Bernie, asomando la cabeza por la puerta.

—Fatal —contestó Liz. Era imposible que hubiera engordado tanto con lo mal que se encontraba desde el mes de julio. Tenía una cita con el médico para el día siguiente. Faltaba una semana para el comienzo de las clases y tenía que estar en forma. Incluso se mostraba dispuesta a tomar los antibióticos que su suegro le había aconsejado—. Me habrán mandado una talla más pequeña. Debe de ser una cuarenta y cuatro. No lo entiendo.

Se había probado el vestido al principio y le sentaba de maravilla.

—¿Has engordado en la playa? —preguntó Bernie, entrando en el cuartito para echar un vistazo; la cremallera no podía cerrarse a partir de la cintura porque lo impedían siete u ocho centímetros de bronceada piel—. ¿No se podría ensanchar?

Bernie sabía lo caro que era el vestido, y hubiera sido un sacrilegio introducir modificaciones. Sería mejor pedir que se lo confeccionaran en otra talla, pero lo malo era que ya no habría tiempo. Liz tendría que elegir otro modelo.

La modista sacudió la cabeza, apoyó una mano en la cintura de Liz y la miró inquisitivamente.

—¿Madame ha engordado en la playa este verano?

Era francesa y Bernie la había mandado llamar desde Nueva York. Hacía muchos años que trabajaba en Wolff's, y antes lo había hecho en Patou.

—Pues, no sé, Marguerite —la modista había trabajado en el vestido de novia de Liz, en su vestido de la ópera del año anterior y en otras cosas—. Yo pensaba que no —sin embargo, allí sólo llevaba prendas sueltas, camisetas y viejas blusas. De repente, Liz miró a Bernie con una sonrisa en los labios—. Oh, Dios mío.

—¿Te encuentras bien? —le preguntó él, preocupado.

Liz tenía el rostro arrebolado y le miraba sonriendo. Inesperadamente, le echó los brazos al cuello y empezó a besarle mientras la dependienta y la modista se retiraban discretamente del probador. Les gustaba trabajar con ella porque era una persona muy cordial y considerada.

—¿Qué te pasa, Liz? —preguntó Bernie, perplejo.

—Me parece que no voy a tomar los antibióticos —contestó ella, mirándole y dirigiéndole una radiante sonrisa, a pesar del contratiempo del vestido o tal vez a causa de él.

—¿Por qué no?

—Creo que tu padre se equivoca.

—Qué sabrás tú.

—Vaya si lo sé —le habían pasado por alto todos los síntomas—. No creo que sea una sinusitis.

Liz se sentó en una silla y, de repente, Bernie lo comprendió todo.

—¿Estás segura? —le preguntó, asombrado.

—No… Ni siquiera había pensado en ello hasta ahora, pero casi estoy segura.

Recordó súbitamente que tuvo una falta cuando estaban en la playa. Cuatro semanas de retraso, pero, se encontraba tal mal, que apenas se percató de ello. El médico se lo confirmó al día siguiente. Estaba embarazada de seis semanas. Liz corrió a los almacenes para comunicarle la noticia a Bernie. Le encontró en su despacho, estudiando unos informes de Nueva York.

—¿Y bien? —le preguntó Bernie en cuanto la vio aparecer en la puerta.

Liz esbozó una sonrisa y le mostró la botella de champán que ocultaba detrás de la espalda.

—Enhorabuena, papá —dijo, posando la botella sobre

el escritorio. Él le arrojó los brazos al cuello, emocionado.

—¡Lo conseguimos! ¡Lo conseguimos! Ja, ja... ¡Ya estás atrapada!

Se rieron y se besaron y después Bernie la levantó en volandas mientras la secretaria se preguntaba desde el otro lado qué demonios estaban haciendo allí dentro. Cuando salieron al cabo de un rato, la señora Fine parecía muy contenta.

14

Bernie dejó a Liz en casa cuando emprendió, en otoño, su habitual viaje de negocios a Nueva York. Después, tenía que trasladarse a París y el viaje hubiera sido demasiado agotador para ella. Quería que Liz descansara con los pies levantados, que se alimentara con comida sana, viera la televisión y se relajara al volver a casa procedente de la escuela. Antes de marcharse, le encomendó a Jane que cuidara mucho de ella. La niña se sorprendió un poco al principio cuando le dijeron que iba a tener un hermanito, pero después se puso muy contenta.

—Será como uno de tus muñecos, pero más grande.

Jane se alegró de que Bernie quisiera un niño y le dijo que ella sería siempre su niñita preferida, y prometió cuidar de Liz en su ausencia. Bernie las llamó al llegar a Nueva York. Se alojaba en el Hotel Regency porque estaba cerca de los almacenes. La primera noche, cenó con sus padres. Se citó con ellos en Le Cirque y, nada más entrar, les vio sentados tranquilamente a una mesa.

Besó a su madre, se sentó y pidió un kir, mientras su madre le miraba con recelo.

—Aquí pasa algo —dijo su madre.

—Nada en absoluto.

—Te han despedido.

Esta vez, Bernie soltó una carcajada y pidió una botella de Dom Pérignon.

—¿Qué ha ocurrido? —preguntó su madre, perpleja.

—Algo muy bonito.

Su madre no acababa de creérselo.

—¿Vuelves a Nueva York?

—Todavía no —a pesar de lo mucho que lo deseaba, aquello había pasado ahora a segundo plano—. Algo todavía mejor.

—¿Te vas a otro sitio?

El padre de Bernie esbozó una sonrisa. Ya había adivinado la fausta nueva y ahora cambió con él una significativa mirada mientras el camarero les servía el champán y Bernie levantaba la copa.

—Por la abuela y el abuelo…, *mazel tov* —dijo.

—¿Y bien? —preguntó Ruth, todavía confusa. De repente, lo comprendió todo con la rapidez de un relámpago y miró a su hijo con los ojos muy abiertos—. ¡No! ¿Es Liz…? ¿Está…?

Por una vez en su vida, no pudo encontrar las palabras y las lágrimas le asomaron a los ojos mientras Bernie asentía en silencio y le acariciaba la mano.

—Vamos a tener un hijo, mamá.

Estaba tan contento que apenas podía dominar la emoción. Su padre le felicitó efusivamente y su madre tartamudeó unas frases inconexas mientras se bebía el champán.

—No puedo creerlo… ¿Todo marcha bien…? ¿Come Liz con apetito…? ¿Qué tal se encuentra? Tengo que llamarla en cuanto vuelva a casa —súbitamente, Ruth se acordó de Jane y miró a Bernie con inquietud—. ¿Cómo se lo ha tomado la niña?

—Creo que, al principio, se llevó una sorpresa, pero yo me he pasado mucho rato explicándoselo todo y diciéndole lo importante que es para nosotros. Liz piensa comprarle, además, unos libros en los que se habla de todo eso —contestó Bernie.

—Ya empiezas a hablar con acento californiano —le dijo su madre en tono de reproche—. Los californianos ni siquiera hablan inglés. Procura no convertirte en uno de ellos —era una cuestión que la tenía preocupada desde hacía algún tiempo, pero ahora sólo podía pensar en su futuro nieto—. ¿Toma Liz vitaminas? Tendrías que hablar con ella cuando la llamemos esta noche —añadió, dirigiéndose a su marido—. Explícale lo que tiene que comer y qué vitaminas debe tomar.

—Estoy seguro de que ya tiene un tocólogo, Ruth. Él le dirá lo que tiene que hacer.

—¿Y ése qué sabrá? A lo mejor, va a uno de esos hippies que le frotan a una la cabeza con infusiones de hierbas y le dicen que duerma desnuda en la playa. Tenéis que estar aquí cuando nazca el niño —dijo Ruth, mirando a Bernie—. Tiene que nacer en un buen hospital de Nueva York, tal como le corresponde. De este modo, tu padre podrá vigilar que todo vaya bien.

—Allí también hay muy buenos hospitales, Ruth —dijo Lou, mirando a su mujer—. Estoy seguro de que Bernie sabrá encargarse perfectamente de todo.

Así era, en efecto. Ya había acompañado a Liz al médico, un especialista que le recomendó una amiga. Pensaban prepararla con el método Lamaze porque Liz quería tener el hijo por medios naturales y deseaba que Bernie estuviera presente y le tomara la mano. A Bernie eso no le hacía mucha gracia, pero no quería decepcionarla.

—Todo va bien, mamá. La acompañé al médico antes de venir. Parece muy competente y, además, es de Nueva York.

Sabía que eso la tranquilizaría, pero ella ni siquiera le escuchó. Seguía pensando en lo que había escuchado al principio.

—¿Cómo que la acompañaste al médico? Supongo que debiste quedarte en la sala de espera.

Bernie se volvió a llenar la copa de champán y la miró sonriendo.

—No. Eso ya no se hace. El padre forma parte del proceso.

—No estarás presente durante el parto, ¿verdad? —preguntó Ruth, horrorizada. Le parecía una costumbre nefasta. En Nueva York también se hacía, pero ella opinaba que no podía haber cosa peor que la de que un hombre viera dar a luz a su mujer.

—Pienso estar allí, mamá.

—Es la cosa más desagradable que he oído en mi vida —dijo Ruth, haciendo una mueca de desagrado. Bajó la voz en tono confidencial—. ¿Sabes una cosa? Si ves nacer al niño, nunca más podrás sentir por ella lo que ahora sientes. Te lo aseguro. Me han contado cosas que te pondrían enfermo... Una mujer decente no puede permitir semejante cosa —añadió muy digna—. Es horrible que un hombre lo vea.

—Mamá, es un milagro. Ver dar a luz a tu mujer no tiene nada de horrible ni de indecente.

Bernie se sentía tan orgulloso de ella que deseaba presenciar la venida al mundo de su hijo y darle la bienvenida. Les pasarían la filmación de un parto para que ambos ya estuvieran preparados. Bernie no experimentaba el menor asco, sino tan sólo una leve inquietud. Sabía que Liz también estaba un poco nerviosa, a pesar de que ya tenía una hija. Sin embargo, todo quedaba todavía un poco lejos. Faltaban seis meses y la espera se les haría interminable. Al finalizar la cena, Ruth no sólo había organizado toda al canastilla, sino que, además, le había indicado a Bernie los mejores jardines de infancia de Westchester, aconsejándole que matriculara a su hijo en la escuela de derecho cuando fuera mayor. Bebieron mucho champán y Ruth estaba un poco achispada cuando salieron, pero fue la cena más agradable que Bernie hubiera compartido con sus padres en mucho tiempo. Al final, les transmitió la invitación de Liz. Había bebido lo bastante como para que la perspectiva de tenerles en casa no le asustara demasiado.

—Liz quiere que vengáis a pasar las vacaciones con nosotros —les dijo.

—¿Y tú no?

—Pues, claro que sí, mamá. Quiere que os alojéis en nuestra casa.

—¿Dónde?

—Jane puede dormir en la habitación del niño.

—No, será mejor que vayamos al Hotel Huntington, tal como hicimos la otra vez. ¿Cuándo nos espera?

—Creo que sus vacaciones de Navidad empiezan el veintiuno de diciembre. Más o menos por estas fechas. ¿Por qué no venís entonces?

—No estará trabajando todavía, ¿verdad, Bernard?

—Me he pasado toda la vida rodeado de mujeres testarudas —contestó Bernie, sonriendo—. Trabajará hasta las vacaciones de Pascua y entonces pedirá un permiso. Su amiga Tracy la sustituirá. Ya lo tienen todo arreglado.

—*Meshuggeneh* —«loca»—. Tendría que quedarse en casa acostada.

—No quiere —dijo Bernie, encogiéndose de hombros—, y el médico dice que puede seguir trabajando hasta el final... Bueno, ¿vendréis?

—¿Tú qué crees? —dijo Ruth, mirando cariñosamente a su hijo—. ¿Piensas que no iré a visitar a mi único hijo en aquella desolada tierra donde vive?

—Yo no diría tanto, mamá.

—Pero no es como Nueva York.

Bernie contempló con nostalgia los veloces taxis, los viandantes y las tiendecitas de la Avenida Madison mientras aguardaban a que el portero les buscara un taxi. Algunas veces, pensaba que su idilio con Nueva York no terminaría jamás.

—San Francisco tampoco está mal.

Trataba de convencerse de ello a pesar de lo feliz que

era allí con Liz. Sabía que en Nueva York lo hubiera sido mucho más.

Su madre le miró con tristeza.

—Vuelve pronto a casa, hijo. Sobre todo, ahora —todos pensaban en Liz y en el hijo que llevaba en las entrañas. Su madre lo consideraba un regalo especial—. Cuídate mucho —añadió, abrazándole con fuerza cuando el taxi se detuvo—. *Mazel tov* a los dos.

—Gracias, mamá —dijo Bernie, oprimiéndole una mano mientras intercambiaba una afectuosa sonrisa con su padre.

Sus padres se alejaron saludándole con la mano y él regresó a pie al hotel, pensando en ellos, en Liz y Jane y en la suerte que tenía…, aun teniendo en cuenta que vivía en un sitio que no le gustaba. Aunque, de momento, eso no tuviera excesiva importancia. Aquel año, San Francisco sería más cómodo para Liz, mejor que resbalar sobre el hielo y luchar contra la nieve y las inclemencias del tiempo. Todo sería para bien, se dijo. Al día siguiente, cuando abandonó Nueva York, llovía a cántaros. Pese a ello, la ciudad le parecía hermosa. Mientras el avión despegaba, Bernie volvió a pensar en sus padres. Debía de ser muy duro para ellos tenerle tan lejos. Lo comprendió de repente, ahora que esperaba a su propio hijo. No le hubiera gustado que éste viviera tan lejos. Luego, reclinó la cabeza en el respaldo del asiento y soñó con el hijo que iba a nacer. Esperaba que se pareciera a Liz y no le importaba que fuera una niña. Se quedó dormido y no se despertó durante casi todo el viaje a Europa.

La semana en París pasó volando. Desde allí, se fue a Roma y Milán tal como solía hacerlo siempre. Esta vez, visitó también Dinamarca y Berlín y asistió a una serie de reuniones en Londres antes de regresar a los Estados Unidos. Fue un viaje muy fructífero de casi tres semanas de duración. Cuando volvió a ver a Liz, no tuvo más remedio que reírse. En su ausencia, se le había hinchado el vientre y ya no podía ponerse la ropa. Tendida en la cama, parecía que se hubiera tragado un melón.

—¿Qué es eso? —preguntó Bernie sonriendo, tras hacer el amor con ella.

—No lo sé —contestó Liz, echándole los brazos al cuello, desnuda y con el cabello recogido en una cola de caballo.

Se dieron mucha prisa porque Tracy estaba a punto de regresar de una excursión con Jane.

Cuando Liz se levantó y cruzó la estancia, se avergonzó de repente de su aspecto y se cubrió con la camisa de Bernie.

—No me mires —dijo—, estoy tan gorda que me doy asco a mí misma.

—¿Gorda? ¡Nunca estuviste mejor! ¡Estás preciosa! —Bernie se le acercó y le acarició cariñosamente el vientre—. ¿Tienes alguna idea de lo que puede ser?

—Es más grande que Jane en esta fase —contestó Liz, encogiéndose de hombros—, pero eso no significa nada. Puede que sea un niño —añadió, esperanzada—. Es lo que tú quieres, ¿verdad?

—Me da igual —contestó Bernie, ladeando la cabeza—. Lo importante es que todo vaya bien. ¿Cuándo tenemos que volver?

—¿Estás seguro de que te apetece venir? —preguntó ella, preocupada.

—Pero, ¿qué te pasa? —Bernie lo comprendió en seguida—. ¿Has hablado con mi querida madre? —Liz se ruborizó y se encogió de hombros como si quisiera salirse por la tangente—. Para mí, eres hermosa. Y quiero compartirlo todo contigo, lo bueno, lo malo, lo arriesgado y lo prodigioso. Los dos hicimos este hijo y ahora vamos a compartir la experiencia en toda la medida de lo posible. ¿Estás de acuerdo?

—¿Seguro que eso no te causará repugnancia? —preguntó Liz, mirando preocupada a su marido.

Bernie se echó a reír, recordando sus recientes retozos con ella en la cama.

—¿Me has causado ahora repugnancia?

—De acuerdo, pues, perdona... —contestó Liz, exhalando un suspiro de alivio al tiempo que le abrazaba con fuerza.

En aquel momento, sonó el timbre de la puerta y ambos se vistieron a toda prisa, a tiempo para recibir a Tracy y a Jane. Bernie levantó a la niña en brazos y le mostró todas las cosas que le había traído de Francia. Tardaron horas en quedarse de nuevo a solas.

Liz se acurrucó junto a su marido en la cama mientras él le hablaba de su trabajo, de los almacenes, del viaje y del hijo que ella llevaba en sus entrañas. Por fin, ambos se durmieron el uno en brazos del otro.

15

Los padres de Bernie llegaron un día después del comienzo de las vacaciones de Navidad, y Liz y Jane acudieron a recibirlos al aeropuerto. Liz ya estaba embarazada de cinco meses y medio y Ruth le llevó toda clase de cosas, desde una canastilla comprada en el lujoso establecimiento Bergdorf's hasta una serie de folletos sobre su estado, que Lou le trajo del hospital. Le dio a su nuera varios consejos de la época de su abuela y, después, la miró de perfil mientras aguardaban el equipaje y anunció que sería un niño, cosa que satisfizo a todos los presentes.

Se quedaron con ellos una semana y a continuación se fueron a Disneylandia con Jane para que Bernie y Liz pudieran celebrar a solas su aniversario. Lo celebraron durante tres noches seguidas. El día del aniversario fueron a cenar a L'Étoile y, al volver a casa, hicieron el amor hasta altas horas de la madrugada. A la noche siguiente, asistieron a una fiesta benéfica organizada por los almacenes, y en la Noche Vieja, salieron con unos amigos y acabaron de nuevo en el bar de L'Étoile. Fueron unos días maravillosos. A la vuelta de su pequeño viaje, Ruth le comentó a Bernie que Liz no tenía muy buena cara.

Estaba pálida, ojerosa y cansada. Llevaba más de un mes con dolores en las caderas y en la espalda.

—¿Por qué no te la llevas a algún sitio?

—Procuraré hacerlo —Bernie estaba tan enfrascado en su trabajo que ni siquiera se había dado cuenta de ello. Aquel año, lo iba a tener todo muy difícil. El nacimiento de su hijo coincidiría con las fechas de su visita anual a Nueva York y Europa. Tendría que aplazar el viaje hasta que naciera el niño y, para acabarlo de arreglar, en aquel momento, estaba más ocupado que nunca en los almacenes—. Veré qué puedo hacer.

—No rehúyas tus responsabilidades, Bernard —le dijo su madre, amonestándole con un dedo.

—Pero bueno, tú, ¿de quién eres madre? ¿Mía o de Liz? —dijo Bernie, riéndose.

A veces, se compadecía de Liz porque no tenía más familia que él y Jane y sus suegros de Nueva York. Por muy pesada que fuera a veces su madre, era agradable saber que alguien se preocupaba por uno, pensó.

—No te hagas el gracioso. Podría sentarle bien ir a alguna parte antes de que nazca el niño.

Por una vez, Bernie siguió el consejo de su madre y se fue a pasar unos días con Liz a Hawai. Esta vez, no se llevaron a Jane, la cual tardó varias semanas en olvidarse de la afrenta. Bernie le compró a su mujer, en los almacenes, un completo vestuario pre-mamá de estilo tropical y en el acto hizo las reservas de los billetes. Se lo presentó a Liz como un hecho consumado y, al cabo de tres días, se marcharon. A la vuelta, Liz estaba morena y relajada y ya volvía a ser la misma de antes. O casi, exceptuando la acidez de estómago, el insomnio, los dolores lumbares, las piernas hinchadas y el creciente cansancio, cosas todas ellas completamente normales, según el médico. Los dolores en la espalda y las caderas eran lo peor.

—Qué terrible es todo eso, Bernie; a veces pienso que ya nunca volveré a recuperarme.

Había engordado más de quince kilos y aún le quedaban dos meses antes del parto, pero Bernie la encontraba muy guapa. Se le había redondeado un poco la cara, pero iba siempre muy bien vestida y arreglada. Aunque su esposa seguía pareciéndole adorable, Bernie ya no sentía por ella el mismo deseo. Liz se quejaba a veces por ello, pero él temía lastimar al niño. Más adelante, a Liz ya tampoco le importó hacer el amor. A finales de marzo, se sentía tan incómoda que apenas podía moverse, y se alegró de no tener que ir al trabajo. No hubiera podido resistir el esfuerzo de permanecer de pie, colocar a los niños en fila o enseñarles la aritmética y el abecedario.

Su clase organizó una fiesta en su honor y cada niño le hizo un regalo. Botitas, jerseis, sombreros, un cenicero, tres dibujos, una cuna que construyó el padre de uno de sus alumnos, un par de diminutos zuecos y toda una serie de obsequios que le hicieron los demás maestros. Bernie le traía constantemente ropa de bebé de los almacenes. Entre lo que él llevaba a casa y lo que su madre le enviaba desde Nueva York, había ropa suficiente para unos quintillizos. Sin embargo, eso era divertido, y Liz deseaba que todo terminara de una vez. Se ponía nerviosa cuando pensaba en el parto y apenas podía dormir por las noches. Se pasaba el rato recorriendo los pasillos, se sentaba en el salón para hacer calceta o ver algún programa de televisión o se iba al cuarto del niño, imaginando cómo sería su vida cuando éste naciera.

Se encontraba allí una tarde, aguardando el regreso de Jane de la escuela, sentada en una mecedora que Bernie había pintado para ella hacía apenas dos semanas, cuando sonó el teléfono. Estuvo a punto de no contestar. Pero no le gustaba hacerlo estando Jane fuera de casa. Nunca se sabía lo que podía ocurrir. Tal vez fuera Bernie. Se levantó haciendo un esfuerzo, se frotó la espalda y se encaminó lentamente hacia el salón.

—¿Diga?
—Buenas tardes.

La voz le sonaba conocida, pero no estaba muy segura de ello. Sería algún vendedor.

—¿Qué tal estás?

Por alguna extraña razón, la voz le produjo un inevitable estremecimiento.

—¿Quién es? —preguntó con aparente indiferencia. La voz se le antojaba siniestra, pero ignoraba por qué razón.

—¿No te acuerdas de mí?

—Pues no —contestó Liz, a punto de colgar el aparato en la creencia de que era algún chiflado.

—¡Liz, espera! —dijo la voz en tono autoritario. Era una voz áspera y brusca, y súbitamente Liz lo comprendió todo; pero no era posible..., debía de ser una pura coincidencia. Se quedó inmóvil sin decir nada—. Quiero hablar contigo.

—No sé quién es usted.

—¡Y un cuerno que no lo sabes! —la voz soltó una ronca carcajada.

Era una risa que jamás le había gustado, y ahora comprendía por qué. Lo que no sabía era cómo el hombre la había localizado ni por qué motivo. Y no le apetecía demasiado averiguarlo.

—¿Dónde está mi hija?

—¿Y eso qué importa?

Era Chandler Scott, el hombre que había engendrado a Jane, lo cual era muy distinto de ser su padre. Lo que hizo tenía que ver con Liz, pero no con la niña. El verdadero padre era Bernie y ella no quería saber nada más de aquel hombre.

—¿Qué quiere decir?

—Llevas cinco años sin verla, Chan. Ni siquiera sabe quién eres —«ni si estás vivo», pero eso Liz no se lo dijo—. No queremos verte más.

—Tengo entendido que te has vuelto a casar —Liz se miró el vientre y sonrió—. Apuesto a que el nuevo maridito está forrado de dinero.

—Y eso a ti, ¿qué te importa? —replicó Liz, enojada.

—Me importa porque quiero saber si mi hija está bien. Quiero verla. La niña debe saber que tiene un padre que se preocupa por ella.

—¿De veras? Si tanto te interesa, hubieras tenido que decírselo hace mucho tiempo.

—¿Y cómo podía yo saber dónde estabas? Desapareciste.

Las palabras trajeron a la mente de Liz algo que ésta no podía precisar en aquel momento. Quiso decirle muchas cosas en otro tiempo, pero ahora ya era demasiado tarde. Jane tenía siete años.

—¿Cómo me localizaste?

—No fue muy difícil. Figurabas en la guía telefónica. Y tu antigua casera me facilitó tu apellido de casada. ¿Cómo está Jane?

—Muy bien —contestó Liz, apretando los dientes.

—Creo que vendré a verla uno de estos días.

—No pierdas el tiempo. No lo permitiré.

La niña le tenía por muerto y Liz pensó que ojalá lo estuviera.

—No podrás impedir que la vea, Liz.

—¿Ah, no? ¿Y por qué?

—Intenta explicarle a un juez que impides a un padre natural ver a su hija.

—E intenta tú explicarle que la abandonaste hace seis años. Estoy segura de que entonces se mostrará muy comprensivo contigo —sonó el timbre de la puerta y Liz se sobresaltó. Era Jane y no quería que la oyera hablar con él—. Sea como fuere, será mejor que te largues, Chan. O, para que te enteres mejor, vete al infierno.

—Muy bien, pues. Esta misma tarde voy a ver a un abogado.

—¿Para qué?

—Quiero ver a mi hija.

Volvió a sonar el timbre de la puerta y Liz gritó que esperaran un momento.

—¿Por qué?

—Porque estoy en mi derecho de hacerlo.

—Y después, ¿qué? ¿Desaparecerás otros seis años? ¿Por qué no la dejas en paz?

—Si eso es lo que quieres, tendrás que hablar conmigo.

Conque era eso. Quería dinero. Hubiera tenido que comprenderlo al principio, pensó Liz.

—¿Dónde vives? Ya te llamaré.

Chandler le facilitó un número de Marin y Liz lo anotó.

—Quiero tener noticias tuyas esta misma noche.

—Las tendrás.

«Hijo de mala madre», musitó Liz entre dientes mientras colgaba el teléfono y se dirigía al recibidor para abrirle la puerta a Jane.

La niña había golpeado repetidamente la puerta con su fiambrera del almuerzo, desprendiendo parte del barniz negro que la cubría. Liz la regañó y Jane se fue llorando a su habitación donde su madre se reunió con ella y se sentó en la cama, al borde también de las lágrimas.

—Perdóname, cariño. He tenido una tarde un poco movida.

—Yo también. He perdido el cinturón.

Era blanco y hacía juego con un vestido rosa que Bernie le había traído de la tienda y que ella apreciaba mucho, como todo lo que él le regalaba.

—Papá te traerá otro.

La niña se tranquilizó y se arrojó en brazos de su madre, sorbiéndose los mocos. Eran unos momentos difíciles para todos. Liz estaba muy cansada. Bernie se ponía nervioso cada noche, pensando en la inminencia del parto, y Jane no sabía en qué medida le afectaría la llegada del hermanito. Era lógico que perdieran de vez en cuando los estribos. La repentina aparición de Chandler Scott no había sido precisamente muy oportuna. Liz apartó un mechón de cabello del rostro de Jane y le ofreció a su hija un plato de pastelillos hechos por ella misma, y un vaso de leche. Cuando, más tarde, Jane se sentó a hacer los deberes, Liz regresó al salón, se sentó lanzando un suspiro y marcó el número del teléfono privado de Bernie. Él mismo se puso al aparato, pero parecía ocupado.

—Hola, cariño, ¿es un mal momento para hablar?

Liz estaba muy fatigada y tenía constantes contracciones, sobre todo, cuando se ponía nerviosa, tal como le ocurría en aquel instante tras hablar con Chandler.

—No, no, no te preocupes —Bernie se sobresaltó de repente—. ¿Ya es la hora?

—No —contestó Liz, echándose a reír.

Todavía faltaban más de dos semanas. Y podía retrasarse, tal como se lo había advertido el médico.

—¿Estás bien?

—Sí… Más o menos… —quería hablar con él antes de que regresara a casa por temor a que Jane le oyera mencionar a Chandler Scott—. Hoy me ha ocurrido una cosa muy desagradable.

—¿Te has hecho daño?

Parecía la abuela Ruth, pensó Liz sonriendo.

—No. He recibido una llamada de un viejo amigo. O mejor sería decir de un viejo enemigo.

Bernie frunció el ceño, perplejo. ¿Qué enemigos podía tener su esposa? Ésta jamás le había mencionado a nadie; por lo menos, que él recordara.

—¿Quién es?

—Chandler Scott.

El nombre les electrificó a lo dos y Bernie tardó un buen rato en hablar.

—¿Se trata de quien yo creo que es? De tu ex marido, ¿verdad?

—Si así se le puede llamar. Creo que vivimos juntos un total de cuatro meses y, legalmente, mucho menos.

—¿De dónde ha salido?

—De la cárcel, probablemente.

—¿Y cómo demonios te ha encontrado?

—A través de mi antigua casera. Al parecer, le dio mi apellido de casada y le dijo que vivíamos aquí.

—Hubiera tenido que pedirnos permiso antes de facilitar esa información.

—No veía ningún mal en ello.

Liz se desperezó en el sillón. Se sentía incómoda en cualquier posición. Sentada, tendida o de pie. Incluso tenía dificultades respiratorias porque el niño era muy grande y se movía sin cesar.

—¿Qué quería?

—Dice que quiere ver a Jane.

—¿Por qué? —preguntó Bernie, horrorizado.

—La verdad es que no creo que le interese su hija. Dijo que quería «discutirlo» con nosotros y que irá a un abogado para exigir el derecho de visita, a no ser que hablemos con él.

—Eso me suena a chantaje.

—Y lo es. Pero creo que debemos hablar con Chandler. Le he dicho que le llamaríamos esta noche. Me ha dado un teléfono de Marin.

—Yo hablaré con él. Tú no intervengas para nada —dijo Bernie, preocupado.

Le parecía un momento de lo más inoportuno para comportarse de esta manera. Lo único que les faltaba era aquel quebradero de cabeza.

—Creo que nosotros también deberíamos hablar con un abogado. A lo mejor, ya no tiene ningún derecho.

—No es mala idea, Liz. Lo comprobaré antes de volver a casa.

—¿Sabes a quién llamar?

—Tenemos los abogados de los almacenes. Les pediré que me aconsejen a alguien —contestó Bernie.

Tras colgar el aparato, Liz fue a ver si Jane ya había terminado sus deberes de matemáticas. La niña acababa de cerrar los libros y miró a su madre, expectante.

—¿Me va a traer papá un cinturón nuevo esta noche?

—Oh, cariño, olvidé decírselo —contestó Liz, sentándose en la cama—. Se lo pediremos cuando vuelva.

—Mamá…

Jane rompió a llorar y Liz sintió deseos de hacerlo también.

De repente, todo parecía muy difícil. No se sentía ni con ánimos para caminar y la pobre Jane estaba trastornada con la venida del hermanito y los previsibles cambios que se iban a producir en su vida. Liz la sentó en el regazo y la abrazó con fuerza, mientras ambas lloraban muy quedo. Después, salieron a dar un largo paseo y compraron unas revistas. Jane quería comprar unas flores para Bernie. Tras elegir un ramillete de iris y narcisos, regresaron lentamente a casa.

—¿Crees que el pequeño nacerá muy pronto? —preguntó la niña, mirando a su madre con una mezcla de esperanza, miedo y deseo de que no naciera jamás.

El pediatra le había dicho a Liz que Jane se encontraba en un buena edad para asimilar el cambio y que se adaptaría en seguida en cuanto naciera el hermanito. Pese a todo, Liz tenía sus dudas.

—Pues no lo sé, cariño. Espero que sí. Ya empiezo a cansarme de estar tan gorda.

Madre e hija intercambiaron una sonrisa mientras caminaban tomadas de la mano.

—No te veo tal mal. La mamá de Kathy estaba horrible. Se le puso la cara como la de un cerdo —Jane hizo una mueca y Liz se echó a reír—. Y le salieron unas manchas azules en las piernas.

—Venas varicosas —dijo Liz.

Por suerte, ella nunca las había tenido.

—Debe de ser tremendo tener un niño, ¿verdad?

—No lo creas. Es hermoso. Después, te das cuenta de que valía la pena. Te olvidas de las cosas desagradables y no te parece tan malo. Tener un niño con el hombre al que amas es lo mejor del mundo.

—¿Amabas también a mi papá?

Era curioso que Jane le hiciera la pregunta precisamente el día en que Chandler Scott había llamado al cabo de tantos años. Liz recordó lo mucho que había llegado a odiarle, pero a Jane no se lo podía decir en aquel momento, y tal vez nunca lo hiciera.

—Sí, lo amaba. Con todo mi corazón —contestó Liz.

—¿Cómo murió?

Era la primera vez que la niña le hacía semejante pregunta, y Liz temió que hubiera oído algo aquella tarde. Esperaba con toda el alma que no fuera así.

—Murió en un accidente.

—¿De automóvil?

Parecía lo más razonable.

—Sí. Murió en el acto. No sufrió ni pizca.

Liz pensó que este detalle sería importante para la niña, y no se equivocó.

—Me alegro. Debió de ser muy duro para ti.

—Lo fue —mintió Liz.

—¿Cuántos años tenía yo?

Ya estaban a punto de llegar a casa y Liz se sentía tan fatigada que apenas podía hablar.

—Sólo tenías unos meses, cariño.

Subieron los peldaños de la entrada. Una vez en la casa, Liz se sentó en una silla de la cocina mientras Jane colocaba las flores en un jarrón para Bernie y le dirigía a su madre una sonrisa de satisfacción.

—Me alegro de que te casaras con papá. Ahora, tengo otra vez un padre.

—Yo también me alegro.

Porque es infinitamente mejor que el otro.

Jane llevó las flores a la habitación contigua y Liz empezó a preparar la cena. Se empeñaba en hacerlo todas las noches, y en cocer el pan y prepararles sus postres preferidos. No sabía cómo se encontraría cuando naciera el niño ni si estaría muy ocupada. Por consiguiente, prefería mimarles mientras pudiera. Lo hacía a diario y Bernie deseaba regresar a casa cada noche, para saborear los sabrosos platos que su esposa les preparaba.

Había engordado cinco kilos y atribuía en broma este hecho al embarazo de su mujer.

Aquella noche, Bernie regresó a casa temprano, las abrazó con entusiasmo a las dos, le dio las gracias a Jane por las flores y sólo mostró su preocupación cuando la niña se fue a la cama y él se quedó a solas con Liz. No había querido discutir antes el asunto por temor a que la niña les oyera. Cerró la puerta del dormitorio y encendió el televisor para que Jane no les oyera hablar y miró a Liz con expresión preocupada.

—Peabody, el abogado de los almacenes, me ha recomendado a un colega suyo. Se llama Grossman y hablé con él esta tarde —este hombre le inspiraba confianza porque era de Nueva York y había estudiado en la Facultad de Derecho de la Universidad de Columbia—. Dice que las perspectivas no son buenas. Chandler tiene derechos.

—¿De veras? —Liz se mostró inquieta, sentada al pie de la cama. Tenía dificultades respiratorias y se encontraba muy mal—. ¿Al cabo de tantos años? ¿Cómo es posible?

—Pues porque las leyes son muy liberales en California —Bernie lamentó, más que nunca, que Berman no le hubiera enviado a Nueva York antes de que ocurriera aquello—. Al parecer, si yo la hubiera adoptado, no tendría nada que hacer. Pero no lo hice. Esa fue mi gran equivocación. Pensé que no merecía la pena meternos en líos legales puesto que, de todos modos, la niña ya utilizaba mi apellido.

Ahora hubiera querido darse de bofetadas.

—Pero, el hecho de que la abandonara..., de que nos abandonara a las dos, ¿no cuenta?

—Eso podría permitirnos ganar el caso, pero lo malo es que no se trata de algo automático. Depende del juez. Tendríamos que presentar una demanda y el juez emitiría el veredicto. Si ganáramos, sería estupendo. Pero, si no, podríamos apelar. Sin embargo, antes de comparecer ante los tribunales, cosa que tardaría algún tiempo en ocurrir, le concederían derecho provisional de visita, para ser «justos» con él.

—Pero si este hombre es un presidiario, un estafador, un bicharraco —exclamó Liz, muy alterada. Le odiaba con toda su alma y no le faltaba razón para ello. El propio Bernie empezaba a odiarle—. ¿Serían capaces de exponer a la niña a este bandido?

—Al parecer, sí. En principio se supone que el padre natural es un buen chico mientras no se demuestre lo contrario. Por consiguiente, primero le permitirían visitar a Jane, luego compareceríamos ante los tribunales para luchar contra esta decisión y, finalmente, ganaríamos o perderíamos. Pero, entre tanto, tendríamos que explicarle a Jane quién es él, por qué la visita y qué opinamos nosotros al respecto —Bernie estaba tan furioso como aquella tarde cuando habló con el abogado. Decidió no ocultarle nada a Liz—. Grossman dice que lo más probable es que perdiéramos. En el estado de California se protegen mucho los derechos del padre y el juez podría inclinarse en favor de él por muy hijo de perra que sea éste. En teoría, los padres tienen unos derechos, ocurra lo que ocurra, a no ser que peguen a sus hijos o hagan cosas por el estilo. E, incluso aunque lo hagan, se toman medidas para proteger a los hijos, pero a ellos les permiten visitarles. ¿Qué te parece? —De repente Liz rompió a llorar y Bernie se percató de la imprudencia que había cometido. Liz no se hallaba en condiciones de enfrentarse con aquella posibilidad—. Perdóname, nena, no hubiera debido decírtelo...

—Si es verdad, tengo que saberlo —contestó Liz entre sollozos—. ¿No podríamos hacer algo para librarnos de él?

—Sí y no. Grossman ha sido muy sincero conmigo. Es contrario a la ley comprar a este tipo, pero ya se ha hecho otras veces. Sospecho que eso es lo único que pretende Chandler. Al cabo de siete años, no es muy probable que tenga interés en enseñarle a Jane a montar en bicicleta. Necesitará unos dólares para ir tirando hasta que vuelvan a meterle en la cárcel. Lo malo es que, si lo hacemos, puede que lo repita una y otra vez. Podría ser el cuento de nunca acabar.

Pero, de momento, Bernie quería probarlo sólo por una vez. Quizá consiguieran librarse de él para siempre. Pensó en ello durante el camino de vuelta a casa y estaba dispuesto a entregarle diez mil dólares a Chandler para que desapareciera de sus vidas. Le hubiera podido dar más, pero temía que, en tal caso, se le despertara en exceso el apetito. Le expuso la idea a Liz y ella se mostró de acuerdo.

—¿Te parece bien que le llamemos?

Liz quería resolver el asunto cuanto antes. Aquella noche, las contracciones la volvían loca. El corazón le latió con fuerza cuando le pasó a Bernie el papel en el que había anotado el teléfono de Chandler.

—Yo mismo hablaré con él. Y quiero que tú te mantengas al margen del asunto. Por lo que dices, eso no es más que una estratagema para captar de nuevo tu atención y, cuanta menos importancia le des, tanto mejor para ti.

A Liz le pareció bien la decisión de su esposo. Se alegraba de que Bernie lo resolviera todo por ella.

Bernard marcó el número y pidió hablar con Chandler Scott. Esperó mucho rato y sostuvo el teléfono de tal modo que Liz también pudiera oír. Quería asegurarse de que era él. Al oír su voz, Liz le indicó por señas que sí era él.

—¿Señor Scott? —dijo Bernie—. Soy Fine.

—¿Cómo? —tras una pausa, Chandler añadió: —Ya. Está usted casado con Liz.

—En efecto. Tengo entendido que llamó usted esta tarde para hablar de cierto asunto —Grossman le había advertido a Bernie que no mencionara a la niña ni la finalidad del dinero por si Scott grabara la conversación—. Ya tengo los datos que le interesan.

Scott lo comprendió rápidamente. Le gustaba aquel hombre que no se andaba por las ramas, aunque reconocía que había sido agradable volver a hablar con Liz.

—¿Cree usted que deberíamos reunirnos para discutirlo? —hablaba con la misma precaución que Bernard, por miedo tal vez a la policía.

Cualquiera sabía qué estaría tramando, pensó Liz.

—No lo considero necesario. Mi cliente ya tiene pensada la cantidad que quiere ofrecerle. Diez mil por todo el paquete. Sólo por una vez, a cambio de sus anteriores servicios. Creo que quieren comprarle su participación.

El significado era clarísimo.

—¿Tengo que firmar algo? —preguntó cautelosamente Chandler tras una prolongada pausa.

—No hace falta.

A Bernie le hubiera gustado, pero Grossman le dijo que no merecería la pena.

El hombre fue directamente al grano; habló en un tono que a Bernie le pareció enojado. En una bolsa de papel en la terminal del autobús, pensó Bernie casi a punto de soltar una carcajada, aunque la cosa no tenía la menor gracia. Quería librarse de aquel hijo de puta, sobre todo para que Liz no sufriera aquella tensión precisamente cuando estaba a punto de dar a luz.

—Tendré mucho gusto en entregárselo yo en persona.

—¿En efectivo?

—Claro está.

El muy cerdo sólo quería el dinero. La pequeña Jane le importaba un bledo. Nunca le había importado, tal como se lo había dicho Liz.

—Yo mismo se lo entregaré mañana.

—¿Dónde vive?

Por suerte, la dirección no figuraba en la guía telefónica y Bernie se alegró súbitamente de no haberla incluido. Tampoco quería reunirse con él en su despacho, sino en un bar, en un restaurante o en un portal. Aquello parecía una película, pensó mientras intentaba pensar en algún lugar adecuado.

—Me reuniré con usted en el Harry's de Union Street a la hora del almuerzo. A las doce en punto del mediodía.

Su banco se encontraba a una manzana de distancia de allí y, de este modo, podría entregarle el dinero a aquel tipo y regresar a casa para ver cómo estaba Liz.

—Estupendo —dijo Chandler Scott, satisfecho—. Nos veremos mañana —añadió; y colgó apresuradamente el aparato.

—Lo acepta —dijo Bernie, volviéndose a mirar a Liz.

—¿Crees que este dinero será suficiente?

—Por lo menos, de momento. Eso debe de ser una cantidad enorme de dinero para él. El único problema, según Grossman, es que puede repetirlo, pero ya veremos qué hacemos entonces —Bernie no hubiera podido permitirse el lujo de pagarle una astronómica cantidad mensual—. Con un poco de suerte, ya estaremos en Nueva York cuando le vuelva a entrar el apetito, y jamás podrá localizarnos. Creo que la próxima vez no le diremos nada a tu ex casera cuando nos vayamos o, por lo menos, deberías pedirle que no facilitara información—. Liz asintió en silencio. Bernie tenía razón. Cuando se trasladaran a Nueva York, Chandler no podría localizarles—. No he querido reunirme con él en los almacenes porque, en tal caso, siempre podría encontrarnos.

—Cuánto siento haberte metido en todo este lío, cariño —dijo Liz, mirándole agradecida—. Te prometo que te devolveré el dinero cuando lo tenga ahorrado.

—No seas tonta —Bernie la rodeó con un brazo—. Son cosas que pasan, pero mañana ya estará todo resuelto.

—¿Me prometes una cosa? —preguntó Liz, recordando todo el dolor que Chandler Scott le había causado.

—Lo que tú quieras.

—Si algo me ocurriera, ¿protegerás a Jane de él?

—No digas disparates —contestó Bernie, frunciendo el ceño. Como buen judío, era bastante supersticioso, aunque no tanto como su madre—. No te ocurrirá nada.

El médico le había dicho que las mujeres sufrían a veces accesos de temor o inquietud poco antes de dar a luz. A lo mejor, eso significaba que el parto ya era inminente.

—Pero, ¿me lo prometes? No quiero que él se le acerque jamás. Júramelo.

Estaba tan agitada que Bernie se apresuró a hacerlo.

—La quiero como si fuera mi propia hija, y tú lo sabes. No tienes de qué preocuparte.

Sin embargo, Liz tuvo pesadillas aquella noche. Cuando, al día siguiente, acudió al Harry's con un sobre que contenía cien billetes de cien dólares para reunirse con Scott, Bernie también estaba muy nervioso. Liz le dijo que Chandler era un hombre rubio, alto y delgado, y le advirtió también de que, a lo mejor, su aspecto no sería el que él imaginaba.

—Parece más bien alguien a quien podrías conocer a bordo de un yate o a quien te encantaría poder presentar a tu niñera.

—Fantástico. Seguramente me encontraré con un tipo normal, le entregaré el sobre y él me pegará un navajazo. O, peor todavía, lo tomará y echará a correr.

Bernie esperó en el bar del Harry's más nervioso que un espía y le identificó en cuanto le vio entrar. Tal como le había dicho Liz, era un hombre muy guapo y elegante. Vestía un *blazer* y unos pantalones grises de franela, pero, examinándolo con mayor detenimiento, el blazer era de confección barata, los puños de la camisa estaban arrugados y los zapatos parecían muy usados. Su atuendo de estafador presentaba graves desperfectos y más parecía un pobre diablo que otra cosa. Se dirigió a la barra, pidió inmediatamente un whisky y sostuvo el vaso con mano temblorosa mientras echaba un vistazo a su alrededor. Bernie no le había descrito su propio aspecto y, por consiguiente, le llevaba ventaja. Estaba casi seguro de que era él. Le observó mientras conversaba con el barman. Dijo que acababa de regresar de Arizona y, al poco rato, le oyó confesar que había estado en la cárcel de allí.

—Es que no saben encajar las bromas... —añadió, encogiéndose de hombros y sonriendo—. Extendí unos cheques sin fondos y el juez se puso como una fiera. Me alegro de estar de vuelta en California.

Era un triste elogio de las leyes de aquel Estado, y Bernie lamentó una vez más no encontrarse en Nueva York. Por fin, decidió abordarle.

—¿Señor Scott? —susurró, y se aproximó discretamente a Chandler, que ya iba por el segundo trago.

Se le veía visiblemente nervioso y tenía los ojos azules como Jane. Sin embargo, Liz también los tenía y, por consiguiente, no era fácil establecer de quién había heredado Jane el color de los ojos. Era guapo, pero aparentaba más edad que los veintinueve años que tenía. Un mechón de cabello rubio le caía sobre un ojo, y a Bernie le pareció lógico que Liz se hubiera enamorado de él. Tenía un aire inocente que le debía ser muy útil para embaucar al prójimo. Llevaba engañando a la gente desde los dieciocho años y los frecuentes arrestos no le servían de escarmiento. Pese a ello, conservaba la ingenua apariencia del chico del Medio Oeste y era perfectamente comprensible que, a veces, se hiciera pasar por socio de algún club de campo, aunque ahora las cosas no le fueran muy bien.

—¿Sí? —contestó, poniéndose inmediatamente en guardia mientras miraba de soslayo a Bernie.

Tenía unos ojos más fríos que el hielo.

—Soy Fine.

No era necesario añadir más.

—Estupendo —contestó Chandler—. ¿Tiene algo para mí?

Bernie asintió, pero no se apresuró a entregarle el sobre. Chandler Scott le estudió con todo detalle la ropa y después le miró el reloj, pero Bernie tuvo la precaución de no llevar el Patek Philippe y ni siquiera el Rolex, sino un reloj que le había regalado su padre cuando estudiaba ciencias empresariales y que, por cierto, tampoco era barato, tal como Scott sabía muy bien.

—Parece que Liz ha encontrado esta vez un buen marido.

Bernie no hizo el menor comentario.

—Creo que eso es lo que usted quiere —dijo, sacándose el sobre del bolsillo interior de la chaqueta—. Puede contarlo. Está todo ahí.

—¿Cómo puedo saber que no es falso? —preguntó Chandler, mirando a Bernie a los ojos.

—No hablará usted en serio —replicó Bernie—. ¿De dónde demonios podría yo sacar dinero falso?

—Ya se ha hecho otras veces.

—Llévelo al banco y que le echen un vistazo. Yo esperaré aquí —Bernie trató de disimular su nerviosismo. Scott contó los billetes de cien dólares que contenía el sobre. Estaba todo. Diez mil dólares—. Quiero aclararle una cosa antes de irme. No vuelva nunca más. La próxima vez no le daremos ni un céntimo. ¿Entendido?

—Perfectamente —contestó el guapo rubio, esbozando una sonrisa. Después, apuró el contenido del vaso, lo dejó sobre el mostrador, se guardó el sobre en un bolsillo del blazer y miró a Bernie por última vez—. Déle recuerdos de mi parte a Liz. Lamento no haberla visto.

Bernie hubiera deseado propinarle un puntapié en el estómago, pero prefirió quedarse inmóvil sin decir nada. Era curioso que el tipo no hubiera mencionado a Jane ni una sola vez. La había vendido por diez mil dólares. Tras saludar al barman con un gesto de la mano, salió del restaurante y dobló la esquina mientas Bernie le miraba temblando desde la barra. No le apetecía beber. Quería irse en seguida a casa para ver cómo estaba Liz. Temía que Chandler se presentara allí sin más o que intentara ver a Jane a pesar de lo que habían acordado. Aunque no era probable que quisiera ver a una niña por la que nunca había mostrado el menor interés.

Bernie salió corriendo a la calle, subió al automóvil y se dirigió a Buchanan y Vallejo. Dejó el coche estacionado frente al garaje y subió a toda prisa los peldaños. Por una extraña razón, aquel encuentro le había trastornado y necesitaba ver a Liz. Buscó la llave y, al abrir, le pareció que no había nadie en casa. Pero, al fin, la encontró en la cocina. Estaba preparando unos pastelillos para él y Jane.

—Hola —le dijo sonriendo.

Liz se sentó en una silla de la cocina y le miró con dulzura. Parecería una princesa de un cuento de hadas, de no haber sido por el abultado vientre.

—Hola, cariño —Liz se había pasado toda la mañana preocupada y se sentía culpable de todas las molestias y gastos que le había ocasionado a Bernie—. ¿Ha ido todo bien?

—Perfectamente. Tenía la pinta que tú me describiste. Parece que anda muy escaso de dinero.

—Pues entonces, acabará en la cárcel el día menos pensado. Es el mayor estafador que te puedes imaginar.

—Pero, ¿para qué necesita el dinero?

—Supongo que para sobrevivir. Nunca ha sabido ganarse la vida de otra manera. Yo siempre pensaba que, si hubiera puesto el mismo empeño en una actividad honrada, a esta hora ya sería director de la General Motors —Bernie esbozó una sonrisa—. ¿Te dijo algo sobre Jane?

—Ni una sola palabra. Tomó el dinero y se largó con viento fresco, tal como suele decirse.

—Mejor. Espero que no vuelva jamás.

Liz lanzó un suspiro de alivio y miró a Bernie. Se

alegraba de tenerle a su lado, sobre todo, después de las penalidades y estrecheces pasadas.

—Yo también lo espero, Liz —sin embargo, Bernie no estaba muy convencido de haber perdido para siempre de vista a Chandler. Era un sujeto demasiado listo y taimado, aunque eso a Liz no se lo dijo para no preocuparla. Deseaba adoptar a Jane, pero, en aquellos instantes, no quería plantearle la cuestión a su esposa—. Sea como fuere, procura no pensar en ello. Todo ha terminado. ¿Cómo está nuestro amiguito? —añadió, acariciando el vientre de Liz como si fuera el de un buda.

—Desde luego, no para de dar puntapiés —contestó ella, riéndose—. Parece que esté a punto de salir de un momento a otro.

El niño era tan grande y ella lo llevaba tan bajo que apenas podía caminar. Bernie jamás se hubiera atrevido a hacerle el amor. Se notaba la cabeza del niño que empujaba contra la pelvis y la vejiga. Aquella noche, Liz tuvo unos dolores muy fuertes y Bernie le aconsejó que llamara al médico. Éste no se alarmó en absoluto por lo que ella le dijo. Al fin, se fueron a la cama, pero Liz no pudo dormir.

Las tres semanas siguientes transcurrieron muy despacio. Cuando ya pasaban diez días de la fecha prevista, Liz estaba tan nerviosa y agotada que, una noche, se echó a llorar sólo porque Jane no quiso comer.

—Cálmate, cariño —le dijo Bernie. Las había invitado a cenar fuera, pero Jane tenía un resfriado y Liz no podía dar un paso. No le apetecía vestirse y le dolían las caderas.

Aquella noche, Bernie le leyó un cuento a Jane y a la mañana siguiente la acompañó él mismo a la escuela. Acababa de llegar a su despacho cuando su secretaria llamó a través del dictáfono mientras estaba examinando un informe sobre el volumen de ventas de los almacenes de Nueva York en el mes de marzo. Las cifras eran espectaculares.

—¿Sí?

—Es la señora Fine, en la cuatro.

—Gracias, Irene —tomó el teléfono sin apartar los ojos de los informes y se preguntó por qué razón le llamaría Liz—. ¿Qué pasa, cariño? —no creía haber olvidado nada en casa. A lo mejor, Jane había empeorado de su resfriado y ella quería que acudiera a recogerla a la escuela—. ¿Todo bien?

Liz se rió. A Bernie le pareció extraño porque por la mañana estaba un poco nerviosa y le contestó de muy malos modos cuando él le propuso cenar fuera aquella noche. Sin embargo, él no se ofendió porque sabía lo mal que se encontraba su mujer.

—Todo va de maravilla —contestó Liz, muy contenta.

—Vaya, te noto muy animada. ¿Ocurre algo especial?

—Tal vez.

—Y eso, ¿qué significa? —preguntó Bernie, alarmándose de repente.

—Pues, que acabo de romper aguas.

—¡Hurra! Iré en seguida.

—No corras, aún no ha sucedido nada importante, sólo uno que otro calambre de vez en cuando.

Sin embargo, parecía tan feliz que Bernie sentía deseos de estar a su lado. La espera había durado nueve meses y medio; ahora necesitaba compartirlo todo con ella.

—¿Has llamado al médico?

—Sí. Me ha dicho que le llame en cuanto ocurra alguna cosa.

—¿Cuánto tiempo cree que durará?

—Recuerda lo que nos decían en la clase. Puede ocurrir dentro de media hora o mañana por la mañana. Aunque a mí me parece que será muy pronto.

—Iré en seguida. ¿Quieres algo?

—Qué bueno eres conmigo —contestó Liz—. Perdóname que me haya portado como una bruja durante estas últimas semanas, pero es que me encontraba muy mal.

Nunca le había dicho lo mucho que le dolían las caderas y la espalda.

—Ya lo sé. No te preocupes por eso, nena. Ya casi ha terminado.

—Si supieras cuánto deseo ver al niño…

De repente, Liz se asustó y, cuando Bernie regresó a casa, la encontró muy nerviosa. Le hizo un masaje en la espalda y habló con ella mientras se duchaba. La ducha debió de acelerar el proceso. Nada más salir de la bañera, Liz experimentó las primeras contracciones fuertes. Bernie le hizo respirar hondo y tomó su reloj preferido para cronometrarlas.

—¿Hace falta que te pongas este reloj? —le dijo ella en tono irritado. Estaba perdiendo de nuevo los estribos y ambos sabían por qué razón—. ¿Por qué tienes que ponerte este reloj tan chillón?

Bernie sonrió para sus adentros porque su irritabilidad significaba que la cosa iba en serio.

Llamó a Tracy a la escuela y le pidió que, aquella tarde, se llevara a Jane a su casa. A la una, los dolores ya eran muy fuertes, se sucedían con gran rapidez y Liz apenas podía respirar entre contracción y contracción. El médico ya les aguardaba en el hospital cuando llegaron. Bernie empujó la silla de ruedas de Liz, acompañado por una enfermera. Liz le pedía que se detuviera cada vez que experimentaba una cotracción. De repente, Liz empezó a agitarse y ya casi no podía respirar porque las contracciones se producían sin interrupción. Empezó a gritar sin poder contenerse cuando la levantaron de la silla de ruedas en la sala de partos y la colocaron en la mesa donde Bernie la ayudó a desnudarse.

—Tranquila, nena, tranquila…

A Bernie se le había pasado el miedo de golpe. Pensó que, en aquellos momentos, no hubiera podido estar en mejor sitio más que al lado de su mujer. Liz lanzó un grito desgarrador y otro todavía más fuerte cuando el médico la examinó. Bernie le tomó las manos y le aconsejó que respirara hondo, pero ella no podía concentrarse ni mantener el control.

—Todo va bien, Liz —dijo el médico. Era un hombre muy afable, de cabello gris y ojos azules. A Bernie le inspiró confianza en seguida, lo mismo que a Liz. Rezumaba competencia y simpatía por todos sus poros, pero en aquel momento Liz no le hacía caso. Se agarraba al brazo de Bernie y lanzaba un grito cada vez que se producía una contracción—. Ya tiene una dilatación de ocho centímetros; cuando tenga dos más, ya podrá empezar a empujar.

—No quiero empujar... Quiero irme a casa.

Bernie miró al médico sonriendo y aconsejó a Liz que jadeara. Los dos centímetros de dilatación que faltaban se alcanzaron antes de lo previsto. A las cuatro de la tarde, cuando ya habían transcurrido ocho horas desde el comienzo de los dolores, Liz empezó a empujar. Bernie trató de calmarla, diciéndole que no le parecía mucho tiempo, pero ella ya no podía más.

—¡Ya no lo resisto! —gritó de repente, negándose a jadear, tal como le habían aconsejado que hiciera. Le colocaron las piernas en los soportes y el médico sugirió la conveniencia de practicarle una episiotomía—. Me importa un bledo lo que haga... Pero sáqueme este niño de dentro...

Lloraba como una chiquilla y Bernie sintió que se le hacía un nudo en la garganta al mirarla. No soportaba verla sufrir. La respiración rítmica no parecía servirle de mucho, pero el médico no estaba preocupado por ello.

—¿No le podría administrar algo? —preguntó Bernie.

El médico sacudió la cabeza mientras las enfermeras corrían de un lado para otro. Entraron dos mujeres enfundadas en ropa verde de quirófano empujando una cuna con una lámpara térmica. Entonces, Bernie lo comprendió todo. La cuna era para su hijo. El niño estaba a punto de nacer. Se inclinó para animar a Liz y le dijo que empujara fuerte cuando el médico se lo dijera.

—No puedo... No puedo... Me duele demasiado.

Ya no resistía el esfuerzo. Bernie consultó el reloj y comprobó, asombrado, que eran más de las seis. Liz llevaba más de dos horas empujando.

—Vamos —dijo el médico—. Empuje fuerte... ¡Vamos, Liz! Otra vez... ¡Ahora! Eso es..., eso es... Vamos... Ya asoma la cabeza del niño... Ya sale... *¡Empuje!*

De repente, al mismo tiempo que el grito de Liz, se oyó otro más débil y Bernie vio la cabeza del niño asomando por entre las piernas de su mujer y sostenida por el médico, y entonces ayudó a Liz a incorporarse para que pudiera verlo. Liz empujó una vez más y el niño salió de golpe. Era su hijo. Liz se puso a reír y llorar mientras Bernie la besaba y lloraba también. Era el triunfo de la vida. El dolor quedó completamente olvidado. Una vez expulsada la placenta, el médico cortó el cordón umbilical, y entregó el niño a Bernie mientras Liz observaba la escena, temblando sobre la mesa de parto. La enfermera le explicó que los temblores eran, asimismo, una reacción normal. Después, la limpiaron y Bernie le acercó el rostro del niño para que pudiera besarle la suave mejilla.

—¿Cómo se llamará? —preguntó el médico sonriendo mientras la madre acariciaba sin cesar al pequeño.

Liz intercambió una mirada con su marido y pronunció por primera vez el nombre de su hijo.

—Alexander Arthur Fine.

—Mi abuelo se llamaba Arthur —explicó Bernie. A ninguno de los dos les entusiasmaba demasiado el segundo nombre del niño, pero Bernie le había prometido a su madre que se lo pondrían—. Alexander A. Fine —repitió, inclinándose para besar a su mujer sin soltar el niño. Mientras ambos se besaban llorando, el niño se quedó dormido en brazos de su padre.

16

La llegada de Alexander Arthur Fine provocó un revuelo como no se recordaba en la historia reciente de la familia. Los padres de Bernie se desplazaron desde Nueva York, cargados de regalos y juguetes para Jane, Liz y el niño. La abuela Ruth tuvo especial cuidado en no abandonar a Jane. Estuvo constantemente pendiente de ella, y Bernie y Liz se lo agradecieron mucho.

—¿Sabes qué te digo? A veces, cuando pienso que ya no puedo aguantarla más —le dijo Bernie a Liz—, mi madre hace cosas tan increíbles que ni siquiera parece la misma mujer que siempre me saca de quicio.

Liz le miró sonriendo. Tras haber compartido la experiencia de la venida al mundo de Alexander, se sentían más unidos que nunca. Aún no se habían repuesto de la emoción.

—Puede que Jane diga lo mismo de mí algún día.

—No lo creo.

—Ojalá pudiera estar segura de ello. Vete tú a saber. Una madre es una madre, pero...

—No te preocupes. No te lo permitiré —dijo Bernie, dando una palmada al trasero de Alexander, que estaba dormido sobre el pecho de su madre—. Tú no tengas miedo, hijo, a la menor señal, le propinaré una paliza que se acordará toda la vida.

Después se inclinó para besar a Liz, que, incorporada en la cama, lucía una mañanita de raso color azul cielo, regalo de su suegra.

—Me mima demasiado, ¿sabes?

—Faltaría más. Eres su única hija.

Le había regalado, además, la sortija que le compró Lou cuando nació Bernie, hacía treinta y seis años de ello. Era una esmeralda rodeada de diamantitos. Ambos se emocionaron ante la importancia de aquel gesto.

Los padres de Bernie se quedaron tres semanas en San Francisco, y se alojaron en el Hotel Huntington, como la otra vez. Ruth ayudaba a Liz a cuidar del niño todos los días mientras Jane estaba en la escuela; y, por la tarde, salía a pasear con la niña y la colmaba de regalos. Fue una gran ayuda para Liz, la cual no quería que Bernie contratara a nadie. Se empeñaba en cuidar al niño ella sola, limpiar la casa y hacer la cocina. «No podría soportar que alguien lo hiciera por mí», decía. Era tan inflexible al respecto que Bernie no quiso contrariarla, pese a constarle que aún no había recuperado totalmente las fuerzas. Su propia madre se lo comentó antes de regresar a Nueva York.

—Creo que no debería dar el pecho al niño. Es un esfuerzo excesivo y parece muy agotada.

El médico se lo había advertido y, por consiguiente, no se sorprendió cuando Bernie le dijo que se recuperaría con más rapidez si no daba el pecho al niño.

—Hablas como tu madre —le contestó, mirándole con fingido enojo desde la cama. Al cabo de cuatro semanas del alumbramiento, se pasaba casi todo el día acostada—. La lactancia materna es muy beneficiosa para el niño. Con eso adquiere mayor inmunidad contra las infecciones.

Liz le recitó todas las ventajas que solían aducir los partidarios de la lactancia materna, pero Bernie no acababa de convencerse. Estaba preocupado por los comentarios que oía sobre lo cansada que parecía Liz.

—No seas tan californiana.

—Y tú métete en tus asuntos —replicó ella, riéndose.

Por nada del mundo hubiera dejado de dar el pecho a su hijo. Sin embargo, se extrañaba de que todavía le dolieran tanto las caderas.

En mayo, cuando sus padres se fueron, Bernie se trasladó a Nueva York y a Europa. Liz se sentía demasiado cansada para acompañarle y, además, no quería destetar al niño. A la vuelta, Bernie la encontró tan cansada como al principio, y lo mismo ocurrió aquel verano en Stinson Beach. Le pareció incluso que tenía dificultades para caminar, pero ella no quiso reconocerlo ni ante él ni ante el médico.

—Tendrás que volver a ver al médico, Liz —insitía él, una y otra vez.

Alexander tenía cuatro meses y había heredado los ojos verdes del padre y los bucles dorados de la madre. Tras pasarse dos meses en la playa, Liz seguía pálida y desmejorada y, más tarde, se negó incluso a asistir a la inauguración de la temporada de ópera con Bernie. Decía que le daba pereza ir a escoger un vestido en los almacenes, y que no disponía de tiempo. En septiembre reanudaría las clases en la escuela. Bernie comprendió todo el alcance de su agotamiento cuando la oyó pedirle a Tracy que la sustituyera en algunas clases hasta que se encontrara mejor.

—Pero, ¿qué pasa? No quieres bajar a la ciudad para escoger un vestido y no quieres acompañarme a Europa el mes que viene —rechazó esta proposición a pesar de lo mucho que se divirtió en París la primera vez— y ahora sólo quieres trabajar a horas. ¿Qué demonios te ocurre?

Bernie se asustó tanto que aquella noche llamó a su padre.

—¿Tú qué crees que puede ser, papá?

—La verdad es que no lo sé. ¿Ha ido al médico?

—No quiere hacerlo. Dice que es normal que las madres lactantes estén cansadas. Pero ya hace casi cinco meses y se niega a destetarle.

—Pues, a lo mejor, tendrá que hacerlo. Puede que esté anémica.

Era una sencilla solución al problema y Bernie exhaló un suspiro de alivio tras hablar con su padre, el cual insistió en que Liz fuera al médico de todos modos, pensando en su fuero interno que, a lo mejor, estaba embarazada.

Tras muchas protestas, Liz concertó una cita con el médico para la semana siguiente, pero el tocólogo no le encontró nada desde el punto de vista ginecológico. Comprobó que no estaba embarazada y la envió a un internista para que le hiciera las pruebas pertinentes: un electrocardiograma, unos análisis de sangre, una radiografía y cualquier otra cosa que él considerara oportuna. Liz tenía una cita con el internista a las tres de la tarde y Bernie se alegró que hubiera accedido a ir. Faltaban unas semanas para su viaje a Europa y quería saber lo que ocurría antes de marcharse. En caso de que los médicos de San Francisco no descubrieran el origen de sus trastornos, se la llevaría a Nueva York y la dejaría con su padre para que él le buscara el mejor médico.

El internista que la examinó no descubrió ninguna anomalía, pero le hizo varias pruebas de rutina. La tensión arterial estaba bien, el electrocardiograma era normal; en cambio, el recuento sanguíneo era bajo y el médico decidió hacerle otros análisis. Cuando le auscultó el tórax, pensó que, a lo mejor, padecía una pleuresía leve.

—Seguramente es por eso por lo que está cansada —dijo, sonriendo.

Era un hombre de talla nórdica, manos grandes y voz sonora. Liz se sentía a gusto con él. La envió a que le hicieran una radiografía y, a las cinco y media, Liz regresó a casa y le dio un beso a Bernie, que le estaba leyendo un cuento a Jane. Aquella tarde, Liz dejó a los niños al cuidado de una canguro, cosa insólita en ella.

—¿Lo ves? Ya te lo dije... Estoy bien.

—Pero, entonces, ¿a qué viene este cansancio?

—Es la pleuresía. Me han hecho una radiografía para descartar que no tenga alguna enfermedad rara, pero, por lo demás, estoy estupendamente.

—Pero demasiado cansada para acompañarme a Europa —Bernie no estaba muy convencido—. Por cierto, ¿cómo se llama este médico?

—¿Por qué? —Liz le miró con recelo.

¿Qué se proponía ahora? ¿Qué otra cosa esperaba que hiciera?

—Quiero que mi padre haga averiguaciones sobre él.

—Vamos, hombre, por el amor de Dios...

El niño lloraba de hambre y Liz acudió presurosa a su habitación mientras Bernie firmaba el cheque de la canguro. Alexander era gordo, rubio y de ojos verdes. Lanzó un grito de júbilo al ver a su madre y se refugió ávidamente en su pecho, dándole unas palmadas con la otra mano mientras ella le estrechaba en sus brazos. Más tarde, cuando le dejó acostado en su cunita y salió de puntillas de la habitación, Liz encontró a su marido aguardándola junto a la puerta.

—No te preocupes tanto, cariño —le susurró mientras le acariciaba la mejilla—. Todo va bien.

Bernie la atrajo a sus brazos.

—Es lo que yo quiero.

Jane jugaba en su habitación y el niño dormía, pero Liz estaba excesivamente pálida, tenía ojeras y había adelgazado muchísimo. Quería creer que todo iba bien, pero un creciente temor oculto le decía que no era verdad. Mientras ella preparaba la cena, Bernie se fue a jugar un rato con Jane. Aquella noche, mientras Liz dormía, Bernie la estudió con inquietud. A las cuatro, cuando el niño empezó a llorar, no la despertó, sino que preparó un biberón con el suplemento alimenticio que le daban.

Alexander no quedó completamente satisfecho con el biberón, pero jugó alegremente en los brazos de su padre mientras éste le miraba sonriendo. Luego, Bernie le cambió los pañales y le dejó de nuevo en la cama. Se estaba convirtiendo en un experto en la materia y aquella mañana fue él quien contestó al teléfono cuando llamó el doctor Johanssen. Liz aún no se había levantado.

—¿Diga?

—La señora Fine, por favor.

Hablaba con un tono perentorio, pero no descortés. Bernie fue a despertar a Liz.

—Es para ti.

—¿Quién es? —preguntó ella, medio dormida.

Eran las nueve de un sábado por la mañana.

—No sé. No lo ha dicho.

Sin embargo, Bernie sospechaba que era el médico. Liz leyó el temor en sus ojos.

—¿Es un hombre? ¿Para mí?

El comunicante se identificó inmediatamente y le pidió que acudiera a su consultorio a las diez en punto. Era el doctor Johanssen.

—¿Ocurre algo? —le preguntó Liz, mirando a su marido.

Pero el médico tardó demasiado en contestar. No era posible, le dijo Liz. Estaba cansada, pero no tanto como para eso. Miró involuntariamente a Bernie y sintió deseos de darse de bofetadas.

—¿No podría esperar?

Bernie sacudió la cabeza para decirle que no.

—No me parece conveniente, señora Fine. ¿Por qué no viene a verme con su marido dentro de un ratito?

Su aparente calma le metió a Liz el miedo en el cuerpo.

—Qué barbaridad, cualquiera diría que tengo sífilis —exclamó Liz, tratando de disimular su inquietud.

—¿Qué ha dicho que es? —le preguntó Bernie.

—No dijo nada. Dice que acuda a su consultorio dentro de una hora.

—Pues, iremos.

Bernie se asustó y llamó a Tracy mientras Liz se vestía. Tracy le contestó que iba en seguida. Había estado trabajando en el huerto y no iba arreglada, pero con mucho gusto se quedaría con los niños una o dos horas. Aunque estaba tan preocupada como Bernie, no hizo ninguna pregunta al llegar. Se mostró alegre y despreocupada como siempre y puso en seguida manos a la obra.

Bernie y Liz apenas hablaron mientras se dirigían al hospital donde les aguardaba el médico. Una vez allí, encontraron su consultorio sin ninguna dificultad. Cuando entraron en la estancia, vieron dos radiografías sujetas a una placa luminosa. El médico les acogió con una sonrisa forzada y, de repente, Liz sintió que el terror le atenazaba la garganta y quiso echar a correr para no escuchar lo que él les iba a decir.

Bernie se presentó y el doctor Johanssen les pidió que tomaran asiento. Vaciló sólo un instante y después fue directamente al grano. La cosa era grave. Liz se asustó.

—Ayer, cuando la examiné, pensé que padecía una pleuresía. Un caso leve tal vez. Hoy quiero comentar la situación con ustedes —se volvió en el sillón giratorio y les indicó dos zonas de los pulmones con la punta de su bolígrafo—. No me gusta nada su aspecto.

Quería ser sincero con ella.

—¿Qué significado tienen? —preguntó Liz sin apenas poder respirar.

—No estoy seguro, pero quisiera tomar en consideración otro síntoma que usted me mencionó ayer. El dolor de caderas.

—¿Y eso qué tiene que ver con los pulmones?

—Creo que convendría hacer un examen del hueso.

El médico les explicó en qué consistía el procedimiento y dijo que ya había concertado una cita para ella en el hospital. Era una prueba muy sencilla consistente en la inyección de isótopos radiactivos para descubrir eventuales lesiones óseas.

—¿Qué piensa usted que es? —preguntó Liz, asustada y confusa.

Hubiera preferido no saberlo, pero era necesario.

—No lo sé muy bien. Las manchas en los pulmones pueden ser indicio de un problema en otra zona de su cuerpo.

A Liz se le quedó la mente en blanco cuando al día siguiente acudió al hospital tomada de la mano de Bernie, el cual hubiera querido apartarse un momento de ella para llamar a su padre, pero no podía dejarla. Estuvo a su lado cuando le administraron la inyección. Liz estaba totalmente aterrorizada a pesar de que la inyección no fue demasiado dolorosa.

Lo peor de todo fue la espera.

El resultado fue devastador. Al parecer, Liz padecía un osteosarcoma, un cáncer del hueso que ya se había extendido a los pulmones. Eso explicaba el dolor de la espalda y de las caderas y las frecuentes dificultades respiratorias. Los síntomas se atribuyeron al embarazo, pero, en realidad, eran del cáncer. Se tendría que confirmar el diagnóstico con una biopsia, les explicaron los médicos mientras Liz y Bernie se tomaban fuertemente de la mano con lágrimas en los ojos. Liz aún no se había quitado la bata verde del hospital cuando Bernie se inclinó hacia ella y la estrechó en sus brazos, abrumado por la desesperación.

17

—¡Me importa un bledo! *¡No pienso hacerlo!* —gritó Liz al borde del histerismo.

—*¡Escúchame!* —Bernie la sacudió por los hombros—. Quiero que vayas conmigo a Nueva York... —quería conservar la calma. Tenían que ser razonables. Un cáncer no siempre significaba el final. Y, además, ¿qué demonios sabía aquel individuo? Él mismo le había recomendado a otros cuatro especialistas: uno en enfermedades óseas, un especialista del tórax, un cirujano y un oncólogo. Les sugirió una biopsia, seguida de una intervención quirúrgica y después radiaciones o quimioterapia, según le aconsejaran los restantes médicos. En realidad, él apenas sabía nada al respecto.

—No quiero que me sometan a quimioterapia. Es horrible. Se te cae el cabello, me voy a morir. Me voy a morir —dijo Liz, sollozando en brazos de su marido.

Bernie estaba totalmente anonadado. Ambos tenían que calmarse. *Tenían* que hacerlo.

—No te vas a morir. Lucharemos contra la enfermedad. ¡Ahora, cálmate, por lo que más quieras, y escúchame bien! Nos llevaremos a los niños a Nueva York y te visitarán los mejores especialistas de la ciudad.

—¿Y qué me van a hacer? No quiero la quimioterapia.

—Tú escucha lo que te digan. Nadie te ha dicho que debas someterte a eso. Este médico no es el que tú necesitas. Podrías tener artritis y él suponer que es cáncer.

Hubiera sido bonito poder creerlo.

Pero el especialista de los pulmones no les dijo semejante cosa y tampoco el de los huesos. Ni el cirujano. Querían practicarle una biopsia. Bernie consultó con su padre y éste dijo que lo hicieran. De todos modos, los médicos de Nueva York necesitarían aquella información. La biopsia confirmó la hipótesis de Johanssen. Era un osteosarcoma. Sin embargo, había una noticia todavía peor. Dada la naturaleza de las células descubiertas, el alcance del mal y la metástasis en ambos pulmones, hubiera sido inútil operar. Les aconsejaron una breve e intensa sesión de radioterapia, seguida, cuanto antes, de quimioterapia. Liz se sintió súbitamente inmersa en una pesadilla de la que no acertaba despertar. A Jane le dijeron tan sólo que mamá no se encontraba muy bien después del nacimiento del niño y que tendrían que hacerle unas pruebas. No sabían cómo decirle la verdad.

Bernie habló con Liz hasta altas horas de la noche mientras ella permanecía sentada en su cama del hospital con dos parches en el pecho que correspondían a los lugares en los que se le había practicado la biopsia. Ahora, no tendría más remedio que destetar al niño. Bernie lloró sin poderse contener y ella sollozó en sus brazos, tratando de expresarle su dolor, su sentimiento de culpabilidad, su tristeza y su angustia.

—Me parecería que le estoy envenenando si ahora le diera el pecho. Qué espantoso, ¿verdad? Piensa en lo que le he estado dando durante todo este tiempo.

—El cáncer no es contagioso —le dijo él.

—Y tú, ¿cómo lo sabes? ¿Cómo sabes que no me lo pegó alguien en la calle…? Un cochino germen que voló hacia mí, tal vez en el hospital donde tuve el niño.

Liz se sonó la nariz y miró a Bernie sin acabar de creerse que la cosa fuera tan grave. A Bernie le ocurría lo mismo. Esas cosas les pasaban a los demás, no a ellos, que tenían una niña de siete años y un hijo recién nacido.

Bernie hablaba con su padre cinco veces al día. Todo estaba a punto en Nueva York. Bernie le llamó de nuevo a la mañana siguiente, antes de acudir a recoger a Liz al hospital.

—La examinarán en cuanto lleguéis —le dijo su padre muy serio mientras Ruth lloraba a su lado.

—Muy bien —contestó Bernie, esperando contra toda esperanza que les dieran una buena noticia—. ¿Son los mejores?

—Lo son —su padre parecía muy disgustado y afligido por la desgracia que se había abatido sobre su hijo y la chica a la que amaba—. Bernie, no va a ser fácil. Ayer hablé con Johanssen. Parece ser que está muy metastasiada —aborrecía con toda su alma aquellas palabras que para Bernie constituía una novedad—. ¿Sufre mucho?

—No, pero se encuentra muy cansada.

—Dale un abrazo de nuestra parte.

Liz lo necesitaba. Y también sus oraciones. Tras colgar el teléfono, Bernie sorprendió a Jane, de pie, en la puerta del dormitorio.

—¿Qué le pasa a mamá?

—Está… muy cansada, cariño. Ya te lo dijimos ayer. El hecho de tener al niño la dejó agotada —a Bernie se le hizo un nudo en la garganta, pero consiguió sonreír mientras rodeaba los hombros de la niña con un brazo—. Ya se pondrá bien.

—Pero la gente no va al hospital sólo porque está cansada.

—A veces, sí —dijo Bernie, dándole a Jane un beso en la punta de la nariz—. Hoy vuelve mamá a casa —añadió, respirando hondo. Ya era hora de empezar a preparar a la niña—. Y, la semana que viene, nos iremos los tres juntos a Nueva York para ver a la abuela y al abuelo. ¿No será divertido?

—¿Volverá mamá al hospital?

Jane sabía demasiado porque escuchaba hablar a los demás. Bernie se había percatado de ello, pero no podía responder a sus preguntas.

—Tal vez. Sólo por uno o dos días.

—¿Por qué? —a Jane la temblaron los labios y se le llenaron los ojos de lágrimas—. ¿Qué le pasa?

Era un lamento quejumbroso, como si, en lo más hondo de su ser, ya supiera lo grave que estaba su mamaíta.

—La tenemos que querer mucho —dijo Bernie, abrazando entre lágrimas a la chiquilla. Las lágrimas le humedecieron la barba—. Mucho, mucho, cariño...

—Yo la quiero.

—Ya lo sé. Y yo también.

Jane le vio llorar y le enjugó las lágrimas con una manita. Semejaban mariposas posadas sobre su barba.

—Eres un papá maravilloso.

Bernie se conmovió al oír esas palabras y la mantuvo abrazada un buen rato. El llanto les fue útil a los dos y creó entre ellos un vínculo especial de intimidad, amor y valentía.

Jane esperaba a su madre en el automóvil con un ramillete de rosas, y Liz la estrechó contra sí durante todo el trayecto mientras ellos le contaban las gracias que había hecho Alexander aquella mañana. Era como si ambos supieran que ahora tenían que ayudarla a vivir a través de su amor, sus bromas y sus historias divertidas. Aquel nexo les mantendría mucho más unidos que antes, y sería también una grave responsabilidad.

Liz entró en la habitación del niño y éste se despertó y lanzó un grito de júbilo al verla. Levantó las piernecitas en el aire y agitó las manos mientras su madre le tomaba en brazos. Liz hizo una involuntaria mueca cuando el pequeño le tocó los puntos correspondientes a las biopsias.

—¿Le vas a dar el pecho, mamá? —preguntó Jane, desde la puerta, mirándola preocupada con sus grandes ojos azules.

—No —contestó tristemente Liz. Aún tenía leche, pero ya no se atrevía a amamantarle, por mucho que dijeran—. ¡Qué grande está! ¿Verdad, Alex?

Trató de contener las lágrimas, pero no pudo y entonces se volvió de espaldas a Jane para que ésta no la viera llorar.

La niña regresó en silencio a su habitación y, tomando su muñeca, se sentó en la cama con la mirada perdida a lo lejos.

Bernie se hallaba en la cocina preparando la cena en compañía de Tracy. La puerta estaba cerrada y el grifo, abierto. Bernie lloraba sin recato contra un paño de la cocina. De vez en cuando, Tracy le daba una palmada en la espalda. Ella también lloró cuando Liz se lo dijo, pero ahora necesitaba reservar sus fuerzas para Bernie y los niños.

—¿Te apetece un trago?

Bernie sacudió la cabeza en silencio y lanzó un suspiro, mirando a su amiga.

—¿Qué vamos a hacer por ella? —preguntó, rompiendo de nuevo a llorar.

—Todo lo que podamos —contestó Tracy—. Puede que ocurra un milagro. A veces, sucede.

Eso les dijo el oncólogo, quizá porque no podía decir otra cosa. Les habló de Dios, de los milagros y de la quimioterapia, y Liz repitió, una vez más, su negativa a someterse a semejante tratamiento.

—No quiere probar la quimioterapia —dijo Bernie, desesperado, pero tenía que serenarse. Les habían propinado un golpe brutal, pero tendrían que superarlo.

—¿Y le reprochas que no lo quiera? —dijo Tracy, mirándole mientras preparaba la ensalada.

—No, pero a veces da buen resultado... Por lo menos, de momento.

Lo que ellos buscaban era un aplazamiento muy largo. De cincuenta años, o de diez o de veinte o de cinco o de dos o de uno.

—¿Cuándo os vais a Nueva York?

—Esta misma semana. Mi padre ya lo tiene todo preparado. Le dije a Paul Berman, mi jefe, que no podría trasladarme a Europa. Lo comprendió a la perfección. Todo el mundo se portó maravillosamente bien conmigo.

Llevaba dos días sin acercarse por los almacenes e ignoraba cuántos días tardaría en volver, pero los gerentes le habían prometido que se encargarían de todas sus tareas.

—Quizás en Nueva York nos aconsejen otra cosa.

Pero no fue así. Los médicos dijeron exactamente lo mismo: quimioterapia, oraciones y milagros. Bernie contempló a Liz, acostada en una cama del hospital, y le pareció que ya se había encogido. Las ojeras eran más pronunciadas y había adelgazado muchísimo. Era como si, de repente, les hubieran echado el mal de ojo, pensó mientras extendía una mano para tomar una de su mujer. A Liz le temblaban los labios y ambos estaban terriblemente asustados. Esta vez, Bernie no disimuló sus lágrimas. Ambos lloraron juntos y se explicaron el uno al otro lo que sentían.

—Es como una pesadilla, ¿verdad? —dijo Liz, sacudiendo la melena hacia atrás.

Él recordó que pronto la iba a perder porque, al final, Liz había accedido someterse a la quimioterapia cuando regresaran a San Francisco. Bernie dijo que estaba dispuesto a dejar Wolff's y regresar a Nueva York en caso de que no le destinaran nuevamente allí para que Liz pudiera seguir el mejor tratamiento, pero su padre le dijo que los médicos de San Francisco eran tan buenos como en Nueva York y Liz tendría la ventaja de encontrarse en un ambiente conocido, lo cual era muy importante. No deberían preocuparse para buscar un apartamento o una casa, ni para matricular a Jane en una nueva escuela. En aquellos momentos, lo que más necesitaban era aferrarse a lo que tenían: su casa, sus amigos... e incluso el trabajo de Liz. Ésta quería seguir trabajando y el médico no puso ningún reparo a ello. En una primera fase, se sometería a quimioterapia una vez a la semana durante un mes; después, lo haría cada dos semanas y más tarde, cada tres. El primer mes sería espantoso, luego sólo se encontraría mal uno o dos días, durante los cuales la sustituiría Tracy. La dirección de la escuela estaba de acuerdo. Eso le sería mucho más beneficioso que quedarse en casa rumiando.

—¿Quieres acompañarme a Europa cuando te encuentres mejor? —le preguntó Bernie.

Liz le miró sonriendo. Qué bueno era con ella. No se encontraba mal. Sólo se sentía cansada y sabía que iba a morir.

—Perdóname esta faena que te he hecho... Y las molestias que te causo.

—Ahora ya sé que eres mi mujer —replicó Bernie, sollozando—. Ya empiezas a hablar como una judía.

18

—¿Abuela Ruth? —dijo Jane en la habitación sumida en la penumbra mientras Ruth la tomaba de una mano. Acababan de rezar por su mamá. Bernie pasaría la noche en el hospital y Hattie, la vieja sirvienta de Ruth, la ayudaría a cuidar al niño—. ¿Crees que mamá se pondrá bien? —preguntó la niña, apretando con fuerza la mano de Ruth—. Tú no crees que Dios se la va a llevar, ¿verdad? —añadió mientras la abuela se inclinaba para abrazarla, llorando desconsoladamente.

¡Qué injusta situación! Ella tenía sesenta y cuatro años y gustosamente hubiera dado su vida a cambio de la de Liz, tan joven y hermosa y tan enamorada de Bernie..., y con aquellos dos niños que tanto la necesitaban.

—Tendremos que pedirle que nos la deje aquí con nosotros, ¿no te parece?

Jane asintió, convencida de que iban a conseguirlo, y después miró de nuevo a la abuela Ruth.

—¿Puedo acompañarte al templo mañana?

Jane sabía que el día de fiesta de los judíos era el sábado, y aunque Ruth sólo iba una vez al año, en ocasión del Yom Kippur, por una vez haría una excepción.

—El abuelo y yo te llevaremos.

Al día siguiente, los tres se fueron al templo reformista Westchester de Scarsdale. Dejaron el niño en casa al cuidado de Hattie y, cuando Bernie regresó a casa aquella noche, Jane le explicó solemnemente que había ido al templo con los abuelos. Bernie se conmovió hasta las lágrimas. Le ocurría mucho últimamente. Todo era tierno, dulce y sentimental. Luego estrechó al niño en sus brazos y pensó que era el vivo retrato de Liz.

Cuando ésta regresó del hospital al cabo de dos días, la situación no se le antojó a Bernie tan trágica como él imaginaba. Todos volvieron a contar chistes malos y a tomarse mutuamente el pelo en medio de las risas generales. Nada parecía demasiado terrible y Liz no permitió que se pusiera triste. Temía la quimioterapia, pero no quería pensar en ello hasta que llegara el momento.

Una vez, fueron todos a cenar al restaurante La Grenouille, pero, a media cena, Bernie se dio cuenta de que Liz estaba completamente exhausta. Su madre le instó a que abreviara la cena y la llevara en seguida a casa. Apenas hablaron durante el camino de vuelta. Aquella noche, en la cama, Liz volvió a disculparse y, poco a poco, empezó a acariciarle, y él la estrechó en sus brazos, con deseos de hacerle el amor, pero temeroso de causarle daño.

—No te preocupes... Los médicos dicen que podemos hacerlo... —le susurró ella al oído.

Bernie no hubiera querido tomarla con tanto fuego y pasión, pero estaba tan hambriento y tan ansioso de retenerla que no pudo evitarlo. Después lloró y se aferró a ella, presa de la desesperación. Hubiera querido ser más valiente, fuerte y viril, pero se comportaba como un chiquillo asustado. Como Jane, esperaba un milagro. Tal vez la quimioterapia lo consiguiera.

Antes de que se fueran, la abuela llevó a Jane a la famosa juguetería Schwartz, y le compró un gigantesco oso y una muñeca; luego le pidió que ella misma eligiera algo adecuado para Alexander. Jane optó por un payaso de gran tamaño que daba vueltas y emitía música. El niño se entusiasmó al verlo.

La última noche que pasaron juntos fue cordial y conmovedora a la vez. Liz insistió en ayudar a Ruth a preparar la cena e hizo gala de gran serenidad, aplomo y fortaleza. Más tarde, miró a Ruth a los ojos y la tomó de una mano.

—Gracias por todo —le dijo.

Ruth sacudió la cabeza, procurando no llorar, pero le fue muy difícil conseguirlo. Después de pasarse la vida llorando por todo, ¿cómo hubiera podido no hacerlo, tratándose de algo tan importante? Sin embargo, sabía que esta vez tenía que contenerse.

—No me des las gracias, Liz. Tú haz todo lo que tengas que hacer.

—Lo haré —en pocas semanas, Liz se había convertido en una mujer más madura—. Ahora ya estoy más tranquila. Y creo que Bernie también lo está. No será fácil, pero saldremos adelante.

Ruth asintió en silencio sin saber qué otra cosa decir. A la mañana siguiente, ella y Lou los acompañaron al aeropuerto. Bernie llevaba al niño en brazos y Liz sostenía la mano de Jane. Subió al aparato sin ayuda de nadie mientras sus suegros pugnaban por contener las lágrimas. Cuando el avión se elevó en el aire, Ruth se arrojó llorando en brazos de su marido, incapaz de creer que semejante destino se hubiera abatido sobre aquellas personas a las que tanto amaba. Ya no se trataba del nieto de los Rosengarden, ni del padre del señor Fishbein, sino de su propia nuera... De Alex y Jane. Y de Bernie también. Era injusto y cruel, pensó, mientras lloraba en brazos de su marido con el corazón destrozado por la pena. No podía soportarlo.

—Vamos, Ruth. Vamos a casa, cariño —dijo Lou, tomándola amorosamente de un brazo para acompañarla al automóvil.

Súbitamente, Ruth le miró, percatándose de que algún día les tocaría a ellos.

—Te quiero, Lou, te quiero mucho... —dijo, rompiendo otra vez a llorar mientras él le abría la portezuela del vehículo.

Eran tiempos muy duros para todos y él lo sentía con toda su alma por Liz y por Bernie.

Al llegar a San Francisco, Tracy les aguardaba con el automóvil y les llevó a la ciudad, charlando y riendo sin parar mientras sostenía al niño en brazos.

—Bueno, pues, me alegro de que estéis de vuelta —dijo Tracy dirigiendo una sonrisa a sus amigos. Se dio cuenta en el acto de que Liz estaba muy cansada. Al día siguiente, tenía que ir al hospital para iniciar la quimioterapia.

Aquella noche, cuando Tracy se fue a su casa, Liz se acostó en la cama al lado de Bernie e, incorporándose sobre un codo, dijo:

—Ojalá volviera a ser normal.

Lo dijo como una adolescente que se quejara de las espinillas.

—Yo también lo pienso —contestó él sonriendo—. Pero tú lo serás muy pronto —ambos confiaban mucho en la quimioterapia—. Y, si eso no da resultado, podríamos recurrir a la Ciencia Cristiana.

—Pues mira, no te lo tomes a guasa —le dijo Liz muy seria—. Uno de los maestros de la escuela pertenece a esta iglesia y te aseguro que, a veces, sus métodos dan resultado... —Liz dejó la frase inconclusa.

—Pero, primero, vamos a probar esto —dijo Bernie, judío al fin y al cabo y, además, hijo de médico.

—¿Crees que será tan horrible como dicen? —preguntó Liz, asustada, recordando el miedo que había pasado y lo mucho que había sufrido cuando nació Alexander.

Sin embargo, eso era muy distinto y los efectos serían permanentes.

—Muy divertido no será —Bernie no quería mentirle—. Pero dijeron que te administrarían unos sedantes. Valium o algo por el estilo. Yo estaré contigo.

—¿Sabes una cosa? —dijo Liz, inclinándose para darle un beso—. Eres uno de los pocos maridos ejemplares que quedan en este mundo.

—¿Ah, sí?

Bernie se volvió hacia ella y deslizó una mano por debajo de su mañanita. Liz se resfriaba mucho últimamente e incluso se ponía calcetines para dormir. Esta vez, Bernie le hizo el amor con mucha delicadeza, como si quisiera infundirle todo su amor y su fuerza y entregársele por entero.

—Ojalá me quedara otra vez en estado —le dijo Liz al final.

—Puede que te quedes algún día.

Sin embargo, eso ya era pedir demasiado. No hubiera cambiado la vida de Liz por la de otro ser. Por eso Alexander era para ellos más valioso que nunca. A la mañana siguiente, Liz abrazó con fuerza a su marido antes de ir al hospital, le sirvió el desayuno a Jane y le puso en la fiambrera su almuerzo preferido. En cierto modo, era una crueldad hacer tantas cosas para ellos. La echarían mucho de menos en caso de que ocurriera algo.

Bernie la acompañó al hospital, donde la sentaron en seguida en una silla de ruedas. Una estudiante de enfermería la llevó al piso de arriba y Bernie la acompañó, tomándola de una mano. El doctor Johanssen ya les aguardaba. Liz se desnudó y se puso un camisón de hospital. Fuera, lucía un sol espléndido. En aquella preciosa mañana de noviembre, Liz se volvió hacia Bernie y le dijo:

—No quisiera tener que hacer eso.

—Y yo.

A Bernie le pareció que la estaba ayudando a subir a la silla eléctrica cuando su esposa se tendió y él la tomó de una mano mientras entraba una enfermera con unos guantes que parecían de amianto. La sustancia que utilizaban era tan fuerte que hubiera quemado las manos de la enfermera; y, sin embargo, la iban a introducir en el cuerpo de la mujer a la que tanto amaba. Aquello era superior a sus fuerzas, pensó Bernie mientras le administraban a Liz una inyección intravenosa de Valium. Cuando se inició la sesión de quimioterapia, Liz estaba medio dormida. El doctor Johanssen se quedó para supervisar el tratamiento. Al terminar, Liz dormía plácidamente; pero, a eso de la medianoche, se mareó y empezó a vomitar, y los cinco días siguientes fueron una pesadilla.

El resto del mes fue más o menos igual y aquel año ni siquiera celebraron el Día de Acción de Gracias. Era casi Navidad cuando Liz empezó a sentirse más o menos un ser humano, pero estaba completamente calva y más delgada que un poste de telégrafos. Pero, por lo menos, se hallaba en casa y sólo tenía que enfrentarse con aquella pesadilla una vez cada tres semanas. El oncólogo le había prometido que los mareos sólo le durarían uno o dos días. Al finalizar las vacaciones de Navidad, podría volver a la escuela. Cuando Liz regresó a casa, Jane era una niña distinta y Alexander ya empezaba a caminar a gatas.

Aquellos últimos dos meses fueron muy duros para todos. Jane lloraba mucho en la escuela, según decía su maestra, y Bernie estaba constantemente ensimismado y hablaba a gritos con todo el mundo. Utilizaba los servicios de canguros para cuidar al niño durante el día, pero no le daba muy buen resultado. Una de las chicas se extravió un día con el niño, otra no se presentó y él tuvo que llevarse al niño a una reunión, ninguna de ellas sabía cocinar y, al parecer, en aquella casa sólo comía Alexander. Cercana ya la Navidad, Liz empezó a encontrarse mejor y las cosas volvieron lentamente a su cauce.

—Mis padres quieren venir —le dijo Bernie una noche, en la cama. Liz llevaba un pañuelo anudado alrededor de la cabeza para cubrir la calva. Exhaló un suspiro y miró a Bernie con una sonrisa en los labios—. ¿Te sientes con ánimos para aguantarlos, cariño?

A Liz no le apetecía en absoluto, pero, al mismo tiempo, deseaba verles. Sabía lo mucho que eso iba a significar para Jane, e incluso para Bernie, aunque él no quisiera reconocerlo. Recordó que, hacía apenas un año, ellos se habían llevado a Jane a Disneylandia, ofreciéndoles de este modo la oportunidad de celebrar a solas su aniversario de bodas. Estaba embarazada por aquel entonces... y toda su existencia se proyectaba hacia la vida, no hacia la muerte.

Se lo comentó a Bernie y él le contestó, enojado:

—También se proyecta ahora.

—No exactamente.

—¡No digas sandeces! —toda la rabia impotente de Bernie se concentró súbitamente en Liz sin que él pudiera evitarlo—. ¿Para qué crees tú que sirve toda esta quimioterapia? ¿O acaso piensas abandonar?

Se le llenaron los ojos de lágrimas y se fue al cuarto de baño, dando un portazo. Regresó veinte minutos más tarde cuando ella ya le esperaba en la cama. Se acercó tímidamente a Liz, se sentó a su lado y le tomó una mano.

—Perdona que me haya comportado tan mal.

—No te has comportado mal. Yo te quiero y sé lo que estás pasando —contestó Liz, tocándose divertidamente el pañuelo que llevaba anudado alrededor de la cabeza. Estaba horrenda y tenía una cabeza redonda y llena de protuberancias. Se sentía como un personaje de una película de ciencia ficción—. Esto es horrible para todos. Si tenía que morirme, más me hubiera valido que me atropellara un camión o que me hubiera ahogado en la bañera —intentó sonreír, pero a ninguno de los dos le apetecía hacerlo. De repente, a Liz se le llenaron los ojos de lágrimas—. Aborrezco ser calva.

Sin embargo, lo que más aborrecía era el hecho de saber que se iba a morir.

Bernie extendió una mano hacia el pañuelo, pero ella se apartó instintivamente.

—Me gustas tanto con cabello como sin él —dijo Bernie con los ojos llenos de lágrimas.

—No digas tonterías.

—No hay ninguna parte de ti que sea fea o que yo no ame —lo descubrió cuando la vio dar a luz a su hijo. No experimentó repugnancia ni asco, sino tan sólo emoción. A partir de aquel día, la quiso todavía más—. No ha ocurrido nada del otro jueves. Te has quedado calva. Bueno, ¿y qué? Algún día me ocurrirá a mí también. Ahora, sólo hago oposiciones —dijo Bernie, acariciándose la barba.

—Te quiero.

—Yo a ti también… En eso consiste la vida —ambos se intercambiaron una sonrisa y se sintieron mejor. Tenían que luchar constantemente para mantener la cabeza fuera del agua—. ¿Qué les digo a mis padres?

—Diles que vengan. Pueden alojarse, como siempre, en el Hotel Huntington.

—Mi madre cree que a Jane le gustaría irse otra vez con ellos unos días. ¿A ti qué te parece?

—No creo que le apetezca ahora, pero diles que no se lo tomen a mal.

La niña estaba pegada constantemente a las faldas de Liz y a veces lloraba cuando su madre se retiraba de la habitación.

—Lo comprenderá.

Su madre, que se había pasado la vida inculcándole sentimientos de culpabilidad, mostraba ahora un profundo espíritu de comprensión. En lugar de torturar a su hijo, era una fuente de consuelo para él.

Lo volvió a ser cuando llegaron a San Francisco en vísperas de las Navidades, cargados de montañas de juguetes para los niños. Liz se conmovió profundamente cuando su suegra le hizo el regalo que más le apetecía.

Mejor dicho, media docena de regalos. La vio salir de su habitación con dos enormes cajas de sombreros.

—¿Qué es eso? —le preguntó.

Estaba descansando, como siempre, y las lágrimas se deslizaron de sus ojos a la almohada aunque ella se apresuró a secarlas y se incorporó mientras Ruth la miraba, temiendo ofenderla.

—Te traigo un regalo.

—¿Un sombrero?

—No.—Ruth sacudió la cabeza—. Es otra cosa. Espero que no te enfades —había intentado buscar un tono parecido al del precioso cabello rubio de su nuera que tanto recordaba, pero no le fue muy fácil. Abrió las cajas y Liz vio una serie de pelucas de distintos cortes y estilos, todas en el mismo color rubio dorado. Se echó a reír y a llorar a la vez—. ¿No te sientes ofendida?

—¿Cómo podría estarlo? —Liz extendió los brazos hacia su suegra y sacó las pelucas. Las había con el cabello corto y largo, estaban muy bien hechas y Liz se conmovió profundamente—. Quería comprarme una, pero me daba vergüenza ir a la tienda.

—Pensé que estarías desmoralizada... y que eso te animaría.

Animarse... ¿Cómo podía una animarse, tras perder el cabello a causa de los medicamentos? Pero Ruth estaba en todo.

Liz se acercó al espejo y se quitó despacio el pañuelo que le cubría la cabeza mientras Ruth apartaba discretamente la mirada. Era una chica muy guapa. Y muy joven. No era justo. Ya nada lo era. La miró de pie ante el espejo con una de las pelucas en una mano. Primero se probó la de media melena, que le sentaba de maravilla.

—¡Es preciosa! —exclamó Ruth, batiendo palmas—. ¿Te gusta?

Liz asintió, mirándose al espejo. Su aspecto ya era normal..., más que normal. Puede que incluso resultara atractiva. Se veía hermosa... y femenina. De repente, se echó a reír y volvió a sentirse joven y sana. Ruth le entregó otra.

—¿Sabes una cosa? Mi abuela era calva. Todas las mujeres ortodoxas lo son. Se rasuraban la cabeza. De esta manera, se convierte una en una buena esposa judía —tocó levemente un brazo de Liz—. Quiero que sepas lo mucho que te amamos...

Si el amor fuera capaz de curar, Liz hubiera logrado la remisión que tanto anhelaban todos. Ruth se asustó al ver lo mucho que había adelgazado y lo demacrada que estaba su nuera, y, sin embargo, Liz pretendía reanudar su trabajo en la escuela después de Navidad.

Liz se probó todas las pelucas y, por fin, decidió ponerse primero la de media melena. A continuación se cambió la blusa y se dirigió al salón con aire de fingida indiferencia. Bernie la miró boquiabierto.

—Pero, ¿de dónde la has sacado? —le preguntó, visiblemente satisfecho.

—Me la ha regalado la abuela Ruth. ¿Qué te parece? —preguntó Liz en voz baja.

—Estás preciosa.

Bernie lo decía en serio.

—Pues espera a ver las otras.

El regalo le elevó muchísimo la moral y Bernie se conmovió ante la delicadeza de su madre. Jane entró brincando en la estancia y se detuvo en seco al ver a Liz.

—¡Te ha vuelto a crecer el cabello! —exclamó alegremente.

Liz sonrió, mirando a su suegra.

—No exactamente, cariño. La abuela me ha comprado cabello nuevo en Nueva York.

—¿De veras? —preguntó Jane, riéndose—. ¿Lo puedo ver?

Liz asintió y la acompañó donde estaban las demás pelucas. Jane se probó dos o tres. Le estaban un poco raras y ambas se echaron a reír. De repente, aquello parecía una fiesta.

Por la noche cenaron fuera, y Dios les hizo el regalo de que Liz se encontrara mejor durante las vacaciones. Salieron a cenar otras dos veces y Liz bajó incluso al centro de la ciudad para ver los árboles de Navidad de Wolff's en compañía de Jane y de Bernie. Ruth fingió no aprobarlo, pero Liz sabía que, en realidad, no era así. Celebraron también el Chanukah, y el viernes encendieron las velas antes de la cena. La solemne voz de su suegro entonando las oraciones fue apropiada para todos. Liz cerró los ojos y rezó al Dios de los judíos y al suyo, pidiéndole que la salvara.

19

El segundo aniversario de boda fue distinto del primero. Tracy invitó a Jane y Alexander a pasar la noche con ella, y los padres de Bernie se fueron a cenar por su cuenta. Liz y Bernie pasaron una tranquila velada juntos. Él quería llevarla a cenar a algún sitio, pero, al final, ella le confesó que estaba demasiado cansada. En su lugar, Bernie descorchó una botella de champán y le ofreció una copa que ella apenas probó, mientras ambos conversaban sentados junto al fuego de la chimenea.

Fue como si hubieran firmado un pacto de silencio para no hablar sobre la enfermedad de Liz. Ésta no quería pensar en ella ni tampoco en la quimioterapia a la que tendría que someterse muy pronto. Hubiera deseado ser como todo el mundo, quejarse de su trabajo, reírse con las gracias de sus hijos, salir a cenar con los amigos y preguntarse si en la lavandería le podrían arreglar la cremallera del vestido. Pensó que le hubiera gustado tener pequeños problemas. Tomó una mano de Bernie y ambos empezaron a charlar de mil cosas, tratando de evitar los temas delicados. Les dolía, incluso, recordar su luna de miel de hacía dos años, aunque Bernie comentó lo graciosa que estaba Jane en la playa. Sólo tenía cinco años entonces. Ahora ya estaba a punto de cumplir los ocho. Liz le sorprendió mencionándole de nuevo a Chandler Scott.

—No olvidarás la promesa que me hiciste, ¿verdad?

—¿A qué promesa te refieres?

Bernie le estaba llenando la copa de champán a su esposa, pese a constarle que no se la bebería.

—No quiero que este bastardo vea jamás a Jane. ¿Me lo prometes?

—Ya te lo prometí, ¿no?

—Lo dije en serio.

Liz parecía muy preocupada. Bernie la besó en una mejilla y le alisó con los dedos el frunce del ceño.

—Y yo también.

Bernie quería adoptar a Jane, pero temía que Liz no se encontrara lo bastante bien como para pasar por todas las pugnas legales. Decidió aplazarlo hasta que Liz se encontrara en período de remisión y estuviera más fuerte.

No hicieron el amor aquella noche, pero Liz se quedó dormida en brazos de Bernie junto a la chimenea y él tuvo que llevarla a la cama con sumo cuidado. Después se acostó a su lado y la miró con tristeza, pensando en los meses que se avecinaban. Seguían rezando para que se produjera una curación.

El cinco de enero, los padres de Bernie regresaron a Nueva York. La madre se ofreció para quedarse, pero Liz le dijo que, de todos modos, pensaba volver a la escuela y, aunque sólo trabajara tres días a la semana, eso la mantendría muy ocupada. La sometieron a la quimioterapia inmediatamente después de las vacaciones y esta vez no sufrió ninguna molestia, lo que fue un alivio para todos. Deseaba reanudar cuanto antes su tarea en la escuela.

—¿Estás seguro de que puede hacerlo? —le preguntó su madre a Bernie cuando le visitó en su despacho, la víspera de su partida.

—Así lo quiere ella.

Bernie no era muy partidario de semejante idea, pero Tracy le dijo que eso la animaría mucho, y tal vez tuviera razón. No podía causarle ningún daño. Si se cansara demasiado, tendría que dejarlo. Sin embargo, Liz seguía empeñada en dar clase.

—¿Qué dice el médico?

—Que no le hará daño.

—Tendría que descansar más.

Bernie asintió y, más tarde, se lo dijo a Liz. Ésta le miró furiosa, consciente de que le quedaba muy poco tiempo. Quería hacer muchas cosas, no pasarse durmiendo la poca vida que le quedaba.

—Tenemos que dejarle hacer lo que ella necesite, mamá. Se lo prometí.

Últimamente, Liz le hacía prometer muchas cosas. Bernie acompañó a su madre en silencio a la planta baja. Ya apenas les quedaba nada que decir y ambos temían las palabras que iban a pronunciar. Todo era terrible y doloroso a la vez.

—No sé qué decirte, cariño —dijo Ruth, mirando llorosa a su único hijo junto a la entrada de los almacenes Wolff's, mientras la gente les empujaba y les daba codazos.

—Lo sé, mamá, lo sé...

A Bernie se le humedecieron los ojos y, al final, su madre ya no pudo contenerse y rompió a llorar con desconsuelo. Algunas personas les miraron al pasar, preguntándose qué drama estarían interpretando, pero cada cual tenía su propia vida y no quería calentarse demasiado los sesos.

—Me muero de pena —dijo Ruth.

Bernie asintió con la cabeza sin poder hablar, le rozó un brazo y subió de nuevo a su despacho con la cabeza inclinada. Su vida se había convertido en una pesadilla que no podría ahuyentar por mucho que lo intentara.

Aquella noche, cuando Bernie acompañó a sus padres al hotel tras haber cenado todos juntos en casa, aún fue peor. Liz insistió en preparar la cena. La comida fue estupenda, tal como solía ser siempre, pero les dolió verla trajinar con tanto esfuerzo, intentando hacer lo que antes hacía sin ninguna dificultad. Todo era difícil para ella, incluso respirar.

Una vez en el hotel, Bernie se despidió de su madre con un beso. Sus padres se trasladarían ellos solos al aeropuerto al día siguiente. Bernie se volvió para abrazar a su padre, le miró a los ojos y, de repente, ya no pudo resistir más. Recordó cuánto amaba a aquel hombre ya de chico, contemplándole enfundado en su blanca bata de médico y yendo con él a pescar a Nueva Inglaterra en verano. Lo recordó todo de golpe y se sintió de nuevo un chiquillo de cinco años. Su padre intuyó lo que le ocurría y le rodeó con sus brazos mientras él se echaba a llorar y su madre apartaba el rostro para no verlo.

Su padre salió con él lentamente a la calle y ambos permanecieron largo rato abrazados bajo la brisa nocturna.

—Está bien que llores, hijo mío, está bien... —dijo Lou.

En aquel momento, las lágrimas asomaron súbitamente a sus ojos, rodaron por sus mejillas y cayeron sobre los hombros de Bernie.

No podían hacer nada por él. Por fin, sus padres le besaron y él les dio las gracias por todo. Cuando volvió a su casa, Liz ya estaba acostada, luciendo una de las pelucas que le había regalado su suegra. Se las ponía constantemente y Bernie le gastaba a veces alguna broma al respecto, lamentando en secreto que a él no se le hubiera ocurrido la idea de comprárselas. A ella le encantaban, no tanto como su propio cabello, claro, pero lo suficiente como para satisfacer su vanidad. Las pelucas eran un tema constante de conversación entre ella y Jane.

—No, mamá, a mí me gusta más la otra..., la del

pelo largo. Esa no está mal tampoco —decía Jane, riéndose—. Estás muy rara con el cabello rizado.

Pero, por lo menos, ya no parecía un fantasma.

—¿Cómo estaban tus padres, cariño? —preguntó Liz, mirando a Bernie con expresión inquisitiva—. Has tardado mucho.

—Nos tomamos una copa —Bernie sonrió, simulando sentirse culpable y no afligido—. Ya sabes cómo es mi madre, nunca quiere soltar a su hijito.

Después de darle a Liz unas palmadas en una mano, Bernie se fue a cambiar y, momentos después, se acostó al lado de su mujer. Pero ella ya dormía. Bernie escuchó con inquietud el rumor de su afanosa respiración. Hacía tres meses que le habían diagnosticado un cáncer, pero ella luchaba con todas sus fuerzas y el médico decía que la quimioterapia estaba dando resultado. Sin embargo, Bernie la veía cada vez peor. Tenía los ojos más grandes y hundidos y las facciones tremendamente afiladas, estaba muy delgada y respiraba con mucha dificultad; pero él quería ayudarla en la medida de lo posible, haciendo todo lo necesario, por muy difícil que fuera para ella. Tenía que luchar, le decía constantemente... Jamás permitiría que ella le dejara.

Aquella noche tuvo un sueño muy agitado y soñó que Liz se iba de viaje y él trataba inútilmente de impedirlo.

La vuelta a la escuela constituyó un poderoso estímulo para Liz. Amaba a «sus» niños, tal como ella los llamaba. Aquel año sólo les enseñaría a leer. Tracy les enseñaba matemáticas y un maestro sustituto se encargaba del resto de las asignaturas. La dirección de la escuela se mostró sumamente comprensiva con Liz y le permitió reducir sin dificultades su horario de trabajo. La apreciaban mucho y se quedaron de una pieza cuando ella les comunicó escuetamente la noticia. El rumor se extendió como la pólvora por la escuela, pero todo el mundo hablaba del tema en susurros. Liz aún no quería que Jane se enterara y rezaba para que ninguno de los niños lo supiera a través de sus maestros. Sabía que, al año siguiente, ya no podría volver a la escuela. Se cansaba mucho subiendo y bajando las escaleras, pero quería terminar el curso pasara lo que pasara y le había prometido al director que lo haría; pero, en marzo, los rumores escaparon al control y, un día, una de sus alumnas la miró con los ojos llenos de lágrimas y toda la ropa en desorden.

—¿Qué te pasa, Nancy?

La niña tenía cuatro hermanos y era aficionada a las peleas. Liz la miró con cariño y le alisó la blusa. Tenía un año menos que Jane, la cual ya cursaba tercero.

—¿Te has peleado con alguien?

—Le he dado un puñetazo en la nariz a Billy Hitchcock —contestó la niña, asintiendo.

Liz se echó a reír. Los niños le infundían nueva vida a diario.

—Pero, ¿por qué lo has hecho?

La chiquilla vaciló un instante y después proyectó la barbilla hacia afuera como dispuesta a comerse el mundo.

—Dijo que usted se estaba muriendo…, ¡y yo le contesté que era un gordo y cochino embustero! —la niña se echó de nuevo a llorar y se enjugó las lágrimas con las manos sucias de tierra cerradas en puño. Cuando levantó los ojos para mirar a Liz en demanda de una negativa, tenía dos grandes regueros oscuros en las mejillas—. Eso no es cierto, ¿verdad, señora Fine?

—Ven aquí y hablaremos un poco —dijo Liz. Tomó una silla en el aula vacía. Era la hora del almuerzo y había aprovechado para examinar unos deberes. Sentó a la chiquilla a su lado y la tomó de una mano. Hubiera deseado que aquella situación se produjera mucho más tarde—. Escucha, todos tenemos que morir alguna vez. Ya lo sabes, ¿verdad? —la manita se aferró a una de las suyas con fuerza como si quisiera retenerla. Fue la primera que le había hecho un regalo para Alexander hacía un año. Le hizo ella misma una bufandita de punto azul calada que a Liz le gustó muchísimo.

Nancy asintió y se echó a llorar de nuevo.

—Nuestro perro murió el año pasado, pero era muy viejo. Mi papá dijo que, de haber sido una persona, hubiera tenido ciento diecinueve años. Y usted no es tan mayor, ¿verdad? —preguntó la niña con inquietud.

—No tanto —contestó Liz echándose a reír—. Tengo treinta años y eso no es ser muy mayor, pero a veces..., a veces las cosas ocurren de otra manera. Todos tenemos que ir hacia Dios en distintos momentos. Algunas personas van cuando apenas acaban de nacer. Dentro de mucho, mucho tiempo, cuando tú seas mayor y vayas a Dios, yo te estaré esperando allí —añadió, tratando de reprimir las lágrimas.

No quería llorar, pero le era muy difícil contenerse. No hubiera querido esperar a nadie, sino estar con ellos allí, con Bernie, Jane y Alexander.

Nancy lo comprendía muy bien. Llorando cada vez más fuerte, le echó a Liz los brazos al cuello y la abrazó con fuerza.

—No quiero que se aleje de nosotros... no quiero que usted...

Su madre bebía más de la cuenta y su padre se pasaba la vida viajando. Desde que iba al parvulario, amaba intensamente a Liz y ahora la iba a perder. No era justo. Liz le ofreció unos pastelillos hechos por ella misma y le habló de la quimioterapia y de sus presuntas ventajas.

—Puede que me vaya bien, Nancy. Puede que, con eso, vaya tirando mucho tiempo. Algunas personas viven así años y años —y otras, no, pensó. Veía las mismas cosas que Bernie y ya no quería mirarse al espejo—. Estaré en la escuela todo este año y eso es mucho tiempo, ¿sabes? Procura no preocuparte. ¿De acuerdo?

La pequeña Nancy Farrell asintió muy seria y, al fin, salió al patio con un puñado de pastelillos de nueces y chocolate en la mano, y reflexionó acerca de todo lo que Liz le había contado.

Aquella tarde, mientras regresaba a casa en su automóvil, Liz se sintió muy cansada. Jane se pasó el rato mirando en silencio a través de la ventanilla. Parecía como si estuviera enfadada con su madre. Poco antes de llegar a casa, se volvió a mirarla con los ojos llenos de reproche.

—Tú no te vas a morir, ¿verdad, mamá?

Liz se sorprendió de su repentina vehemencia y adivinó inmediatamente el origen de ello. Nancy Farrell.

—Todo el mundo se muere algún día, cariño.

Sin embargo, tranquilizar a Jane no le sería tan fácil como a Nancy. Ella se jugaba muchas más cosas.

—Ya sabes lo que quiero decir..., esta sustancia..., no da resultado, ¿verdad? La quimioterapia.

Jane lo dijo como si fuera una palabrota.

—Me ayuda un poco.

Pero no lo suficiente. Todos lo sabían. Y, además, le causaba muchos trastornos. A veces, Liz creía que le aceleraba la muerte.

—No, no es verdad.

Jane le dijo con los ojos a su madre que no se esforzaba lo suficiente.

Liz exhaló un suspiro mientras aparcaba el vehículo frente a la casa. Seguía utilizando el viejo Ford que tenía cuando se casó con Bernie y a menudo lo dejaba en la calle. Bernie utilizaba el garaje para un BMW.

—Nena, eso es muy duro para todos nosotros. Y yo me esfuerzo cuanto puedo por mejorar.

—Pues, entonces, ¿por qué no mejoras? —los grandes ojos azules de Jane se llenaron súbitamente de lágrimas mientras se hundía en el asiento, al lado de su madre—. ¿Por qué no has mejorado todavía? ¿Por qué? —preguntó Jane, mirándola, asustada—. Nancy Farrell dice que te vas a morir.

—Lo sé, cariño, lo sé —dijo Liz, rompiendo a llorar

mientras abrazaba a su hija—. No sé qué decirte. Algún día todos tenemos que morir y puede que yo tarde mucho tiempo en hacerlo. Pero también puede que no. Eso puede ocurrirle a cualquiera. Alguien podría arrojarnos una bomba mientras estamos aquí sentadas.

—Eso ya me gustaría más —dijo Jane, sollozando con rabia—. Quiero morir contigo.

Liz la estrechó con tanta fuerza que casi le hizo daño.

—No... No se te ocurra jamás decir eso. Tienes una larga vida por delante.

Pero ella sólo tenía treinta años.

—¿Por qué nos ha tenido que pasar eso a nosotros?

Jane repitió la pregunta que todos se hacían constantemente, pero no había respuesta.

—No lo sé... —contestó Liz en un susurro, mientras ambas se abrazaban en el interior del vehículo, esperando la respuesta.

20

En abril, Bernie tuvo que decidir si iría o no a Europa. Quería llevarse a Liz, pero estaba claro que ella no podría acompañarle. Ya no le quedaban fuerzas para ir a ninguna parte. El simple hecho de desplazarse a Sausalito para ir a ver a su amiga Tracy constituía una gran aventura para ella. Aún trabajaba en la escuela, pero ahora sólo dos veces por semana.

Bernie llamó a Paul Berman para comunicárselo.

—Siento mucho no poder hacerlo, Paul. Pero es que, en estos momentos, no quiero irme.

—Lo comprendo muy bien —Paul parecía sinceramente afligido. Era una tragedia tremenda y él sufría cada vez que hablaba con Bernie—. Por una vez, enviaremos a otra persona —era la segunda vez que Bernie le fallaba, pero en la empresa todo el mundo estaba con él. A pesar del trauma que estaba viviendo, su labor en los almacenes de San Francisco era excelente, tal como lo comentó Berman con gratitud—. No sé cómo te las arreglas, Bernard. Si necesitas un permiso, dínoslo.

—Así lo haré. Puede que dentro de unos meses, pero ahora no.

No quería trabajar cuando se acercara el final aunque

a veces no era fácil predecir las cosas. En ciertas ocasiones, Liz se encontraba mejor durante varios días seguidos y entonces se la veía más animada, pero después volvía a empeorar y, cuando Bernie ya se temía lo peor, se recuperaba de nuevo y casi parecía haber vuelto a la normalidad. Esto era una tortura porque Bernie nunca sabía si la quimioterapia había surdido efecto y Liz se encontraba en una fase de recuperación que duraría muchos años, o si sólo duraría unas semanas o unos meses. El médico tampoco podía predecirlo.

—¿Cómo te encuentras ahora por aquí? No quiero retenerte en ese puesto en semejantes circunstancias, Bernard.

Paul quería ser justo con ellos porque, durante muchos años, Bernie había sido casi como un hijo para él. No tenía derecho a obligarles a permanecer en California, encontrándose Liz en la fase terminal de su enfermedad. Sin embargo, Bernie le sorprendió. Quiso ser sincero con él desde un principio y le reveló que su mujer padecía un cáncer. Fue un golpe terrible para todos. Parecía increíble que aquella rubita tan guapa con quien había bailado durante la fiesta de su boda hacía apenas dos años se estuviera muriendo sin remedio.

—Si te he de ser sincero, Paul, en estos instantes no me apetece ir a ninguna parte. Si pudieras encontrar a alguien que echara un vistazo a las líneas de importación y se trasladara a Europa dos veces al año, te lo agradecería mucho. No queremos ir a ninguna parte. Aquí, Liz se siente en casa y no quiero arrancarle las raíces. No sería justo.

Lo habían comentado a menudo y ésa fue la conclusión a que llegaron. Liz le dijo que no quería marcharse de San Francisco. No quería ser una carga para sus suegros ni para él, no quería que Jane tuviera que cambiar de escuela y de amigos, y le resultaba consolador tener cerca a sus amigos, sobre todo, a Tracy. Incluso le apetecía más que antes ver a Bill y Marjorie Robbins.

—Lo entiendo perfectamente,

Bernie llevaba dos años en California, el doble de tiempo que inicialmente esperaba, pero ahora ya nada le importaba.

—Es que en estos momentos no puedo ir a ninguna parte, Paul.

—Muy bien, pues. Ya me dirás algo si cambias de idea para que así pueda empezar a buscar a alguien que me dirija los almacenes de San Francisco. Te echamos de menos en Nueva York. Es más —Berman consultó el calendario, confiando en que Bernie pudiera encontrar un hueco en su agenda—, ¿hay alguna posibilidad de que puedas asistir a una reunión del consejo de administración la semana que viene?

—Tendré que hablar con Liz —contestó Bernie, frunciendo el ceño. Aquella semana no tenía sesión de quimioterapia, pero, aun así, no le gustaba dejarla—. Ya veré. ¿Cuándo será eso?

Paul le indicó las fechas y él se las anotó.

—No tendrás que quedarte en la ciudad más de tres días. Puedes venir el lunes y volver a casa el miércoles por la noche, o el jueves si pudieras quedarte más tiempo. Pero comprenderé cualquier cosa que decidas.

—Gracias, Paul.

Como de costumbre, Paul Berman se portaba maravillosamente bien con él. Lo que más lamentaban sus amigos de la empresa era no poder hacer nada por él. Aquella noche, Bernie le preguntó a Liz si no le importaría que fuera a Nueva York unos días. Incluso le preguntó si quería acompañarle, pero ella sacudió la cabeza y esbozó una cansada sonrisa.

—No puedo, cariño. Tengo mucho que hacer en la escuela.

Sin embargo, ambos sabían que no era por eso. Faltaban dos semanas para el cumpleaños de Alexander y entonces Liz tendría ocasión de ver a su suegra. Lou no podía dejar el consultorio, pero Ruth prometió visitarles.

Quería asistir al Gran Acontecimiento y, de paso, ver también a Liz.

Cuando regresó de Nueva York, Bernie vio lo mismo que su madre al llegar. Lo mucho que Liz había cambiado. El hecho de alejarse de su lado durante unos días le permitió ver todo el alcance del mal. La noche de su llegada, se encerró en el cuarto de baño y lloró contra las blancas toallas que ella siempre mantenía impecablemente limpias. Temió que Liz le oyera, pero no pudo contenerse. Estaba pálida y desmejorada y más delgada que nunca. Bernie la instaba a que comiera y le llevaba toda clase de exquisiteces, desde tarta de fresas a salmón ahumado de la charcutería de Wolff's, pero todo era inútil. Perdía el apetito a ojos vista y ya pesaba menos de cuarenta kilos cuando llegó el cumpleaños de Alexander. Ruth se quedó aterrada al verla, pero simuló no darse cuenta de nada. Le notó los hombros todavía más frágiles que la última vez, cuando ambas se besaron en el aeropuerto, y Bernie tuvo que pedir un carrito motorizado para trasladarla a la zona de recogida de equipajes. No hubiera podido recorrer toda aquella distancia a pie y no le gustaba utilizar una silla de ruedas.

Mientras volvían a casa, hablaron de todo menos de lo que realmente les importaba. Ruth llevaba un enorme caballo mecedor para Alexander y una muñeca preciosa para Jane, cosas ambas compradas en la juguetería Schwartz. Deseaba ver a los niños, pero el aspecto de Liz le producía una inmensa tristeza. Aquella noche se sorprendió cuando la vio preparar la cena. Seguía empeñada en guisar, limpiar la casa y enseñar en la escuela. Era la mujer más extraordinaria que jamás hubiera conocido Ruth, la cual se moría de pena al ver el combate diario que mantenía Liz sólo para mantenerse viva. Ruth estaba todavía con ellos cuando Liz se sometió a la siguiente sesión de quimioterapia, y se quedó con los niños mientras Bernie pasaba la noche con Liz en el hospital. Colocaron una cama turca en la habitación y Bernie durmió al lado de Liz.

Alexander se parecía mucho a Bernie cuando éste era pequeño y era un chiquillo regordete y feliz. Era una pena que ahora se hubiera abatido aquella tragedia sobre él cuando apenas contaba un año. Aquella noche, tras acostarle en su cama, Ruth salió de la habitación con lágrimas en los ojos, pensando que el niño jamás conocería a su madre.

—¿Cuándo vendrás a visitarnos de nuevo en Nueva York? —le preguntó Ruth a Jane mientas ambas se disponían a jugar una partida de parchís.

Jane esbozó una leve sonrisa. Quería mucho a la abuela Ruth, pero no le parecía bien irse a ninguna parte. «Cuando mamá esté mejor», hubiera tenido que contestarle, pero no lo hizo.

—No lo sé, abuela. Nos iremos a Stinson Beach en cuanto terminen las clases. Mamá quiere irse allí a descansar. Está cansada de dar clases.

Ambas sabían que estaba cansada de morirse, pero no podían decirlo.

Bernie alquiló la misma casa de la otra vez, donde tenían previsto pasar tres meses para ver si Liz recuperaba un poco las fuerzas. El médico le sugirió que no renovara su contrato con la escuela porque el esfuerzo sería excesivo para ella. Liz no protestó y se limitó a decirle a Bernie que le parecía una buena idea. De este modo, podría dedicar más tiempo a Bernie, a Jane y al pequeño. Todos deseaban ir a la playa como si con ello pudieran retrasar el reloj. En el hospital, Bernie la contempló mientras dormía, le acarició suavemente el rostro y la tomó de una mano y ella se agitó medio dormida y le miró sonriendo. Por un instante, a Bernie le pareció que se estaba muriendo y le dio un vuelco el corazón.

—¿Ocurre algo? —le preguntó Liz, frunciendo el ceño y levantando la cabeza de la almohada.

—¿Qué tal estás, cariño? —le preguntó Bernie, pugnando por contener las lágrimas.

—Muy bien —contestó Liz, apoyando de nuevo la cabeza sobre la almohada.

Ambos sabían que las poderosas sustancias químicas que utilizaban en el tratamiento eran muy fuertes y podían provocarle un fulminante ataque cardíaco. Ya se lo advirtieron al principio, pero no tenían más remedio que aceptarlo. No había ninguna otra solución.

Liz volvió a dormirse y Bernie salió al pasillo para llamar a casa. No quería hacerlo desde la habitación por temor a despertarla. La dejó al cuidado de una enfermera. Ahora ya estaba acostumbrado al hospital. Demasiado. Incluso le parecía un sitio normal. Las cosas ya no le asustaban tanto como al principio. Hubiera deseado estar en la planta segunda donde estuviera hacía un año, presenciando el nacimiento de su segundo hijo... y no allí arriba, entre los moribundos.

—Hola, mamá. ¿Qué tal va todo?

—Muy bien, cariño —contestó Ruth, mirando a Jane, sentada al otro lado de la estancia—. Tu hija me está ganando al parchís, y acabo de meter a Alexander en la cama. Es un encanto. Se bebió todo el biberón, me miró sonriendo y se quedó dormido en mis brazos. Ni siquiera se ha movido cuando lo he acostado —todo era normal, sólo que se lo hubiera tenido que decir Liz y no su madre. En su lugar, Liz se encontraba en el hospital envenenada por la quimioterapia, y su madre se hallaba al cuidado de los niños—. ¿Cómo se encuentra? —preguntó Ruth en voz baja para que Jane no oyera la conversación, aunque la oyó de todos modos hasta el punto de que movió la ficha de Ruth sobre el tablero en lugar de la suya.

Más tarde, Ruth le tomó el pelo y la acusó de querer engañarla. Sin embargo, sabía muy bien que la niña necesitaba un poco de diversión en su vida, cosa de la que no andaba muy sobrada últimamente. Sólo tenía ocho años, pero sus ojos reflejaban una profunda tristeza que nada podía borrar.

—Está bien. Ahora duerme. Seguramente volveremos a casa mañana al mediodía.

—Aquí estaremos. Bernie, ¿necesitas algo? ¿Tienes apetito?

A Bernie le pareció raro ver a su madre tan metida en su papel de ama de casa. En Scarsdale todo lo hacía Hattie. Pero eran tiempos insólitos para todos. Sobre todo, para Liz y Bernie.

—Estoy bien. Dale un beso a Jane de mi parte. Hasta mañana, mamá.

—Buenas noches, cariño. Dale un beso a Liz de nuestra parte cuando despierte.

—¿Está bien mamá? —preguntó Jane, aterrorizada.

—Está bien, cariño —contestó Ruth, cruzando la estancia para abrazarla—, y te envía un beso. Mañana ya estará en casa.

Le pareció que el beso resultaría más tranquilizador si se lo enviaba Liz en lugar de Bernie.

A la mañana siguiente, Liz se despertó con un nuevo dolor. De repente, tuvo la sensación de que todas las costillas de un costado le iban a estallar. Era un dolor repentino que jamás había experimentado hasta entonces y así se lo dijo al doctor Johanssen, el cual avisó al oncólogo y al especialista de los huesos. Éstos la enviaron arriba para que le hicieran una radiografía y otra tomografía del hueso antes de irse a casa.

Las noticias que recibieron al cabo de unas horas no eran nada halagüeñas. La quimioterapia no daba resultado. Se habían producido nuevas metástasis. Enviaron a Liz a casa, pero Johanssen le dijo a Bernie que aquello era el principio del fin. A partir de aquel momento, el dolor iría a más y, aunque ellos harían cuanto pudieran para controlarlo, más adelante, poco podrían hacer. Johanssen habló con Bernie en un despachito situado al fondo del pasillo. Bernie descargó un puño sobre la mesa y miró al médico, enfurecido.

—¿Qué significa que poco podrán hacer? ¡Dígamelo, maldita sea! —el médico comprendía muy bien la reacción de Bernie. Tenía perfecto derecho a estar enojado con el cruel destino que se había abatido sobre Liz y con los médicos que no podían ayudarla—. ¿Qué demonios hacen ustedes todo el santo día? ¿Extraer astillas y pinchar granos de los traseros de la gente? Esta mujer se está muriendo de cáncer, ¿y usted me dice que poco podrán hacer para aliviar su dolor? —Bernie rompió a llorar, sentado al otro lado del escritorio del médico—. ¿Qué vamos a hacer por ella? ¡Oh, Dios mío! Que alguien la ayude.

Todo había terminado y él lo sabía. Le estaban diciendo que poco podrían hacer por ella. Moriría en medio de atroces dolores. Era la peor pesadilla que jamás hubiera podido imaginar. Hubiera deseado darle una paliza a alguien hasta que le dijeran que se podía hacer algo, que podrían ayudar a Liz y que ésta viviría, que todo había sido un lamentable error y que no tenía cáncer.

Al final, Bernie apoyó la cabeza sobre el escritorio y lloró. El doctor Johanssen esperó, impotente, y después fue por un vaso de agua y se lo ofreció a Bernie, mirándole con sus fríos ojos nórdicos al tiempo que sacudía la cabeza.

—Sé lo terrible que es eso y lo siento con toda mi alma, señor Fine. Haremos todo cuanto podamos. Pero quería que usted comprendiera nuestras limitaciones.

—¿Eso qué quiere decir?

Los ojos de Bernie parecían los de un moribundo. Era como si alguien le estuviera arrancando el corazón del pecho.

—Para empezar, le administraremos comprimidos de Demerol o de Percodán, si ella lo prefiere. Más adelante, pasaremos, en caso necesario, a las inyecciones. Dilaudid, Demerol y morfina si le fuere mejor. Iremos aumentando la dosis y procuraremos que se encuentre lo más cómoda posible.

—¿Le podré administrar yo mismo las inyecciones?

Bernie estaba dispuesto a hacer cualquier cosa con tal de aliviarle el dolor.

—Si usted quiere, sí. O puede también contratar a una enfermera. Sé que tienen ustedes dos hijos pequeños.

Bernie recordó de repente los planes que había hecho para el verano.

—¿Cree que podremos ir a Stinson Beach o considera mejor que no nos alejemos demasiado de la ciudad?

—No veo ningún inconveniente en que vayan a la playa. Les sentará bien un cambio de ambiente, sobre todo, a Liz. Y, además, se encuentran sólo a media hora de camino. Yo también voy allí algunas veces. Es bueno para el espíritu.

Bernie asintió con tristeza y depositó sobre la mesa el vaso de agua que el médico le había ofrecido.

—A ella le encanta aquel sitio.

—Pues, entonces, llévesela, por lo que más quiera.

—¿Y sus clases en la escuela? —de repente, tenían que volver a planificar su vida de arriba abajo—. ¿Es mejor que lo deje?

Aún quedaban algunas semanas de clase.

—Eso depende de ella. No le hará ningún daño, si se refiere usted a eso. Pero puede que no se sienta con ánimos si el dolor la molesta demasiado. Deje que lo decida ella.

El médico se levantó y Bernie lanzó un suspiro.

—¿Qué le van a decir? ¿Le dirán que el cáncer está en los huesos?

—No me parece necesario hacerlo. Creo que ella ya ha comprendido, por el dolor, que la enfermedad sigue avanzando. No hace falta que la desmoralicemos con estos detalles —el médico miró inquisitivamente a Bernie—. A no ser que usted quiera que se lo digamos.

Bernie sacudió enérgicamente la cabeza, preguntándose cuántas malas noticias podrían resistir o si habrían seguido un camino equivocado. A lo mejor, hubiera tenido que llevarla a México a tomar laetrile o ponerla a dieta macrobiótica, o ir a Lourdes o la la iglesia de la Ciencia Cristiana. Había oído decir que muchas personas habían sanado de cáncer gracias a extrañas dietas, al hipnotismo o a la fe, y era evidente que el tratamiento del hospital no daba resultado, pero sabía asimismo que Liz no quería probar otras cosas. No quería volverse loca ni recorrer el mundo en busca de lo imposible. No quería rebasar ciertos límites y deseaba que su vida siguiera siendo lo más parecida posible a lo que era en circunstancias normales.

—Hola, cariño, ¿ya estás lista?

Liz le aguardaba vestida y con una nueva peluca que su suegra le había regalado. Aparte las oscuras ojeras que le rodeaban· los ojos y su extremada delgadez, Liz estaba muy guapa. Lucía un vestido azul claro y unas alpargatas a juego, y el rubio cabello de la peluca se le derramaba por los hombros como hubiera hecho el suyo.

—¿Qué te han dicho? —preguntó Liz, preocupada.

Sabía que algo ocurría. Las costillas le dolían horrores y era un dolor agudo que nunca había experimentado antes.

—Poca cosa. Nada nuevo. Parece que la quimioterapia funciona.

—Entonces, ¿por qué me duelen tanto las costillas? —preguntó Liz, mirando al médico.

—¿Ha llevado el niño mucho rato en brazos? —preguntó el doctor Johanssen sonriendo mientras ella asentía en silencio.

Lo llevaba constantemente en brazos porque aún no caminaba, y el niño se divertía mucho.

—Sí.

—¿Y cuánto pesa?

—El pediatra quiere ponerlo a régimen —contestó Liz sonriendo—. Pesa doce kilos.

—¿Responde eso a su pregunta?

No respondía, pero era un noble intento de que así fuera. Bernie le agradeció al médico su delicadeza.

La enfermera la llevó en una silla de ruedas hasta el vestíbulo ,y Liz salió del hospital tomada del brazo de Bernie. Pero ahora caminaba más despacio y Bernie la vio hacer una mueca al subir al automóvil.

—¿Te duele mucho, cariño? —Liz vaciló un instante antes de asentir con la cabeza. Apenas podía hablar—. ¿Crees que la respiración del método de alumbramiento Lamaze te podría ayudar?

Fue una genial intuición. Liz lo probó por el camino y dijo que la aliviaba un poco. Además, podía tomar las pastillas que el médico le había recetado.

—No quiero tomarlas hasta que las necesite. Por la noche quizá.

—No seas una heroína.

—El héroe eres tú, señor Fine —dijo ella, inclinándose para darle un beso.

—Te quiero, Liz.

—Eres el mejor hombre del mundo... Siento mucho que tengas que pasar por esta situación.

Todos estaban destrozados, y ella lo sabía e incluso, de vez en cuando, les odiaba a todos porque ellos no se iban a morir.

Al llegar a casa, Jane y Ruth les esperaban ya. Jane estaba preocupada porque era muy tarde. La tomografía del hueso y las radiografías llevaron mucho tiempo. A las cuatro de la tarde, Jane empezó a discutir con la madre de Bernie.

—*Siempre* vuelve a casa por la mañana, abuela. Algo ha pasado, *lo sé*.

La niña le pidió a Ruth que llamara al hospital, pero Liz ya estaba en camino. Cuando oyeron que se abría la puerta principal, Ruth miró a su nieta y le dijo:

—¿Lo ves?

Sin embargo, lo que no vio la niña, y ella sí, fue que

Liz parecía mucho más cansada que otras veces y debía de dolerle algo, aunque no quisiera reconocerlo.

Pese a todo, se resistía a dejar las clases. Estaba decidida a terminar aquel curso y Bernie no puso reparos a ello. Durante su último día de estancia en San Francisco, Ruth acudió a los almacenes para hablar con su hijo.

—No tiene fuerzas. ¿Es que no lo ves?

—¡Maldita sea, mamá! ¡El médico ha dicho que no le perjudicaría! —le contestó él a gritos.

—¡Eso la va a matar!

—¡No, no es cierto! —de repente, Bernie descargó toda la rabia que sentía en su madre—. ¡Es el *cáncer* lo que la va a matar! Esta cochina enfermedad que le está consumiendo todo el cuerpo... Eso es lo que la va a matar, y da igual que se quede en casa o que se vaya a la escuela o que se someta al tratamiento o no se someta, o vaya a Lourdes o no vaya porque, de todos modos, se va a *morir* —se volvió de espaldas a su madre y miró con aire ausente a través de la ventana mientras las lágrimas reprimidas le bajaban por la garganta como el agua de una presa desbordada—. Perdóname —era la voz de un hombre roto y su madre se compadeció de él.

Ruth se acercó poco a poco y le apoyó las manos en los hombros.

—Lo siento, lo siento con toda el alma, cariño. Eso no debiera sucederle a nadie y tanto menos a las personas que uno ama...

—No debiera sucederles ni siquiera a las personas que uno odia —Bernie no le hubiera deseado aquel mal a nadie. Se volvió lentamente para mirar a su madre—. No hago más que pensar en lo que será de Jane y del niño... ¿Qué vamos a hacer sin ella? —preguntó mientras las lágrimas asomaban de nuevo a sus ojos.

Llevaba mucho tiempo llorando sin cesar. Todo había empezado hacía seis meses, seis meses durante los cuales se hundieron en un abismo, rezando para que ocurriera un milagro.

—¿Quieres que me quede algún tiempo? Puedo hacerlo —dijo Ruth—. Tu padre lo comprenderá perfectamente. En realidad, él mismo me lo sugirió anoche cuando le llamé. Si quieres, puedo llevarme a los niños a casa, aunque no me parecería muy justo ni para ellos ni para Liz.

Bernie se asombraba de que su madre se hubiera convertido en un ser tan sensible y razonable. Ya no era la mujer que le facilitaba partes constantes sobre las piedras de la vesícula de la señora Finklestein y que amenazaba con sufrir un ataque cardíaco cada vez que él salía con una chica que no era judía. Sonrió, recordando aquella noche en el restaurante Côte Basque, cuando él le anunció que se iba a casar con una católica llamada Elizabeth O'Reilly.

—¿Te acuerdas, mamá?

Ambos se miraron sonriendo. Habían pasado dos años y medio, pero parecían toda una vida.

—Sí. Y espero que lo olvides —sin embargo, Bernie evocaba ahora la escena con una sonrisa llena de comprensión—. Bueno, ¿quieres que me quede para echaros una mano?

Bernie tenía treinta y siete años, pero se sentía como un anciano de cien años.

—Te lo agradezco mucho, mamá, pero considero importante para Liz que todo conserve la mayor apariencia de normalidad posible. Nos iremos a la playa en cuanto terminen las clases en la escuela, y yo pienso ir y venir diariamente de casa al trabajo. Me tomaré, además, seis meses de vacaciones hasta mediados de julio y en caso necesario, las prolongaré. Paul Berman es muy comprensivo.

—De acuerdo —dijo Ruth—. Pero, si queréis que venga, tomaré el primer avión. ¿Está claro?

—Sí, señora —contestó Bernie, cuadrándose y dándole después un abrazo—. Ahora, vete a hacer tus compras. Y, si te da tiempo, podrías quizá elegir algo bonito

232

para Liz. Ahora tiene una talla de preadolescente —no quedaba nada para ella. Pesaba tan sólo treinta y nueve kilos de los cincuenta y ocho que pesara antaño—. Pero le gustaría llevar algo nuevo. No tiene energía para comprarse cosas.

Ni para comprárselas a Jane, aunque él llevaba a casa cajas y más cajas de ropa para los niños. El gerente del departamento le tenía un cariño enorme a Jane y le mandaba constantemente regalos a Alexander. Bernie les agradecía a todos su consideración y delicadeza. Estaba tan trastornado que apenas prestaba atención a los niños. Apenas miraba al niño desde que éste cumpliera seis meses, y le pegaba gritos a Jane sin ningún motivo. Bernie lamentó no haber ido al psiquiatra, tal como les aconsejó Tracy. Liz rechazó la idea por absurda y ahora él se arrepentía de no haberlo hecho. El peor momento ocurrió al día siguiente cuando Ruth se marchó al aeropuerto. Pasó por la casa a primera hora de la mañana, antes de que Liz se fuera a la escuela. Bernie ya había salido. Tracy recogía a Liz diariamente en su automóvil. Liz esperaba a la canguro y Alexander dormía. Cuando Liz abrió la puerta y vio a su suegra, comprendió la razón de su presencia. Ambas mujeres se miraron a los ojos sin la menor simulación y, después, Liz abrazó a su suegra.

—Gracias por venir.

—Quería deciros adiós. Rezaré por ti, Liz.

—Gracias —Liz no pudo decir más porque las lágrimas asomaron inmediatamente a sus ojos—. Cuídales por mí, abuela —añadió en un susurro—. Y cuida mucho a Bernie.

—Te lo prometo. Tú cuídate mucho también. Haz todo lo que te digan —Ruth estrechó los frágiles hombros de su nuera y observó de repente que Liz lucía el vestido que ella le había comprado la víspera—. Todos te queremos, Liz…, muchísimo.

—Y yo a vosotros también.

Ruth la mantuvo abrazada un minuto más. Luego, dio media vuelta y subió al taxi. Liz se quedó en la puerta; y, cuando el vehículo se puso en marcha, Ruth, con los ojos nublados por las lágrimas, la saludó con una mano hasta que la perdió de vista.

21

Liz consiguió dar clases hasta el final. Bernie y el médico se sorprendieron de que pudiera hacerlo. Ahora, tenía que tomar Demerol todas las tardes y Jane se quejaba de que se pasara todo el rato durmiendo. Era su única manera de expresar lo que verdaderamente sentía. De lo que en realidad se quejaba era de que su madre se estuviera muriendo.

El nueve de junio fue el último día de clase y Liz se presentó en la escuela con uno de los vestidos que le había comprado Ruth antes de marcharse. Hablaba constantemente con sus suegros por teléfono y Ruth le contaba historias divertidas sobre sus vecinos de Scarsdale.

El último día, Liz acompañó a Jane a la escuela en su automóvil y la niña la miró extasiada. Su madre estaba tan guapa y animada como antes, aunque un poco más delgada. Al día siguiente, se irían a Stinson Beach y la chiquilla no cabía en sí de gozo. Entró en su aula luciendo un vestido color de rosa y unos zapatos negros de charol que la abuela Ruth la había ayudado a elegir para aquella ocasión. Habría una fiesta y se distribuirían pastelillos, golosinas y leche.

Liz entró en su aula, cerró la puerta y miró a sus

alumnos en silencio. Estaban todos. Veintiún rostros de ojos vivarachos y sonrisas expectantes. Tenía la absoluta certeza de que la querían y de que ella les quería a su vez. Y ahora tenía que despedirse de ellos. No podía desaparecer sin darles ninguna explicación. Se volvió de espaldas y dibujó un enorme corazón en la pizarra con tiza de color de rosa. Los niños se rieron.

—¡Feliz Día de San Valentín a todo el mundo! —exclamó Liz.

Parecía feliz y lo era efectivamente. Había concluido algo que era un regalo no sólo para ellos sino también para sí misma y para Jane.

—¡Hoy no es el Día de San Valentín! —anunció Bill Hitchcock—. ¡Es Navidad!

Siempre haciéndose el gracioso, pensó Liz sonriendo.

—No. Es mi Día de San Valentín para vosotros. Es una ocasión para deciros lo mucho que os quiero —sintió que se le hacía un nudo en la garganta y procuró serenarse—. Deseo que todos os estéis quietos un ratito. Tengo un regalo especial para cada uno, y después celebraremos nuestra fiesta particular... ¡Antes de la otra!

Los niños la miraron, intrigados, y se quedaron todo lo quietos que pudieron habida cuenta de que era el último día. Liz los llamó uno a uno y les entregó una pequeña misiva particular en la que se enumeraban las cualidades que más apreciaba en cada uno de ellos, sus logros, sus aptitudes y sus mejores rasgos. Le recordaba a cada uno lo bien que lo había hecho, aunque su tarea sólo hubiera consistido en barrer el patio, y lo mucho que se habían divertido juntos. Cada misiva estaba adornada con recortes, dibujos y comentarios graciosos referidos a cada uno de los niños. Los pequeños se sentaron un poco aturdidos sosteniendo en la mano aquellas misivas como si fueran un tesoro. Liz había tardado meses en hacerlas y empleó en ello las últimas fuerzas que le quedaban.

Después, sacó dos bandejas de pastelillos en forma

de corazón y otra de rosquillas con bonitos adornos. Los había hecho en número suficiente para todos sin decirle nada a Jane. Le explicó simplemente que eran para la fiesta principal, cosa que era en parte cierta, aunque aquellos los había elaborado especialmente para sus alumnos.

—Finalmente, deseo expresaros lo mucho que os quiero y lo orgullosa que estoy de lo bien que os habéis portado todo el año, y anunciaros lo bien que estaréis el año que viene con la señora Rice.

—¿Usted ya no estará aquí, señora Fine? —preguntó una vocecita desde la última fila.

El chiquillo, moreno y de ojos negros, la miró con tristeza, sosteniendo la misiva en una mano y un pastellillo en forma de corazón en la otra. Era tan bonito que le daba pena comérselo.

—No, Charlie, no estaré. Me iré durante algún tiempo —las lágrimas asomaron a sus ojos sin que pudiera evitarlo—. Os voy a echar mucho de menos. Pero os volveré a ver algún día. A todos. No lo olvidéis nunca —Liz respiró hondo y ya no trató de ocultar sus lágrimas por más tiempo—. Y cuando veáis a Jane, mi hijita, dadle un beso de mi parte.

Alguien en la primera fila de bancos emitió un sollozo. Era Nancy Farrell, la cual corrió a echarse en sus brazos.

—Por favor, no se vaya, señora Fine... Nosotros la queremos mucho...

—No quisiera irme, Nancy, de veras que no... Pero debo hacerlo... —después, los chiquillos se fueron acercando uno a uno y ella los abrazó y los besó—. Os quiero mucho a todos —en aquel momento, sonó un timbre—. Creo —les dijo Liz— que eso significa que la fiesta va a empezar —pero los niños estaban muy serios y Billy Hitchcock le preguntó si les visitaría alguna vez—. Si puedo, sí, Billy.

El niño asintió en silencio y después todos salieron al pasillo vestidos de fiesta, con los pastellillos y las misivas de San Valentín en unas pequeñas bolsas, mirando a su maestra con una sonrisa en los labios. Liz formaría parte de su vida ya para siempre. Mientras ella les devolvía la sonrisa, pasó Tracy e intuyó lo que había ocurrido. Sabía que el último día de Liz en la escuela iba a ser muy difícil.

—¿Qué tal fue? —le preguntó en un susurro.

—Supongo que bien —contestó Liz, sonándose la nariz y enjugándose los ojos mientras su amiga la abrazaba.

—¿Les dijiste la verdad?

—Más o menos. Dije que me iba, pero creo que algunos lo comprendieron.

—Les hiciste un hermoso regalo, Liz, en lugar de desaparecer de sus vidas sin decirles nada.

—Nunca hubiera podido hacer eso.

No se lo hubiera podido hacer a nadie. Por eso le agradeció a Ruth que pasara por la casa en su camino hacia el aeropuerto. Había llegado la hora de los adioses y no quería que la privaran de esta ocasión. La despedida de sus compañeros fue asimismo muy emotiva y cuando, más tarde, regresó a casa con Jane, Liz se sentía completamente exhausta. Jane estaba tan callada que Liz temió que se hubiera enterado de la pequeña fiesta de San Valentín. La niña seguía empeñada en no enfrentarse con la realidad de lo que iba a ocurrir.

—¿Mamá?

Era la carita más solemne que jamás hubiera visto en su vida, pensó Liz mientras apagaba el motor del vehículo y miraba a su hija frente a la entrada de la casa.

—Aún no has mejorado, ¿verdad?

—Puede que un poco.

Liz quiso disimular, pero ambas sabían que mentía.

—¿No podrían hacer algo especial?

Al fin y al cabo, Liz era una persona especial. Jane tenía ocho años e iba a perder a la madre a la que tanto amaba. ¿Por qué no iban a querer ayudarla?

—Me encuentro bien —Jane asintió con la cabeza,

pero las lágrimas le rodaron por las mejillas mientras Liz añadía en voz baja: —Siento mucho tener que dejarte. Pero siempre estaré cerca de ti, velando por ti, por papá y por Alex.

Jane se arrojó en brazos de su madre, y transcurrió un buen rato antes de que ambas descendieran del automóvil y entraran en la casa tomadas del brazo. Jane era casi más alta que su madre.

Aquella tarde, Tracy acudió a la casa para invitar a Jane a tomar un helado y a un paseo por el parque, y la niña salió a la calle con paso ligero. Por su parte, Liz se encontraba mejor y se sentía más unida a su hija que antes de que se iniciara aquella tragedia. La situación no era más fácil, pero sí mejor.

Al cabo de un rato, Liz tomó cuatro hojas de papel y se sentó a escribir una carta a cada uno de los miembros de su familia, una carta no muy larga en la que les decía lo mucho que les quería y por qué y cuánto sentía dejarlos. Había una carta para Bernie y las tres restantes eran para Ruth, Jane y Alexander. La que le escribió a éste fue la más difícil porque el niño no se acordaría de ella.

Introdujo las cartas entre las páginas de la Biblia que guardaba en un cajón de la cómoda, y se sintió más tranquila. Hacía mucho tiempo que deseaba escribirlas y ahora ya había cumplido su propósito. Aquella noche, cuando Bernie regresó a casa, hicieron las maletas y, a la mañana siguiente, se marcharon muy contentos a Stinson Beach.

22

Tres semanas más tarde, el día primero de julio, Liz
tenía que regresar a la ciudad para someterse a otra sesión de tratamiento, pero, por primera vez, se negó a hacerlo. La víspera, le dijo a Bernie que no pensaba ir al
hospital y él se asustó y llamó en seguida a Johanssen
para pedirle consejo.

—Dice que es feliz aquí y que quiere que la dejen en
paz. ¿Cree usted que ya ha decidido rendirse?

Aprovechó cuando Liz salió a dar un paseo con Jane
por la playa. Ambas solían bajar hasta la orilla y sentarse
en la arena a contemplar las olas. Algunas veces, Jane
llevaba en brazos al niño. Liz no quiso que nadie la ayudara en las labores domésticas y, además, preparaba las
comidas y cuidaba de Alexander lo mejor que podía. Bernie la ayudaba constantemente y a Jane la encantaba cuidar al niño.

—Es posible —contestó el médico—. No creo que el
hecho de obligarla a venir pueda mejorar la situación.
Quizá no le vendrá mal una semana de descanso. ¿Por
qué no lo dejamos para la otra semana?

Aquella tarde, Bernie se lo propuso a Liz y le confesó

que había llamado al médico. Ella le reprendió en broma y se echó a reír.

—¿Sabes que te estás volviendo muy misterioso a medida que te haces mayor?

Después, Liz se inclinó para besarle y él recordó los felices tiempos de antaño y la primera vez que la visitó en la casa de la playa.

—¿Te acuerdas cuando me enviaste los trajes de baño, papá? ¡Aún los tengo! —dijo Jane.

Le gustaban tanto que no quería desprenderse de ellos, pese a que ya no podía ponérselos. Iba a cumplir nueve años y era una edad muy difícil para perder a una madre. Alexander tenía catorce meses y, el día en que Liz hubiera tenido que trasladarse a la ciudad para someterse al tratamiento, empezó a dar los primeros pasos. Avanzó con paso vacilante sobre la arena en dirección a Liz, chillando de contento mientras la brisa marina le acariciaba el cuerpo.

—¿Ves cómo hice bien en no ir? —exclamó Liz, mirando victoriosamente a Bernie.

Accedió, no obstante, a ir, «quizá», la otra semana. Ahora sufría constantes dolores, pero los controlaba con las pastillas. Aún no quería recurrir a las inyecciones. Temía utilizar los sedantes más fuertes demasiado pronto y que después no le hicieran efecto cuando los necesitara de verdad. Así se lo dijo a Bernie con toda claridad. Aquella noche, él le preguntó si le apetecía ver a Bill y Marjorie Robbins. Les llamó, pero habían salido. En su lugar, Liz llamó a Tracy sólo para charlar un rato. Ambas amigas hablaron largo y tendido y Liz se rió mucho en el transcurso de la conversación. Al final, colgó el teléfono; una sonrisa se dibujaba en sus labios. Quería mucho a Tracy.

El sábado por la noche les preparó su cena preferida a base de bistecs. Bernie hizo la barbacoa y ella preparó patatas al horno, espárragos con salsa holandesa y un dulce de chocolate, de postre. Alexander se ensució la cara de chocolate y les hizo reír mucho. Jane le recordó a Bernie el helado de plátano que él le había comprado el día en que se perdió en Wolff's. Aquella noche se prestaba, al parecer, a los recuerdos... Hawai, la luna dé miel conjunta, la boda, el primer verano en Stinson Beach, la primera función de ópera, el primer viaje a París. Liz se pasó toda la noche evocando el reciente pasado con Bernie. A la mañana siguiente, el dolor era tan fuerte que no pudo levantarse de la carma. Bernie le rogó a Johanssen que acudiera a visitarla. Bernie le agradeció con toda su alma que acudiera a su llamada. El médico le administró a Liz una inyección de morfina que la hizo dormir hasta última hora de la tarde. Tracy acudió para ayudar a Bernie en el cuidado de los niños y, en aquellos momentos, estaba jugando con ellos en la playa.

El médico dejó más medicación para Liz. Tracy sabía administrar inyecciones y fue una suerte tenerla en casa. A la hora de la cena, Liz aún dormía. Los niños cenaron en silencio y se fueron a la cama. A eso de la medianoche, Liz llamó de repente a Bernie.

—¿Cariño...? ¿Dónde está Jane?

Bernie se encontraba leyendo a su lado y se sorprendió de su vivacidad. Parecía que se hubiera pasado despierta todo el día. Era un alivio verla tan animada. Bernie se preguntó súbitamente si aquello no sería el comienzo de una mejoría. Ignoraba que era el comienzo de otra cosa muy distinta.

—Jane está en la cama, amor mío. ¿Te apetece comer algo?

Tenía tan buena cara que de buena gana Bernie le hubiera servido la cena que se había saltado. Liz sacudió la cabeza, sonriendo.

—Quiero verla.

—¿Ahora?

Liz asintió, mirándole con apremio, y Bernie se puso la bata y pasó de puntillas junto a Tracy, dormida en el sofá. Tracy había decidido quedarse por si Liz necesitara una inyección en el transcurso de la noche o Bernie recabara su ayuda para atender a los niños al día siguiente.

Jane se agitó en la cama mientras él le besaba el cabello y la mejilla y luego abrió un ojo y le miró.

—Hola, papá —musitó medio dormida—. ¿Está bien mamá? —preguntó, incorporándose de golpe.

—Está bien, pero te echa de menos. ¿Quieres subir a darle un beso de buenas noches?

Jane se alegró de que la llamaran para hacer algo tan importante. Se levantó en el acto de la cama y siguió a Bernie al dormitorio donde Liz la esperaba completamente despierta.

—Hola, nena —le dijo con voz clara y potente, mientras Jane se inclinaba para darle un beso.

A la niña le pareció que su madre estaba más guapa que nunca. Tenía incluso más buena cara.

—Hola, mamá. ¿Te encuentras mejor?

—Mucho mejor —ya no le dolía nada—. Sólo deseaba decirte que te quiero.

—¿Puedo meterme en la cama contigo? —preguntó Jane, esperanzada.

—Pues claro —contestó Liz sonriendo mientras apartaba la sábana.

Fue entonces cuando pudieron ver lo delgada que estaba. En cambio, tenía la cara más llena. Por lo menos, aquella noche.

Se pasaron un rato hablando en voz baja hasta que, al fin, Jane empezó a dormirse. Abrió los ojos un instante y miró a su madre, la cual la besó una vez más y le repitió lo mucho que la quería. Cuando, finalmente, se durmió, Bernie la llevó de nuevo a su habitación. Al volver, Liz no estaba en la cama. Bernie miró en el cuarto de baño y no la encontró. Entonces oyó su voz en la habitación contigua y la sorprendió inclinada sobre la cuna de Alexander, acariciando sus sedosos rizos rubios.

—Buenas noches, cielo... —le dijo.

Era un niño precioso, pensó, mientras regresaba de puntillas a su dormitorio.

—Tendrías que dormir un poco, cariño —le dijo Bernie—. Mañana estarás agotada.

Sin embargo, se la veía tan despierta y animada que no parecía probable que lo estuviera.

Liz se acurrucó en la cama junto a Bernie y le dijo cuánto le amaba mientras él la acariciaba dulcemente. Era como si necesitara agarrarse a cada uno de ellos, como si quisiera aferrase a la vida o tal vez alejarse de ella para siempre. Se quedó dormida al amanecer. Ella y Bernie se pasaron casi toda la noche hablando y él se durmió casi al mismo tiempo. Liz abrió los ojos una vez más, le vio durmiendo plácidamente y entornó los párpados. Cuando Bernie despertó a la mañana siguiente, ella ya no estaba. Se murió mientras dormía en sus brazos, pero, antes de irse, se había despedido de cada uno de ellos. Bernie la contempló largo rato, tendida en la cama como si durmiera. Le parecía increíble que estuviera muerta. Al principio, la sacudió y le rozó una mano y, después, el rostro; luego lo comprendió y se le escapó un sollozo desgarrador. Cerró la puerta del domitorio por dentro para que nadie pudiera entrar y abrió la puerta vidriera que daba a la playa. Salió en silencio y corrió largo rato, sintiéndola a su lado mientras corría y corría.

Al volver, entró en la cocina y vio a Tracy, dando el desayuno a los niños. La miró y Tracy empezó a hablar; de repente, se detuvo en seco y lo comprendió todo. Miró a Bernie en silencio y él asintió con la cabeza. Después, Bernie se sentó al lado de Jane, la tomó en sus brazos y le dijo lo peor que jamás oiría de él o de cualquier otra persona:

—Mamá se ha ido, cariño...

—¿Adónde? ¿Al hospital otra vez?

Jane se apartó de él y, al verle la cara, rompió a llorar en sus brazos. Fue una mañana que ninguno de ellos jamás podría olvidar.

23

Tracy se llevó a los niños a su casa después del desayuno y, al mediodía, llegaron los de la funeraria. Bernie se quedó solo en la casa, esperándoles. La puerta del dormitorio todavía estaba cerrada, pero al fin Bernie entró por la puerta vidriera, se sentó al lado de Liz y le tomó una mano. Era la última vez que estarían solos, pero era inútil pensarlo, se repitió una y otra vez. Ella ya no estaba. Sin embargo, cuando la miró y le besó los dedos, no experimentó la sensación de que se hubiera ido. Liz era parte de su corazón, de su alma y de su vida. Y él sabía que siempre lo sería. Oyó el rumor del vehículo de la funeraria, acercándose, abrió la puerta del dormitorio y salió a recibirles. No pudo estar presente mientras la cubrían y la sacaban de la habitación. Habló con el hombre que aguardaba en el salón y le dijo lo que quería que se hiciera. Llegaría a la ciudad a última hora de la tarde. Tenía que recoger las cosas. El hombre dijo que lo comprendía y le entregó su tarjeta. Procurarían facilitarle las cosas al máximo. Facilitar. ¿Cómo podían facilitarle la pérdida de la mujer que amaba, la madre de sus hijos?

Tracy llamó al doctor Johanssen y Bernie telefoneó a los propietarios de la casa. Aquella misma tarde se iría de allí. No quería volver a la playa. Hubiera sido demasiado doloroso para él. Tenía que disponer muchas cosas, aunque ninguna de ellas le importaba en realidad. El hombre le empezó a preguntar si quería el ataúd en madera de caoba, en metal o madera de pino, y si prefería que el forro fuera de color azul, rosa o verde; pero a él todo eso le daba igual. Liz ya no estaba... Sólo había durado tres años y ya todo había concluido, la había perdido para siempre. El corazón le pesaba en el pecho como una piedra. Metió la ropa de Jane en una maleta y la de Alexander en otra. Después, abrió el cajón donde estaban las pelucas de Liz y se echó a llorar de repente. Miró al cielo y al mar y gritó:

—¿Por qué, Dios mío? *¿Por qué?*

Pero nadie le contestó. La cama estaba ahora vacía. Liz se había ido la víspera, tras despedirse de él y darle las gracias por la vida y el hijo que compartieron, y él no pudo retenerla a su lado a pesar de lo mucho que lo intentó.

Al terminar de hacer el equipaje, llamó a sus padres. Eran las dos de la tarde y su madre se puso al teléfono. En Nueva York hacía un calor espantoso y el aire acondicionado apenas servía de nada. Tenían que reunirse con unos amigos en la ciudad y pensaba que eran ellos para decirles que se iban a retrasar un poco.

—¿Diga?

—Hola, mamá.

De repente, Bernie sintió que no tendría fuerzas para hablar con ella.

—¿Ocurre algo, cariño?

—Yo... —Bernie asintió primero para decir que no y después que sí mientras las lágrimas le resbalaban por las mejillas—. Yo quería deciros... —no pudo pronunciar las palabras. Era como un chiquillo de cinco años cuya vida se hubiera venido abajo de golpe—. Liz... Oh, mamá... —rompió a llorar como un niño y su madre lloró con él al oírle—. Murió... anoche.

No pudo seguir. Ruth le hizo señas a Lou y éste la miró, alarmado.

—Iremos en seguida —dijo Ruth, consultando el reloj. Miró a su marido y lloró sin poderse contener, pensando en la chica que tanto amaba Bernie, la madre de su nieto. Le parecía absurdo que hubiera muerto. En aquel instante, lo único que deseaba era abrazar a Bernie—. Tomaremos el primer avión.

Empezó a gesticular incoherentemente mirando a Lou y éste lo comprendió todo y, en cuanto Ruth se lo permitió, le arrebató el teléfono de las manos.

—Te queremos mucho, hijo. Iremos tan pronto como podamos.

—Muy bien... Muy bien... Yo... —Bernie no sabía cómo afrontar la situación ni qué decir o qué hacer... Hubiera deseado llorar y gritar, devolver a Liz a la vida, pero ella ya jamás volvería a su lado—. No puedo...

Sin embargo, tendría que poder. Tenía dos hijos en quienes pensar. Y estaba solo. Ahora no le tenían más que a él.

—¿Dónde estás, hijo? —preguntó Lou, extraordinariamente preocupado por él.

—En la playa —contestó Bernie, respirando hondo. Quería marcharse de aquella casa donde Liz había muerto. Miró a su alrededor; sentía deseos de irse de allí cuanto antes, y se alegró de tener el equipaje en el automóvil—. Ocurrió aquí.

—¿Estás solo?

—Sí. Envié a Tracy a casa con los niños y... hace un rato se llevaron a Liz —tragó saliva al recordarlo. La habían tapado con un hule y le habían cubierto el rostro y la cabeza... Se estremeció al recordarlo—. Ahora tengo que dejarte.

—Intentaremos venir esta misma noche.

—Quiero quedarme con ella en la funeraria.

Como lo había hecho en el hospital. No quería dejarla hasta que la enterraran.

—De acuerdo. Venimos en seguida.

—Gracias, papá.

Parecía un niño extraviado, pensó su padre mientras colgaba el auricular y se volvía a mirar a su mujer. Ruth lloraba muy quedo. Lou la estrechó en sus brazos y rompió también a llorar, por su hijo y por la terrible tragedia que se había abatido sobre él. Liz era una mujer encantadora y todos la querían muchísimo.

Tomaron un vuelo de las nueve, tras anular la cita con sus amigos, y llegaron a San Francisco a las doce de la noche, hora local. Para ellos eran las tres de la madrugada, pero Ruth consiguió dormir un poco en el avión y ahora quería trasladarse directamente al lugar que Bernie les había indicado.

Se hallaba sentado al lado de su mujer en la salita de la funeraria, junto al ataúd cerrado. No hubiera podido permanecer sentado, mirándola. Se encontraba completamente solo en la silenciosa estancia. Todos los amigos y conocidos se habían retirado a sus casas hacía muchas horas y sólo había dos solemnes hombres vestidos de negro que les abrieron la puerta a los Fine cuando éstos llegaron a la una de la madrugada. Por el camino, los padres de Bernie dejaron las maletas en el hotel. Ruth llevaba un vestido y unos zapatos negros que había comprado en Wolff's hacía muchos años. Lou vestía traje gris oscuro y corbata negra, mientras que Bernie llevaba un traje gris marengo, camisa blanca y corbata negra. Antes se había ido a casa un rato para ver a los niños y ahora le pidió a su madre que se quedara a dormir allí para que ellos la vieran al despertarse. Su padre le dijo que quería quedarse con él en la funeraria.

Hablaron muy poco. A la mañana siguiente, Bernie regresó a casa para ducharse y cambiarse de ropa mientras su padre iba al hotel para hacer lo mismo. Ruth preparó el desayuno para los niños, mientras Tracy efectuaba unas llamadas telefónicas. Le dijeron que Paul Berman llegaría a la ciudad a las once de la mañana para asistir al funeral, que se celebraba a las doce. Siguiendo la tradición judía, enterrarían a Liz aquel día.

Ruth eligió un vestido blanco para Jane. Alexander se quedaría en casa con una canguro, cuyos servicios utilizaba Liz algunas veces. El chiquillo no comprendía lo que pasaba y daba vueltas con paso vacilante alrededor de la mesa de la cocina, repitiendo sin cesar «mam», «mam», «mam», que era tal como él llamaba a su madre. A Bernie se le saltaron las lágrimas al oírle. Ruth le dio unas palmadas en un brazo y le dijo que se fuera a descansar un rato, pero él prefirió sentarse a la mesa al lado de Jane.

—Hola, cariño. ¿Estás bien?

¿Cómo hubiera podido estarlo? Pero tenía que preguntárselo. Él tampoco estaba bien y la niña lo sabía. Jane se encogió de hombros y deslizó una manita en una de las suyas. Por lo menos, ya no se preguntaban unos a otros por qué les había ocurrido semejante desgracia precisamente a ellos. Había ocurrido y sanseacabó. Tendrían que seguir viviendo. Liz ya no estaba, pero hubiera querido que ellos vivieran. Bernie estaba seguro de eso. Pero, ¿cómo? Ahí estaba el quid de la cuestión.

Entró en el dormitorio, recordando la Biblia que ella solía leer de vez en cuando, y decidió leer el salmo veintitrés durante el funeral. Cuando tomó el libro, le pareció más grueso que de costumbre, e inmediatamente las cuatro cartas cayeron a sus pies. Se inclinó para recogerlas y vio lo que eran. Leyó la suya con lágrimas en los ojos y llamó a Jane para que leyera la que le correspondía. Después le entregó a su madre la carta que Liz le había escrito. La de Alexander la guardaría para mucho más adelante. Quería entregársela cuando fuera la suficientemente mayor como para comprenderla.

Fue un día de constantes dolores, constantes ternuras y constantes recuerdos. En el transcurso del funeral, Paul Berman se situó al lado de Bernie, el cual mantenía a Jane tomada de la mano. Lou tomó del brazo a Ruth y a todos se les saltaron las lágrimas cuando los amigos, vecinos y colegas desfilaron para darles el pésame. Todo el mundo la echaría de menos, dijo el director de la escuela. Bernie se emocionó al ver a un numeroso grupo de empleados de Wolff's. Muchas personas la querían y la echarían de menos..., pero ninguna tanto como el marido y los hijos. «Os volveré a ver algún día», les había prometido Liz a todos. Se lo había dicho a sus alumnos, el último día, en la escuela; se lo prometió aquel día que ella llamó de San Valentín. Bernie lo esperaba con toda su alma, quería volver a verla, pero primero tenía que criar a sus dos hijos... Apretó la mano de Jane mientras escuchaba la lectura del salmo veintitrés, pensando que ojalá Liz estuviera con ellos y no se hubiera ido, y miró a su alrededor con los ojos nublados por las lágrimas. Pero Elizabeth O'Reilly Fine se había ido para siempre.

24

El padre de Bernie tuvo que regresar a Nueva York, pero la madre se quedó tres semanas con su hijo, e insistió en llevarse a los niños a casa durante cierto tiempo. Ya era casi el mes de agosto y no tenían nada que hacer. Bernie debía volver a sus ocupaciones y Ruth pensaba en su fuero interno que el trabajo distraería a su hijo. De todos modos, ya habían dejado la casa de Stinson Beach y los niños hubieran tenido que quedarse en casa con una canguro mientras su padre trabajaba.

—Además, tienes que organizarte, Bernard.

Su madre se portó muy bien con él, pero Bernie le hablaba a veces con muy malos modos. Estaba furioso con la vida y con su cruel destino, necesitaba una válvula de escape y Ruth era el blanco que tenía más a mano.

—¿Qué demonios quieres decir con eso?

Los niños ya estaban en la cama y ella acababa de pedir por teléfono un taxi para regresar al hotel. Se alojaba en el Huntington porque sabía que Bernie necesitaba estar solo algún rato, y ella lo necesitaba también. Era un alivio volver cada noche al hotel cuando los niños ya estaban acostados. Bernie la miró, en busca de pelea, pero ella no quiso entrar en el juego.

251

—¿Quieres saber lo que quiero decir? Creo que deberías salir de esta casa y moverte un poco. Éste podría ser un buen momento para volver a Nueva York y, si eso no fuera posible todavía, vete por lo menos de aquí. Esta casa está demasiado llena de recuerdos para todos vosotros. Jane abre todos los días el armario de Liz y aspira su perfume. Cada vez que abres un cajón, te encuentras con un sombrero, un bolso o una peluca. No puedes torturarte de esta manera. Deja esta casa.

—No iremos a ningún sitio —replicó Bernie, a punto de perder los estribos, pero su madre no se dejó amedrentar.

—Eres un tonto, Bernard. No puedes hacerles sufrir de esta manera.

Querían seguir aferrados a Liz, pero no podían.

—Eso es ridículo. Estamos en nuestra casa y no iremos a ninguna parte.

—¿Qué tiene de maravilloso esta casa?

Tenía de maravilloso que Liz había vivido en ella y él aún no estaba preparado para dejarla. Le daba igual lo que dijeran los demás. Tracy pasó por la misma situación, tal como ella le contó a Ruth un día en que acudió a visitarla. Tardó dos años en desprenderse de la ropa de su marido, pero eso no constituía ningún consuelo para Ruth. No era bueno para nadie. Pese a ello, Bernie no quería dar su brazo a torcer.

—Por lo menos, deja que me lleve a los niños a Nueva York durante unas semanas. Hasta que Jane comience las clases.

—Ya lo pensaré —contestó Bernie.

Lo hizo y les dejó ir. Se fueron a finales de semana, todavía aturdidos. Bernie trabajaba hasta las nueve o las diez de la noche, y después volvía a casa, se sentaba en un sillón del salón, pensando en Liz, y sólo se ponía al teléfono al decimocuarto timbrazo cuando le llamaba su madre.

—Tienes que buscarles una canguro, Bernard.

Su madre quería organizarle la vida, pero él deseaba que le dejaran en paz. Si hubiera sido bebedor, ya se hubiera convertido en un alcohólico, pero ni eso hacía tan siquiera. Se quedaba sentado sin hacer nada y, al fin, se iba a la cama a las tres de la madrugada. Aborrecía la cama porque Liz ya no la ocupaba. Por la mañana, casi no tenía fuerzas para ir al despacho y, al llegar allí, no hacía nada de provecho. Se encontraba sumido en un estado de shock. Tracy se percató de ello antes que nadie, pero no podía hacer nada. Le dijo que la llamara siempre que le apeteciera, pero Bernie jamás lo hizo. Le recordaba demasiado a Liz. Ahora, le había dado por hacer lo mismo que Jane: abría el armario y aspiraba su perfume.

—Yo mismo me encargaré de los niños.

Se lo repetía constantemente a su madre y ella le repetía que estaba loco.

—¿Acaso quieres dejar el trabajo? —le preguntó en tono sarcástico, en la esperanza de conseguir despertarle de su letargo.

El comportamiento de Bernie era muy peligroso, pero Lou estaba seguro de que más tarde o más temprano superaría el golpe. La que más le preocupaba era Jane, que sufría pesadillas todas las noches y había adelgazado dos kilos en tres semanas. En California, Bernie perdió seis. Sólo Alexander seguía igual que antes, aunque a veces miraba desconcertado a su alrededor cuando alguien mencionaba el nombre de Liz, como si no supiera dónde estaba su madre ni cuándo volvería. Ahora no había respuesta a sus incesantes «mam», «mam», «mam».

—No hace falta que deje el trabajo para cuidar de los niños, mamá —disfrutaba comportándose de un modo absurdo.

—¿Ah, no? ¿Acaso piensas llevarte a Alexander al despacho?

Bernie lo había olvidado. Sólo pensaba en Jane.

—Puedo recurrir a la misma mujer que ayudó a Liz durante el último año.

Además, Tracy le ayudaría.

—¿Y prepararás la cena todas las noches y harás las camas y pasarás la aspiradora? No seas ridículo, Bernard. Necesitas a alguien que te eche una mano. Eso no tiene nada de vergonzoso. Tienes que contratar a alguien. ¿Quieres que venga y entreviste a las candidatas cuando los niños vuelvan a casa?

—No, no —contestó Bernie, irritado—. Ya me encargaré yo del asunto.

Siempre estaba enojado con todo el mundo y a veces incluso con Liz por haberles abandonado. No era justo. Ella se lo había prometido todo. Guisaba y cosía, los quería con toda su alma e incluso estuvo dando clase en la escuela hasta el final. ¿Cómo podría una sirvienta o una *au-pair* sustituir a semejante mujer? La idea no le gustaba en absoluto, pero, al día siguiente, llamó a las agencias y explicó lo que necesitaba.

—¿Es usted divorciado? —preguntó una mujer en tono nasal.

Siete habitaciones, ningún animal doméstico, dos hijos y ninguna esposa.

—No —«soy un escuestrador y necesito que ma ayuden a cuidar a los niños. Mierda asquerosa»—. Los niños no tienen... —estaba a punto de decir «no tienen madre», pero le parecía una cosa horrible decir eso de Liz—. Estoy solo, eso es todo. Tengo dos hijos. De dieciséis meses y de casi nueve años. Mejor dicho, de nueve años. Un niño y una niña. La niña de nueve años va a la escuela.

—Es lógico. ¿Duerme en casa, o no?

—Duerme en casa. Es demasiado pequeña para ir a un internado.

—No me refería a la niña, sino a la criada.

—Ah, pues..., no sé... No había pensado en ello. Podría venir hacia las ocho de la mañana y marcharse por la noche, después de la cena.

—¿Tiene habitación para una *au-pair*?

Bernie reflexionó un instante. Podría dormir en la habitación del niño, si no le importara.

—Supongo que podríamos arreglarlo.

—Haremos lo mejor que podamos.

Pero lo mejor no fue demasiado bueno. Enviaron a un puñado de candidatas a Wolff's, y Bernie se horrorizó al ver la categoría de aquella gente. Muchas de las mujeres no habían cuidado a un niño en su vida o residían ilegalmente en el país o les importaba todo un bledo. Algunas ni siquiera eran amables. Por fin, Bernie eligió a una noruega muy poco agraciada. Tenía seis hermanos, parecía muy enérgica y dijo que pensaba quedarse en el país unos años más. Dijo que sabía cocinar. Y acompañó a Bernie al aeropuerto cuando los niños volvieron a casa. Jane no se mostró muy entusiasta y Alexander la miró con curiosidad y luego sonrió y empezó a batir palmas, pero la chica le dejó correr solo por el aeropuerto mientras Bernie recogía el equipaje y preparaba el cochecito de su hijo. Alexander ya casi se encontraba junto a la salida cuando Jane el dio alcance y miró enojada a la chica.

—¡Haga el favor de vigilarle, Anna! —gritó Bernie, irritado.

—No se preocupe.

La noruega miró sonriendo a un chico de larga melena rubia que llevaba una mochila a la espalda.

—¿De dónde la has sacado? —le preguntó Jane a su padre en voz baja.

—Eso no importa. Por lo menos, podremos comer —contestó Bernie, dirigiendo una sonrisa a la niña. Jane se arrojó en sus brazos al llegar, y el niño se apretujó entre ellos, lanzando gritos de júbilo cuando Bernie lo levantó en el aire e hizo después lo mismo con Jane—. Os he echado mucho de menos, muchachos —sabía lo de las pesadillas porque Ruth se lo había contado. Todas giraban en torno a Liz—. Sobre todo, a ti.

—Yo también a ti —Jane parecía muy triste—. La abuela ha sido muy buena conmigo.

—Te quiere mucho.

Buscaron a un mozo que les llevara el equipaje hasta el automóvil y, a los pocos minutos, ya estaban de camino hacia la ciudad. Jane se sentó delante, al lado de Bernie, y Alexander y la *au-pair* se acomodaron en los asientos de atrás. La chica vestía pantalones vaqueros y blusa roja y lucía una larga y lacia melena rubia. Jane la miró con recelo. Contestaba con monosílabos y gruñidos y no parecía demasiado interesada en hacer amistad con ellos. Al llegar a casa, les preparó una cena a base de cereales y torrijas. Presa de la desesperación, Bernie la envió por una pizza que la chica empezó a comerse antes de servírsela a ellos. De repente, Jane la miró como si acabara de ver un fantasma.

—¿Dónde encontraste esta blusa? —le preguntó, enfurecida.

—¿Cómo? ¿Eso? —contestó la chica, enrojeciendo como un tomate. Se había quitado la blusa roja y ahora lucía otra muy bonita de seda verde con unas manchas recientes de sudor en las axilas—. La encontré en el armario de allí —añadió, señalando hacia el dormitorio de Bernie, cuyos ojos se desorbitaron tanto como los de Jane.

La chica se había puesto una blusa de Liz.

—No vuelva a hacerlo nunca más —le dijo Bernie, apretando los dientes mientras ella se encogía de hombros.

—¿Y qué más da? Su mujer no volverá, de todos modos.

Jane se levantó de la mesa para marcharse y Bernie la siguió para pedirle disculpas.

—Perdona, cariño. Me pareció más amable cuando la entrevisté. La vi joven y alegre y pensé que os lo pasaríais mejor con ella que con una vieja.

Jane le miró sonriendo. La vida era ahora muy difícil para ellos. Y eso que sólo era la primera noche que pasaban en casa. Sin embargo, ya nada volvería a ser fácil para ella. Lo comprendió instintivamente.

—¿Qué te parece? ¿Le damos una oportunidad durante unos días y, si no nos gusta, la echamos?

Jane asintió en silencio, alegrándose de que él no le impusiera nada a la fuerza. En los días sucesivos, Anna los volvió locos con su comportamiento. Siguió poniéndose la ropa de Liz, e incluso algunas veces la de Bernie. Un día apareció con uno de sus jerseis preferidos de cachemira y una vez hasta se puso un par de calcetines suyos. Nunca lavaba, la casa olía muy mal y, cuando Jane regresaba a casa por la tarde de la escuela, encontraba a Alexander correteando por el pasillo con los pañales medio caídos y una simple camiseta, los pies sucios y toda la cara manchada de comida mientras Anna estaba de palique con su novio por teléfono o escuchaba música de rock en el estéreo. La comida era una porquería, la casa estaba hecha un asco y Jane era la única que se encargaba de cuidar a Alexander. Lo bañaba cuando regresaba de la escuela y le vestía antes de que Bernie volviera del trabajo, le daba la cena y lo acostaba por las noches y corría a su lado cuando le oía llorar. A Anna le costaba mucho despertarse. Nunca hacía la colada, no cambiaba la ropa de la cama y no lavaba las prendas de los niños. Antes de que transcurrieran diez días, la echaron de casa. Bernie se lo anunció un sábado por la noche mientras los bistecs se quemaban en una sucia sartén y ella permanecía sentada en el suelo hablando por teléfono, tras haber dejado a Alexander solo en la bañera. Jane le sorprendió allí, resbaladizo como un pez, tratando de encaramarse al borde para salir. Hubiera podido ahogarse en un momento. Bernie le dijo a Anna que hiciera las maletas y se fuera, cosa que la chica hizo sin apenas disculparse, luciendo el jersey rojo de cachemira de Bernie.

—Bueno, ya está —dijo Bernie, dejando la sartén con los bistecs quemados en el fregadero y abriendo el grifo del agua caliente para que se despegaran—. ¿Me permites que te invite a una pizza esta noche? —le preguntó a Jane.

Habían comido muchas pizzas últimamente y decidieron invitar a Tracy.

En cuanto llegó, Tracy ayudó a Jane a acostar al niño y juntas limpiaron la cocina. Fue casi como en los viejos tiempos, aunque echaban de menos a alguien muy importante. Para agravar las cosas, Tracy les comunicó que pensaba irse a vivir a Filadelfia. Jane se entristeció muchísimo. Fue como perder a su segunda madre. Tras haberla despedido en el aeropuerto, se pasó varias semanas muy deprimida.

La segunda niñera tampoco fue enteramente satisfactoria. Era suiza y tenía un diploma en puericultura, lo cual a Bernie le pareció muy bien durante la entrevista. Sin embargo, lo que ella no le dijo fue que debían haberla adiestrado en el ejército alemán, porque era la persona más rígida e inflexible que imaginar se pudiera. La casa estaba inmaculadamente limpia, las comidas eran frugales, las normas severísimas, y ella se pasaba el día arreándole tortazos a Alexander. El pobre niño no hacía más que llorar y a Jane le disgustaba encontrarse semejante escena en casa al volver de la escuela. La leche y los pasteles no estaban permitidos, así como las golosinas, y ellos no podían hablar durante las comidas excepto en presencia de su padre. Ver la televisión era un pecado y oír música, un crimen contra Dios. Bernie llegó a la conclusión de que aquella mujer estaba medio loca. Un sábado por la tarde en que Jane se rió de ella sin querer, la suiza cruzó la estancia y le propinó un fuerte bofetón en el rostro. Jane se quedó tan sorprendida que, al principio, ni siquiera lloró. Bernie temblaba de rabia cuando se levantó y la apuntó con el dedo.

—Lárguese de esta casa, señorita Strauss, *¡Inmediatamente!*

Tomó al niño que la mujer llevaba en brazos, rodeó los hombros de Jane con el otro brazo para consolarla y, una hora más tarde, oyeron que la niñera se marchaba, dando un impresionante portazo.

Bernie estaba completamente abatido. Entrevistó a un montón de candidatas, pero no le gustó ninguna. Lo primero que hizo fue buscar una mujer de la limpieza, pero eso tampoco le sirvió de mucho. Su mayor problema eran Alexander y Jane. Quería que alguien los cuidada debidamente. Los veía un poco tristes y abandonados. Todos los días regresaba corriendo a casa del trabajo para cuidarles. Contrató provisionalmente a una canguro que sólo podía quedarse hasta las cinco de la tarde. Su madre tenía razón. Era muy difícil pasarse todo el día trabajando y encargarse, además, de los niños, la limpieza de la casa, la colada, la compra, la cocina, la plancha y el arreglo del patio de atrás.

Su suerte cambió al cabo de seis semanas del comienzo del curso escolar. La agencia le llamó para comunicarle lo de siempre. Mary Poppins acababa de llegar y le estaba esperando. Según la agencia, era una candidata ideal.

—La señora Pippin será estupenda para usted, señor Fine —él anotó el nombre con desconfianza—. Tiene sesenta años, es británica y ha estado diez años en la misma casa, atendiendo a un niño y una niña..., que tampoco tenían madre —añadió la mujer de la agencia con aire triunfal.

—¿Qué importancia tiene eso?

—La tiene porque significa que está acostumbrada a esta clase de situación.

—Estupendo. ¿Dónde está la pega?

—No hay ninguna.

Bernie no fue un cliente muy fácil y en la agencia ya estaban un poco hartos de sus exigencias, hasta el punto de que, tras colgar el aparato, la mujer tomó nota de que, en caso de que no le gustara la señora Pippin, ya no le mandaría a nadie más.

La señora Pippin pulsó el timbre a las seis en punto de la tarde de un jueves. Bernie acababa de regresar a casa y ya se había quitado la chaqueta y la corbata. Sostenía a Alexander en brazos y estaba preparando la cena con la ayuda de Jane. Iban a comer hamburguesas por tercera noche consecutiva, con un acompañamiento de lechuga y patatas fritas. Bernie no había tenido tiempo de ir a la tienda desde el fin de semana anterior y, al volver a casa de la compra, descubrió que el resto de la carne se había perdido por el camino.

Bernie abrió la puerta y vio a una mujer de corto cabello canoso y brillantes ojos azules, tocada con un sombrero y un abrigo azul marino y calzada con unos cómodos zapatos negros del mismo estilo que los de jugar al golf. La empleada de la agencia tenía razón. Parecía Mary Poppins. Llevaba incluso un paraguas negro fuertemente enrollado.

—¿El señor Fine?

—Sí.

—Me envía la agencia. Me llamo Mary Pippin.

Hablaba con acento escocés y Bernie sonrió para sus adentros. Parecía un chiste. No era Mary Poppins, sino Mary Pippin.

—¿Qué tal? —dijo Bernie, franqueándole la entrada e indicándole un sillón del salón mientras Jane salía de la cocina con un rodillo en la mano. Quería ver qué les habían enviado esta vez. La mujer apenas rebasaba su estatura, pero en seguida la miró sonriendo y le preguntó qué estaba cocinando.

—Qué bonito que sepas cuidar tan bien a tu papá y a tu hermanito. Yo no es que sea muy buena cocinera, ¿sabes?

Bernie le cobró simpatía en el acto. De repente, se dio cuenta de lo que eran los zapatos. No eran zapatos de golf, sino toscos zapatones claveteados. Era una escocesa de pies a cabeza. Llevaba una falda de *tweed* y una blanca blusa almidonada y, cuando se quitó el sombrero, Bernie vio que incluso lucía una aguja de sombrero.

—Esa es Jane —le dijo Bernie mientras la niña regresaba a la cocina—. Está a punto de cumplir nueve años. Y Alexander ya tiene casi dieciocho meses —le dejó en el suelo y ambos se sentaron mientras el chiquillo corría a la cocina para reunirse con su hermana—. No para en todo el día y se despierta por la noche. A Jane le ocurre lo mismo. Tiene pesadillas —añadió en voz baja—, y necesito a alguien que me ayude. Ahora nos hemos quedado solos —eso era lo que menos le gustaba explicar porque, en general, la gente le miraba como si fuera un bicho raro; en cambio, aquella mujer asintió muy seria y le miró con simpatía—. Necesito a una persona que cuide de Alexander todo el día, que esté en casa cuando Jane vuelva de la escuela, que les entretenga y sea su amiga, que nos prepare la cena y lave la ropa..., que les compre zapatos para ir a la escuela cuando yo no tenga tiempo de hacerlo.

—Señor Fine —dijo la mujer, sonriendo amablemente—, lo que usted necesita es una niñera.

—Pues sí, en efecto —contestó Bernie. La mujer había comprendido perfectamente la situación. Pensó en la noruega que se ponía constantemente la ropa de Liz y contempló el pulcro cuello almidonado de la señora Pippin. Decidió ser sincero con ella—. Lo hemos pasado muy mal, sobre todo, ellos —añadió, mirando hacia la cocina—. Mi mujer estuvo enferma casi un año antes de... —aún no podía pronunciar la palabra—. Hace tres meses que nos dejó y los niños aún no se han adaptado a la nueva situación —ni yo tampoco, omitió añadir, aunque la señora Pippin le dijo con la mirada que ya lo sabía. De repente, Bernie sintió deseos de lanzar un suspiro de alivio y tenderse en el sofá, dejándole a ella toda la responsabilidad. Algo le hizo comprender que sería una colaboradora ideal—. El trabajo no es fácil, pero tampoco es excesivo.

Le habló de las dos mujeres que la habían precedido y de las que había entrevistado, y le describió exactamente lo que quería que hiciera. Milagrosamente, a la mujer le pareció todo muy normal.

—Muy bien. ¿Cuándo puedo empezar? —preguntó con una radiante sonrisa en los labios.

—Inmediatamente, si usted quiere. Ah, olvidé mencionárselo. Tendrá que dormir con el niño. ¿Será eso un problema?

—En absoluto. Lo prefiero así.

—Tal vez más adelante nos mudemos de casa, pero, de momento, no tengo ningún plan al respecto —dijo Bernie, sin añadir más detalles—. En realidad... —tenía tantas cosas en la cabeza que, a veces, se le pasaban algunas por alto. Quería ser completamente sincero con ella—, es posible que algún día regrese a Nueva York, pero en este instante tampoco lo sé con certeza.

—Lo comprendo muy bien, señor Fine —dijo la mujer, mirándole y sonriendo—. En este momento, usted no sabe si va o viene, y los niños tampoco, pero eso es completamente normal. De repente, han perdido el eje de su existencia. Necesitan tiempo para sanar de sus heridas y alguien que, entre tanto, les atienda. Me sentiría muy honrada de poder ser esta persona, y me encantaría cuidar de sus hijos. El hecho de que se mude a otra casa o a un apartamento o se vaya a Nueva York o a Kenia no será ningún problema para mí. Soy viuda y sin hijos y mi casa es la de la familia para la que trabajo. Donde usted vaya, iré yo, si así lo desea.

Le miró con indulgencia como si fuera un chiquillo, y Bernie sintió deseos de echarse a reír.

—Me parece estupendo, señora Poppin..., digo Pippin... Perdón.

—No se preocupe —contestó la mujer, riéndose con él mientras le acompañaba a la cocina.

Era menuda, pero una enorme fuerza emanaba de ella. Curiosamente, los niños se encariñaron en seguida con la mujer. Jane la invitó a cenar y puso otra hamburguesa para ella. Por su parte, Alexander permaneció sentado en su regazo hasta que lo bañaron, tras lo cual, la señora Pippin pasó a estudiar la cuestión económica con Bernie. Sus exigencias no eran excesivas y ella era justo lo que andaba buscando.

Prometió regresar al día siguiente con sus cosas. Había dejado a la anterior familia en junio. Los chicos habían crecido y ya no la necesitaban; entonces se fue de vacaciones al Japón y regresó vía San Francisco. En realidad, se dirigía a Boston, pero la ciudad le pareció tan encantadora que decidió acudir a una agencia para probar suerte.

Cuando se fue para regresar a su hotel, Bernie llamó a su madre mientras Jane acostaba al niño.

—La encontré —le dijo, más contento que unas pascuas.

Se le notaba el alivio en la voz.

—¿A quién encontraste? —preguntó su madre, medio dormida.

En Scarsdale eran las once de la noche.

—A Mary Poppins... En realidad, se llama Mary Pippin.

—Bernie... —Ruth despertó de golpe y se puso muy seria—. ¿Estuviste bebiendo?

Miró con expresión de reproche a su marido, el cual seguía reclinado en la almohada, leyendo unas publicaciones médicas sin dar la menor muestra de inquietud. Bernie tenía derecho a beber un poco en semejantes circunstancias. ¿Quién no lo hubiera tenido?

—No. Encontré una niñera. A una escocesa fantástica.

—¿Quién es? —preguntó su madre, poniéndose inmediatamente en guardia. Bernie le facilitó los detalles—. Puede que vaya bien. ¿Has comprobado las referencias?

—Pienso hacerlo mañana.

Pero las referencias coincidieron exactamente con lo que ella le había dicho y la familia de Boston puso por los cielos a su querida niñera. Le dijeron a Bernie que había tenido mucha suerte y le aconsejaron que se quedara con ella para siempre. Al día siguiente, cuando llegó la señora Pippin, Bernie estuvo tentado de hacerlo. La señora Pippin puso manos a la obra, arregló la casa, hizo la colada, le leyó unos cuentos a Alexander, le puso unos pantaloncitos nuevos y lo bañó y peinó para que su padre lo encontrara aseado al volver a casa. Por su parte, Jane lucía un vestidito rosa y unas cintas de color de rosa en el pelo. De repente, a Bernie se le hizo un nudo en la garganta al recordar la primera vez que la vio, perdida en Wolff's con unos lacitos de color de rosa en las trenzas, exactamente iguales que los que le había puesto la señora Pippin aquella noche.

La cena no fue fabulosa, pero estuvo muy bien. Más tarde, la señora Pippin jugó un rato con los niños en su habitación. A las ocho de la noche la casa ya estaba arreglada con la mesa ya preparada para el desayuno del día siguiente y ambos niños ya se hallaban en la cama, limpios, peinados, bien alimentados y atendidos. Mientras le daba un beso de buenas noches a cada uno y le agradecía a la señora Pippin su colaboración, Bernie pensó que ojalá Liz los pudiera ver.

25

Pasada la fiesta de Todos los Santos, Bernie regresó a casa una noche y, tras echar un vistazo a la correspondencia, se acomodó en el sofá. En aquel momento, la señora Pippin salió de la cocina sacudiéndose la harina de las manos para entregarle un mensaje.

—Le han llamado por teléfono, señor Fine —dijo sonriendo. Era un placer tenerla en casa y, además, los niños la adoraban—. Un señor. Espero haber anotado bien el nombre.

—Seguro que sí. Muchas gracias —contestó Bernie, tomando el trozo de papel mientras ella se retiraba. El nombre no le sonó al principio. Se dirigió a la cocina para prepararse un trago y pedirle más detalles a la señora Pippin. La niñera estaba preparando pescado para la cena y Jane la ayudaba, mientras Alexander jugaba en el suelo con un montón de cajas multicolores. Era la clase de escena que Liz hubiera creado a su alrededor en semejantes circunstancias, y Bernie experimentó una punzada en el corazón. Todo le recordaba a Liz—. ¿Qué nombre de pila tenía este señor, señora Pippin?

—No pude anotar el nombre, pero me lo dijo —contestó la señora Pippin, tratando de recordarlo mientras empañaba el pescado—. El apellido era Scott —Bernie no lograba todavía identificarlo—. Y el nombre era Chandler.

A Bernie le dio un vuelco el corazón. Regresó al salón para echar un vistazo al número de teléfono. Estuvo reflexionando un buen rato, pero no hizo comentarios durante la cena. Era un número local, y Chandler debía querer seguramente más dinero. Bernie decidió hacer caso omiso del mensaje, pero a las diez de la noche sonó el teléfono y tuvo una premonición. No se equivocó. Era Chandler Scott.

—Hola, ¿qué tal?

El falso tono de jovialidad no consiguió engañar a Bernie.

—Pensé que la última vez había hablado muy claro —dijo Bernie secamente.

—Pasaba por la ciudad, amigo mío, eso es todo.

—Pues no se moleste.

Chandler se rió como si Bernie hubiera dicho algo muy gracioso.

—¿Cómo está Liz?

Bernie no quería contarle lo ocurrido. No era asunto de la incumbencia de Chandler.

—Bien.

—¿Y mi niña?

—No es su hija. Ahora es la mía.

Bernie se arrepintió demasiado tarde de haber pronunciado esas palabras.

—No es eso lo que yo recuerdo.

—¿De veras? ¿Y qué tal está de memoria sobre los diez mil dólares? —replicó Bernie con dureza.

—De memoria, estoy muy bien —contestó Chandler en tono empalagoso—, pero mis inversiones no han sido muy rentables.

—Cuánto lo siento.

O sea, que había vuelto por más dinero.

—Más lo siento yo. Pensé que, a lo mejor, podríamos volver a charlar un ratito, sobre mi hija. ¿Comprende?

Bernie apretó las mandíbulas y recordó la promesa que le había hecho a Liz. Quería librarse de aquel sujeto de una vez por todas y no tener que soportar sus exigencias una vez al año. De hecho, había transcurrido un año y medio desde que le habían entregado el dinero.

—La última vez le dije que sólo habría un pago, Scott.

—Es posible, amigo mío, es posible —algo en su tono de voz le hizo experimentar a Bernie el deseo de machacarle cara—. Pero quizá tengamos que volver a repetirlo.

—No lo creo así.

—¿Me va usted a decir que se le ha acabado la pasta?

Bernie aborrecía su forma de hablar. Su voz le delataba. Era un típico timador.

—Lo que le digo es que no quiero volver a jugar a este juego con usted. ¿Lo ha comprendido?

—Entonces, ¿qué tal si le hago una breve visita a mi hija?

Scott estaba jugando una partida muy arriesgada.

—La niña no tiene el menor interés en ello.

—Lo tendrá si presento una denuncia contra usted ante los tribunales. ¿Cuántos años tiene ahora? ¿Siete? ¿Ocho?

Tenía nueve, pero ni de eso estaba seguro Chandler.

—¿Por qué no le pregunta a Liz lo que opina?

Era un chantaje en toda regla y Bernie estaba harto de él. Quería que supiera que ahora ya no podría atemorizar a Liz.

—Liz no opina nada al respecto, Scott. Murió en julio.

Se produjo una larga pausa.

—Lo siento mucho.

Por un instante, pareció que lo decía en serio.

—¿Le basta con eso para dar por concluida nuestra conversación?

Súbitamente, Bernie se alegró de habérselo dicho. Tal vez el muy cerdo se largara. Por desgracia, esa suposición resultó errónea.

—Más bien no. La niña no ha muerto, ¿verdad? Y, por cierto, ¿de qué murió Liz?

—De cáncer.

—Qué lástima. En fin, sea lo que fuere, la niña sigue siendo mi hija tanto si Liz está viva como si está muerta, y supongo que usted querrá perderme de vista cuanto antes. A cambio de cierta cantidad de dinero, me largaré con mucho gusto.

—¿Durante cuánto tiempo? ¿Un año? No, no vale la pena, Scott. Esta vez, no pago.

—Peor para usted. Tendré que acudir a los tribunales para que me concedan el derecho de visita.

Bernie recordó la promesa que le había hecho a Liz y decidió echarse un farol.

—Hágalo, Scott. Haga lo que se le antoje. No me importa.

—Me largaré a cambio de otros diez mil. Mire, vamos a hacer un trato. ¿Qué tal ocho mil?

Bernie se estremeció sólo de pensar en Chandler.

—Váyase al cuerno —le gritó, colgando el teléfono.

Hubiera deseado propinarle un puntapié en el estómago. Tres días más tarde, fue Chandler quien se lo propinó a él. A través de un abogado de Market Street, Chandler Scott, padre de una tal Jane Scott y ex marido de Elizabeth O'Reilly Scott Fine, le solicitaba por correo el derecho de visita a su hija. A Bernie le temblaron las manos cuando leyó la carta. Le ordenaban comparecer ante los tribunales el diecisiete de noviembre, afortunadamente sin la niña. A Bernie le latía el corazón con fuerza en el pecho cuando marcó el número del despacho de Grossman.

—¿Qué puedo hacer? —preguntó Bernie, desesperado.

Grossman se puso inmediatamente al aparato. Recordaba la primera visita de Bernie.

—Parece que tendrá usted que presentarse ante los tribunales.

—¿Tiene este individuo algún derecho?

—¿Adoptó usted a la niña?

Bernie se hundió al oír la pregunta. Siempre le ocurrían cosas raras; el niño, la enfermedad de Liz, los últimos nueve meses, el período de reajuste por el que estaban pasando...

—Pues, no... pensaba hacerlo, maldita sea, pero me pareció que no había motivo. Cuando compré a este sujeto, me pareció que ya no volvería a verle.

—¿Le compró? —preguntó el abogado.

—Sí. Hace año y medio le pagué diez mil dólares para que se largara.

En realidad, hacía veinte meses. Lo recordaba muy bien, fue poco antes de que naciera el niño.

—¿Puede él demostrarlo?

—No, recordé su advertencia sobre la ilegalidad de este procedimiento —Grossman le dijo que estaba equiparado a la compra de niños en el mercado negro. No se podía comprar ni vender ningún niño a nadie y, de hecho, Chandler Scott le había vendido Jane a Bernie a cambio de diez mil dólares—. Le pagué en efectivo y dentro de un sobre.

—Menos mal —dijo Grossman, exhalando un suspiro de alivio—. Lo malo es que, cuando se empieza, siempre vuelven por más dinero, tarde o temprano. ¿Es eso lo que quiere ahora?

—Creo que sí. Me llamó hace unos días y me pidió otros diez mil dólares para largarse. Incluso me ofreció una rebaja y lo dejó en ocho.

—Qué barbaridad —exclamó Grossman—. Debe de ser un encanto.

—Cuando le dije que mi mujer había muerto, creí que perdería interés y que ya no querría tratar conmigo.

—No sabía que su esposa hubiera fallecido entre tanto —dijo Grossman tras una pausa—. Lo siento mucho.

—Fue en julio —Bernie habló en voz baja, pensando en Liz y en la promesa que le había hecho de mantener a Jane apartada de Chandler Scott al precio que fuera. Ojalá le hubiera pagado los diez mil dólares y no se hubiera echado el farol.

—¿Otorgó su esposa testamento en favor de la niña?

Lo había comentado, pero, en realidad, Liz sólo tenía las cosas que Bernie le había comprado, y todo se lo dejaría a él y a los niños.

—No, no tenía ningún patrimonio.

—Pero, ¿y qué me dice de la custodia de la niña? ¿Se la dejó a usted?

—Pues, claro —contestó Bernie, casi ofendido. ¿A qué otra persona hubiera podido dejársela?

—Pero, ¿lo hizo por escrito?

—Pues, no.

Bill Grossman lanzó un suspiro. Bernie se había metido en un buen lío.

—Mire, habiendo muerto su esposa, la ley está de la parte del padre natural de la niña.

—¿Lo dice usted en serio? —preguntó Bernie mientras un frío estremecimiento le helaba la sangre.

—Desde luego.

—Este tipo es un sinvergüenza y un timador. Probablemente, acaba de salir de la cárcel.

—Eso no importa. La legislación de California considera que los padres naturales tienen derechos con independencia de lo que sean. Hasta los asesinos tienen derecho a ver a sus hijos.

—Y ahora, ¿qué van a hacer?

—Pueden concederle derecho provisional de visita en espera de un juicio —el abogado no quiso decirle que podía perder por completo la custodia de la niña—. ¿Ha tenido alguna relación con la niña?

—Ninguna. Ella ni siquiera sabe que está vivo y, por lo que me dijo mi esposa, la última vez que vio a Jane, la chiquilla tenía un año. No tiene en qué basar su defensa, Bill.

—Sí tiene. No se engañe. Es el padre natural de la niña... ¿Cómo fue su vida matrimonial?

—Prácticamente inexistente. Se casaron pocos días antes de nacer la niña y creo que él desapareció inmediatamente después. Regresó y estuvo en casa por espacio de uno o dos meses, poco antes de que Jane cumpliera un año, y después desapareció de nuevo, esta vez para siempre. Liz se divorció de él por abandono de hogar sin mutuo acuerdo ni notificación, probablemente porque ella ignoraba su paradero, y no supo nada más de él hasta que apareció el año pasado.

—Es una lástima que no adoptara usted a la niña.

—Pero eso es ridículo.

—Estoy de acuerdo con usted, lo cual no significa que el juez también lo esté. ¿Cree que este hombre se interesa de verdad por la niña?

—¿Y a usted qué le parece, si me la vendió por diez mil dólares y me la hubiera vuelto a vender hace tres días por ocho mil? Debe de considerarla algo así como una caja registradora. La última vez, cuando le entregué el dinero, no me preguntó ni me dijo nada sobre Jane. Nada en absoluto. ¿Qué le dice eso a usted?

—Que es un hijo de puta y que quiere sacarle todo el jugo que pueda. Me imagino que volverá a tener noticias suyas antes de que comparezcamos ante los tribunales, el diecisiete de junio.

Grossman no se equivocó. Scott llamó tres días antes de la comparecencia y ofreció largarse. Pero esta vez, la tarifa había subido. Quería cincuenta mil dólares.

—¿Está usted loco?

—He estado haciendo ciertas averiguaciones sobre usted, tío.

—No me llame así, hijo de puta.

—Tengo entendido que es usted un rico judío de Nueva York y que dirige unos grandes almacenes muy finos. Creo que es usted incluso el propietario.

—Ni lo piense.

—Sea lo que fuere, ese es mi precio esta vez. Cincuenta mil dólares o lo dejamos.

—Le daré diez, y basta.

Hubiera llegado hasta veinte, pero no quería decírselo. Scott se limitó a soltar una carcajada.

—Cincuenta o nada.

Era repugnante regatear de aquella manera por una niña.

—No pienso jugar a este juego con usted, Scott.

—Puede que no tenga más remedio que hacerlo. Es posible, incluso, que me concedan la custodia, si la pido… Pensándolo bien, creo que mi precio acaba de subir a cien mil.

Bernie se quedó helado y, tan pronto como Scott colgó el teléfono, llamó a Grossman.

—¿Sabe lo que dice? ¿Sería eso posible?

—Pues sí.

—Oh, Dios mío… —exclamó Bernie, aterrado. ¿Y si aquel individuo le quitara a Jane? Él le había prometido a Liz… Y, además, ahora Jane ya era como de su propia carne y sangre.

—Legalmente, no tiene usted ningún derecho en relación con la niña. Aunque su esposa hubiera otorgado testamento, cediéndole la custodia de la niña, él seguiría teniendo derechos. Ahora bien, si usted pudiera demostrar que Chandler Scott es un hombre inadecuado, lo más probable es que ganara, a no ser que el juez fuera un lunático. En cambio, si ustedes dos fueran banqueros, abogados u hombres de negocios, ganaría él, con toda seguridad. En el caso que nos ocupa, lo único que puede hacer este individuo es meterle el miedo en el cuerpo durante algún tiempo y causarle a la niña un montón de traumas.

—Y, para evitarlo —dijo Bernie con amargura—, ahora quiere cien mil dólares.

—¿Tiene usted grabada la conversación?

—¡Por supuesto que no! ¿A qué cree usted que me dedico? ¿A grabar conversaciones? Pero, hombre, por Dios, yo no soy un traficante de drogas, sino el director de unos grandes almacenes —Bernie se estaba poniendo nervioso por momentos—. Bueno, ¿qué hago?

—Si usted no le entrega los cien mil dólares, y yo le aconsejo que no lo haga porque volvería a la otra semana por más, será mejor que comparezcamos ante los tribunales y demostremos que es un padre indigno de tal nombre. Puede que le concedan derecho de visita provisional en espera del juicio, pero eso carece de importancia.

—Para usted, puede que no. La niña ni siquiera le conoce. En realidad —añadió Bernie en tono sombrío—, ni siquiera sabe que está vivo. Su madre le dijo que murió hace mucho tiempo. Y este año la chiquilla ya ha sufrido suficientes sobresaltos. Tiene pesadillas desde que su madre murió.

—Si un psiquiatra pudiera atestiguarlo, es posible que no le concedieran derecho permanente de visita.

—¿Y la petición de visita provisional?

—Esa se la concederán, de todos modos. Los jueces creen que ni siquiera Atila, el rey de los hunos, puede causar daños con carácter provisional.

—Y eso, ¿cómo lo justifican?

—No tienen por qué hacerlo. Ellos son los amos del cotarro. El señor Scott le ha dejado a usted, y se ha dejado a sí mismo, a merced de los tribunales.

Bernie se entristeció al pensar en lo mucho que hubiera sufrido Liz. Se hubiera muerto de pena en semejante situación.

El día de la vista amaneció tan oscuro y sombrío como el estado de ánimo de Barnie. Jane se fue a la escuela; y la señora Pippin estaba ocupada con Alexander cuando Bernie salió de casa para dirigirse al juzgado. No le dijo a nadie lo que iba a hacer. Aún tenía esperanzas de que todo se resolviera satisfactoriamente. Mientras permanecía de pie al lado de Grossman en la sala del tribunal, rezó para que cesara aquella pesadilla. En aquel momento, vio a Chandler Scott apoyado contra la pared, al otro lado de la sala. Lucía un blazer distinto, esta vez de mejor calidad, y calzaba unos zapatos de la casa Gucci. Iba, además, muy bien peinado y, cualquiera que no le conociera, le hubiera considerado una persona respetable.

Bernie se lo indicó a Bill, el cual miró con estudiada indiferencia en dirección a Chandler Scott.

—Tiene una pinta normalísima —dijo Grossman en voz baja.

—Eso es lo que yo me temía.

Grossman le comentó que la vista duraría unos veinte minutos. Una vez ante el juez, el abogado le explicó que la niña no conocía a su padre natural y que, últimamente, había sufrido una grave depresión debida a la muerte de su madre, por cuyo motivo consideraba conveniente que no se otorgara ningún derecho provisional de visita a Chandler Scott hasta que se resolviera definitivamente la cuestión. El demandado añadió que, a su juicio, había ciertos detalles cruciales para la decisión final del tribunal.

—No me cabe la menor duda de que sí —contestó el juez con voz apagada mirando con una sonrisa a ambos padres y a ambos abogados. Era algo que hacía a diario y nunca se dejaba atrapar por las emociones. Por suerte, casi nunca tenía que ver a los niños afectados por las decisiones que tomaban—. Sin embargo, no sería justo negarle al señor Scott el derecho de ver a su hija —miró con benevolencia a Scott—. Estoy seguro —dirigiéndose a Grossman— de que eso será un rudo golpe para su cliente, señor Grossman, y, como es lógico, tendremos sumo gusto en estudiar todas las cuestiones cuando se celebre el juicio definitivo. Entre tanto, este tribunal quisiera conceder al señor Scott el derecho de una visita semanal a su hija.

Bernie estuvo a punto de desmayarse e inmediatamente le susurró a Grossman al oído que Scott era un delincuente convicto y confeso.

—Eso no lo puedo decir ahora —replicó Grossman en voz baja.

Bernie sintió deseos de echarse a llorar. Ojalá le hubiera pagado a aquel cerdo los diez mil dólares como la primera vez. O los cincuenta mil, como la segunda. Los cien mil, no hubiera podido.

—¿Dónde tendrán lugar las visitas? —preguntó Grossman, dirigiéndose al juez.

—En el lugar que el señor Scott elija. La niña tiene... —el juez examinó unos papeles y después miró a ambas partes y les dirigió una comprensiva sonrisa—. Vamos a ver... Tiene unos nueve años... No hay razón para que no salga con su padre. El señor Scott podría recogerla en casa del señor Fine y acompañarla después. Yo sugiero el sábado, de nueve de la mañana a las siete de la tarde. ¿Les parece eso razonable a ambas partes?

—¡No! —musitó Bernie al oído de Grossman en un susurro claramente audible.

Grossman le replicó en voz baja:

—En eso no puede usted hacer nada. Si ahora colabora con el juez, es posible que más tarde reciba un mejor trato.

¿Y Jane? ¿Qué trato iba a recibir?

Bernie estaba furioso cuando salieron al vestíbulo.

—Pero, ¿qué clase de mierda es esa? —gritó.

—Baje la voz —le aconsejó Grossman, mirándole con rostro impasible mientras Chandler Scott pasaba por su lado en compañía de su abogado. Tenía uno de los abogados más marrulleros de la ciudad, le dijo Grossman más tarde a Bernie, y seguramente intentarían endilgarle los gastos a él, pidiéndole más adelante al tribunal que le obligara a pagar los honorarios. Pero Bill prefirió no decirle nada de momento. Bastantes problemas tenían ya—. Tiene que aceptarlo.

—¿Por qué? No es justo. ¿Por qué tengo que hacer algo que me consta es perjudicial para mi hija?

Bernie habló con el corazón en la mano sin darse cuenta de lo que decía. Bill Grossman sacudió la cabeza.

—No es su hija, sino la de Scott, y en eso estriba el meollo del asunto.

—Y lo peor es que este hijo de perra sólo quiere dinero. Pero ahora exige una cantidad que yo no tengo.

—Y jamás la tendría. Porque esta gente va subiendo cada vez más la tarifa. Es mejor resolver el asunto en un juicio. Tendrá que afrontar un mes de visitas provisionales y después se emitirá el veredicto definitivo. De todos modos, la visita está fijada para el catorce de diciembre. ¿Cree de veras que hará las visitas?

—Es posible —dijo Bernie, aunque esperaba que no—. ¿Y si la secuestra?

La idea le preocupaba desde hacía algún tiempo. Era su paranoia particular.

—No sea ridículo —replicó Grossman—. Este hombre es codicioso, pero no está loco. Jamás cometería la estupidez de secuestrar a la niña durante una visita.

—¿Qué ocurriría si lo hiciera?

Bernie quería llegar hasta el fondo de la cuestión para saber a qué atenerse en caso necesario.

—La gente sólo hace estas cosas en las películas.

—Ojalá no se equivoque —dijo Bernie, mirando a Grossman con los ojos entornados—. Porque le digo ya desde ahora que, como se atreva a hacerlo, le mato.

26

Las visitas empezarían el sábado, lo cual significaba que Bernie no disponía de mucho tiempo. Tras pasarse la mañana en el juzgado, Bernie invitó a Jane a cenar fuera y respiró hondo antes de comunicarle la noticia. La llevó al Hippo, que era uno de sus restaurantes preferidos, pero la niña se pasó todo el rato sin apenas decir nada. Al final, miró a Bernie y comprendió que le pasaba algo, aunque no acertaba a imaginar qué podía ser. A lo mejor, tenían que trasladarse a Nueva York o había ocurrido algún otro percance. Vio que no se había equivocado cuando él le tomó una mano y la miró con tristeza.

—Nena, tengo que decirte una cosa —Jane se asustó y sintió el impulso de echar a correr. Al verla tan asustada, Bernie se compadeció de ella y se preguntó si alguna vez volvería a ser la misma niña de antes. No obstante, gracias a la señora Pippin, su estado había mejorado muchísimo. Ya no lloraba tanto como al principio e incluso se reía algunas veces—. No es tan malo como te imaginas, cariño. No te preocupes.

Jane le miró aterrorizada.

—Creí que ibas a decir que...

No pudo pronunciar las palabras.

—¿Decirte qué, cariño? —preguntó Bernie sin soltarle la mano.

—Que tenías cáncer.

Lo dijo con una vocecita tan desvalida que Bernie se conmovió. Era lo peor que cualquiera de ellos podía imaginar.

—No es nada de todo eso. Se trata de algo completamente distinto. ¿Recuerdas que tu mamá estuvo casada, antes?

A Bernie se le antojaba extraño tener que hablarle de aquellas cosas, pero tenía que explicárselo desde el principio.

—Sí. Me dijo que estuvo casada con un actor muy guapo que murió cuando yo era pequeña.

—Algo por el estilo.

Bernie no conocía aquella versión de la historia.

—Y dijo que lo quería mucho —añadió Jane, mirando con inocencia a Bernie.

—¿De veras?

—Eso es lo que me dijo.

—Ya... Pues a mí me dijo una cosa distinta, pero no importa —de repente, Bernie se preguntó si no estaría intentando envenenar la mente de Jane, predisponiéndola en contra de alguien a quien Liz había amado con todo su corazón. Tal vez le amó y no tuvo el valor de confesárselo. Pero, entonces, recordó la solemnidad de la promesa que le arrancó—. Tu madre me dijo que este hombre, tu verdadero padre, desapareció poco después de nacer tú, y que la decepcionó mucho. Creo que hizo una tontería como robarle dinero a alguien o algo por el estilo, y acabó en la cárcel.

—¿Mi padre? —preguntó Jane, asombrada.

—Pues, sí... Sea como fuere, desapareció durante algún tiempo y después regresó cuando tenías nueve meses y volvió a hacer lo mismo que antes. Esta vez, se fue cuando tú tenías un año. Y ella jamás volvió a verle. Final de la historia.

—¿Fué entonces cuando murió? —preguntó Jane, perpleja.

Bernie sacudió la cabeza mientras el camarero retiraba los platos y Jane sorbía su gaseosa con expresión pensativa.

—No. No murió, cariño. De eso se trata precisamente. Se fue y, más tarde, tu mamá se divorció de él. Algunos años después, me conoció a mí y nos casamos.

—Y entonces tuvimos suerte… Es lo que mamá solía decir siempre.

Estaba claro que la niña compartía la opinión de su madre en todo. Ahora, idolatraba a Liz más aún que cuando vivía. Sin embargo, no acababa de asimilar la noticia de que su padre estaba vivo.

—No, la suerte la tuve *yo*. Sea como fuere, el señor Chandler Scott se largó sin más y apareció de nuevo hace un par de semanas… aquí, en San Francisco.

—¿Y por qué nunca me llamó?

—No lo sé —Bernie decidió contarle toda la verdad—. Llamó hace cosa de un año para pedirle dinero a tu mamá. Ella se lo dio y él volvió a marcharse. Cuando regresó esta vez, no quise darle dinero.

Era una explicación simplificada de lo ocurrido. Bernie no le contó a la niña que lo habían comprado para que no la viera, ni que Liz le odiaba con toda el alma. Prefirió que Jane llegara ella misma a esta conclusión cuando le viera, aunque temía que el tipo le fuera simpático.

—¿No quería verme? —preguntó Jane, intrigada por la personalidad del apuesto actor.

—Ahora te quiere ver.

—¿Le invitaremos a cenar? —preguntó ingenuamente Jane.

Bernie sacudió la cabeza y la niña se sorprendió de esa reacción.

—La cosa no es tan sencilla. Él y yo hemos comparecido hoy ante los tribunales.

—¿Por qué?

Jane iba de sorpresa en sorpresa y estaba un poco asustada. La mención de los tribunales la llenó de espanto.

—Fuimos a los tribunales porque a mí me parece que no es una buena persona y quiero protegerte de él. Tu madre me pidió que lo hiciera.

—¿Crees que querrá hacerme daño?

Bernie no quería asustarla demasiado porque faltaban dos días para la visita.

—No, pero me parece que sólo le interesa el dinero. Y, en realidad, apenas le conocemos.

—¿Por qué me dijo mamá que murió? —preguntó Jane, mirando a Bernie a los ojos.

—Porque debió pensar que era más fácil que andar constantemente preguntándose dónde estaba o por qué se fue.

Aunque la explicación le parecía lógica, Jane estaba un poco decepcionada.

—Yo creía que nunca me decía mentiras.

—Y es cierto. Sólo lo hizo esta vez porque creyó que sería lo mejor para ti.

Jane asintió, tratando de comprenderlo.

—¿Y qué dijeron en los tribunales? —preguntó, intrigada.

—Que tenemos que volver dentro de un mes. Pero, entre tanto, él tiene derecho a verte. Cada sábado, desde las nueve de la mañana hasta la hora de cenar.

—¡Pero, si ni siquiera le conozco! ¿De qué voy a hablar con él durante todo el día?

—Ya se te ocurrirá algo —contestó Bernie, pensando en la magnitud del problema.

Ojalá fuera esa la única dificultad.

—¿Y si no me cae simpático? No debe de ser muy bueno cuando abandonó a mamá.

—Eso es lo que yo siempre pensé. La única vez que

le vi, no me gustó ni pizca —dijo Bernie sin querer ocultarle la verdad.

—¿Le viste? —preguntó Jane, perpleja—. ¿Cuándo?

—La vez que le pidió dinero a tu mamá. Fue poco antes de nacer Alexander, y me envió a mí para que le entregara el dinero.

—¿Y no quiso verme?

Eso le aclaraba muchas cosas a Jane.

—No, no quiso.

—A lo mejor, mamá no le quería demasiado.

—A lo mejor, no.

—¿Ha estado de veras en la cárcel? —preguntó la niña, horrorizada—. ¿Y si yo no quiero verle el sábado?

—Me temo que tendrás que ir, nena.

—¿Por qué? —súbitamente a Jane se le llenaron los ojos de lágrimas—. Ni siquiera le conozco. ¿Y si no me gusta?

—Procura pasar el rato como puedas. Sólo serán cuatro veces hasta que volvamos al juzgado.

—¿Cuatro veces? —repitió Jane mientras las lágrimas le rodaban por las mejillas.

—Cada sábado.

A Bernie le pareció que estaba vendiendo a su única hija y aborreció con toda su alma a Chandler Scott y a su abogado, Bill Grossman, y a los tribunales y al juez por obligarle a hacer semejante cosa. Sobre todo, a Grossman por haberle dicho tan fríamente que no armara alboroto. No pensaba permitir que Chandler Scott acudiera a su casa el sábado para llevarse a su hija.

—Papá, yo no quiero ir con él —gimoteó Jane.

—Tendrás que hacerlo —contestó Bernie, ofreciéndole su pañuelo y mientras se sentaba a su lado en la banqueta y le rodeaba los hombros con un brazo. Jane apoyó la cabeza contra él y arreció en su llanto. Bastantes dificultades tenía ya como para que ahora le cayera eso encima—. Piensa que sólo serán cuatro veces, y que la abuela y el abuelo vendrán desde Nueva York para pasar con nosotros el Día de Acción de Gracias. Eso tiene que ser un consuelto para ti.

Bernie había tenido que aplazar de nuevo su viaje a Europa a causa de sus problemas para encontrar una sirvienta adecuada, pero Berman no le apremiaba. Hacía varios meses que no veía a sus padres. Desde agosto, cuando su madre se había llevado a los niños a Nueva York. La señora Pippin le prometió preparar el pavo del Día de Acción de Gracias. Era una auténtica bendición de Dios y Bernie estaba encantado con ella. Confiaba en que a su madre le gustara. Ambas tenían aproximadamente la misma edad, pero eran tan distintas como el día lo es de la noche. Su madre vestía con elegancia, iba siempre impecablemente peinada y era muy frívola y quisquillosa cuando quería. En cambio, la señora Pippin era una pulcra y aseada mujer sencillamente vestida, pero experta en el trabajo, amable y competente, maravillosa con los niños y británica por los cuatro costados. Sería una combinación muy interesante.

Bernie pagó la cuenta y regresó a casa en compañía de Jane. Al llegar, la señora Pippin estaba esperándoles para hacerle compañía a Jane durante el baño, leerle un cuento y acostarla. Lo primero que hizo la niña al llegar, fue arrojarse en brazos de la buena mujer, y decirle trágicamente:

—Ahora, tengo otro padre.

Bernie sonrió ante aquellas palabras y la señora Pippin reprimió un sollozo mientras acompañaba a la niña al cuarto de baño.

27

El «otro» padre, tal como le llamaba Jane, se presentó puntualmente a las nueve y cuarto de la mañana del sábado. Era el sábado anterior al Día de Acción de Gracias. Todos le aguardaban, sentados en el salón: Bernie, Jane, la señora Pippin y Alexander. El reloj de la repisa de la chimenea marcaba implacablemente los minutos. Bernie confiaba en que Chandler no apareciera. Pero no tuvieron esta suerte. Cuando sonó el timbre, Jane experimentó un sobresalto y Bernie se levantó para abrir la puerta. La niña no quería ir con él y estaba extraordinariamente nerviosa. Se acercó a la señora Pippin y empezó a jugar con Alexander mientras miraba de soslayo al hombre que hablaba con Bernie, en la puerta. Aún no podía verle bien, pero oía su voz. Le pareció una voz simpática, quizá porque era actor, o lo había sido en otros tiempos.

Bernie se apartó a un lado y el hombre entró en el salón, mirando de Jane a Alexander como si no supiera cuál de los dos era su hija.

—Hola, soy tu padre —dijo, clavando los ojos en Jane. Fue un momento muy embarazoso. No le tendió la mano ni se acercó a ella. Jane observó que su padre tenía los ojos del mismo color que los suyos y que miraba incesantemente a su alrededor. Parecía más interesado por su verdadero papá, tal como ella llamaba a Bernie, que por ella. Clavó los ojos en el reloj Rolex de oro de Bernie y en la pulcra mujer uniformada de azul que permanecía sentada en silencio, sosteniendo a Alexander en brazos. No pidió ser presentado—. ¿Estás lista?

Jane se encogió en el sofá y Bernie se adelantó.

—¿Por qué no hablan un ratito aquí antes de salir?

A Scott no le hizo gracia la sugerencia. Consultó su reloj y después miró a Bernie con gesto de hastío.

—No tenemos tiempo.

¿Por qué? ¿Adónde pensaba llevarse a la niña? Bernie no quiso decir nada para evitar que la niña se pusiera más nerviosa.

—Pero unos minutos sí tendrá. ¿Le apetece tomar un café?

Bernie no hubiera querido ser tan amable con él, pero lo hacía por Jane. Scott declinó la invitación mientras Jane le estudiaba, sentada en el brazo del sillón de la señora Pippin. Vestía un jersey de cuello cisne y unos pantalones vaqueros con chaqueta de cuero. Aunque era indudablemente guapo, a Jane no le gustaba. Parecía orgulloso, en lugar de simpático y cordial como su padre. Jane llegó finalmente a la conclusión de que resultaba muy vulgar sin una barba como la de Bernie.

—¿Cómo se llama el pequeñajo? —preguntó Chandler, mirando al niño sin excesivo interés. La señora Pippin le contestó que Alexander, mientras estudiaba su cara y, sobre todo, sus ojos. Eran unos ojos que miraban sin cesar a su alrededor y que apenas prestaban atención a la niña.

—Qué pena lo de Liz —dijo, mirando a Jane—. Tú te le pareces mucho.

—Gracias —contestó la niña, muy modosa.

—Bueno, pues —dijo Chandler, levantándose tras consultar de nuevo el reloj—. Hasta luego, muchachos.

284

No le tendió la mano a Jane ni le dijo adónde iban. Se encaminó hacia la puerta, esperando que la niña le siguiera como un perro, y Jane miró a Bernie con ojos suplicantes mientras éste le dirigía una sonrisa de aliento y se inclinaba para darle un beso antes de que saliera, llevando colgado del brazo un jersey rosa que hacía juego con su vestido. Iba vestida como si tuviera que asistir a una fiesta.

—Todo irá bien, cariño —le susurró Bernie al oído—. Sólo serán unas horas.

—Adiós, papá —dijo la niña, rodeándole el cuello con los brazos—. Adiós, señora Pippin... Adiós, Alex —añadió, saludándolos a todos con una mano mientras le lanzaba un beso a Alex y se encaminaba hacia la puerta. Se la veía totalmente desvalida y, recordando la primera vez que la vio, Bernie experimentó el súbito impulso de correr para retenerla, pero no lo hizo. Les observó en su lugar, desde la ventana. Chandler Scott le dijo algo a la niña antes de subir a un viejo automóvil. Como si presagiara una desgracia, Bernie anotó el número de la matrícula y vio que Jane se acomodaba temerosamente en el asiento contiguo. Poco después, el automóvil se alejó y Bernie se volvió a mirar a la señora Pippin.

—No me gusta este hombre, señor Fine —le dijo ella.

—Estoy de acuerdo con usted. A mí, tampoco. Pero el tribunal no quiere saber nada de eso. Por lo menos, hasta dentro de un mes. Espero que no le ocurra nada a la niña. Mataría a este hijo de puta...

Bernie no terminó la frase y la señora Pippin se fue a la cocina para prepararse una taza de café. Ya era casi la hora de la siesta matinal de Alexander y ella tenía muchas cosas que hacer, pero se pasó todo el día pensando en Jane. Bernie se entretuvo estudiando unos papeles y unos proyectos para los almacenes, pero no lograba concentrarse. No se alejó mucho de casa en todo el día por si alguien llamaba. A las seis de la tarde, se sentó en el salón, aguardando muy nervioso el regreso de la niña.

La señora Pippin le llevó el niño antes de acostarle, pero Bernie apenas le hizo caso. La señora Pippin sacudió la cabeza en silencio mientras llevaba al niño a su habitación. No quería decir nada, pero no las tenía todas consigo. Temía que le hubiera ocurrido algo a Jane.

28

—Sube al coche —fue lo único que le dijo Chandler a la niña mientras ambos bajaban los peldaños de la puerta.

Jane sintió el deseo de volver a subirlos. No quería ir a ninguna parte con este hombre y no acertaba a comprender cómo era posible que su madre le hubiera querido. Le daba un miedo atroz. Tenía una mirada huidiza, llevaba las uñas sucias y su forma de hablar la asustaba. El hombre abrió la portezuela del automóvil y subió al mismo. Después le dijo a Jane que subiera, cosa que ella hizo, tras echar una última mirada a la ventana desde la cual la observaba Bernie.

El vehículo se alejó inmediatamente y Jane tuvo que agarrarse a la portezuela para no caer del asiento, mientras Chandler doblaba las esquinas a toda velocidad y se dirigía al sur, hacia la autopista.

—¿Adónde vamos?

—A recibir a una amiga en el aeropuerto.

Chandler lo tenía todo previsto y no pensaba discutirlo con su hija. No era asunto de su incumbencia.

Jane hubiera querido pedirle que no corriera tanto, pero no se atrevió a hacerlo. Chandler dejó el automóvil en el aparcamiento, tomó una pequeña bolsa que había en el asiento de atrás y, asiendo a la niña por un brazo, bajó por la calzada que conducía a la terminal sin tomarse la molestia de cerrar la portezuela.

—¿Adónde vamos? —preguntó Jane sin poder contener las lágrimas por más tiempo.

No le gustaba aquel hombre y quería irse a casa. En seguida. Sin tardanza.

—Ya te lo he dicho, nena. Al aeropuerto.

—¿Adónde va tu amiga?

—Mi amiga eres tú —contestó Chandler, volviéndose a mirarla—. Y vamos a San Diego.

—¿A pasar el día allí?

Jane sabía que aquella ciudad tenía un parque zoológico muy bonito, pero su padre le había dicho que estaría de vuelta a las siete. Chandler era uno de esos hombres sobre los cuales los padres solían advertir a sus hijas, aconsejándoles que no hablaran con ellos por la calle; y, sin embargo, allí estaba ella, dirigiéndose a San Diego con él.

—Sí. Volveremos a casa a la hora de cenar.

—¿Puedo llamar a papá para avisarle?

—No, cariño —contestó Chandler, riéndose ante su inocencia—. Ahora el papá soy yo y no tienes por qué llamarle. Ya le llamaré yo cuando lleguemos. Tú quédate tranquila, nena, que yo le llamaré.

Sin soltarle el brazo, Chandler cruzó a toda prisa la calzada para entrar en el edificio de la terminal. Jane sintió el súbito impulso de huir, pero Chandler le asía con fuerza el brazo y no le hubiera sido fácil escapar.

—¿Por qué vamos a San Diego, señor..., hum..., papá?

A Jane le pareció que a él le gustaba que le llamara así. A lo mejor, se mostraría más amable con ella si lo hiciera.

—Vamos a visitar a unos amigos míos.

—Ah...

Jane se preguntó por qué no podía haberlo hecho otro

día y luego le pareció una estupidez no disfrutar de la aventura. De este modo, tendría algo divertido que contar aquella noche. Tras cruzar el control de seguridad, Chandler la asió con fuerza y le dijo que apresurara el paso. A Jane se le ocurrió súbitamente una idea. Si le dijera que tenía que ir al lavabo, a lo mejor encontraría un teléfono por allí y podría llamar a Bernie. Pensó que a éste le interesaría saber que iba a San Diego con el «otro» papá. Se apartó de Chandler Scott al ver una puerta con la conocida indicación, pero él volvió a agarrarla en seguida.

—No, no, bribonzuela.

—Pero es que tengo que ir al lavabo —dijo Jane con lágrimas en los ojos.

Comprendió que el hombre tramaba una maldad porque no quería perderla de vista ni un solo instante. Ni siquiera para ir al lavabo.

—Ya irás cuando estemos en el avión.

—Creo que debería llamar a papá para decirle adónde vamos.

—No te preocupes por eso —contestó Chandler, riéndose—. Ya te lo he dicho. Yo mismo le llamaré —añadió, mirando a su alrededor como si buscara a alguien.

De repente, se les acercó una mujer teñida de rubio y con gafas ahumadas. Llevaba unos ajustados pantalones vaqueros, una chaqueta de color morado, un gorro de béisbol y unas botas, y su pinta era muy sospechosa.

—¿Tienes los billetes? —le preguntó Chandler.

La mujer asintió en silencio y se los entregó, echando a andar a su lado; Jane iba en medio de los dos.

—¿Es ella? —preguntó la rubia al fin.

Scott asintió y Jane se estremeció de miedo. Se detuvieron ante una máquina automática de hacer fotos, le sacaron cuatro por un dólar y, para asombro de Jane, Chandler Scott sacó un pasaporte y le pegó una de las fotografías. Era un pasaporte falso que no hubiera resistido la menor inspección, pero Chandler sabía que los pasaportes de los niños raras veces se examinaban. Al llegar a la puerta, Jane trató de dar media vuelta y echar a correr, pero Scott la agarró con tanta fuerza que le hizo daño.

—Como digas una palabra o trates de escaparte otra vez, tu papá, tal como tú le llamas, y su hermanito, morirán a las cinco en punto. ¿Te enteras, encanto? —le dijo Scott, esbozando una siniestra sonrisa mientras la rubia encendía un cigarrillo y miraba muy nerviosa a su alrededor.

—¿Adónde me llevan? —preguntó Jane, que apenas se atrevía a hablar. Las vidas de Bernie y de Alexander estaban en sus manos y ella hubiera hecho cualquier cosa con tal de no poner en peligro a ninguno de los dos. Se preguntó si iban a matarla y su único consuelo fue pensar que, en caso de que lo hicieran, ella se reuniría con su madre. Esta certeza la libró en parte de su angustia.

—Vamos a hacer un viajecito.

—¿Podré ir al lavabo, en el avión?

—Ya veremos —contestó Scott con aire indiferente, mientras Jane se preguntaba, una vez más, cómo era posible que a su madre le hubiera podido parecer tan guapo. Tenía pinta de malvado y no había en él nada que fuera agradable—. Hagas lo que hagas, cariño —añadió Chandler, apretando los dientes—, no irás a ninguna parte sin nosotros. Tú, mi querida hijita, serás nuestra pequeña mina de oro.

Jane seguía sin comprender lo que pasaba, y llegó a la conclusión de que la iban a matar.

Chandler le comentó después a su amiga el impresionante aspecto del Rolex de oro de Bernie.

—Puede que le regale el reloj, si usted me devuelve a casa —dijo Jane esperanzada mientras ellos se reían y la empujaban al interior del avión.

La azafata no pareció percatarse de que ocurriera nada, aunque Jane jamás se hubiera atrevido a hablar, tras la amenaza que Scott había proferido contra Bernie y el niño. No se molestaron siquiera en contestarle y, cuando el aparato despegó, pidieron una cerveza y una coca-cola para ella, pero Jane no la quiso. No tenía hambre ni sed y permaneció inmóvil en su aiento, preguntándose adónde irían con aquel pasaporte falsificado y si alguna vez volvería a ver a Bernie, a Alex y a la señora Pippin. En aquellos momentos, le parecía sumamente improbable.

29

Eran más de las ocho cuando Bernie llamó por fin a Grossman. Durante una hora, pensó que, a lo mejor, se habían retrasado. Quizá había pinchado una rueda al volver, quizá le había ocurrido un percance... Pero, a las ocho, ya hubiera podido llamar. Fue entonces cuando comprendió súbitamente que algo grave había pasado.

Grossman estaba en su casa, cenando con unos amigos, y Bernie se disculpó por molestarle.

—No se preocupe. ¿Qué tal fue?

El abogado esperaba que todo se hubiera desarrollado como la seda. Las cosas serían más fáciles si todos aceptaban lo inevitable. Su experiencia le decía que iba a ser muy complicado librarse de Chandler Scott.

—Por eso precisamente le llamo, Bill, y le pido que me disculpe. Tenían que volver hace una hora y todavía no están aquí. Empiezo a preocuparme. Mejor dicho, estoy muy preocupado.

A Grossman le pareció que exageraba un poco.

—Quizá haya pinchado una rueda. ¿Cuándo fue la última vez que usted pinchó una?

—Cuando tenía dieciséis años y le robé el Mercedes a mi padre.

—Exacto. Inténtelo otra vez.

—¿Qué hacemos ahora?

—Ante todo, tranquilícese. Probablemente, habrá querido impresionar a la niña. Lo más seguro es que aparezcan a las nueve o las diez tras haber asistido a una sesión de cine de doble programación y haberse tomado diez cucuruchos de helado. Tranquilícese y espere un poco —añadió el abogado sin dejarse arrastrar por la preocupación de Bernie.

—Le concederé una hora más —dijo Bernie, consultando el reloj.

—Y entonces, ¿qué? ¿Saldrá usted a la calle con una escopeta de caza?

—A mí, esta situación no me parece tan divertida como a usted, Bill. Este individuo anda por ahí con mi hija.

—Lo sé, lo sé, y créame que lo siento. Pero la niña es también hija de Chandler y tendría que ser un loco de atar para cometer una estupidez 'a primera vez que sale con ella. Este hombre es un ser despreciable, pero no creo que sea tonto.

—Espero que tenga razón.

—Mire, concédale de tiempo hasta las nueve y media. Después, vuelva a llamarme y veremos qué se nos ocurre.

Bernie le volvió a llamar a las nueve menos cinco, sin poder soportar la espera.

—Voy a llamar a la policía.

—¿Y qué les va a decir?

—En primer lugar, he anotado el número de la matrícula del coche, y, en segundo lugar, les diré que creo que ha secuestrado a mi hija.

—Permítame decirle una cosa, Bernie. Sé que está muy trastornado, pero quiero que reflexione. Ante todo, no es su hija, por lo menos, legalmente; y, en segundo lugar, aunque se la hubiera llevado, cosa que sinceramente dudo, eso se considera una sustracción de menor, no un secuestro.

—¿Dónde está la diferencia? —preguntó Bernie, desconcertado.

—La sustracción de menor es un delito de menor cuantía y consiste en la apropiación de un menor por parte de su progenitor.

—En este caso, no sería una «apropiación», sino un secuestro. Este individuo es un delincuente. No le dijo ni dos palabras cuando se la llevó. Miró a su alrededor y se dirigió hacia la puerta, esperando que ella le siguiera, y después se alejó en su cacharro y cualquiera sabe ahora dónde están.

De sólo pensarlo, Bernie se ponía histérico. Le parecía que no había cumplido la promesa que había hecho a Liz. Ésta le había suplicado que no permitiera jamás que Chandler se apoderara de Jane, y eso era precisamente lo que acababa de hacer aquel bandido.

A las diez, Bernie llamó a la policía. En la comisaría se mostraron comprensivos, pero no excesivamente preocupados. Como Bill, estaban seguros de que Chandler aparecería en cualquier momento.

—A lo mejor, se ha tomado unas copas de más —le dijeron.

A las once, cuando ya estaba a punto de darle un ataque, accedieron por fin a acudir a su casa para hacer un informe. Para entonces, Grossman ya estaba bastante preocupado.

—¿No sabe nada? —le preguntó a Bernie cuando la policía aún se encontraba en la casa.

—No. ¿Me cree usted ahora?

—Dios mío, preferiría no creerle.

Bernie describió a la policía la ropa que llevaba Jane, mientras la señora Pippin permanecía sentada a su lado en el salón, enfundada en una bata y calzada con zapatillas. Su presencia ejercía un efecto calmante en Bernie, lo cual fue una suerte porque, media hora más tarde, la policía descubrió que la placa de la matrícula pertenecía a un vehículo robado aquella misma mañana. Por consiguiente, la cosa iba en serio, por lo menos, esa era la opinión de Bernie. Para la policía, era sencillamente lo que Bill vaticinó. Una simple sustracción de menor y nada más. Les importó un bledo que el tipo tuviera una larga lista de antecedentes penales. Lo que más les preocupaba era el automóvil robado.

A las doce de la noche, Bernie llamó a Grossman para comunicarle la noticia. Sonó el teléfono cuando acababa de colgarlo. Era Chandler.

—Hola, tío.

Bernie se puso histérico al oír su voz. Los de la policía se habían marchado, él estaba solo en casa y Scott tenía a Jane en su poder.

—¿Dónde demonios está usted?

—Jane y yo estamos muy bien.

—Le he preguntado dónde está.

—Fuera de la ciudad, dando un paseo. Jane está estupendamente, ¿verdad, cariño?

Chandler le hizo a la niña una torpe caricia en la barbilla mientras Jane permanecía de pie, temblando a su lado, en el interior de la cabina telefónica. Sólo llevaba un jersey y estaban en noviembre.

—¿Qué significa «fuera de la ciudad»?

—Quería darle tiempo para que reuniera el dinero, tío.

—¿Qué dinero?

—Los quinientos mil dólares que usted me va a dar para que devuelva a Jane a casa. ¿Verdad, cariño? —Chandler miró a la niña sin verla—. En realidad, la pequeña Jane me ha dicho que podría usted incluir asimismo en el trato el precioso reloj que llevaba esta mañana, y la idea me ha parecido estupenda. Podría añadir otro, para mi amiga.

—¿Qué amiga? —preguntó Bernie, pensando vertiginosamente sin llegar a ninguna conclusión.

—Dejémoslo. Hablemos de la pasta. ¿Cuánto tiempo tardará en reunirla?

—¿Habla usted en serio? —preguntó Bernie, asustado.

—Más bien sí.

—Nunca… Dios mío, ¿sabe usted cuánto dinero me pide? Es una fortuna, y yo no puedo reunir esta cantidad.

Las lágrimas le asomaron súbitamente a los ojos. No sólo había perdido a Liz, sino que ahora también estaba a punto de perder a Jane, tal vez para siempre. Cualquiera sabía dónde estaba o qué harían con ella.

—Será mejor que me dé este dinero, Fine, de lo contrario, no volverá a ver a Jane en toda su vida. No puedo esperar demasiado. Y me imagino que usted querrá recuperarla.

—Es usted un asqueroso hijo de puta.

—Y usted un hijo de puta supermillonario.

—¿Cómo lo sabe?

—Le volveré a llamar mañana. No se aparte del teléfono y no se ponga en contacto con la policía, si no quiere que la mate.

La niña miró a Scott, aterrorizada, pero éste ni siquiera lo advirtió porque estaba demasiado enfrascado en su conversación con Bernie.

—¿Cómo sé que no la ha matado ya?

La idea le aterraba. Parecía que una mano invisible le estrujara el corazón.

Chandler Scott acercó el teléfono al rostro de Jane.

—Toma, habla con tu padre.

La niña se guardó muy bien de decirle dónde estaba. En realidad, no lo sabía muy bien. Había visto el revólver de Scott y sabía que no estaba para bromas.

—Hola, papá —hablaba con un hilillo de voz y se puso a llorar en cuanto tomó el teléfono—. Te quiero… Estoy bien…

—Conseguiré que vuelvas a casa, cariño. Cueste lo que cueste. Te lo prometo…

Pero Chandler no permitió que terminaran la conversación. Le arrebató a la niña el teléfono de las manos y lo colgó sin más.

Bernie llamó inmediatamente a Grossman. Ya eran las doce y media.

—La tiene en su poder.

—Eso ya lo sé. Pero, ¿dónde está?

—No ha querido decírmelo. Pide medio millón de dólares —contestó Bernie, hablando casi sin resuello como si acabara de correr una maratón.

—Entonces, ¿la ha secuestrado?

Grossman se quedó de una pieza.

—Sí, zopenco, ya se lo dije... Perdone. Y ahora, ¿qué hago? Yo no dispongo de este dinero.

Sólo conocía a una persona que tal vez lo tuviera, aunque no estaba seguro de ello. En efectivo, no, desde luego, pero trataría de conseguirlo.

—Llamaré a la policía.

—Ya lo hice yo.

—Eso es distinto.

Pero para la policía no lo fue. Se mostraron tan indiferentes como hacía una hora. Para ellos, sólo se trataba de un asunto privado entre dos hombres que se disputaban la custodia de una niña. Lo del dinero probablemente no iba en serio.

La señora Pippin se pasó toda la noche sentada con Bernie, sirviéndole té y, más tarde, una copa de coñac. La necesitaba. Estaba blanco como la cera. En determinado momento, la señora Pippin le miró a los ojos y le habló como si fuera un chiquillo asustado.

—Les encontraremos.

—¿Cómo lo sabe?

—Porque es usted un hombre inteligente y la ley está de su parte.

—Ojalá pudiera yo estar totalmente seguro de eso, señora Pippin.

Ésta le dio unas palmadas en la mano e inmediatamente después Bernie decidió llamar a Paul Berman, en Nueva York. Eran casi las cinco de la madrugada. Berman le comunicó que no disponía de aquella cantidad y que no tenía apenas nada en efectivo. Tendría que vender unas acciones, cuya propiedad compartía con su mujer, y necesitaría su permiso para vender y, además, perdería una fortuna porque el mercado estaba muy mal en aquel momento. Por si fuera poco, aunque pudiera hacerlo, la operación le llevaría algún tiempo. Bernie comprendió que no podría contar con él.

—¿Llamaste a la policía?

—Este asunto les importa un comino. Al parecer, la «sustracción de menor», como lo llaman en este Estado, no es un delito grave. El padre natural de un niño puede hacer lo que se le antoje.

—Tendrían que matarle.

—Lo haré yo como le encuentre.

—Dime si puedo ayudarte en algo.

—Gracias, Paul.

Después, Bernie llamó a Grossman.

—No puedo reunir el dinero. Y ahora, ¿qué hago?

—Se me ocurre una idea. Conozco a un investigador muy competente con quien he colaborado muchas veces.

—¿Le podemos llamar ahora?

Bill Grossman vaciló sólo un instante, porque era un hombre honrado, aunque excesivamente ingenuo.

—Yo mismo le llamaré.

Al cabo de cinco minutos, Grossman volvió a llamar, anunciando que, en cuestión de media hora, estaría en casa de Bernie en compañía del investigador.

Eran las tres de la madrugada cuando el grupo se reunió en el salón de Bernie. Bill Grossman, Bernie, el investigador —un hombre anodino de unos cuarenta años—, una mujer que le acompañaba y a quien Bernie no conocía, y la señora Pippin, en bata y zapatillas. Ésta sirvió té y café para todos y otro coñac para Bernie. Pensó que los demás no lo necesitaban porque tendrían que estar serenos para encontrar a Jane.

El investigador se llamaba Jack Winters y su acompañante, Gertie, y era, además, su mujer. Ambos habían colaborado varios años como confidentes de la policía de San Francisco en asuntos relacionados con la droga, hasta que, al fin, decidieron establecerse por su cuenta. Bill Grossman juraba que eran fabulosos.

Bernie les facilitó todos los datos que sabía sobre el pasado de Chandler Scott: sus relaciones con Liz, sus detenciones, sus condenas a prisión y su ausencia de relaciones con Jane. A continuación les facilitó el número de la matrícula robada y se reclinó en el respaldo del sillón, mirándoles asustado.

—¿Podrán ustedes encontrarla?

—Tal vez —el investigador lucía un poblado bigote y no parecía excesivamente listo, pero tenía los ojos más penetrantes e incisivos que Bernie hubiera visto jamás. La mujer tenía unas características parecidas. Era del montón, pero sin un pelo de tonta.

—Sospecho que puede haberse ido a México u otro sitio por el estilo.

—¿Por qué?

El hombre clavó los ojos en los de Bernie.

—Simple intuición. Concédame unas horas y le expondré algunas posibilidades. No tendrá usted ninguna fotografía suya, ¿verdad?

Bernie sacudió la cabeza. No pensaba que Liz conservara ninguna o, por lo menos, él jamás la había visto.

—¿Qué le digo cuando llame?

—Que está intentando reunir el dinero. Manténgalo ocupado... Prolongue la espera... Y no le demuestre que está asustado. Eso le inducirá a creer que usted dispone del dinero.

—Ya le dije que no lo tenía.

—No importa, seguramente no le creyó.

Los investigadores prometieron ponerse en contacto

con él por la tarde y le aconsejaron que intentara calmarse un poco. Sin embargo, Bernie tenía que preguntarles una cosa antes de que se fueran. No hubiera querido preguntarlo, pero tenía que hacerlo.

—¿Creen que podría... creen que podría hacerle daño?

No se atrevía a pronunciar la palabra «matar». Hubiera sido excesiva. Gertie le habló en voz baja. Había visto muchas cosas y tenía una experiencia enorme.

—Esperemos que no. Intentaremos encontrarle antes de que lo haga. Confíe en nosotros.

Regresaron doce horas más tarde. A Bernie, la espera se le hizo interminable. Paseó arriba y abajo, bebió más café, más coñac y más té, y, al final, se tumbó en la cama; se sentía histérico y agotado. La señora Pippin no se acostó y se pasó todo el día cuidando a Alexander. Le estaba dando la cena cuando sonó el timbre. Bernie no sabía cómo se las debieron arreglar, pero el caso era que llevaban una impresionante carpeta llena de información. Ellos tampoco habrían pegado el ojo.

Tenían todas las fotografías que la policía le había tomado a Scott y todos sus antecedentes penales. Había cumplido condena en siete Estados, siempre por hurto, robo con escalo, estafas o timos. Le habían arrestado infinidad de veces por entrega de cheques sin fondos, pero la cosa no fue a mayores, quizá porque después había pagado el dinero que debía.

—Pero el detalle que más destaca en todo este asunto es el hecho de que todo lo que hace este hombre es por dinero. No por la droga, el sexo o cualquier otra cosa..., sino tan sólo por dinero. Podría decirse que es su afición favorita.

—A mí, medio millón de dólares no me parece una simple afición —dijo Bernie.

—Ahora ha encontrado su gran ocasión —replicó Winters, asintiendo.

Se pusieron en contacto con el oficial de la policía

encargado de vigilar la libertad provisional de Chandler y tuvieron la suerte de que era un viejo amigo de Jack. Inmediatamente, averiguaron dónde había cumplido Scott su última condena. Había salido la víspera y le había comentado a alguien que pensaba irse a México. El automóvil robado se localizó en el aeropuerto, y tres billetes robados aparecieron en un vuelo a San Diego, pero el terceto ya se había largado hacía mucho rato y la azafata con quien Gertie habló aquel día, entre vuelo y vuelo, recordaba vagamente a una niña, pero no estaba muy segura de ello.

—Yo creo que se ha ido a México y que piensan retener a Jane hasta que usted les entregue el dinero. Y, si quiere que le diga una cosa, me siento más tranquilo tras haber echado un vistazo al historial de este sujeto. No hay en él ni un solo acto de violencia. Eso ya es algo, por lo menos. Con un poco de suerte, no le hará ningún daño a la niña.

—Pero, ¿cómo demonios vamos a encontrarle?

—Hoy mismo empezaremos a buscar. Si usted quiere, podríamos irnos para allá esta misma noche. Me gustaría empezar desde San Diego y ver si puedo encontrar allí alguna pista. Lo más probable es que hayan robado otro automóvil o que alquilen uno y no lo devuelvan. Él sabe que no corre verdadero peligro porque no se enfrenta con una acusación de secuestro. Una sustracción de menor carece de importancia ante la ley.

Bernie se puso furioso al oírlo, pero sabía que era cierto. Estaba dispuesto a hacer cualquier cosa con tal de encontrar a Jane.

—Quiero que empiecen inmediatamente —ambos asintieron en silencio porque ya estaban preparados para aquella posibilidad—. ¿Qué digo cuando me llame?

Chandler aún no había telefoneado.

—Dígale que está tratando de reunir el dinero. Que eso le llevará entre una y dos semanas. Entreténgale para que podamos llegar allí y empezar a buscar. Dos semanas creo que serán suficientes. Para entonces, ya tendríamos que haberle localizado.

Era una valoración muy optimista de la situación. Contaban, además, con una descripción de la chica, la cual se encontraba también en libertad provisional y vivía con él en el hotel del que Chandler se había marchado la víspera.

—¿Cree de veras que le podrán encontrar en dos semanas?

—Haremos todo lo posible.

—¿Cuándo saldrán para allí?

—Seguramente, hacia las diez de esta noche. Tenemos que resolver ciertos asuntos —tenían otros tres trabajos, pero aquél era el más importante y habían pedido a sus colaboradores que se encargaran de los demás—. Por cierto...

El investigador le indicó sus honorarios. Eran muy altos, pero Bernie no quiso regatear. Ya conseguiría pagar como fuera. No tenía más remedio que hacerlo.

—Me parece muy bien. ¿Dónde podré ponerme en contacto con ustedes, si me llamara?

Le facilitaron un número en el que podría encontrarles hasta que se marcharan. Veinte minutos después, Chandler le volvió a llamar.

—¿Qué tal va eso, tío?

—Bien. Estoy tratando de reunir el dinero.

—Me alegro. ¿Cuándo cree que lo tendrá?

—No antes de una o dos semanas —contestó Bernie. Se le acababa de ocurrir una idea—. Tendré que ir a Nueva York para arreglarlo.

—Mierda —dijo Scott en tono contrariado. Bernie le oyó hablar con su amiga un buen rato. Al fin, se puso de nuevo al aparato. Se habían tragado el anzuelo—. Muy bien, pero que sean dos semanas. Le llamaré dentro de unos quince días, contando a partir de esta noche. Procure estar aquí; de lo contrario, la mataré.

Tras lo cual, Chandler colgó el teléfono sin permitirle

tan siquiera a Bernie hablar con Jane. Tenía mucho miedo, pero marcó el número de Winters.

—¿Por qué le ha dicho que tendría que irse a Nueva York? —preguntó Winters, perplejo.

—Porque quiero ir con ustedes.

Hubo una breve pausa.

—¿Lo dice usted en serio? Puede ser muy incómodo. Y, además, él podría reconocerle.

—Cuando lleguen ustedes allí, quiero estar cerca de Jane por si me necesitara. Yo soy lo único que le queda. Y no podría soportar quedarme aquí cruzado de brazos —Bernie no vio a la señora Pippin, que escuchaba desde la puerta. Ésta aprobaba sin reservas la intención de irse a México para colaborar en la búsqueda de la chiquilla—. ¿Me permite que les acompañe? Les pagaré los mismos honorarios.

—No es eso lo que me preocupa. Pienso en usted. ¿No sería mejor que se quedara aquí y siguiera con su vida normal?

—Mi vida dejó de ser normal ayer tarde a las siete, y no volverá a serlo hasta que usted encuentre a mi hija.

—Pasaremos a recogerle dentro de una hora. No lleve mucho equipaje.

—Hasta luego.

Tras colgar el aparato, Bernie se sintió más tranquilo. Llamó a Grossman, el cual prometió informar al tribunal de lo ocurrido a la mañana siguiente; después, llamó a Paul Berman, en Nueva York, y a su adjunto en los almacenes y, por fin, telefoneó a su madre.

—Mamá, tengo que darte una mala noticia —le tembló la voz, pero algo tenía que decirle. El Día de Acción de Gracias se había ido al carajo y puede que también Navidad y Año Nuevo... y toda su vida.

—¿Le ha pasado algo al niño? —preguntó Ruth, sintiendo que le daba un vuelco el corazón.

—No, se trata de Jane —Bernie respiró hondo y empezó a hablar—. No dispongo de tiempo de explicártelo todo ahora, pero hace poco apareció el ex marido de Liz, un hijo de puta que se ha pasado los últimos diez años entrando y saliendo de la cárcel. Intentó someterme a chantaje, pidiéndome dinero y yo no se lo quise dar. Entonces secuestró a Jane. Pide por ella medio millón de dólares de rescate.

—Oh, Dios mío —exclamó Ruth—. Oh, Dios mío, Bernie... —no podía creerlo. ¿Qué clase de lunático hubiera sido capaz de hacer semejante cosa?—. ¿Sabes si Jane está bien?

—Creemos que sí. La policía no quiere intervenir en este asunto porque, tratándose del padre natural de la niña, no es más que una sustracción de menor, no un secuestro propiamente dicho. No se lo toman demasiado en serio.

—Oh, Bernie... —dijo Ruth, rompiendo a llorar.

—No llores, mamá, por favor, no podría soportarlo. Te llamo porque me voy a México esta noche para tratar de localizarla con dos investigadores que he contratado. Creen que puede estar allí. Ya no podremos celebrar el Día de Acción de Gracias.

—No te preocupes por eso. Encuéntrala, por lo que más quieras.

Por una vez en su vida, Ruth creyó de verdad que le iba a dar un ataque al corazón. Lou estaba en una maldita reunión médica, pero ella no recordaba dónde y no podía localizarlo.

—Te llamaré, si puedo. El investigador cree que la podremos encontrar en dos semanas.

A Ruth, todo aquello le parecía una pesadilla.

—Dios mío, Bernie... —dijo, estallando en sollozos.

—Tengo que irme, mamá. Te quiero.

Bernie hizo una pequeña maleta y se puso una camisa, un grueso jersey de esquiar, unos vaqueros, un chaquetón y unas botas de montaña. Cuando se volvió para tomar la maleta, vio a la señora Pippin de pie en la puerta con el niño en brazos y decidió explicarle lo que iba a hacer. Se iba a México en el acto y prometía llamarla en cuanto pudiera. Le rogó encarecidamente que vigilara al niño, súbitamente temeroso de que también pudieran raptarlo, como a Jane. Ella le dijo que estuviera tranquilo.

—Traiga en seguida a Jane —añadió casi como si fuera una orden. Bernie sonrió al oír su cerrado acento escocés y se inclinó para besar al niño—. Tenga mucho cuidado, señor Fine. Le necesitamos sano y salvo.

Bernie la abrazó en silencio y se dirigió a la puerta sin mirar hacia atrás. Faltaban demasiadas personas... Jane y Liz, pensó, mientras bajaba apresuradamente los peldaños y Winters hacía sonar el claxon de una vieja «rubia» conducida por uno de sus colaboradores.

30

Mientras se dirigían al aeropuerto, Bernie pensó en lo extraña que se había vuelto su vida. Hacía poco más de un año, era una existencia normal; tenía una esposa a la que amaba, un hijo recién nacido y la niña que ella había tenido de su anterior matrimonio. De repente, Liz había muerto, Jane se encontraba en poder de un secuestrador que exigía un rescate y él se disponía a trasladarse a México con dos desconocidos a los que había contratado para localizar a la niña. Temía que Chandler Scott y sus compinches le causaran algún daño o la sometieran a abusos deshonestos. Se lo comentó a Gertie en el aeropuerto, pero ella le tranquilizó diciendo que el interés de Scott era puramente económico.

Volvió a llamar a Grossman desde el aeropuerto y le prometió mantenerle informado de los progresos. La noche fue muy larga. Llegaron a San Diego a las once y media y alquilaron un enorme vehículo de transmisión total para emprender inmediatamente viaje sin detenerse a pasar la noche en un hotle. Cruzaron la frontera por Tijuana, pasaron rápidamente Rosario y Descanso y llegaron a Ensenada aproximadamente una hora más tarde. Winters suponía que los secuestradores estaban allí y bastó un billete de cincuenta dólares para que el guardia fronterizo recordara haberlos visto en Tijuana.

Ya era más de la una, pero los bares aún estaban abiertos, y se pasaron una hora en Ensenada, recorriendo numerosos establecimientos en los que cada uno de ellos entraba a tomar una cerveza y después mostraba la fotografía de Scott. Gertie obtuvo una valiosa información: un camarero recordaba haber visto incluso a la niña. Era muy rubia, dijo, y parecía intimidada por la pareja que la acompañaba. La amiga de Scott le solicitó detalles sobre el transbordador que unía Cabo Haro con Guaymas.

Gertie regresó al vehículo e inmediatamente se pusieron en marcha hacia el sur, siguiendo el camino que les aconsejó el camarero, por San Vicente, San Telmo y Rosario, para, desde allí, desviarse al este por Baja y El Mármol. Tardaron más de cinco horas en recorrer una distancia de unos trescientos kilómetros por tortuosas carreteras. A las siete de la mañana siguiente, se detuvieron en El Mármol para llenar el depósito de gasolina y a las ocho decidieron comer algo en un local de la costa este de Baja. Les faltaban trescientos kilómetros para Santa Rosalía. Fue un viaje muy agotador y llegaron allí sobre las tres de la tarde. Esperaron dos horas para tomar el transbordador de Guaymas, pero estuvieron de suerte porque el empleado que les ayudó a cargar el vehículo recordaba a Scott, a la mujer y a la niña que les acompañaba.

—¿Qué opina de todo esto, Jack?

Ambos se encontraban en cubierta, un poco apartados de Gertie.

—Todo va bien por ahora, pero no crea que será tan fácil. Por regla general, las cosas no se resuelven así. Pero, de momento, vamos por el buen camino.

—Puede que tengamos suerte en seguida —dijo Bernie, esperanzado; pero Jack Winters sabía que no era muy probable que así fuera.

De Santa Rosalía a Empalme había trescientos kilómetros, y aproximadamente cuatrocientos desde Empalme a Espíritu Santo, donde el hombre del transbordador creía que los secuestradores y la niña habían desembarcado. Sin embargo, unos hombres del muelle de Espíritu Santo estaban seguros de que se habían ido a Mazatlán, localidad situada a otros cuatrocientos kilómetros. Allí perdieron la pista. El miércoles, el cielo estaba tan a oscuras como cuando salieron de San Francisco y tardaron una semana en recorrer todos los bares, resturantes, hoteles y tiendas de Mazatlán para averiguar, por fin, que la pista seguía hacia Guadalajara. A pesar de que Mazatlán distaba de Guadalajara tan sólo quinientos kilómetros, tardaron ocho angustiosos días en seguir a Scott hasta allí.

En Guadalajara averiguaron que se habían alojado en un hotelito llamado Rosalba, situado en una oscura callejuela. Jack pensó que se habían ido tierra adentro, tal vez a una de las pequeñas localidades que constelaban el camino hacia Aguascalientes. Tardaron otros dos días en seguir la pista hasta allí, pero, mientras, ya estaban a viernes y a Bernie se le había acabado el plazo. Tenía que regresar a San Francisco al cabo de dos días para recibir la llamada de Scott.

—¿Qué vamos a hacer ahora?

Ya habían decidido de antemano que, en caso de que aún no hubieran encontrado a la niña, Bernie regresaría a San Francisco en avión, desde Guadalajara, para atender la llamada de Scott, y los Winters se quedarían en México, aguardando las noticias. Éstos telefoneaban diariamente a Grossman y Bernie llamaba por su parte a la señora Pippin y a Alexander. Estaban bien, pero él echaba de menos a su hijo. Sin embargo, el viernes todos sus pensamientos se centraron en Jane y en el hijo de puta que la había secuestrado.

—Creo que será mejor que regrese mañana —le dijo Winters mientras ambos se tomaban una cerveza en el hotel—. Deberá decirle que ya tiene el dinero.

A Bernie no le gustaba nada el plan.

—¿Los quinientos mil dólares? ¿Y qué haré cuando se los tenga que entregar? ¿Decirle que todo fue una broma?

—Concierte una cita con él. Nosotros nos encargaremos del resto. Averiguaremos muchas cosas en caso de que acceda a reunirse en algún lugar con usted. Puede explicarle que tardará uno o dos días en llegar hasta aquí; y, para entonces, con un poco de suerte, ya le tendremos atrapado.

—¿Y si ya hubieran regresado a los Estados Unidos?

—No hay peligro de que eso ocurra —dijo Winters sin el menor asomo de duda—. A poco listo que sea, temerá a la policía. Por eso no le harían gran cosa, pero, dado su historial, el coche robado le llevaría directamente a la cárcel por quebrantamiento de la libertad vigilada.

—Es curioso, ¿verdad? —Bernie miró con amargura a Winters—. Se lleva a una niña, la amenaza, le causa tal vez daños emocionales para toda la vida, y ellos se preocupan por un cochino automóvil robado. Menudo sistema el nuestro. Le dan a uno ganas de hacerse comunista. ¡Yo, por una cosa así, ahorcaría a este hijo de puta!

—Jamás ocurrirá semejante cosa —dijo Winters en tono filosófico.

Había visto muchos casos parecidos e incluso peores. Los suficientes como para no querer tener hijos. Su mujer estaba de acuerdo con él. Ya ni siquiera tenían perro. El último se lo robó, envenenó y dejó frente a la puerta de su casa alguien que fue arrestado por culpa de su actuación.

Al día siguiente tampoco descubrieron nada y Bernie regresó el sábado a San Francisco. Llegó allí a las nueve de la noche y corrió a casa, ansioso de ver al niño. Era lo único que le quedaba. Había perdido no sólo a Liz sino también a Jane, y se preguntaba si alguna vez volvería a oír su voz en el pasillo mientras corría a su encuentro gritando: «¡Hola, papá!». No podía soportar semejante idea. Tras dejar las maletas en la habitación de la señora Pippin, Bernie se sentó en el salón y se echó a llorar, cubriéndose el rostro con las manos. Le había fallado a Liz en lo que más le importaba.

—¿Señor Fine? —la señora Pippin le había visto la cara y, tras dejar a Alexander dormido en la cuna, se dirigió al salón sumido en la penumbra. Comprendía cuán terribles habrían sido aquellas dos semanas. Bernie era un hombre muy bueno y ella lamentaba con toda el alma lo ocurrido. Sólo su fe en Dios le permitía confiar en el regreso de Jane. Trató de decírselo desde la puerta, pero, al principio, Bernie no le contestó—. La niña volverá a casa. Dios nos dará la sabiduría que necesitamos para encontrarla.

Bernie no hacía más que pensar en el secuestro del hijo de Lindbergh y en el tormento que debieron de sufrir los padres.

—¿Y si nunca les encontráramos? —parecía un chiquillo asustado. La señora Pippin se negaba a creer semejante cosa. Poco a poco, Bernie levantó la cabeza y la vio en la puerta, encuadrada por la luz del pasillo—. No podría resistirlo.

—Con la ayuda de Dios, todo se arreglará —la señora Pippin entró en la estancia, apoyó una mano en un hombro de Bernie y encendió la luz. A continuación, fue a prepararle una taza de humeante té y un bocadillo—. Tiene que acostarse temprano, esta noche. Mañana por la mañana tendrá la cabeza más despejada para pensar, señor Fine.

Pero, ¿qué tenía que pensar? ¿Cómo podría fingir que había reunido ya el medio millón de dólares? Bernie estaba extraordinariamente asustado y se pasó la noche dando vueltas en la cama.

Al día siguiente, Bill Grossman acudió a verle. Hablaron largo rato sobre el asunto. Winters llamó para informar de que no había ninguna novedad desde la víspera, exceptuando una sugerencia de Gertie.

—Cree que tendríamos que ir a Puerto Vallarta —lo

habían comentado varias veces, pero llegaron a la conclusión de que allí no podría pasar tan desapercibido como en una localidad del interior—. Puede que tenga razón. A lo mejor, es lo bastante descarado como para eso. Sabemos que le gusta la buena vida. Quizá quiere alquilar un yate.

—Prueben a ver —dijo Bernie, pese a que no lo consideraba probable.

Decidió quedarse todo el día en casa por si a Scott se le ocurriera llamarle antes de lo acordado. Grossman le hizo compañía hasta última hora de la tarde. Aquella mañana, ya le había comunicado que los miembros del tribunal estaban «desolados» por el «poco discernimiento» del señor Scott.

—¿*Desolados?* —gritó Bernie—. ¿Es que se han vuelto locos? Sabe Dios dónde está mi hija en estos momentos, por culpa de su estupidez, ¿y ellos están *desolados*? Qué conmovedor.

Grossman comprendía que estuviera furioso. Omitió decirle que la asistenta social asignada al caso comentó que todo se debía probablemente al deseo del señor Scott de recuperar el tiempo perdido y conocer mejor a su hija. En caso de habérselo dicho, no le hubiera extrañado que Bernie se fuera al ayuntamiento con intención de estrangularla. Bernie tenía los nervios a flor de piel cuando sonó el teléfono a las cinco. Estaba seguro de que era Scott. Respiró hondo y tomó el aparato.

—¿Diga?

Pero no era Scott, sino Winters.

—Tenemos una noticia. ¿Ya ha llamado Scott?

Era como jugar a policías y ladrones, sólo que a él le habían robado el corazón y la vida.

—No. Estoy todavía a la espera. ¿Qué ocurre?

—Aún no estoy seguro… Pero, a lo mejor, ya los hemos localizado. Gertie tenía razón. Scott estuvo en Puerto Vallarta.

—¿Está Jane con él?

«Dios mío, que no la hayan matado.» Bernie pensaba incesantemente en los padres que pasaban por situaciones parecidas y jamás volvían a ver a sus hijos. Miles de ellos cada año. Algo así como cien mil.

—No estoy seguro. Ha frecuentado mucho un local llamado Carlos O'Brien's —era el bar más famoso de Puerto Vallarta y Scott había tenido la desfachatez de ir allí. Sin embargo, nadie recordaba haber visto ni a la niña ni a la mujer. Probablemente, las dejaba en el hotel—. Intente averiguar algo cuando hable con él. Procure charlar amistosamente un rato con él.

A Bernie le sudaron las palmas de las manos de sólo pensarlo.

—Lo intentaré.

—Y concierte una cita. Dígale que ya tiene el dinero.

—De acuerdo.

Bernie colgó el teléfono, más nervioso que un flan, y le comunicó a Grossman lo que Winters le acababa de decir. A los cinco minutos, volvió a sonar el teléfono. Esta vez era Scott, y la conexión telefónica era muy defectuosa.

—¿Qué tal, tío? —preguntó muy tranquilo y relajado.

Bernie sintió deseos de estrangularle.

—Bien. Tengo una buena noticia para usted —contestó Bernie, tratando de aparentar indiferencia sobre el trasfondo de los ruidos del aparato.

—¿Qué clase de noticia?

—Ya tengo el medio millón —Bernie interpretaba muy bien su papel—. ¿Cómo está Jane?

—¡Estupendo! —exclamó Scott con menos entusiasmo que el que Bernie esperaba.

—He dicho «¿Cómo está Jane?» —repitió Bernie, apretando el auricular con la mano mientras Grossman le observaba detenidamente.

—Está bien, pero yo tengo una mala noticia para usted —a Bernie se le detuvo el corazón de golpe—. El precio ha subido. Es tan encantadora que vale mucho más de lo que pensé al principio.

—¿Ah, sí?

—Pues, sí. Me parece que vale un millón de dólares. ¿A usted no?

La madre que lo parió.

—Eso no va a ser fácil —Bernie anotó la cifra en un papel para que Grossman la viera. Inmediatamente se le ocurrió pensar que con ello dispondrían de más tiempo—. Tendré que volver otra vez a mis fuentes.

—Pero, ¿ya tiene los quinientos mil?

—Sí —mintió Bernie.

—Pues, entonces, ¿por qué no lo hacemos a plazos?

—¿Recuperaré a Jane tras el pago del primer plazo?

—Eso ni lo sueñe, amigo —contestó Scott, soltando una carcajada. Menudo hijo de puta, pensó Bernie, que jamás había odiado a nadie con tanta fuerza ni con tantos motivos—. La recuperará cuando cobremos todo el millón de dólares.

—Muy bien, pues, en tal caso no lo haremos a plazos.

—Le concedo otra semana para conseguir la otra mitad, Fine —dijo Scott, poniéndose muy serio—. Y, como no la consiga…

Era un sujeto despreciable, pero ahora, por lo menos, Bernie disponía de otra semana para encontrar a Jane. Con un poco de suerte, en Puerto Vallarta.

—Quiero hablar con ella —dijo Bernie, expresándose con la misma dureza que su interlocutor.

—No está aquí.

—¿Dónde está?

—A salvo. No se preocupe.

—Quiero aclararle bien una cosa, Scott. Como le toque un solo cabello de la cabeza, le mataré, ¿entendido? Y no recibirá usted ni un céntimo hasta que la vea sana y salva.

—La niña está bien —contestó Scott, riéndose—. Hasta se ha puesto morena y todo.

Puerto Vallarta.

—¿Dónde está?

—No se preocupe. Ella misma se lo contará todo cuando vuelva a casa. Le llamaré dentro de una semana, y más le vale tener el dinero a punto, Fine.

—Lo tendré. Y a usted más le vale tener a Jane.

—Trato hecho —dijo Scott—. A cambio de un millón de dólares.

Tras lo cual colgó, mientras Bernie se reclinaba en el respaldo del sillón casi sin aliento. Tenía la frente empapada en sudor.

—Menudo tipo —dijo Grossman, asqueado.

—Sí, ¿verdad?

Bernie pensó que jamás se recuperaría de aquel golpe, aunque recuperara a Jane.

El teléfono volvió a sonar al cabo de media hora. Era Winters y fue directamente al grano.

—Ya le tenemos.

—Oh, Dios mío, ¿lo dice usted en serio? Acabo de hablar con él —dijo Bernie, temblándole la voz de emoción.

—Quiero decir que sabemos dónde está. Una camarera del Carlos O'Brien's le ha hecho de canguro a Jane. Le he tenido que pagar mil dólares para que mantenga la boca cerrada, pero ha merecido la pena. Dice que la niña está bien y le ha revelado que Scott no es su papá, sino que simplemente lo fue «antes», cuando estaba casado con su mamá, y que, como ella trate de huir o de pedir ayuda, le matarán a usted y al niño. Al parecer, la amiga se cansó de hacer de canguro por las noches mientras él se iba por ahí a jugar, y entonces contrataron a esta camarera.

—¡Santo cielo! ¿Cómo ha podido decirle eso?

—Es bastante frecuente. Suelen decirles que sus padres han muerto o que ya no les quiere ver. Es curioso lo que pueden llegar a creer los niños cuando están asustados.

—¿Por qué esta chica no ha denunciado el hecho a la policía?

—Dice que no quería meterse en líos porque nunca se sabe si los niños dicen o no la verdad. Y, además, él le paga bien sus servicios. Sólo que nosotros le pagamos mejor. Es posible incluso que se acueste con él, aunque no creo que eso influya demasiado —le había ofrecido a Winters acostarse con él a cambio de cien dólares, pero él no lo incluyó en la cuenta de gastos, y más tarde se lo confesó a Gertie, la cual no lo consideró gracioso—. ¿Qué le ha dicho por teléfono?

Winters temía que Scott pudiera irse a otro sitio después de la conversación, en cuyo caso les iba a ser más difícil seguirle la pista sin ser descubiertos.

—Ahora pide un millón. Y me ha concedido un plazo de una semana para conseguirlo.

—Estupendo. Eso significa que bajará un poco la guardia. Quiero rescatar a la niña esta noche. ¿Le parece bien? A cambio de mil dólares más, la chica me ayudará. Esta noche tiene que cuidar a Jane —a Bernie le dio un vuelco el corazón al pensarlo—. No podremos tomar un avión para marcharnos de aquí esta noche, pero nos dirigiremos a toda prisa a Mazatlán y tomaremos el primer avión por la mañana —aunque Winters era todo un profesional, Bernie hubiera deseado estar allí en aquellos momentos. Sabía lo mal que lo iba a pasar Jane, teniendo en cuenta que Jack y su mujer eran dos desconocidos para ella—. Con un poco de suerte, la tendrá en casa mañana.

—Manténgame al corriente.

—Seguramente tendrá noticias nuestras hacia medianoche.

Fue la noche más larga de su vida. Grossman regresó a casa a las siete y le dijo que le llamara cuando supiera algo, por tarde que fuera. Bernie pensó en llamar a su madre, pero prefirió esperar hasta que tuviera detalles más concretos.

No tuvo que esperar tanto como Winters pensaba.

Poco después de las diez, recibió una llamada con cobro revertido desde el Valle de Banderas, en Jalisco.

—¿Acepta los gastos? —le preguntó la telefonista, y él contestó inmediatamente que sí.

Por una vez, la señora Pippin se había ido a dormir y Bernie estaba solo en la cocina, haciendo café.

—¿Jack?

—Ya la tenemos. Se encuentra bien, durmiendo en el coche, con Gertie. Está agotada. Lamento decirle que le pegamos un susto mayúsculo. La chica nos permitió entrar y nos la llevamos. Le dirá a Scott que la policía se ha llevado a la niña. Es posible que no vuelva a tener noticias suyas durante mucho tiempo. Sea como fuere, tenemos pasaje reservado en un vuelo de las nueve de la mañana desde Mazatlán, y pensamos pasar la noche en el Hotel Holiday de allí. Ahora, ya nadie le podrá hacer daño a la niña.

Bernie sabía que iban armados. Sostuvo el teléfono en la mano mientras las lágrimas le resbalaban por las mejillas y lo único que pudo decirle al hombre que había salvado a su hija fue un escueto «Gracias». Después colgó el teléfono, se sentó junto a la mesa de la cocina, apoyó la cabeza sobre los brazos y se echó a sollozar de alivio, angustia y terror. Su niña volvía a casa… Ojalá Liz pudiera volver con ella.

31

El avión aterrizó a las once en punto, hora local. Bernie aguardaba en el aeropuerto con miss Pippin, Grossman y el niño. Jane descendió del aparato cogida de la mano de Gertie y Bernie corrió a su encuentro y la levantó en brazos, llorando sin rebozo. Por una vez, la señora Pippin perdió su compostura y las lágrimas brotaron de sus vivos ojos azules mientras besaba a la niña. Hasta Bill Grossman le dio un emocionado beso.

—Oh, nena... Cuánto lo siento.

Bernie apenas podía hablar. Jane lloró y rió a la vez mientras los abrazaba y besaba a todos.

—Dijeron que si decía algo o intentaba escaparme... —Jane rompió de nuevo a llorar sin poder terminar la frase. Sin embargo, ellos sabían a qué se refería a través de Winters—. Dijeron que alguien te seguía constantemente.

—Era mentira, cariño. Como todo lo que te contaron.

—Es un hombre muy malo. No sé cómo mamá se pudo casar con él. Y *no* es guapo, es feo, y su amiga era una antipática.

Gertie añadió por su parte que, de lo que Jane le había contado, se podía deducir que la niña no había sufrido ningún ataque sexual. Sólo les interesaba el dinero y se debieron de poner como furias al descubrir que ya no estaba cuando volvieron del Carlos O'Brien's.

Al regresar a casa, Jane miró a su alrededor como si creyera encontrarse en el Paraíso. Habían transcurrido exactamente diecisiete días desde que se iniciara aquella pesadilla. Diecisiete días; y se habían necesitado cuarenta mil dólares para encontrarla. Los padres de Bernie tuvieron que vender unas acciones para ayudarle a pagar los honorarios de Winters, pero había valido la pena. En aquel instante, les llamaron para que Jane pudiera hablar con la abuela Ruth. La madre de Bernie estaba tan emocionada que sólo pudo llorar y tuvo que pasarle el teléfono a Lou. Temió que pudieran matar a la niña. Recordaba el secuestro del hijo de Lindbergh. Ella era muy joven cuando tuvo lugar, pero aquel hecho la impresionó para toda la vida.

Aquel día, Bernie se pasó horas abrazando a Jane. Informaron del hallazgo a la policía y al tribunal. Los jueces manifestaron su satisfacción, pero Bernie estaba molesto con todo el mundo excepto con Jack Winters. Le pidió a éste que le buscara unos guardaespaldas. No quería que Jane y Alexander salieran de casa sin un guardaespaldas armado, ni que se quedaran sin protección en casa cuando él no estuviera. A continuación, llamó a Paul Berman y le anunció que al día siguiente reanudaría su trabajo en los almacenes. Se había tomado tan sólo dos semanas, pero se le antojaban toda una vida.

—¿Cómo está la niña? —preguntó Berman, todavía horrorizado por lo ocurrido.

Aquella pobre gente no ganaba para sustos. Todo había sido una pesadilla. Berman se compadecía de Bernie y ya había empezado a buscar a alguien que le sustituyera en California. No era justo dejarle por más tiempo en San Francisco. Bastantes penalidades había sufrido ya. Sin embargo, Berman sabía que tardaría varios meses o incluso un año en encontrar a alguien que pudiera ocupar aquel cargo. Pero, por lo menos, la búsqueda ya había comenzado.

—Jane se encuentra bien.

—Todos hemos rezado por ella, Bernie.

—Gracias, Paul.

Bernie colgó el teléfono, exhalando un suspiro de alivio. Aquella noche volvió a pensar en las personas que jamás habían vuelto a ver a sus hijos; padres y madres que se pasaban la vida preguntándose si sus hijos estaban vivos y guardando como si fueran un tesoro fotografías de niños de cinco años que ya tendrían veintitantos o treinta y tantos años y, a lo mejor, ni siquiera sabían que sus padres estaban vivos, tras las mentiras que les contaban sus secuestradores. En su opinión, el secuestro de un niño era casi equiparable a un asesinato.

Aquella noche, sonó el teléfono durante la cena. La señora Pippin les había preparado bistecs con espárragos y salsa holandesa porque era el plato preferido de Jane, y había elaborado asimismo un enorme pastel de chocolate que Alexander estaba mirando con avidez cuando Bernie se levantó para contestar al teléfono. Éste estuvo sonando toda la tarde y toda la noche con llamadas de amigos y conocidos que les felicitaban por la feliz conclusión de aquella pesadilla. Incluso Tracy llamó desde Filadelfia. Había llamado antes y la señora Pippin le había contado lo ocurrido.

—¿Diga? —contestó Bernie al aparato sin apartar los ojos de Jane.

Se oyeron unos ruidos y una conocida voz. Bernie no podía dar crédito a sus oídos, pero puso en marcha el magnetófono que Grossman le había facilitado la víspera. También tenía grabada la petición del millón de dólares de rescate.

—Conque ya ha recuperado a su nenita, ¿eh? —Scott parecía muy enojado—. Tengo entendido que la policía le ayudó a encontrarla.

La chica le había dicho a Scott lo que le mandaron, y Bernie se alegró mucho de ello.

—No tengo nada que decirle.

—Ya se le ocurrirá alguna cosa cuando comparezca ante los tribunales.

Era una broma. Bernie sabía muy bien que Scott no se atrevería a demandarle de nuevo.

—Eso no me preocupa, Scott. Y, como se atreva a volverle a poner la mano encima a la niña, conseguiré que le arresten. Es más, puede que lo consiga de todos modos.

—¿Por qué motivo? La sustracción de un niño es un delito de menor cuantía. Me meterían en el calabozo una noche, y puede que ni eso tan siquiera.

—No creo que a los jueces les gusten mucho los secuestros a cambio de un rescate.

—Intente demostrarlo, amigo. No tiene nada por escrito de mí, y, si hubiera sido lo suficientemente tonto como para grabar nuestras conversaciones, le aseguro que eso no serviría de nada. Las grabaciones no se admiten en los tribunales —el tipo estaba muy bien informado, desde luego—. Aún no se ha librado usted de mí, Fine. Hay muchas maneras de atrapar una liebre.

Bernie le colgó el teléfono en seco y paró el magnetófono. Llamó a Grossman después de la cena y éste le confirmó lo que Chandler Scott había dicho. Las grabaciones no se admitían.

—Pues, entonces, ¿por qué demonios me ha hecho tomar esta molestia?

Decididamente, la ley no estaba de su parte y nadie había movido ni un dedo para ayudarle.

—Porque, aunque no se puedan presentar como prueba, los componentes del Tribunal de Familia las pueden escuchar y comprender a qué situación se enfrentaba usted.

Sin embargo, cuando Bill les entregó las grabaciones, aquella gente no mostró la menor comprensión y afirmó que probablemente Scott bromeaba o se hallaba sometido a una fuerte tensión tras llevar tantos años sin ver a su hija y enterarse de golpe de que su ex esposa había muerto de cáncer.

—¿Están locos o sólo se trata de una broma de mal gusto? —preguntó Bernie, mirando con incredulidad a su abogado—. Este individuo es un delincuente que ha secuestrado a la niña y pedido un rescate de un millón de dólares, manteniéndola como rehén en México durante dieciséis días, ¿y creen que es una «broma»?

Bernie no acertaba a comprenderlo. A la policía le había importado un bledo que Scott se llevara a la niña; y ahora, a los tribunales les importaba también un bledo que Scott hubiera pedido un rescate.

Sin embargo, la peor noticia se produjo a la semana siguiente cuando recibieron una notificación judicial en el sentido de que Scott solicitaba una vista por la custodia.

—¿Una vista por la *custodia*? —Bernie estuvo a punto de arrancar el teléfono de la pared cuando Bill se lo comunicó—. ¿Por qué custodia?

—Por la de su hija. Ha declarado ante el tribunal que la única razón de que se la llevara es el profundo amor que siente por ella y el deseo de tenerla a su lado, que es el lugar que le corresponde.

—¿Dónde? ¿En la cárcel? ¿Se admiten niños en San Quintín? Ese es el lugar que le corresponde a este hijo de puta.

Bernie se puso histérico en su despacho de los almacenes. En aquellos momentos, Jane estaba en el parque con la señora Pippin y el niño, protegida por un guardaespaldas negro que había sido jugador de un equipo de baloncesto hacía diez años, medía metro noventa y dos de estatura y pesaba ciento veinte kilos. Bernie rezaba para que Scott se le acercase con malas intenciones.

—Cálmese. Aún no le han concedido la custodia. La pide, eso es todo.

—¿Por qué? ¿Por qué me hace esta faena?

—¿Quiere saber por qué? —era uno de los casos más peliagudos que Grossman hubiera tenido jamás en sus manos. El abogado empezaba a odiar a Scott casi tanto como Bernie, pero eso no les conduciría a ninguna parte. Tenían que proceder con lógica—. Lo hace porque, si le conceden la custodia (Dios no lo quiera), o el derecho de visita, piensa volver a venderle la niña. Si no puede hacerlo por medio de un secuestro, lo hará legalmente. Porque Scott es el padre natural y le asisten todos los derechos, pero usted tiene dinero, que es lo que a él le interesa.

—Pues se lo damos, y en paz. ¿Por qué perder el tiempo en los tribunales? ¿Quiere dinero? Se lo ofrecemos y sanseacabó.

A Bernie le parecía todo muy sencillo. De este modo, Scott no tendría que torturarle para conseguir lo que quería.

—No es tan sencillo como parece. Ofrecerle dinero es contrario a la ley.

—Ya —dijo Bernie, furioso—. O sea, que está bien que él secuestre a la niña y pida un millón de dólares de rescate, pero no lo está que yo intente comprar a este hijo de puta. Vaya mierda —descargó un puñetazo sobre el escritorio y arrojó de un manotazo el teléfono al suelo sin soltar el auricular—. Pero, ¿en qué país vivimos?

—¡Cálmese, Bernie! —le dijo Grossman, tratando inútilmente de tranquilizarle.

—No me pida que me calme. ¿Este hombre quiere la custodia de mi hija y usted me dice que me calme? La secuestró hace tres semanas y yo me recorrí todo México temiendo que la hubiera matado, ¿y quiere que me calme? ¿Es que usted también se ha vuelto loco? —gritó Bernie con toda la fuerza de sus pulmones.

Después colgó el teléfono de golpe y se echó a llorar. Toda la culpa la tenía *Liz*. Si no hubiera muerto, nada de todo aquello hubiera sucedido. El simple hecho de pensarlo le hizo llorar todavía más. Se sentía tan solo sin Liz que incluso le dolía respirar y estar con los niños. Nada era como antaño, nada... Ni la casa, ni los niños, ni la comida, ni la manera de doblar la ropa... Todo le resultaba extraño y ya nada volvería a ser como antaño. Jamás se había sentido más triste y acongojado. Comprendió por primera vez que Liz no volvería nunca más a su lado. Nunca.

32

La nueva vista se fijó para el 21 de diciembre y se le concedió prioridad porque era un caso de custodia. Al parecer, el asunto del automóvil robado se había sobreseído. Como consecuencia de ello, no podía haber quebrantamiento de la libertad vigilada. Los propietarios del vehículo no querían presentar ninguna denuncia porque, según Winters, eran traficantes de droga, y Chandler Scott había regresado al país sin tener ningún problema.

Cuando entró con su abogado en la sala, Chandler parecía un hombre sumamente honrado y respetable. Bernie estaba vestido con traje azul oscuro y camisa blanca. El guardaespaldas negro se había quedado en casa. con la señora Pippin y los niños. Precisamente aquella mañana Bernie se rió para sus adentros ante el contraste que ambos formaban: ella tan blanca, menuda y británica, con sus brillantes ojos azules y sus cómodos zapatones, y él tan enorme, negro y siniestro hasta que esbozaba su deslumbradora sonrisa marfileña y lanzaba a Alexander al aire o saltaba a la cuerda con Jane. Una vez, lanzó incluso a la señora Pippin al aire, mientras los niños se partían de risa. Era una desgracia tener que necesitarle, pero su presencia en la casa constituía una auténtica bendición. Se llamaba Robert Blake, y Bernie se alegraba mucho de poder contar con su ayuda.

Sin embargo, cuando entró en la sala, Bernie sólo pudo pensar en Chandler Scott y en lo mucho que le odiaba. Les habían asignado el mismo juez de la primera vez, el llamado «juez de relaciones domésticas». Era un hombre de rostro adormilado, cabello blanco y amable sonrisa, que parecía suponer que todo el mundo amaba a todo el mundo, o podía aprender a hacerlo con un poco de esfuerzo.

Reprendió a Scott por su «prematuro entusiasmo y su afán de estar con la niña» y Grossman tuvo que agarrar fuertemente del brazo de Bernie para que éste no se levantara de la silla. Después, el juez se dirigió a Bernie y le invitó a comprender cuán fuertes eran los impulsos de un padre natural, y esta vez Bill no pudo controlarle.

—Sus impulsos naturales nunca se manifestaron a lo largo de nueve años, señoría. Y el más fuerte de sus impulsos naturales consistió en intentar arrancarme un millón de dólares a cambio de la vuelta de mi hija sana y salva a casa cuando...

—Estoy seguro de que no era más que una broma, señor Fine —le interrumpió el juez, sonriendo con benevolencia—. Por favor, le ruego que se siente.

Bernie experimentó el deseo de echarse a llorar mientras proseguía la vista. La víspera llamó a su madre para ponerla al corriente y ella le dijo que seguramente le perseguían porque era judío. Él sabía que eso no era cierto. Sólo le perseguían porque no era el padre natural de Jane, como si eso tuviera algo que ver. El único mérito de Chandler Scott era el de haberse acostado con la madre de Jane y haberla dejado embarazada. Esa había sido su única aportación a la vida y bienestar de Jane. En cambio, durante la mitad de su vida, Bernie lo había sido todo para ella. Grossman hizo todo cuanto pudo por subrayar este hecho.

—Mi cliente considera que el señor Scott no está preparado, ni emocional ni económicamente, para asumir la responsabilidad de tener una hija en este momento. Puede que más adelante, señoría... —Bernie se dispuso a levantarse otra vez, pero Grossman se lo impidió con la mirada—. Según lo que he podido averiguar, el señor Scott ha tenido varios encuentros con la ley y hace varios años que carece de empleo fijo. Ahora bien, vive en un albergue de transeúntes, en East Oakland.

Scott se agitó levemente en el asiento.

—¿Es eso cierto, señor Scott?

El juez le miró, esperando una respuesta que le ayudara a considerarle un buen padre, cosa que Scott se apresuró a facilitarle.

—No exactamente, señoría. He vivido de un herencia que me dejó mi familia hace algún tiempo.

Otra vez la aureola de socio de club de campo, pero Grossman contraatacó rápidamente.

—¿Puede usted demostrar esta afirmación, señor Scott? —le preguntó.

—Pues, claro..., pero me temo que este dinero ya no existe. Sin embargo, esta misma semana empezaré a trabajar en el Atlas Bank.

—¿Con semejante historial delictivo? —le musitó Bernie a Grossman.

—No se preocupe. Le obligaremos a demostrarlo.

—Y ayer alquilé un apartamento en la ciudad —añadió Scott, mirando con aire triunfal a Bernie y a Grossman, mientras el juez asentía, complacido—. Es verdad que no tengo tanto dinero como el señor Fine, pero espero que a Jane eso no le importe demasiado.

El juez asintió de nuevo en silencio.

—Los bienes materiales no son aquí lo más importante y, además, estoy seguro de que usted no tendrá inconveniente en acceder a que el señor Fine pueda visitar a la niña de acuerdo con un programa establecido.

Súbitamente aterrorizado Bernie miró a Grossman y se inclinó hacia él para preguntarle en voz baja:

—Pero, ¿qué dice? ¿Qué significa un «programa establecido de visitas» para mí? ¿Acaso se ha vuelto loco?

Grossman esperó un instante y, luego, le pidió al juez una aclaración a sus palabras. El juez le rogó que aguardara un momento y, al final, decidió exponer su opinión a ambas partes.

—No cabe duda de que el señor Fine ama a su hijastra, pero aquí no se trata de eso. De lo que de verdad se trata es de que un padre natural tiene derecho a la custodia de su hija en ausencia de la madre natural. Puesto que la señora Fine falleció, Jane tiene que volver a vivir con su padre. El tribunal comprende el dolor que experimenta el señor Fine, y estará abierto a cualquier discusión cuando veamos cómo se desarrolla el nuevo planteamiento —dijo el juez, dirigiéndole una amable sonrisa a Scott, mientras Bernie le miraba temblando de rabia.

Le había fallado. Le había fallado a Liz por completo. Y ahora perdería a Jane. Era como si acabaran de decirle que le iban a arrancar un brazo. Hubiera preferido mil veces eso, si le hubieran dado a elegir entre perder una extremidad y quedarse con la niña; pero no le ofrecieron esta opción. El juez miró a ambos hombres y a sus abogados y emitió su veredicto.

—Se otorga la custodia a Chandler Scott, el cual deberá ofrecer un programa satisfactorio de visitas a Bernard Fine, a razón de unas dos visitas semanales —Bernie le miró boquiabierto, desde su asiento—. La niña deberá ser entregada al señor Scott dentro de un plazo de cuarenta y ocho horas en su propio domicilio, a las doce del mediodía del veintitrés de diciembre. Considero que el desdichado incidente de México ha sido tan sólo un indicio del afán que tenía el señor Scott de iniciar una nueva vida con su hija, cosa que el tribunal desea que pueda hacer cuanto antes.

Por primera vez en su vida, Bernie creyó que se iba

a desmayar mientras el juez golpeaba la mesa con el martillo. Estaba tan blanco como una sábana. La sala daba vueltas a su alrededor y le pareció que Liz acababa de morir por segunda vez. Creyó oír nuevamente su voz: «Júramelo, Bernie... Júrame que nunca permitirás que se le acerque.»

—¿Se encuentra mal? —le preguntó Grossman, alarmado, al tiempo que se inclinaba sobre él y pedía por señas un vaso de agua. Le llevaron un vaso de papel lleno de agua tibia y bastó un sorbo para que se recuperara. Después, Bernie se levantó en silencio y abandonó la sala, seguido de Bill Grossman.

—¿Me queda alguna oportunidad? ¿Puedo recurrir? —preguntó, trastornado.

—Puede pedir otra vista, pero, de momento, tendrá que entregar a la niña —contestó el abogado.

Habló con fingida indiferencia en la esperanza de calmar las emociones de Bernie, pero no lo consiguió. Bernie le miraba con odio reconcentrado. Sentía odio contra Scott y el juez y el sistema, y tal vez incluso contra él, su propio abogado. Grossman no hubiera podido reprochárselo. Aquello era una caricatura de la justicia, pero no podían hacer nada.

—¿Y qué pasa si no se la entrego el día veintitrés? —preguntó Bernie en voz baja al salir de la sala.

—Más tarde o más temprano, le meterían en la cárcel. Pero él tendrá que volver con un delegado del sheriff para conseguirlo.

—Muy bien —dijo Bernie, mirando con dureza a su abogado—. Será mejor que ya empiece a prepararse para sacarme con fianza porque no pienso entregarle a Jane y, cuando venga, le ofreceré una cantidad de dinero a cambio. ¿Quiere venderme la niña? Que me diga el precio y se la compro.

—Bernie, las cosas pueden ser más fáciles si usted le entrega a Jane y después intenta negociar con él. Los tribunales no aprobarán...

—Que se vayan al cuerno, los tribunales —replicó Bernie—. Y usted también se puede ir al cuerno cuando guste. A nadie le importa un bledo mi hija. Lo que ustedes quieren es no causarse problemas los unos a los otros y no perturbar el orden, pero aquí se trata de mi hija y yo sé lo que le conviene y lo que no. El día menos pensado este salvaje matará a mi hija y entonces todos me dirán que lo sienten mucho. Le dije que la iba a secuestrar y usted me contestó que estaba loco. Bueno, pues, esta vez le digo a usted que el jueves no pienso entregar a Jane. Y si eso no le gusta, Grossman, puede retirarse del caso y santas pascuas.

Era una situación espantosa y Grossman le compadecía con toda su alma.

—Yo sólo trato de explicarle la actitud del tribunal en estos casos.

—El tribunal no tiene sentimientos. El «tribunal», tal como usted lo llama, es un hombrecillo gordinflón que se sienta allá arriba y, como no consiguió ser abogado, ahora se pasa la vida dándose humos y fastidiando a la gente. Le importa un comino que Scott haya secuestrado a Jane, y le importaría probablemente un comino que la hubiera violado.

—De eso no estoy tan seguro, Bernie.

Grossman se veía obligado a defender el sistema en el que trabajaba y en el que creía, aunque Bernie tenía en buena parte razón. Todo era muy deprimente.

—¿No está usted seguro, Bill? Pues yo sí —dijo Bernie, encaminándose lívido de rabia hacia el ascensor, seguido por Bill.

Bajaron a la planta baja en silencio y, al salir a la calle, Bernie se volvió a mirar a su abogado.

—Quiero que lo comprenda. No le voy a entregar a Jane el jueves, cuando venga. Blake y yo nos situaremos en la puerta y yo le diré que se vaya al infierno no sin antes haberle preguntado a bocajarro cuál es el precio que pide por la niña. Ya no quiero seguir jugando a este

329

juego. Y esta vez, tendrá que firmar cuando le pague. No será como la primera vez. Y, si acabo en la cárcel, espero que usted me saque con fianza o me busque otro abogado. ¿Entendido?

Grossman asintió con la cabeza y Bernie se alejó sin decirle nada más.

Aquella noche, Bernie llamó a sus padres. Hacía más de un año que no mantenía con ellos una conversación normal. Primero, había habido las angustias y los comentarios en voz baja sobre la enfermedad de Liz, y ahora aquel jaleo con Chandler Scott. Bernie le comunicó a su madre lo que iba a hacer y el peligro que corría de ir a la cárcel. Ruth se echó a llorar, pensando en la nieta a la que tal vez jamás volvería a ver y en su hijo, convertido en un presidiario.

Sus padres querían ir a verle el viernes, pero él les pidió que esperaran un poco. Todo le parecía excesivamente complicado. Sin embargo, cuando colgó el aparato, la señora Pippin no se mostró de acuerdo con él.

—Deje que venga la abuela, señor Fine. Los niños necesitan verla, y usted también. Les sentaría bien a todos.

—¿Y si me meten en la cárcel?

La señora Pippin se rió al pensarlo y luego se encogió filosóficamente de hombros.

—En tal caso, tendré que trinchar el pavo yo misma.

A Bernie le encantaban su acento y su buen humor. Era una mujer capaz de enfrentarse con cualquier obstáculo: las inundaciones, las epidemias o el hambre.

Aquella noche, cuando acostó a Jane, Bernie se percató de lo aterrorizada que estaba la niña. Intentó explicárselo a la mujer del Tribunal de Familia, pero ella se negó a creerle. La mujer habló con Jane apenas cinco minutos y afirmó que, en su opinión, la niña se sentía «cohibida» ante la presencia de su padre natural. Lo cierto era que estaba asustada y aquella noche tuvo las peores pesadillas de su vida. Bernie y la señora Pippin acudieron a su dormitorio a las cuatro de la madrugada al oír sus gritos de terror. Por fin, Bernie se llevó a la niña a su habitación y le permitió dormir en su cama, tomando su manita en la suya. Sólo Alexander parecía ajeno a las tragedias que se habían abatido sobre él desde su venida al mundo. Era un chiquillo alegre y simpático, que ya empezaba a hablar. Y era el único consuelo de Bernie, en medio de sus angustias. El jueves por la mañana, Bernie volvió a ponerse en contacto con Jack Winters.

—Lo del apartamento es verdad. Se mudó hace unos días y lo comparte con una amiga —dijo Jack—. Lo que yo no comprendo es lo del empleo en el Atlas Bank. Dicen que le han contratado como parte de un nuevo programa de rehabilitación de delincuentes. No creo que sea exactamente un empleo y, de todos modos, aún no ha empezado a trabajar. Creo que es algo así como un programa de relaciones públicas que han puesto en marcha para demostrar lo liberales que son. Haremos otras averiguaciones y ya le diré algo.

A Bernie no le gustó la idea de que aquel sujeto compartiera el apartamento con una amiga. Estaba seguro de que desaparecería por segunda vez con Jane, a la menor ocasión que se les presentara. Sin embargo, Blake se encargaría de que eso no ocurriera. Bob llevaba sentado en la cocina desde primeras horas de la mañana, sin chaqueta y con un enorme revólver del 38 en una funda, a la que Alexander apuntaba constantemente gritando «¡Bang!», mientras la señora Pippin le miraba con expresión de reproche. Bernie quería que Bob llevara el revólver bien a la vista cuando Scott se presentara al mediodía y ellos se negaran a entregarle a Jane. Bernie ya no quería seguir jugando con él a los juegos de salón. Ahora la cosa iba en serio.

Tal como lo hiciera la otra vez, Scott llegaba con retraso. La niña estaba escondida en su habitación mientras la señora Pippin intentaba distraerla.

A la una en punto, Scott aún no había aparecido y a

las dos, tampoco. Sin poder soportar por más tiempo la tensión, Grossman llamó y Bernie le dijo que no había ninguna novedad. A las dos y media, Jane salió de puntillas de su dormitorio, pero Bernie y Bob Blake aún aguardaban en el salón. La señora Pippin se encontraba en la cocina con Alexander, haciendo unos pastelillos.

—No hay ni rastro de él —le dijo Bernie a Grossman cuando éste le volvió a llamar—. No es posible que se haya olvidado.

—A lo mejor se emborrachó a la hora del almuerzo. Al fin y al cabo, ya casi estamos en Navidad... Puede que haya asistido a una fiesta en la oficina.

A las cinco de la tarde, la señora Pippin empezó a preparar la cena y Bernie le dijo a Bob que se fuera a casa, pero éste insistió en quedarse hasta que supieran algo. No quería que Scott se presentara a los diez minutos de haberse marchado él. Bernie aceptó y se fue a preparar unas copas, mientras Jane encendía el televisor para ver si daban dibujos animados o algún otro programa interesante, pero sólo daban noticias. De repente, le vio.

Vio su imagen en la pantalla. Primero, en cámara lenta y después en un encuadre fijo, empuñando un arma en un vestíbulo abarrotado de gente del Atlas Bank. La filmación le mostraba alto y rubio, mirando con una sonrisa a alguien mientras apretaba el gatillo y hacía pedazos una lámpara junto a la cual se encontraba situada una persona. Jane se llevó un susto tan grande que ni siquiera pudo gritar ni llamar a Bernie. Se limitó a señalar la pantalla con un dedo mientras Bernie y Bob regresaban al salón con las bebidas en la mano. Bernie se quedó petrificado. Era Chandler Scott, atracando el Atlas Bank en pleno día.

«El pistolero, no identificado en aquel momento, entró en el Atlas Bank situado en la confluencia entre las calles Sutter y Mason, poco antes de las once de la mañana. Le acompañaba una cómplice que se cubría el rostro con una media y ambos le entregaron una nota a la cajera, exigiendo la entrega de quinientos mil dólares (por lo visto, era su cifra mágica). Al decirle ella que no los tenía, contestó que le entregara todo cuanto hubiera.»

La voz del presentador siguió comentando los hechos mientras se pasaba una filmación en la que, de repente, Scott empezaba a disparar. Por fin, cuando la policía rodeó la sucursal bancaria, alertada por el timbre de alarma que la cajera logró pulsar, el atracador y su cómplice decidieron retener como rehenes a todas las personas allí reunidas. Ninguno de los rehenes sufrió el menor daño, a pesar de lo que el presentador calificó de pequeño «tiroteo por parte del atracador y su cómplice. El pistolero les dijo que se dieran prisa porque tenía una cita a las doce. Pero, al mediodía, resultó evidente que no podrían salir del banco sin entregarse o causar daños a los rehenes. Trataron de abrirse camino a tiros y, al fin, ambos resultaron muertos antes de alcanzar el bordillo de la acera. El pistolero alto y rubio era un delincuente conocido como Chandler Anthony Scott, aunque su verdadero nombre era Charlie Antonio Schiavo. La mujer se llamaba Anne Stewart».

Jane estaba asombrada.

—Papá, ésta es la señora que fue con nosotros a México... ¡Se llamaba Annie! —exclamó, contemplando en la pantalla a Scott y a la mujer tendidos en la acera en medio de un charco de sangre al término del tiroteo, y después la ambulancia que se llevaba los cadáveres, y los rehenes saliendo atropelladamente del banco sobre el trasfondo de unos villancicos navideños—. Papá, le han matado —dijo mientras Bernie y Robert Blake la miraban en silencio. Todos estaban aturdidos. Por un instante, Bernie temió que fuera otro Chandler Scott, pero no era posible. Ahora, todo había terminado. Extendió los brazos y atrajo a Jane hacia sí mientras le indicaba a Bob por señas que apagase el televisor.

—Siento que hayas tenido que pasar por todo eso, nena... Pero, ahora, todo ha terminado.

—Era un hombre muy malo —dijo la niña, mirándole con los ojos muy abiertos—. Me alegro de que mamá no lo supiera. Se hubiera enfadado mucho.

Bernie sonrió ante el vocabulario elegido por la niña.

—Es verdad, se hubiera enfadado mucho. Pero ahora ya no tienes nada que temer. Ya pasó todo.

Bernie aún no acertaba a creer que la pesadilla hubiera terminado. Poco a poco, comprendió que Chandler Scott había desaparecido de sus vidas. Definitivamente.

Más tarde, llamaron a la abuela Ruth y le dijeron que tomaran el primer avión que pudieran encontrar. Bernie se lo explicó todo antes de que la niña se pusiera al teléfono, deseosa de describirle los truculentos detalles.

—Estaba tendido allí en medio de un enorme charco de sangre, abuela... En serio... Allí mismo en la acera... Fue una cosa tremenda —añadió Jane, convirtiéndose de repente en la niña que antes fuera.

Bernie llamó a Grossman y la señora Pippin invitó a Bob a cenar con ellos, pero él sólo deseaba regresar a casa y reunirse con su mujer. Bernie, Jane, la señora Pippin y Alexander se sentaron poco después a cenar. Jane miró a Bernie, recordando las velas que solían encender con el abuelo los viernes por la noche antes de que su madre muriera. Quería volver a hacerlo. Ahora tenían tiempo para todo. Toda una vida por delante. Juntos para siempre.

—Papá, ¿mañana podremos encender las velas?

—¿Qué velas? —preguntó Bernie mientras la ayudaba a cortar la carne. De repente, lo comprendió y se avergonzó de no ser más observante de la religión en la que había sido educado—. Pues claro, cariño.

A continuación se inclinó para besar a Jane mientras la señora Pippin les miraba sonriendo y Alexander metía los dedos en el puré de patatas. Era casi una vida normal. Y tal vez lo llegara a ser del todo algún día.

33

Bernie casi se estremeció de miedo cuando tuvo que acudir a la misma sala de justicia, aunque, esta vez, fuera para hacer algo muy importante para él. Sus padres se desplazaron especialmente desde Nueva York para estar presentes. Grossman le preguntó al juez si podría hacerlo en su despacho. Habían acudido al ayuntamiento para formalizar la adopción de Jane.

Los documentos les aguardaban y el juez, a quien Jane jamás había visto, la miró sonriendo y después contempló a toda la familia reunida. Allí estaba Bernie, claro, y también la señora Pippin, luciendo su mejor uniforme azul con cuello blanco. Jamás se tomaba un día libre ni vestía otro vestido que no fueran los impecables uniformes blancos que se hacía enviar desde Inglaterra. Alexander vestía un trajecito de terciopelo azul y murmuró alegremente por lo bajo mientras sacaba todos los libros de las estanterías inferiores de la librería del juez y los amontonaba con el fin de poder subirse encima para verlo mejor. Bernie se inclinó para tomarle en brazos mientras el juez les miraba solemnemente a todos y les explicaba la razón de su presencia allí.

—Tengo entendido —dijo, mirando a Jane— que tú

deseas ser adoptada y que el señor Fine desea adoptarte a su vez.

—Es mi padre —le explicó Jane en voz baja.

El juez se desconcertó momentáneamente y volvió a mirar sus papeles. Bernie hubiera preferido que fuera otro quien se encargara de aquella adopción. Aún recordaba su error del mes de diciembre cuando le otorgó la custodia de Jane a Chandler Scott.

—Sí, bueno... Vamos a ver...

El juez examinó los documentos de la adopción y le pidió a Bernie que firmara y a Grossman que también lo hiciera como testigo. Bernie pidió a sus padres que estamparan su firma.

—¿Yo también puedo firmar? —preguntó Jane.

—No hay necesidad de que tú firmes nada..., hum..., Jane. Pero supongo que podrías firmar también los documentos si ése es tu deseo.

—Si es posible, lo deseo —contestó Jane mirando y dirigiendo una sonrisa primero a Bernie y después al juez.

Éste asintió y le pasó los documentos que la niña firmó con la cara muy seria.

—Yo declaro, por el poder que me ha sido otorgado por el Estado de California —dijo el juez, mirándoles a todos—, que Jane Elizabeth Fine es, a partir de ahora, la hija legítima de Bernard Fine, adoptada por éste el día veintiocho de enero.

Tras dar un golpecito con el martillo sobre el escritorio, el juez se levantó y les miró sonriendo. A pesar de lo mal que había tratado a Bernie antes, quiso estrecharle cordialmente la mano como muestra de simpatía. Luego, Bernie tomó a Jane en brazos como cuando era más pequeña, le dio un beso y la volvió a dejar en el suelo.

—Te quiero, papá —musitó la niña.

—Y yo a ti también —le contestó Bernie, pensando que ojalá Liz hubiera podido estar presente y ojalá hubiera adoptado antes a la chiquilla, ahorrándose de este modo tantos quebraderos de cabeza como le había causado Chandler Scott. Sin embargo, ya era demasiado tarde para preocuparse por ello porque todo había terminado y una nueva vida se abría ante ellos. Jane ya era su hija, de verdad, pensó Bernie mientras la abuela Ruth besaba llorando a la niña y el abuelo Lou le estrechaba la mano para darle la enhorabuena.

—Felicidades, hijo.

Fue como si se hubiera vuelto a casar. Lo celebraron con un almuerzo en el Trader Vic's al que asistieron todos menos la señora Pippin y Alexander. Mientras pedían los platos, Bernie tomó la mano de Jane y la miró sonriendo. Sin decirle una palabra, le deslizó una sortija en el dedo. Era una delicada trenza de oro con una perla.

—Papá, es precisa —dijo Jane, mirándola con asombro.

Era como estar comprometida con él. Sabía que ahora ya nadie podría apartarla de su lado. Nunca más.

—Tú sí que eres preciosa, cariño. Y, además, eres una chica muy valiente.

Ambos recordaron los angustiosos días de México y se miraron mutuamente, pensando en Liz mientras Bernie esbozaba una sonrisa, sintiendo en lo más hondo de su ser que Jane Elizabeth Fine era de verdad su hija.

34

Por primera vez en dos años, Bernie volvió a encargarse personalmente de las líneas de importación. Le resultó muy doloroso viajar a París, Roma y Milán sin Liz. Recordó la primera vez que la llevó a Europa con él y la emoción que experimentó ella comprando elegantes prendas de vestir, visitando los museos, almorzando en el Fouquet y cenando en Lipp y Maxim's. Todo era ahora completamente distinto, pero tenía que sobreponerse. En seguida volvió a acostumbrarse al ambiente. Le pareció que llevaba mucho tiempo alejado de las principales tendencias de la moda y se sintió más vivo tras haber hablado con sus diseñadores preferidos y haber visto los nuevos modelos de *prêt-à-porter*. Sabía exactamente lo que mejor se podría vender en Wolff's aquel año y, cuando pasó por Nueva York a la vuelta, se fue a almorzar con Paul Berman a Le Veau d'Or para discutir con él los proyectos. Berman admiraba la manera de actuar de Bernie y deseaba volver a tenerle a su lado en Nueva York. Aún no habían encontrado a nadie que pudiera sustituirle en San Francisco, pero él daba por supuesto que Bernie regresaría a Nueva York a finales de año.

—¿Qué tal encaja eso con tus planes, Bernard?

—Supongo que bien —ahora, a Bernie ya no le importaba tanto como antes. Había vendido su antiguo apartamento, el cual hubiera sido ahora demasiado pequeño para él. Se lo compró el inquilino que lo ocupaba desde hacía varios años—. Tendré que empezar a buscarle una escuela a Jane antes de que volvamos, pero ya habrá tiempo para ello.

No tenía ninguna prisa y sólo le acompañarían los niños y la señora Pippin.

—Ya te lo diré cuando encontremos a la persona adecuada.

La tarea no iba a ser fácil. Berman ya se había entrevistado con un hombre y dos mujeres, pero ninguno de ellos poseía la experiencia de Bernie y éste no quería que la sucursal de San Francisco se convirtiera en un aburrido establecimiento provinciano. En manos de Bernie, era la máquina de hacer dinero más importante que tenían después de los almacenes de Nueva York, y Paul Berman quería que lo siguiera siendo. Lo mismo opinaban los miembros del consejo de administración.

Bernie fue a ver a sus padres antes de irse y su madre le pidió que enviara a los niños a pasar el verano con ella.

—Tú no tienes tiempo de estar con ellos todo el día, y en la ciudad no tienen nada con que entretenerse.

Ruth ya sabía, sin necesidad de que él se lo dijera, que no volverían a Stinson Beach. Hubiera sido demasiado doloroso para él. Había ido allí con Liz desde el comienzo de su estancia en California, y ahora no se le ocurría ningún otro sitio adonde ir sin ella.

—Lo pensaré cuando esté en casa.

—A lo mejor, a Jane le gustaría ir a un campamento, este año.

La niña ya tenía más de nueve años, pero Bernie se resistía a separarse de ella. Ambos habían pasado muchas penalidades juntos. Sólo habían transcurrido nueve meses desde la muerte de Liz, pero lo que más molestó a

Bernie fue el comentario que le hizo su madre a propósito de la hija de la señora Rosenthal que acababa de divorciarse y vivía en aquellos momentos en Los Ángeles.

—¿Por qué no vas a verla alguna vez? —le preguntó Ruth.

Bernie la miró como si acabara de sugerirle que saliera a la calle en calzoncillos. Se enojó con su madre porque no tenía ningún derecho a meterse en sus asuntos ni a restregarle a otras mujeres por las narices.

—¿Y por qué tengo que hacerlo?

—Porque es una chica muy simpática.

—¿Y qué?

El mundo estaba lleno de chicas simpáticas, aunque ninguna tanto como Liz, y a él no le apetecía conocerlas.

—Bernie... —Ruth respiró hondo y se lanzó al ataque. Se lo quería decir desde la última vez que le visitó en San Francisco—. Algún día tendrás que salir por ahí.

—Ya salgo lo suficiente.

—No me refiero a eso. Me refiero a las chicas.

Bernie hubiera querido decirle que se metiera en sus asuntos. Su madre hurgaba en unas heridas abiertas y él no podía soportarlo.

—Tengo treinta y nueve años y no me interesan las «chicas».

—Tú ya me entiendes, cariño —su madre le ponía nervioso y él no quería escucharla. La ropa de Liz aún estaba en el armario, igual que siempre. Sólo el perfume se empezaba a evaporar. Bernie se acercaba allí algunas veces y aspiraba la fragancia de un perfume que le traía inolvidables recuerdos. A veces, muy entrada la noche, se despertaba en la cama y lloraba sin poderlo evitar—. Eres joven. Ya es hora de que empieces a pensar un poco en ti mismo.

¡No!, hubiese querido gritarle Bernie. Todavía era hora de pensar en Liz. Si no lo hiciera, la perdería para siempre. Y aún no estaba preparado para ello. Guardaría siempre su ropa en el armario. Tenía a los niños y los recuerdos. No quería nada más. Y Ruth lo sabía.

—No quiero discutir este asunto contigo.

—Pues tienes que empezar a pensar en eso.

Ruth le hablaba con cariño, pero Bernie no quería que le compadeciera ni que le acosara.

—No tengo por qué pensar en nada si no me apetece —le contestó, furioso.

—¿Y qué le digo a la señora Rosenthal? Le prometí que visitarías a Evelyne cuando volvieras a la Costa Oeste.

—Dile que no encontré el teléfono.

—No seas tan antipático… La pobre chica no conoce a nadie allí.

—Pues, ¿por qué se fue a Los Ángeles?

—No sabía adónde ir.

—¿Qué tiene de malo Nueva York?

—Quería abrirse camino en Hollywood… Es muy guapa, ¿sabes? Trabajó como modelo en la casa Ohrbarch antes de casarse. Mira…

—¡Ya basta, mamá! —le gritó Bernie sin poderlo evitar.

Después lamentó haber sido tan brusco con su madre. No estaba preparado para eso y no creía que jamás lo estuviera. No quería volver a salir con nadie nunca más.

Cuando volvió a San Francisco, celebraron el segundo cumpleaños de Alexander. La señora Pippin organizó una fiestecita a la que asistieron todos sus amigos del parque, y les preparó un delicioso pastel de chocolate que el chiquillo saboreó con fruición, ensuciándose toda la cara y las manos mientras Bernie le tomaba las fotografías de rigor. Al terminar, Bernie se sintió muy triste, pensando que Liz hubiera tenido que acompañarles. Recordó el día en que nació el niño, hacía apenas dos años. Estuvo presente cuando recibieron el regalo de la vida y también cuando la muerte les visitó. Era un poco difícil absorberlo todo, pensó, cuando aquella noche le dio un beso a Alexander antes de irse a dormir. Después regresó a su habitación más solitario que nunca, y se acercó sin pensar al armario. En cuanto cerró los ojos y aspiró el aroma del perfume de Liz, fue casi como si alguien le descargara un mazazo.

Aquel fin de semana, a falta de otra cosa mejor que hacer, se llevó a los niños a dar un paseo en automóvil. Jane se acomodó a su lado en el asiento delantero, y la señora Pippin se sentó detrás con Alexander. Siguieron un camino distinto del acostumbrado. En general, cuando salían a pasear, se iban hacia la zona de Marin y se llegaban hasta el lugar llamado Paradise Cove, en Tiburón, o hasta Belvedere o Sausalito, donde se hinchaban de comer cucuruchos de helado. Esta vez, Bernie se dirigió al norte, a la región de los viñedos, donde todo era verde, brillante y esplendoroso. La señora Pippin les habló de su vida en una granja escocesa cuando era pequeña.

—En realidad, se parecía mucho a eso —comentó mientras pasaban por delante de una gigantesca central lechera, avanzando bajo las copas de unos majestuosos árboles. Jane sonreía cada vez que veía los caballos, las vacas o las ovejas, y Alexander chillaba de contento y señalaba a los animales con el dedo, emitiendo ruidos inconexos que les hacían reír a todos. Aquello parecía un paraíso terrenal.

—Todo eso es muy bonito, ¿verdad? —dijo Jane. Las angustias que ambos sufrieran por culpa de Chandler Scott les habían unido más que ninguna otra cosa—. Me gusta mucho.

A él también le gustaba, pensó Bernie, mirando a la niña y sonriendo.

Los lagares eran hermosos y las casitas victorianas poseían un encanto especial. Bernie pensó que aquél podría ser un buen sitio donde vivir en verano. Era tan distinto de la playa que seguramente se lo pasarían muy bien.

—¿Qué te parece si viniéramos un fin de semana para

342

echarle un vistazo? —preguntó Bernie, mirando a Jane y dirigiéndole una sonrisa.

Se lo consultaba casi todo, tal como hubiera hecho con su madre.

La niña se entusiasmó ante la perspectiva y Alexander empezó a gritar desde el asiento de atrás:

—¡Vaca! ¡Más vaca! ¡¡Más!!

Al siguiente fin de semana, regresaron a la zona y se alojaron en un hotel de Yountville. Era un lugar precioso. El tiempo era cálido y soleado y no había aquella bruma costera que, a veces, empañaba el cielo de Stinson Beach; la hierba era tupida, los árboles, enormes, y los viñedos alegraban la vista con su verdor. Al llegar el segundo día, descubrieron una casa ideal en Oakville. Era una deliciosa casita victoriana situada a dos pasos de la Autopista 29, al borde de una tortuosa carretera; la había reformado recientemente una familia que después se trasladó a Francia y deseaba alquilarla durante unos meses hasta que decidieran si querían regresar o no al valle de Napa. El propietario del hotelito en el que se alojaban se la indicó, y Jane batió palmas de contento al verla mientras la señora Pippin afirmaba que era un lugar perfecto para tener una vaca.

—¿Y podremos tener gallinas, papá? ¿Y una cabra? —preguntó Jane, loca de alegría mientras Bernie la miraba sonriendo.

—Un momento, chicos, no tenemos intención de montar una granja aquí, sino tan sólo de pasar el verano.

El lugar era una pura maravilla. Bernie acudió a ver al corredor de fincas encargado de alquilarla, antes de regresar aquella tarde a San Francisco. El precio le pareció muy ajustado. Podría tener la casa a su disposición desde el uno de julio hasta primeros de septiembre. Bernie aceptó las condiciones, firmó el contrato de arrendamiento y extendió un cheque. Al volver a la ciudad, ya tenían una casa donde pasar el verano. Al fin, Bernie decidió no enviar a los niños a casa de su madre porque prefería tenerlos a su lado. Podría ir y venir desde Napa al trabajo, tal como ya hiciera en Stinson. El camino sólo era un poco más largo.

—Creo que con eso queda descartado el campamento —dijo Bernie, mirando a Jane y dirigiéndole una sonrisa.

—Tanto mejor —contestó la niña—. De todos modos, no me apetecía ir al campamento. ¿Crees que los abuelos vendrán a visitarnos aquí?

Tenían una habitación para cada uno y otra para invitados.

—Seguro que sí.

Sin embargo, a Ruth la idea le pareció un error. Dijo que en aquella región de tierra adentro haría probablemente demasiado calor, abundarían las serpientes de cascabel y los niños hubieran estado mucho mejor con ella en Scarsdale.

—Mamá, a los niños les encanta y la casa es preciosa.

—¿Y cómo te las arreglarás para ir al trabajo?

—Iré y regresaré cada día. Sólo está a una hora de camino.

—Más ajetreo. Justo lo que te hace falta. ¿Cuándo serás un poco más sensato? —Ruth hubiera deseado pedirle otra vez a su hijo que visitara a Evelyne Rosenthal, pero decidió esperar un poco. La pobre Evelyne se sentía tan sola en Los Ángeles que estaba pensando seriamente en regresar a Nueva York. Hubiera sido una chica adecuada para Bernie. No tanto como Liz tal vez, pero lo suficiente. Por fin, cometió la imprudencia de volverle a mencionar el tema a Bernie—. ¿Sabes? Hoy hablé con Linda Rosenthal y me ha dicho que su hija todavía se encuentra en Los Ángeles.

Bernie se puso furioso. ¿Cómo era posible que su madre se comportara de aquella forma, tras haber demostrado sentir tanto cariño por Liz?

—Ya te dije que no me interesa.

Notaba un dolor punzante en el corazón sólo de pensar en otras mujeres.

—¿Y por qué no? Es una chica encantadora y, además...

Bernie la interrumpió bruscamente.

—Ahora tengo que colgar.

Era un tema peligroso y Ruth se compadeció de él.

—Perdona. Yo pensé...

—Pues no pienses.

—Se ve que no he elegido el momento más oportuno —dijo Ruth, lanzando un suspiro.

—Nunca habrá un momento oportuno, mamá —contestó Bernie, enojado—. Nunca encontraré a nadie como ella.

Las lágrimas le asomaron de súbito a los ojos y a su madre le ocurrió lo mismo mientras le escuchaba desde Scarsdale.

—No puedes decir eso —le dijo mientras las lágrimas le rodaban lentamente por las mejillas.

—Sí, puedo. Liz lo era todo para mí. Nunca podría volver a encontrar a alguien igual —contestó Bernie en un susurro.

—Podrías encontrar a una persona distinta a la que quizá amarías de una forma diferente —Ruth procuraba decirle las cosas con mucho tacto, sabiendo cuán susceptible era. Al cabo de diez meses, le parecía que ya era hora—. Por lo menos, sal un poco.

Según la señora Pippin, Bernie se quedaba todo el día en casa con los niños, y eso no era bueno para él.

—No me interesa, mamá. Prefiero quedarme en casa con los niños.

—Los niños crecerán. Tal como te ocurrió a ti.

Ambos sonrieron al recordarlo, pero Ruth aún tenía a Lou y, por un instante, se sintió culpable.

—Todavía me faltan unos dieciséis años para que eso ocurra y no pienso preocuparme por ello ahora.

Por el momento, Ruth no quiso insistir en el tema. En vez de ello, ambos hablaron de la casa que Bernie acababa de alquilar en Napa.

—Jane quiere que vengas a visitarnos este verano, mamá.

—Bueno, bueno... Ya vendré.

Lo hizo y le encantó. Era la clase de lugar en el que una persona podía caminar sobre la hierba, tenderse en una hamaca bajo un árbol gigantesco y desde allí contemplar el cielo. Había incluso un arroyo en la parte trasera de la casa en el que podían caminar sobre las rocas y mojarse los pies tal como lo hacía Bernie de pequeño en los Catskills. En cierto modo, Napa le recordaba a Bernie aquella región del este y a Ruth se la recordaba también. Al ver el rostro de su hijo mientras contemplaba a los niños jugando sobre la hierba, Ruth se tranquilizó. Era un sitio estupendo, reconoció antes de marcharse. Bernie parecía más feliz que nunca, al igual que los niños.

Desde allí, Ruth voló a Los Ángeles para reunirse con su marido, el cual estaba participando en una convención médica en Hollywood. Después, ambos se irían a Hawai en compañía de unos amigos; Ruth volvió a mencionar a Evelyne Rosenthal, que aún estaba en Los Ángeles y no conocía a nadie, pero esta vez Bernie se rió. Estaba de mejor humor, aunque seguían sin interesarle las mujeres. Pero, por lo menos, ya no le ladraba a su madre cuando le hacía algún comentario al respecto.

—Tú nunca te das por vencida, ¿verdad, mamá?

—Bueno, vamos a dejarlo —le dijo Ruth, dándole un fuerte beso en el aeropuerto antes de inspeccionarle por última vez. Seguía siendo su alto y apuesto hijo de siempre, pero tenía algunas canas más que el año pasado, las pequeñas arrugas que le rodeaban los ojos se habían acentuado un poco, y aún parecía muy triste. Había transcurrido casi un año desde la muerte de Liz, pero él la seguía llorando. Afortunadamente, la cólera ya se había esfumado. Bernie ya no estaba enojado con Liz por haberle dejado. Pero se sentía muy solo sin ella. Había perdido no sólo a su amante y a su esposa, sino, asimismo, a su mejor amiga—. Cuídate mucho, cariño —le susurró Ruth en el aeropuerto.

—Tú también, mamá.

Bernie le dio un fuerte abrazo y la saludó con una mano mientras ella subía al aparato. Desde hacía uno o dos años, ambos se sentían mucho más unidos que nunca, pero a qué precio. Parecía increíble que les hubieran ocurrido tantas desgracias. Aquella noche, mientras regresaba a Napa, Bernie lo recordó todo y volvió a pensar en Liz. No lograba hacerse a la idea de que hubiera muerto y ya jamás volvería a verla. Aún estaba pensando en ella cuando llegó a la casa de Oakville y dejó el automóvil en el garaje. La señora Pippin le estaba aguardando. Eran más de las diez y la casa se encontraba en silencio. Jane se había quedado dormida en la cama, leyendo un cuento.

—Me parece que Alexander no está muy bien, señor Fine.

Bernie frunció el ceño. Sus hijos lo eran todo para él.

—¿Qué le pasa?

Al fin y al cabo, tenía apenas dos años, prácticamente todavía era un bebé, tanto más cuanto que su madre había muerto. Para él, Alexander siempre sería un bebé.

—Temo haberle dejado demasiado rato en la piscina —confesó la señora Pippin con expresión culpable—. Se quejaba del oído cuando se fue a la cama. Le puse un poco de aceite tibio, pero no le alivió. Si mañana por la mañana no ha mejorado, tendremos que llevarle al médico del pueblo.

—No se preocupe —dijo Bernie, sonriendo. La señora Pippin era una mujer extraordinariamente responsable y Bernie agradecía al cielo el haberla encontrado. Aún se estremecía al recordar a la sádica niñera suiza y a la sucia *au-pair* noruega que se ponía constantemente la ropa de Liz—. Se pondrá bien. Ahora, váyase a la cama.

—¿Quiere un vaso de leche caliente para ayudarle a descansar?

—No, gracias —contestó Bernie, sacudiendo la cabeza.

Sin embargo, ella venía observando desde hacía varias semanas que Bernie permanecía levantado hasta muy tarde, recorriendo la casa sin poder dormir. Hacía unos días que se había cumplido el aniversario de la muerte de Liz y el recuerdo debió ser muy doloroso para él. Por suerte, Jane ya no sufría pesadillas. Sin embargo, aquella noche fue Alexander quien se despertó llorando a las cuatro de la madrugada, precisamente cuando Bernie acababa de acostarse. Éste se puso rápidamente la bata y corrió a la habitación del niño, donde la señora Pippin trataba inútilmente de calmarle.

—¿Es el oído? —preguntó Bernie mientras ella asentía en silencio, acunando al niño en sus brazos—. ¿Le parece que llame al médico?

—Me temo que tendrá que llevarle al hospital —contestó la señora Pippin—. El pobrecito ya no puede aguantar más —añadió, besando la frente y las mejillas del pequeño, cuyas manos se aferraban a ella con desesperación. Bernie se arrodilló sobre la alfombra y contempló al niño que era la alegría y el dolor de su corazón por lo mucho que se parecía a su Liz.

—Te encuentras mal, ¿eh, muchachote? —Alex miró a su padre y dejó de llorar, pero no por mucho tiempo—. Ven con papá.

Bernie extendió los brazos y el niño se refugió en ellos. Tenía mucha fiebre y no podía soportar el menor roce en la parte derecha de la cabeza. La señora Pippin tenía razón. Sería mejor llevarle al hospital. Su pediatra le había facilitado el nombre de un pediatra de allí para el caso de que los niños sufrieran un accidente o se pusieran enfermos. Devolvió el niño a la señora Pippin, fue a vestirse y buscó la tarjeta en el cajón del escritorio. M. Jones, decía, y había un número de teléfono. Llamó a la centralita y explicó lo que le ocurría, rogando que llamaran al doctor Jones; la telefonista le dijo que éste se encontraba en el hospital, atendiendo una llamada urgente.

—¿Podría recibirnos allí? Mi hijo sufre fuertes dolores.

Ya había tenido, otras veces, problemas con el oído, pero solía restablecerse con una tanda de penicilina, más los amorosos cuidados de papá, Jane y la señora Pippin.

—Lo comprobaré —la telefonista le facilitó casi inmediatamente la respuesta—. Les atenderá con mucho gusto —dijo, indicándole a Bernie el camino del hospital.

A continuació, Bernie tomó a Alexander en brazos y le acomodó en el asiento infantil del automóvil. La señora Pippin tuvo que quedarse en casa con Jane y lamentó no poder acompañarle, mientras le cubría con una manta y le daba su osito de felpa para que se distrajera.

—No me gusta que vaya solo, señor Fine —su acento escocés se intensificaba por la noche cuando estaba cansada y eso a Bernie le hacía mucha gracia—. Pero no puedo dejar a Jane. Se llevaría un susto si se despertara.

Ambos sabían que Jane se había vuelto mucho más asustadiza desde que había sido secuestrada.

—Lo sé, señora Pippin. Todo irá bien. Volveremos en cuanto podamos.

Ya eran las cuatro y media cuando Bernie se dirigió a toda prisa al hospital. Llegaron allí a las cinco menos diez de la madrugada. La ciudad de Napa quedaba muy lejos de Oakville, pero Alexander seguía llorando cuando Bernie entró con él en el hospital y le dejó cuidadosamente sobre la mesa de la sala de urgencias. La iluminación era tan intensa que le provocaba lagrimeos en los ojos, por lo que Bernie se sentó en la mesa y le sostuvo sobre las rodillas, cubriéndole los ojos. Al poco rato, entró una joven alta y morena, enfundada en un jersey de cuello cisne y unos vaqueros. Era casi tan alta como Bernie y su cabello era tan negro como el azabache. Casi como el de una india, pensó Bernie. Sin embargo, sus ojos eran azules como los de Jane..., y los de Liz... Bernie apartó aquel recuerdo de sus pensamientos y le explicó a la joven que esperaba al doctor Jones. No sabía quién era aquella chica, seguramente una administrativa de la sala de urgencias.

—Yo soy la doctora Jones —le dijo ella esbozando una sonrisa. Tenía una cálida voz y unas frías y fuertes manos, tal como Bernie pudo comprobar cuando le dio la suya. A pesar de su estatura y de su evidente experiencia, la joven poseía un aire gentil y delicado. Su forma de moverse era a un tiempo materna y sensual. Tomó cuidadosamente a Alexander y le examinó el oído que le dolía, tratando de distraerle con historietas mientras miraba de vez en cuando a Bernie para tranquilizarle—. Tiene un oído muy inflamado y me temo que el otro también lo está un poco —le examinó la garganta, las amígdalas y el vientre para cerciorarse de que no había allí ningún problema, y luego le administró rápidamente una inyección de penicilina. Alexander gritó un poco. Después, la doctora hinchó un globo para que se distrajera y, con el permiso de Bernie, le ofreció un caramelo que el chiquillo aceptó con entusiasmo a pesar de lo mal que se encontraba. Sentado sobre las rodillas de Bernie, Alexander la estudió pensativo mientras ella le miraba sonriente y escribía una receta para que Bernie adquiriera los medicamentos en la farmacia, al día siguiente. Para jugar sobre seguro, la doctora le recetó un antibiótico y le dio a Bernie dos pastillas de codeína para que se las administrara pulverizadas en caso de que el dolor no cediera—. En realidad —añadió, contemplando el tembloroso labio inferior de Alex—, ya se las podríamos dar ahora. No hay razón para que le dejemos sufrir.

La joven desapareció y volvió al instante trayendo una pastilla pulverizada en una cuchara. Le dio el medicamento con tanta rapidez a Alex que éste apenas se dio cuenta. Después, el niño se acurrucó en los brazos de su padre chupando todavía el caramelo; y mientras Bernie rellenaba unos impresos, se quedó dormido. Bernie miró sonriendo a la joven. Tenía la cariñosa mirada propia de las mujeres que se preocupan de verdad por los demás.

—Muchas gracias —le dijo, acariciando el cabello del chiquillo—. Ha sido usted maravillosa con él.

Eso era para Bernie de suma importancia porque sus hijos lo eran todo para él.

—Vine por otra otitis parecida hace una hora —contestó ella, alegrándose de que, por una vez, fuera el padre y no la madre quien llevara al hijo al hospital. Era bonito que los hombres echaran también una mano de vez en cuando, pensó, pero eso no se lo dijo a Bernie. A lo mejor, estaba divorciado y no tenía más remedio que hacerlo—. ¿Vive usted en Oakville?

Bernie había anotado su dirección en esta ciudad.

—No, normalmente vivimos en la ciudad. Hemos venido a pasar el verano.

La doctora Jones le miró sonriendo mientras rellenaba la parte correspondiente del impreso a efectos del seguro.

—Pero es usted de Nueva York, ¿verdad?

—¿Cómo lo sabe? —preguntó Bernie.

—Porque yo también soy del este. De Boston. Pero aún se le nota el acento de Nueva York —y él le notaba a ella el de Boston—. ¿Cuánto tiempo lleva aquí?

—Cuatro años.

—Yo vine a estudiar a la Facultad de Medicina de la Universidad de Stanford y ya no regresé —dijo la doctora, asintiendo—. De eso hace catorce años —tenía treinta y seis y a Bernie le encantaba su estilo. Parecía inteligente y amable, y el brillo de sus ojos denotaba que tenía sentido del humor. Ella le miró también, pensando que los ojos de aquel hombre le gustaban—. Es un buen sitio para vivir. Me refiero a Napa. En fin... —la joven dejó los impresos y estudió el angelical rostro dormido de Alex—. ¿Por qué no me lo lleva al consultorio dentro de uno o dos días? Está situado en Saint Helena. Le pilla más cerca de su casa que el hospital —añadió, contemplando la fría atmósfera de la sala de urgencias. No le gustaba ver a los niños allí, salvo en los casos urgentes.

—Me alegro de que esté tan cerca de nosotros. Teniendo niños, nunca se sabe cuándo se puede necesitar un médico.

—¿Cuántos hijos tiene usted?

A lo mejor, ésa era la causa de que su mujer no le hubiera acompañado. A lo mejor, tenía diez hijos y se había quedado en casa con ellos. Esa idea le hacía gracia. Una de sus pacientes tenía ocho hijos a los que ella quería muchísimo.

—Tengo dos —contestó Bernie—. Alexander y una niña de nueve años, que se llama Jane.

La joven le miró con simpatía. Aquel hombre parecía muy agradable, pensó. Se le iluminaban los ojos cuando hablaba de sus hijos. Pero eran unos ojos un poco tristes, como los de un San Bernardo. En realidad, era un hombre muy guapo. Le gustaba su manera de moverse, su barba… «Mantente tranquila», se dijo, mientras le facilitaba a Bernie las últimas instrucciones y éste se marchaba llevando a Alex en brazos.

—Será mejor que no atienda estas llamadas nocturnas —le dijo la joven a la enfermera mientras se disponía a regresar a casa—. A esta hora, los padres me empiezan a resultar apetecibles —añadió, y se echó a reír.

Era una broma, claro. Siempre era muy seria en sus tratos con los pacientes y sus progenitores. Saludó con la mano a las enfermeras y salió fuera, donde había dejado el automóvil. Era un pequeño Austin Healy que tenía desde sus tiempos de universitaria. Regresó a Saint Helena con la capota bajada y el cabello volando al viento y saludó con la mano a Bernie al adelantarle en la carretera. Bernie le devolvió el saludo. Había algo en ella que le gustaba, pero ignoraba qué. Cuando el sol empezó a despuntar por detrás de los montes y él enfiló la calzada de su casa de Oakville, Bernie se sentía más feliz de lo que jamás se hubiera sentido en mucho tiempo.

35

Dos días más tarde, Bernie llevó a Alexander al consultorio de la doctora Jones, instalado en una soleada casita victoriana situada en las afueras de la ciudad. La doctora compartía el consultorio con otro médico y vivía en el piso de arriba. A Bernie le llamó inmediatamente la atención su manera de tratar al niño y su personalidad. Esta vez, llevaba una blanca bata almidonada sobre los pantalones vaqueros, pero se mostraba tan sencilla y cordial como la otra noche.

—El oído ya lo tiene mejor —le dijo a Bernie dirigiéndole una simpática sonrisa—. Pero no podrás bañarte en la piscina durante algún tiempo, amiguito —añadió, dirigiéndose al niño al tiempo que le alborotaba el cabello.

Más parecía una madre que un médico, pensó Bernie, apresurándose a apartar de su mente aquella idea.

—¿Tendrá que volver al consultorio? —preguntó.

Casi lamentó que la doctora sacudiera la cabeza para decirle que no. En seguida se sintió molesto. Era simplemente una chica amable y simpática y había atendido muy bien a Alex, se dijo. En caso de que el niño tuviera que volver al consultorio, le acompañaría la señora Pippin. Sería más seguro, pensó, contemplando el lustroso cabello negro y aquellos ojos azules que tanto le recordaban los de Liz.

—No creo que sea necesario. Tengo que anotar unos datos para el archivo. ¿Cuántos años me dijo que tenía? —preguntó la doctora, mirando amablemente a Bernie mientras éste trataba de aparentar indiferencia, aunque, en realidad, estuviera pensando en otra cosa. Tenía unos ojos tan azules…, exactamente igual que los de Liz. Trató de concentrarse en las preguntas.

—Dos años y dos meses.

—¿El estado general de la salud es bueno?

—Sí.

—¿Está al día en cuestión de vacunas?

—Sí.

—¿Cuál es su pediatra en la ciudad?

Bernie le facilitó el nombre. Hablar de aquellas cosas le era más fácil. Ni siquiera hacía falta que la mirara a la cara, si no quería.

—¿Nombres del resto de los componentes de la familia? —la doctora esbozó una sonrisa y anotó los datos— Es usted el señor Bernard Fine, ¿verdad?

—Exacto —a Bernie le alegró que la mujer recordara su nombre—. El niño tiene una hermana de nueve años llamada Jane.

—Lo recuerdo. ¿Y qué más?

—Eso es todo.

A Bernie le hubiera gustado haber tenido un par de hijos más con Liz, pero no hubo tiempo para ello.

—¿Cuál es el nombre de su esposa?

Al ver la dolorosa expresión de los ojos del hombre, la doctora sospechó inmediatamente que estaba divorciado.

Bernie sacudió la cabeza aturdido, como si acabara de recibir un inesperado mazazo.

—Pues… ella… Ya no…

La doctora le miró; estaba desconcertada por su respuesta.

—Ya no, ¿qué?

—Ya no vive —susurró Bernie con voz apenas audible.

La doctora comprendió de repente el dolor que le había causado con su pregunta, y se compadeció de él. Aún no se había acostumbrado al dolor de la muerte.

—Lo siento... —su voz se perdió mientras miraba al niño. Qué terrible debió ser para todos, y sobre todo para la niña. Afortunadamente, Alex era demasiado pequeño para comprenderlo. El padre, en cambio, estaba tremendamente afligido—. Lamento haberle hecho la pregunta.

—No se preocupe. Usted no lo sabía.

—¿Cuánto tiempo hace que murió?

No debía de hacer mucho porque Alex tenía apenas dos años. Sintió que las lágrimas le escocían en los ojos cuando su mirada se cruzó con la de Bernie.

—En julio del año pasado.

Al percatarse de que el tema era excesivamente doloroso para él, la doctora no insistió más en el tema; y cuando ellos se fueron, sintió una tristeza infinita en el alma. Pobre hombre, estaba destrozado. Se pasó todo el día pensando en él y, días más tarde, le vio en el supermercado. Alexander iba sentado en el carrito, como siempre, y esta vez les acompañaba Jane. La niña charlaba por los codos y el niño gritaba a pleno pulmón «¡Chicle, papá, chicle!». La doctora Jones estuvo casi a punto de tropezar con ellos. No parecían tan tristes como ella imaginaba. En realidad, se les veía muy felices y contentos.

—Vaya, ¿cómo está nuestro amiguito? —preguntó, mirando a Alex.

—Mucho mejor —contestó Bernie, sonriendo—. Creo que los antibióticos le fueron muy bien.

—Aún los toma, ¿verdad?

—Pues sí. Pero ya está completamente restablecido.

Bernie estaba muy guapo con los calzones cortos. La

doctora trató de no mirar, pero no pudo evitarlo. Era un hombre extremadamente apuesto. Por su parte, Bernie había comprobado que ella tampoco estaba del todo mal. Vestía unos pantalones vaqueros, una blusa azul oscuro y calzaba unas alpargatas rojas y el cabello le brillaba como si fuera de seda. Como no llevaba la bata de médico, Jane no sabía quién era. Por fin, Bernie las presentó y la niña tendió recelosamente una mano a la desconocida. Después la miró de soslayo y no se refirió para nada a ella hasta que subieron al automóvil.

—*¿Quién es ésa?*

—La doctora que atendió a Alex la otra noche —contestó Bernie con fingida indiferencia, pero fue como si hubiera regresado a la infancia y estuviera hablando con su madre. Estuvo casi a punto de reírse al pensarlo. Eran las mismas preguntas que le hubiera hecho Ruth.

—¿Por qué la llamaste a *ella*?

La inflexión de voz de la niña era de lo más significativa. A Bernie nunca se le hubiera ocurrido que Jane pudiera estar celosa.

—El doctor Wallaby me dio su número antes de venir aquí, por si alguno de vosotros sufriera un accidente o se pusiera enfermo, como le ocurrió a Alex la otra noche. La doctora fue muy amable al atendernos en el hospital en mitad de la noche. En realidad, ya estaba allí, atendiendo a otro paciente, lo cual dice mucho en su favor.

Jane se limitó a soltar un leve gruñido sin decir nada. Cuando volvieron a tropezarse con ella, algunas semanas más tarde, Jane no le hizo ni caso y ni siquiera la saludó. Al volver al coche, Bernie la reprendió.

—Has sido muy grosera con ella, ¿sabes?

—Pero, bueno, ¿qué tiene esa mujer de especial?

—Tiene de especial que es doctora y algún día puedes necesitarla. Por otra parte, no creo que te haya hecho nada para que te comportes así con ella. No hay razón para que no seas amable.

Por suerte, Alex le tenía mucha simpatía. Lanzó un

grito de júbilo en el supermercado e inmediatamente le dijo hola. Ella le hizo muchas carantoñas y le ofreció un caramelo, diciéndole que se llamaba Meg. Jane rechazó el caramelo, pero la doctora no pareció tomarlo a mal.

—No seas tan mal educada, cariño —le dijo Bernie.

La niña se había vuelto muy susceptible últimamente. Bernie se preguntó si estaría creciendo o si todavía echaba de menos a Liz. La señora Pippin le dijo que un poco de ambas cosas, y tenía razón. Esa mujer era el principal sostén de sus vidas y Bernie confiaba mucho en ella.

Bernie no volvió a ver a Megan hasta que acudió a una fiesta a la que casi le llevaron a rastras, el primer lunes de septiembre, Día del Trabajo. Llevaba casi tres años sin asistir a una reunión, desde que Liz cayera enferma. Pero el corredor de fincas que le había conseguido la casa se empeñó tanto en invitarle a la barbacoa que organizaría aquella noche, que a Bernie le pareció una descortesía no asistir, aunque sólo fuera un ratito. Acudió en plan de chico nuevo de la clase, sin conocer a nadie, y se avergonzó de su atildado atuendo en cuanto descendió del automóvil. Todo el mundo vestía camisetas, pantalones vaqueros y calzones cortos. Él, en cambio, llevaba unos pantalones blancos y una camisa azul más propios de Capri o Beverly Hills que del valle de Napa. Pasó unos momentos de apuro cuando su anfitrión le ofreció una cerveza y le preguntó que adónde iba después.

—Creo que llevo demasiado tiempo trabajando en unos grandes almacenes —contestó Bernie, esbozando una sonrisa.

Más tarde, su amigo se apartó con él un instante y le preguntó si le interesaría conservar la casa durante cierto tiempo. Los propietarios iban a quedarse en Burdeos más de lo previsto y preferían alquilársela a él.

—Es muy posible que sí, Frank —contestó Bernie.

El corredor de fincas se alegró y le aconsejó que alquilara la casa por meses, asegurándole que el valle era todavía más bonito en otoño, cuando la hoja cambiaba de color.

—Los inviernos tampoco son malos. Sería bonito que pudiera subir aquí siempre que tuviera ocasión de hacerlo. Además, el alquiler es muy razonable.

Se veía a las claras que aquel hombre era un vendedor nato, pensó Bernie sonriendo.

—Creo que nos iría muy bien.

—¿A que Frank le acaba de vender unos viñedos? —preguntó una conocida voz a su espalda.

Su risa era tan cantarina como unas campanitas de plata. Cuando volvió la cabeza, Bernie pudo contemplar el sedoso cabello negro y los ojos azules que tanto le subyugaron la primera vez. Megan Jones estaba preciosa. El bronceado de su piel formaba un agudo contraste con el azul claro de sus ojos. Llevaba una falda blanca acampanada, unas alpargatas blancas y una blusa rojo sangre de estilo gitano. Era tan guapa que Bernie se sintió incómodo en su presencia. Estaba más seguro cuando la veía con sus pantalones vaqueros o su bata blanca de médico. De esta manera, la chica resultaba más accesible, pensó mientras contemplaba la suavidad de los hombros desnudos y apartaba rápidamente la mirada para clavarla en sus ojos. Pero eso tampoco era fácil porque esos ojos le recordaban los de Liz, a pesar de ser distintos. Más atrevidos, maduros y sabios. Su carácter compasivo le hacía aparentar más años de los que tenía, lo cual le era muy útil en su profesión. Trató de apartar los ojos de ella, pero descubrió que no podía.

—Frank me acaba de prorrogar el alquiler de la casa —contestó Bernie en voz baja.

Megan observó que, por mucho que la boca de Bernie sonriera, sus ojos estaban tristes. Eran unos ojos apagados y distantes. Su dolor era todavía muy reciente como para que pudiera compartirlo con los demás, pensó Meg, recordando a sus hijos.

—¿Eso significa que se va a quedar aquí algún tiempo? —le preguntó, sosteniendo en la mano un vaso de vino blanco de la región.

—Creo que sólo vendremos los fines de semana. A los niños les encanta todo eso y Frank dice que en otoño es precioso.

—Es verdad. Por eso me quedé aquí. Es el único lugar de esta zona en el que se puede disfrutar del otoño. Las hojas cambian de color como en el este y todo el valle se viste de unos rojos y amarillos fantásticos.

Bernie intentó concentrarse en lo que Meg decía, pero sólo pudo ver sus hombros desnudos y sus ojos azules mirando directamente a los suyos como si quisieran decirle algo. Sentía curiosidad por ella desde el día que la conoció.

—¿Por qué se quedó a vivir aquí?

Meg se encogió de hombros mientras él tomaba otro vaso de cerveza y fruncía el ceño en un intento de disimular la atracción que sentía por ella.

—Pues no lo sé. No me apetecía regresar a Boston y comportarme como una persona seria todo el resto de mi vida.

La picardía que Bernie adivinaba en ella danzó en sus ojos mientras Meg soltaba una alegre carcajada.

—Boston puede ser así algunas veces.

Estaba extraordinariamente guapo, pensó Meg. Decidió correr el riesgo de hacerle otra pregunta, a pesar de lo que ya sabía de él.

—Y usted ¿por qué está en San Francisco en vez de Nueva York?

—Por un capricho del destino. Los almacenes en los que yo trabajo me enviaron para inaugurar una nueva sucursal —Bernie sonrió al pensar en ello y después se le empañaron los ojos, recordando el motivo por el cual había prolongado posteriormente su estancia..., la enfermedad de Liz—. Y ya me quedé aquí.

—¿Piensa quedarse definitivamente? —preguntó ella, mirándole a los ojos.

—No lo creo —contestó Bernie, sacudiendo la cabeza—. El año que viene seguramente volveré a Nueva York.

Meg pareció entristecerse súbitamente y Bernie se alegró en su fuero interno de haber acudido a la fiesta.

—¿Qué opinan los niños del regreso?

—Pues no lo sé —Bernie se puso de repente muy serio—. Puede que sea muy duro para Jane. Siempre ha vivido aquí y le costará ir a una nueva escuela y establecer nuevas amistades.

—Ya se acostumbrará —Megan le miró inquisitivamente, como si quisiera averiguar más cosas acerca de él. Para ella, Bernie era un hombre intrigante: simpático, fuerte y sincero, pero, al mismo tiempo distante. Comprendió el porqué la última vez que le vio en su consultorio. Hubiera querido sacarle de su ensimismamiento y hablar con él de verdad, pero no sabía cómo lograrlo—. Por cierto, ¿en qué almacenes trabaja?

—En Wolff's —contestó Bernie modestamente, como si se tratara de una tiendecilla de mala muerte.

Megan le miró asombrada. No era de extrañar que tuviera aquella pinta. Poseía el estilo innato del hombre acostumbrado a moverse en el mundo de la alta costura sin perder por ello aquel aire intensamente viril que a ella tanto le gustaba. En realidad, le agradaban muchas cosas de él.

—Son unos almacenes fabulosos —dijo Meg sonriendo—. Yo los visito cada pocos meses sólo para quedarme embobada contemplando todo lo que tienen. El hecho de vivir aquí arriba no me ofrece muchas oportunidades de pensar en todo eso.

—Es precisamente lo que yo estaba pensando este verano —dijo Bernie, mirándola a los ojos como si quisiera compartir con ella un proyecto secreto—. Siempre me ha rondado por la cabeza inaugurar un pequeño establecimiento en un lugar como éste. Una especie de tienda de pueblo de esas en las que hay un poco de todo, desde botas de montar hasta vestidos de noche, pero en plan elegante y todo de la mejor calidad. La gente de aquí no tiene tiempo de cubrir ciento cincuenta kilómetros de carretera para comprarse un buen vestido y, por otra parte, unos grandes almacenes no resultarían aquí demasiado adecuados. En cambio, una tienda, pero con los mejores artículos, sería estupenda, ¿no cree? —Meg le miró entusiasmada. La idea le parecía fantástica—. Pero, repito, sólo lo mejor —añadió Bernie— y en muy pequeñas cantidades. Se podría aprovechar una de estas casas victorianas y transformarla en tienda —cuanto más pensaba en ello, más le gustaba—. Pero todo esto son vanas quimeras. Cuando uno es tendero, ve tiendas por todas partes —añadió, riéndose.

—¿Por qué no lo hace? —preguntó Meg—. Aquí no tenemos donde comprar, exceptuando cuatro tiendas que no sirven para nada. Aquí hay mucho dinero, sobre todo en los meses estivales, aunque en realidad lo hay todo el año porque es una próspera zona de viñedos.

Bernie entornó los ojos y sacudió la cabeza.

—No sé de dónde sacaría el tiempo. Pronto tendré que marcharme. Pero es bonito soñar despierto.

Llevaba mucho tiempo sin soñar sobre nada ni nadie y Megan lo adivinó. Le gustaba charlar con él y le encantaba la idea de aquel proyecto. Pero lo que más le encantaba era él. Le parecía un hombre singular. Cordial, fuerte y honrado, pero con la delicadeza propia de los fuertes.

Bernie observó, de repente, el avisador que ella llevaba prendido al cinturón. Pensó que era una frivolidad hablar de los almacenes con Meg y le preguntó por qué llevaba el aparato.

—Estoy de guardia cuatro noches a la semana y tengo consulta seis días a la semana. Eso me mantiene totalmente ocupada menos las veces que me caigo de sueño —ambos se echaron a reír. Bernie la admiraba por su sentido de la responsabilidad y por su seriedad. La había visto rechazar un segundo vaso de vino tras tomarse el primero—. Aquí andamos escasos no sólo de tiendas, sino también de médicos —añadió ella sonriendo—. Mi socio y yo somos los únicos pediatras en treinta kilómetros a la redonda, lo cual puede que no le parezca mucho, pero nos mantiene a veces muy ocupados, como la noche en que atendí a su hijo en el hospital. Ya había visitado a un paciente en su casa y acababa de atender a otro cuando usted llegó. Aquí no se puede llevar una tranquila vida hogareña.

Sin embargo, no parecía que eso le importara demasiado. Se la veía contenta y satisfecha y era evidente que disfrutaba con su trabajo.

—¿Por qué estudió medicina? —le preguntó Bernie, quien nunca se había sentido atraído por aquella vida de entrega constante a los demás.

Ya de niño, llegó a la conclusión de que no quería seguir los pasos de su padre.

—Mi padre es médico, especialista en obstetricia y ginecología —contestó ella—, pero eso a mí no me gustaba. Yo quería especializarme en medicina infantil. Tengo un hermano psiquiatra. Mi madre quiso ser enfermera durante la guerra, pero sólo consiguió llegar a voluntaria de la Cruz Roja. Creo que todos llevamos dentro el gusanillo de la medicina. Es un vicio congénito —añadió, riéndose.

Todos habían estudiado en Harvard, pero eso Meg se lo calló. Ella estudió primero en el colegio universitario Radcliffe y pasó después a la Facultad de Medicina de la Universidad de Stanford, donde fue la segunda de su promoción, circunstancia que ahora le servía de muy poco. Estaba completamente entregada a su labor de sanar oídos, dar inyecciones, reducir fracturas, curar toses y estar a disposición de los niños a los que tanto amaba.

—Mi padre es médico —dijo Bernie, alegrándose de tener algo en común con ella—. Garganta, nariz y oído. Pero eso a mí nunca me atrajo demasiado. En realidad, yo quería estudiar literatura y dedicarme a la enseñanza en algún internado de Nueva Inglaterra —ahora le parecía una estupidez y su afición a la literatura rusa se le antojaba algo sumamente remoto—. Sospecho a menudo que los almacenes Wolff's me salvaron de un destino peor que la muerte. Quería trabajar en alguna escuela de una soñolienta ciudad provinciana, pero, por suerte, ninguna de ellas me aceptó, de lo cual me congratulo porque, a esta hora, yo sería un alcohólico. O me habría colgado de una viga. Es mucho mejor vender zapatos, abrigos de pieles y pan francés que vivir en semejante sitio.

—¿Así es cómo se ve usted? —preguntó Meg, riéndose ante la descripción que Bernie acababa de hacer de Wolff's.

—Más o menos.

Ambos se miraron a los ojos y se sintieron súbitamente unidos por un vínculo inexplicable.

Seguían hablando tranquilamente de sus cosas cuando se disparó el avisador. Megan se disculpó para ir al teléfono y, al volver, anunció que tenía que ir a atender a un paciente en el hospital.

—Espero que no sea nada grave —dijo Bernie, preocupado.

Meg le miró sonriendo. Estaba acostumbrada a aquella vida y le gustaba.

—Se trata de un simple golpe en la cabeza, pero quiero echarle un vistazo para mayor seguridad —era tan prudente y responsable como Bernie suponía—. Ha sido un placer volver a verle, Bernard —añadió Meg tendiéndole una mano.

Bernie aspiró por primera vez el perfume que la mujer llevaba. Era sensual y femenino como ella.

—Venga a verme a los almacenes la próxima vez que vaya a la ciudad. Yo mismo le venderé un poco de pan francés para demostrarle que sé dónde está.

—Sigo pensando que debería inaugurar usted la tienda de sus sueños aquí en Napa.

—Me encantaría hacerlo.

Pero sólo era un sueño. Su estancia en California estaba a punto de terminar. Ambos se miraron de nuevo a los ojos antes de que Meg se marchara a regañadientes, tras darle las gracias a su anfitrión. Bernie oyó el rugido del Austin Healy y, momentos después, vio a Megan, sentada al volante del descapotable con el cabello agitado por el viento. Al cabo de un rato, Bernie dejó la fiesta y regresó a casa, recordando lo bonita que estaba Megan con su blusa gitana y los hombros al aire.

36

Al cabo de un mes, un lluvioso sábado en que Bernie fue a Saint Helena para comprar unas cosas que le había encargado la señora Pippin, volvió a tropezarse con Megan al salir de una ferretería. Ella lucía un impermeable amarillo largo hasta los pies, unas botas de goma y un vistoso pañuelo rojo en la cabeza. Meg llevaba los brazos llenos de paquetes y se sorprendió mucho al ver a Bernie. Había pensado mucho en él desde la última vez que le había visto, y se llevó una agradable sorpresa.

—Vaya, hombre, qué feliz coincidencia. ¿Cómo está? —le preguntó mirándole con sus ojos tan brillantes como dos zafiros.

—Como de costumbre, ¿y usted?

—Trabajando como una loca, como siempre —sin embargo, parecía muy contenta—. ¿Cómo están sus hijos?

Era una pregunta de rutina que Meg solía hacer a todo el mundo, aunque, en realidad, le importara un pimiento.

—Muy bien —contestó Bernie, emocionado como un chiquillo.

Se encontraban de pie bajo el aguacero, y Bernie se protegía de la lluvia con un viejo impermeable inglés que había conocido mejores tiempos y un sombrero de *tweed*.

—¿Puedo invitarla a un café o tiene que irse corriendo a alguna parte? —le preguntó Bernie de repente, mirándola con los ojos entornados.

Recordaba el avisador que la había obligado a abandonar precipitadamente la fiesta del Día del Trabajo.

—Hoy tengo el día libre, y acepto encantada —contestó Megan, señalándole un local de unas puertas más abajo mientras Bernie se preguntaba por qué demonios la habría invitado.

Se alegraba siempre de verla, pero luego le remordía la conciencia porque no le parecía correcto. No tenía por qué sentirse atraído por aquella chica. Buscaron una mesa donde sentarse, y Meg pidió una taza de chocolate caliente y él, un café con leche. A pesar de la sencillez de su atuendo, Meg estaba guapísima. Era una de esas mujeres que parecen vulgares a primera vista, pero que después revelan poco a poco la belleza de sus rasgos, la dulzura de sus ojos y la suavidad de su piel.

—¿Qué mira? —preguntó Meg.

Pensó que estaría horrible. Bernie ladeó la cabeza y la miró sonriendo.

—Estaba pensando en lo bonita que está con el impermeable, las botas y el pañuelo rojo contrastando con el negro de su cabello —le contestó Bernie con toda sinceridad.

Megan se ruborizó intensamente y se tomó a broma el cumplido.

—Debe de estar ciego o borracho. Yo siempre fui la chica más alta de la clase, ya desde el parvulario. Mi hermano me decía que tenía unas piernas como postes de telégrafos y unos dientes como teclas de piano.

Y un cabello como la seda… Y unos ojos como pálidos zafiros… Y…

Bernie trató de inventarse un comentario intrascendente.

—Bueno, pero es que los hermanos siempre dicen

estas cosas, ¿no? Yo no lo sé muy bien porque soy hijo único, pero me parece que su misión en la vida consiste en atormentar todo cuanto puedan a sus hermanas.

Megan se echó a reír al recordarlo.

—Al mío eso se le daba muy bien. En realidad, le quiero mucho. Tiene cinco hijos —dijo Meg sonriendo.

Bernie soltó una carcajada. Otra católica. Qué contenta se hubiera puesto su madre. De repente, la idea le hizo gracia. Aquella no era, desde luego, la hija de la señora Rosenthal, la modelo de Ohrbach, pero era médico y eso a su madre le hubiera gustado, y no digamos a su padre. Aunque a él le traía completamente sin cuidado. Inmediatamente recordó que ambos sólo estaban tomando un chocolate caliente y un café en una lluviosa tarde de Napa.

—¿Es católico su hermano?

Su origen católico irlandés hubiera explicado aquella preciosa mata de cabello negro, pensó Bernie.

—No —contestó ella, riéndose—. Es episcopaliano, pero le gustan mucho los niños. Su mujer dice que quiere tener doce —añadió como si los envidiara.

—Yo siempre he pensado que las familias numerosas son estupendas —dijo Bernie mientras les servían lo que habían pedido. Tomó un sorbo de café y la miró, preguntándose quién era, de dónde venía y si tenía hijos propios. Se dio cuenta de lo poco que sabía de ella—. ¿Está usted casada, Megan?

No creía que lo estuviera, pero tampoco lo sabía con certeza.

—Me temo que no tuve mucho tiempo para eso con tantas llamadas nocturnas y tantas jornadas de dieciocho horas.

Aunque su trabajo fuera lo más importante para ella, eso no explicaba por qué razón no se había casado. De repente, Meg decidió ser sincera con él. Como ya le había ocurrido a Liz, vio en Bernie a un hombre en quien podía confiar y con el que podía hablar con toda franqueza.

—Hace tiempo, estuve comprometida en matrimonio con un hombre. Era médico como yo —su sinceridad pilló a Bernie completamente desprevenido—. Al terminar su período de residencia, le enviaron al Vietnam donde le mataron poco antes de que yo empezara a trabajar como residente en la Universidad de California.

—Qué duro golpe debió de ser para uted —dijo Bernie, conmovido.

Sabía por propia experiencia lo mucho que debió de sufrir. Pero lo de Meg ocurrió hacía tiempo. La muchacha echaba todavía de menos a Mark, pero ya no era el dolor punzante que aún experimentaba Bernie al cabo de poco más de un año de la muerte de Liz. Sin embargo, ahora le pareció que la comprendía mejor y se identificaba más con ella, cosa que no le ocurría al principio.

—Fue muy duro. Hacía cuatro años que éramos novios y nos íbamos a casar cuando yo terminara la carrera. Él estudiaba en Harvard cuando yo empecé allí el curso preparatorio. Lo pasé muy mal. Quería tomarme un año libre y aplazar el período de residencia, pero mis padres me lo quitaron de la cabeza. Incluso pensé en dejar la medicina por completo o dedicarme a la investigación. Estuve trastornada mucho tiempo, pero, al final, me recuperé durante el período de residencia y después me vine aquí —Meg miró a Bernie sonriendo, como si quisiera decirle que se podía sobrevivir a cualquier pérdida, por dolorosa que fuera—. Parece increíble, pero ya hace diez años que murió. Desde entonces, creo que ya no he tenido tiempo para nadie —añadió, ruborizándose—. Lo cual no significa que no haya salido con alguien de vez en cuando, aunque nunca hubo nada serio. Es curioso, ¿verdad? —el hecho de que hubieran pasado diez años se le antojaba extraordinario. Le parecía que fue ayer cuando dejó Boston y se trasladó a Stanford por él, quedándose posteriormente en el oeste para estar a su lado. Ahora no se imaginaba viviendo en Boston otra vez—. A veces, lamento no haberme casado y no tener hijos —tomó un sorbo de chocolate caliente mientras Bernie la estudiaba con admiración—. Ahora ya me parece demasiado tarde, aunque los pacientes satisfacen mis necesidades en este sentido.

—Pero no es lo mismo —dijo Bernie, intrigado.

—No, por descontado, pero resulta muy satisfactorio a su manera. Nunca volví a tropezarme con el hombre adecuado. Muchos hombres no pueden convivir con una mujer de carrera. Pero no hay por qué llorar por lo que no pudo ser. Tenemos que sacar fuerzas de flaqueza.

Bernie asintió en silencio. Él también lo estaba intentando sin Liz, pero le era muy difícil. Al fin, había encontrado a alguien que le comprendía.

—Yo pienso lo mismo a propósito de Liz…, mi mujer… Me parece que nunca encontraré otra como ella.

—Lo más probable es que no. Pero podría haber alguien que también le interesara.

—No creo —dijo Bernie, sacudiendo la cabeza.

Meg era la primera persona con quien podía comentar aquellos detalles, y era un alivio tenerla por amiga.

—Yo tampoco. Pero, al fin, uno acepta la situación.

—Entonces, ¿por qué no se casó con otro?

La pregunta fue para Meg como un puñetazo en pleno rostro.

—Creo que nunca me interesó. Creí que formábamos una pareja perfecta y nunca volví a conocer a nadie como él. Pero, ¿sabe una cosa? Creo que me equivoqué —jamás lo había reconocido ante nadie y tanto menos ante su familia—. Yo quería encontrar a alguien exactamente igual que él y, a lo mejor, un hombre distinto hubiera sido para mí igual de bueno si no mejor. Quizá, el Hombre Adecuado no hubiera tenido que ser un pediatra como yo ni trabajar en un medio rural como yo lo hago. Hubiera podido casarme con un abogado, un carpintero o un maestro de escuela, tener seis hijos con él y ser tan feliz como esperaba serlo con mi novio.

—Aún no es tarde —le dijo Bernie en voz baja.

Meg sonrió y se reclinó en el respaldo del asiento, alegrándose de poder comentar el tema con él.

—Ahora ya tengo unas costumbres demasiado arraigadas. Ya soy una solterona.

—Y a mucha honra —contestó Bernie, riéndose—. ¿Sabe una cosa? Lo que usted me ha dicho me será muy útil. La gente insiste en que salga, pero yo no estoy preparado para eso.

Era una forma de disculparse ante ella por lo que quería y no quería a la vez y, sobre todo, por lo que aún no entendía. Unos confusos recuerdos se agolparon en su mente al mirarla.

—No permita que nadie le diga lo que tiene que hacer, Bernard. Cuando llegue el momento, usted mismo se dará cuenta. Será más fácil para los niños si usted sabe lo que quiere. ¿Cuánto tiempo hace?

Meg se refería a la muerte de Liz, pero ahora Bernie ya podía afrontar la pregunta con más serenidad.

—Algo más de un año.

—No tenga prisa.

—Y después, ¿qué? —preguntó Bernie, mirándola inquisitivamente—. ¿Qué ocurre si no vuelves a encontrar lo mismo?

—Aprendes a amar a otra persona —Meg extendió un brazo y le dio una palmada a Bernie en una mano. Era la persona más comprensiva que Bernie hubiera conocido en mucho tiempo—. Tiene derecho a ello.

—¿Y usted? ¿No tiene usted también este derecho?

—Puede que no lo quisiera... Tal vez no tuve el suficiente valor para volver a encontrarlo.

Eran unas palabras sensatas. Al final, hablaron de otras cosas. De Boston, de Nueva York, de la casa que él había alquilado y del pediatra con quien ella compartía el consultorio. Bernie le habló incluso de la señora Pippin y ambos se rieron juntos de alguna de las aventuras que Meg había tenido. Fue una tarde deliciosa y Bernie lamentó tener que despedirse de Meg cuando ella le dijo que tenía que irse. Estaba citada para cenar con alguien en Calistoga y Bernie sintió curiosidad por saber si sería hombre o mujer, relación amorosa o simple amistad. Mientras ella se alejaba en su automóvil bajo la lluvia, saludándole con una mano, Bernie recordó algunas de las cosas que le había dicho: «Tal vez no tuve el suficiente valor para volver a encontrarlo.» Cuando puso en marcha el vehículo para regresar a casa donde le aguardaban la señora Pippin y los niños, Bernie se preguntó si alguna vez volvería a ser el mismo de antes.

37

La mente de Bernie estaba ocupada en otras cosas cuando la secretaria entró en su despacho a la semana siguiente para anunciarle que una señora quería verle.

—¿Una señora? —preguntó, sin acertar a imaginar quién pudiera ser—. ¿Qué señora?

—No lo sé —contestó la secretaria, tan sorprendida como él.

Bernie no solía recibir visitas femeninas, a no ser que fueran periodistas o quisieran organizar algún desfile de modas o se las enviara Paul Berman desde Nueva York. Sin embargo, en todos estos casos, ellas concertaban citas de antemano, lo que aquella mujer no había hecho. La secretaria observó que era muy atractiva, pero, aun así, le pareció que no encajaba en ninguna de dichas categorías. No tenía el aspecto de una elegante organizadora de desfiles de moda, ni tampoco el de una ajamonada dama aficionada a las fiestas benéficas, ni la pespicaz mirada de las jefas de compras de Nueva York o las reporteras. Parecía una mujer sencilla y natural, pero no por ello vulgar, pese a que su atuendo no era exactamente lo que pudiera decirse espectacular. Lucía un vestido azul marino, una blusa de seda beige, pendientes de perlas y unos zapatos azul marino de tacón alto. Tenía, además, unas piernas preciosas a pesar de lo alta que era. Casi tanto como Bernie.

Éste miró a su secretaria sin comprender por qué motivo no le podía facilitar más información.

—¿Le ha preguntado quién era?

La secretaria no era una estúpida, pero en aquel momento estaba desconcertada.

—Me contestó simplemente que venía a comprar pan... Yo le dije que se había equivocado de sección, señor Fine, que éstos eran los despachos de los ejecutivos, pero ella insistió en que usted se lo dijo.

Bernie estalló de repente en una carcajada, se levantó del sillón y se dirigió a la puerta bajo la mirada de su secretaria. La abrió de par en par, y vio a Megan Jones, muy guapa y alegre y sin la menor traza de ser una médica. Los pantalones vaqueros y la bata blanca se habían esfumado y ella le estaba mirando con una pícara sonrisa en los labios.

—Le ha pegado usted un susto de muerte a mi secretaria —le dijo Bernie en voz baja—. ¿Qué hace aquí? Sí, lo sé, lo sé... Ha venido a comprar el pan —la secretaria se retiró discretamente y él invitó a Megan a pasar a su despacho. Meg se acomodó en uno de los sillones de cuero y miró, muy impresionada, a su alrededor. Debía de ser un hombre muy importante, pensó mientras Bernie se sentaba en una esquina de su escritorio, visiblemente complacido de verla—. ¿Qué le trae a usted aquí, doctora? Aparte el pan, claro...

—Una antigua compañera mía de estudios... Lo dejó todo para casarse y tener hijos. Pensé entonces que cometía una estupidez, pero ahora ya no estoy tan segura de ello. Acaba de tener el quinto hijo y prometí venir a verla. Además, quería comprarme un poco de ropa. Pienso pasar las vacaciones en mi casa, y mi madre se llevará un disgusto como me vea con el vestuario que utilizo en Napa. Tengo que hacer un esfuerzo para recordar que

373

en Boston la gente no viste de esta manera. Conviene que me presente correctamente vestida —añadió, mirando con timidez a Bernie—. Por lo menos, al principio. Al tercer día, ya empiezo a ponerme los vaqueros. Esta vez quiero hacer un esfuerzo. Ya hago prácticas —se miró el vestido azul y, después, miró de nuevo a Bernie—. ¿Cómo estoy?

Parecía algo insegura y Bernie se sorprendió, tratándose de una persona tan capacitada como ella.

—Está preciosa, elegante y encantadora.

—Me siento como desnuda sin los pantalones vaqueros.

—Y la bata blanca... la imagen que yo tengo de usted lleva una bata blanca o un impermeable —Meg sonrió porque ella también se veía a sí misma de aquella manera. A Bernie, en cambio, le recordaba siempre con la camisa azul desabrochada y los pantalones blancos que llevaba en la fiesta del Día del Trabajo. Aquella noche estaba guapísimo, pero asimismo lo estaba en traje de calle. Era un hombre extraordinario..., aunque a ella ahora ya no le causaba tanta impresión desde que le conocía mejor—. ¿Quiere que le enseñe los almacenes?

Meg vio la montaña de papeles que había en el escritorio de Bernie y dedujo que estaría muy ocupado. No quería interrumpirle, pero se alegraba de haber podido entrar a saludarle un momento.

—Ya me las arreglaré por mi cuenta. Sólo quería saludarle.

—Me encanta que lo haya hecho —Bernie no estaba dispuesto a dejarla escapar tan de prisa—. ¿A qué hora tiene que ver a su amiga, la del niño?

—Le dije que iría hacia las cuatro, si para entonces ya he terminado de hacer mis compras.

—¿Qué le parece si tomamos después una copa juntos? —preguntó Bernie, esperanzado.

A veces, se sentía con ella como un chiquillo. Sólo quería ser su amigo..., pero también quería y no quería algo más. En realidad, ignoraba qué quería de ella, aparte la amistad. Sin embargo, no tenía por qué preocuparse por eso, de momento. Ambos se encontraban a gusto siendo sólo amigos y Meg no esperaba otra cosa de él.

—Me encantará —contestó ella muy contenta—. No tengo que volver a Napa hasta las once. Patrick me sustituirá.

—¿Y entonces, seguirá usted la guardia? —preguntó Bernie, horrorizado—. ¿Cuándo duerme?

—Nunca —contestó Megan, sonriendo—. Anoche estuve hasta las cinco de la madrugada con un niño enfermo de difteria. A todo se acostumbra una al final.

—Yo jamás hubiera podido —dijo Bernie—. Por eso trabajo en Wolff's en lugar de ser médico, tal como hubiera querido mi madre. ¿Sabe una cosa? Es usted el sueño dorado de todas las madres judías. Si fuera mi hermana, mi madre sería eternamente feliz.

—En cambio, mi madre me suplicó que no estudiara medicina —comentó Megan riéndose—. Me decía que estudiara para enfermera, maestra o secretaria, en resumen, que consiguiera un buen trabajo donde pudiera encontrar un hombre y casarme.

—Apuesto a que ahora debe de estar orgullosa de usted, ¿verdad? —dijo Bernie.

—A veces —contestó Megan con modestia—. Menos mal que tiene nietos gracias a mi hermano; de lo contrario, no me dejaría en paz. Ahora tengo que irme —añadió, consultando el reloj—. ¿Dónde nos reunimos para tomar la copa?

—¿En L'Étolie, a las seis?

Bernie lo dijo sin pensar. Era la primera mujer a la que llevaba allí desde la muerte de Liz, aparte de su madre, pero luego pensó que el sitio era estupendo para tomar unas copas y, además, ella se merecía lo mejor. Poseía un encanto muy especial. No era una chica cualquiera, y él lo sabía. Era una persona inteligente, una buena amiga y una profesional extraordinaria.

—Nos veremos allí —dijo Meg, sonriendo desde la puerta.

Aquel día, Bernie se sintió mejor que nunca. Salió de su despacho a las cinco y media para dirigirse pausadamente a L'Étoile, pero antes le compró a Meg una barra de pan francés y un frasco de su perfume preferido. Cuando se lo dejó todo sobre la mesa, Megan le miró asombrada.

—Dios mío, pero ¿qué es todo esto?

Se puso muy contenta, pero Bernie adivinó a través de sus ojos que no había tenido un gran día.

—¿Le ocurre algo? —le preguntó al fin mientras ambos se tomaban un kir.

A los dos les encantaba aquella bebida y, además, Megan había pasado un año en Provenza y hablaba un impecable francés, cosa que a Bernie le llamó mucho la atención.

—Pues, no sé... —Meg lanzó un suspiro y se reclinó en el asiento. Era siempre muy sincera con él y Bernie escuchaba con interés sus confesiones—. Hoy no sé qué me ha pasado cuando he visto a este niño. Ha sido la primera vez que he sentido este agudo dolor de que hablan las mujeres..., este dolor que te induce a preguntarte si no te habrás equivocado de camino en la vida —tomó un sorbo y miró a Bernie casi con tristeza—. Sería terrible no tener nunca hijos, ¿verdad? Yo jamás había pensado en ello. Puede sólo que esté cansada por lo de anoche con aquel niño enfermo.

—No lo creo. Tener hijos es lo mejor que jamás me ha ocurrido en la vida. Y usted es lo bastante inteligente para saberlo. Usted sabe lo que necesita mientras que la mayoría de las mujeres lo piensa.

—Y ahora, ¿qué hago? ¿Voy y secuestro a un niño o me quedo embarazada con mi carnicero del mercado de Napa? —dijo Meg en tono burlón.

—Seguro que habría muchos voluntarios para eso —contestó Bernie, sonriendo.

Era impensable que no los hubiera. Bajo la luz indirecta del local, Megan se ruborizó levemente mientras el piano sonaba a sus espaldas.

—Tal vez, pero no me gustaría educar a un hijo sin padre. Sin embargo, esta tarde... —su voz adquirió un tinte soñador mientras su mirada se perdía en la distancia—, cuando tomé al niño en brazos... ¡Qué milagro son los niños! —Meg miró a Bernie y se encogió de hombros—. Es una tontería que me ponga en plan romántico, ¿verdad? Mi vida es completamente satisfactoria.

—Quizá podría serlo más —dijo Bernie como si hablara consigo mismo.

—Quizás —a Megan no le apetecía demasiado insistir en el tema. Aquella clase de conversaciones siempre le hacían recordar a Mark, a pesar de los años transcurridos. Nunca había habido nadie como él—. Sea como fuere, piense en los pañales que no tengo que cambiar. A mí me basta y me sobra con andar por ahí con mi estetoscopio, queriendo a los hijos de los demás.

Bernie pensó que debía de estar muy sola. Él no hubiera podido imaginar una vida sin Jane o Alexander.

—Yo tenía treinta y siete años cuando nació Alex, y es lo mejor que jamás me ha ocurrido.

—¿Cuántos años tenía su esposa? —preguntó Meg, conmovida por aquella muestra de sinceridad.

—Casi veintinueve. Ella hubiera deseado tener más hijos.

Lástima que no los tuviera. Lástima que no viviera. Lástima que tampoco hubiera vivido Mark. Ésa era la realidad a la que Bernie y Megan habían sobrevivido.

—Yo veo a muchas madres muy valientes en mi consultorio. Primero han hecho lo que han querido, han tenido sus aventuras y su libertad y han ejercido una carrera y después han tenido los hijos que les ha dado la gana. A veces, pienso que eso las convierte en unas madres mejores que las otras.

—Bien, pues, ¿a qué espera? —dijo Bernie, hablándole en el mismo tono que su madre solía emplear con él—. Tenga un hijo.

—Les contaré a mis padres lo que usted me ha dicho —replicó Meg, soltando una carcajada.

—Dígales que tiene mi bendición.

—Lo haré.

Ambos intercambiaron una sonrisa sobre el trasfondo de las notas del piano.

—¿Cómo son?

Bernie sentía curiosidad por ella y quería averiguar más detalles sobre su vida. Ya conocía sus anhelos de tener hijos, sabía que había estudiado en Radcliffe y en Stanford, que su novio murió en Vietnam y que ella era de Boston y vivía en Napa, pero ignoraba otras cosas, aparte el hecho de sentirse atraído por ella. Mucho. Tal vez demasiado, aunque no quisiera reconocerlo. Por lo menos, ante sí mismo.

—¿Mis padres? —Megan pareció sorprenderse de la pregunta—. Supongo que son buena gente. Mi padre trabaja demasiado y mi madre le adora. Mi hermano opina que ambos están locos de remate. Dice que él quiere ganar mucho dinero y que no le apetecería nada pasarse las noches ayudando a las parturientas a traer hijos al mundo; por eso eligió la psiquiatría en lugar de la obstetricia. Aun así, creo que se toma muy en serio su trabajo, todo lo en serio que cabe esperar de él. Mi hermano está prácticamente loco. Es bajito y rubio, y se parece muchísimo a mi madre.

—¿Y usted se parece a su padre?

—Pues sí —Meg no parecía lamentarlo—. Mi hermano me llama la giganta y yo le llamo el enano y así empezábamos nuestras peleas cuando éramos pequeños —Bernie se rió ante las imágenes que ella evocaba—. Crecimos en una casa muy bonita que perteneció a mi abuelo, en Beacon Hill, y mi madre tiene una familia muy encopetada. No creo que jamás aprobaran su boda con mi padre. El hecho de que fuera médico no les parecía suficientemente aristocrático, pero a él le encanta su trabajo y lo hace muy bien. Cuando yo estudiaba en la universidad y pasaba las vacaciones en casa, le acompañé muchas veces y le vi salvar a muchos niños que, de otro modo, hubieran muerto e incluso a una madre que, de no ser por él, no hubiera podido sobrevivir. Me entusiasmé tanto que estuve a punto de elegir la especialidad de obstetricia, aunque, en realidad, prefiero la pediatría.

—¿Por qué no se quedó en Boston?

—¿Quiere que le diga la verdad? —Meg exhaló un suspiro—. Porque me acosaban demasiado. Yo no quería seguir los pasos de mi padre, y tampoco quería ser una abnegada esposa como mi madre, cuidando todo el día del marido y de los hijos. Ella me aconsejaba que le dejara el ejercicio de la medicina a Mark y que yo me quedara en casa para hacerle la vida más cómoda. No es que eso tenga nada de malo, que conste, pero yo quería algo más y no hubiera podido soportar todo aquel puritano acoso episcopaliano. Por fin, hubieran querido que me casara con algún miembro de la alta sociedad y que viviera en una casa como la suya, organizando pequeñas reuniones sociales para amigos como los suyos —sólo de pensarlo se asustaba—. Eso no era para mí, Bernie. Necesitaba más espacio y más libertad, gente nueva y pantalones vaqueros. Aquella vida es muy limitada.

—La creo. En realidad, se parece mucho a los acosos que yo hubiera sufrido en Scarsdale. Judíos, católicos o episcopalianos, al fin todos son iguales. Se trata de lo que son y de lo que quieren ser. Lo malo es que, a veces, se puede y a veces no. Si me hubiera doblegado a los deseos de mis padres, a esta hora yo sería un médico judío casado con una buena chica judía que, en estos momentos, se estaría haciendo la manicura en la peluquería.

Megan se echó a reír.

—Mi mejor amiga en la Facultad de Medicina era judía y ahora es psiquiatra en Los Ángeles y gana una fortuna, pero apuesto a que jamás en su vida se hizo la manicura.

—Pues le aseguro que es una excepción.

—¿Era judía su esposa?

Bernie sacudió la cabeza y no pareció inquietarse al oír que Meg mencionaba a Liz.

—No. Se llamaba Elizabeth O'Reilly —contestó sonriendo. De repente, soltó una carcajada al recordar una escena de hacía mil años—. Pensé que a mi madre le iba a dar un ataque al corazón la primera vez que se lo dije.

—Mis padres se comportaron de la misma manera cuando mi hermano les presentó a su mujer —dijo Megan, riéndose—. Está tan chiflada como él y, además, es francesa y mi madre pensaba que, por el hecho de serlo, había posado desnuda para las revistas.

Ambos se rieron de buena gana mientras se contaban mutuamente detalles de sus respectivas familias; hasta que, al final, Bernie consultó su reloj. Eran las ocho y sabía que Meg tenía que estar de vuelta en Napa a las once.

—¿Quiere cenar aquí? —le preguntó, suponiendo que cenarían juntos o, por lo menos, esperándolo, aunque, en realidad, le daba igual una cosa que otra con tal de que pudieran estar juntos—. ¿O prefiere ir a un restaurante chino o algo más exótico?

Megan le miró, calculando el tiempo.

—Entro de guardia a las once, lo cual significa que tengo que marcharme de la ciudad a las nueve y media. ¿Le molestaría mucho que nos fuéramos a tomar una hamburguesa a alguna parte? —preguntó, mirándole tímidamente—. Sería más rápido. Patrick se pone nervioso si llego con retraso a las guardias. Su mujer está a punto de dar a luz y teme que le empiecen los dolores del parto durante mi ausencia. Por consiguiente, no puedo retrasarme.

Lo lamentaba porque le hubiera gustado mucho pasarse horas y más horas hablando con Bernie.

—Una hamburguesa tampoco me vendría mal —contestó Bernie, llamando por señas al camarero para que le llevara la cuenta—. En realidad, conozco un sitio muy divertido no lejos de aquí, si no le importa mezclarse con un público heterogéneo.

Allí había de todo, desde estibadores del puerto a chicas de la alta sociedad, pero a él le gustaba el ambiente y pensaba que a Meg también le iba a gustar. Tenía razón. Nada más entrar, Megan se entusiasmó. Se comieron unas hamburguesas y un trozo de pastel de manzana en un bar de los estibadores, muy cerca del muelle, llamado Olive Oyl's, y, a las nueve y media, ella se levantó a regañadientes para regresar a Napa. Temía llegar tarde, por lo que después de la cena, Bernie la acompañó a toda prisa hasta su Austin Healy.

—¿Cree que conseguirá llegar a tiempo? —le preguntó.

Estaba preocupado por ella porque era muy tarde para que regresara sola a Napa.

—Pierda cuidado —contestó Megan, riéndose—. Ya soy una chica grandota —añadió, refiriéndose a su estatura—. Y me lo he pasado de maravilla.

—Yo también.

Era cierto. Hacía muchísimo tiempo que Bernie no se lo pasaba tan bien. Se encontraba muy a gusto al lado de Meg, compartiendo con ella sus más secretos anhelos y escuchando los suyos.

—¿Cuándo volverá a subir a Napa? —le preguntó Meg, esperanzada.

—Tardaré algún tiempo. Me voy a Europa la semana que viene, y la señora Pippin no sube con los niños cuando yo no estoy. El traslado resulta demasiado complicado. Regresaré antes de tres semanas y la llamaré a la vuelta. Podríamos almorzar un día allá arriba —de repente, a Bernie se le ocurrió una cosa—. ¿Cuándo irá a su casa a pasar las vacaciones?

—Por Navidad.

—Nosotros también. A Nueva York. Pero este año podríamos pasar el Día de Acción de Gracias en Napa —no quería quedarse en la ciudad por aquellas fechas, porque ello le hubiera hecho recordar a Liz—. La llamaré cuando vuelva de Nueva York.

—Cuídese y no trabaje demasiado.

—Sí, doctora —contestó Bernie, riéndose—. Y usted también. Y sea prudente en la carretera.

Megan le saludó con una mano y Bernie consultó su reloj mientras el automóvil se ponía en marcha. Eran exactamente las nueve y treinta y cinco minutos. A las once y cuarto, la llamó desde su casa. Pidió a la centralita que la avisaran a ser posible. Cuando contestó al teléfono, Megan le dijo que acababa de regresar en aquel instante.

—Quería asegurarme de que había vuelto a casa sana y salva. Conduce demasiado rápido —le dijo Bernie en tono de reproche.

—Y usted se preocupa demasiado.

—Lo llevo en los genes.

Era cierto. Bernie se preocupaba siempre por todo, pero ello le permitía también ser un perfeccionista, cosa que en Wolff's le daba muy buenos resultados.

—Hace una noche preciosa en Napa, Bernie. Sopla una brisa muy agradable y se ven todas las estrellas del cielo —en cambio, la ciudad estaba cubierta de la niebla, aunque Bernie se sentía a gusto en ambos lugares. No obstante, hubiera preferido estar con ella. La velada había sido demasiado corta—. Por cierto, ¿qué ciudades de Europa visitará?

Megan sentía curiosidad por aquella vida tan distinta de la suya.

—Pienso ir a París, Londres, Milán y Roma. Voy dos veces al año por cuenta de los almacenes. Y, a la vuelta, me detendré en Nueva York para asistir a unas reuniones.

—Debe de ser muy divertido.

—Pues, sí.

A veces. Lo había sido mucho con Liz. Y antes, también. Últimamente, ya no tanto. Como en todo lo que hacía, Bernie se sentía solo.

—Me lo he pasado muy bien esta noche, Bernie, y quiero darle las gracias.

—Desde luego, no era el Maxim's —dijo Bernie, recordando la cena en el Olive Oyl's del muelle.

—Pero me ha encantado.

En aquel momento, se disparó el avisador y Megan tuvo que dejarle.

Bernie colgó el aparato con tristeza y, para aclararse las ideas, se fue al armario y aún pudo aspirar un leve rastro del perfume de Liz. Ahora tenía que olfatear con más fuerza para percibirlo. Cerró rápidamente la puerta del armario y se sintió culpable. Aquella noche no pensaba en Liz, sino en Megan. Y era su perfume el que ansiaba aspirar.

38

Bernie se quedó en Nueva York más tiempo de lo previsto. Iba a ser un año decisivo para el *prêt-à-porter,* se habían producido grandes cambios y Bernie quería estar siempre en vanguardia. Regresó muy satisfecho a San Francisco y no se acordó del pañuelo de Hermès que le compró a Megan en París hasta que subieron a Napa. Recordó, de repente, que lo había guardado en un rincón de la maleta, y fue por él. Lo encontró y decidió entregárselo personalmente. Se dirigió a la ciudad en su automóvil y se detuvo frente a la casita victoriana donde ella vivía y donde tenía su consultorio. Al decirle el socio de Meg que ella había salido, Bernie le dejó la cajita de color beige con una simple nota que decía: «Para Megan, de París. Saludos, Bernie».

Megan le llamó por la noche para darle las gracias y él se alegró de que le gustara. Estaba estampado en tonos azul marino, rojo y dorado en homenaje al día en que la vio con las botas rojas, los pantalones vaqueros y el impermeable amarillo.

—Acabo de volver a casa y me lo he encontrado en el escritorio. Patrick lo habrá dejado allí al marcharse. Es precioso, Bernie, y me gusta mucho.

—Me alegro. Vamos a inaugurar una boutique de esta casa en marzo.

—¡Estupendo! Me gustan los artículos que tienen.

—Suelen gustar a todo el mundo. Creo que el negocio irá bien.

Bernie le contó los detalles de otras transacciones que había hecho y Megan le escuchó con asombro.

—Pues yo, aquí, me he limitado a diagnosticar tres otitis, siete inflamaciones de la garganta, una bronquitis incipiente y una apendicitis aguda en tres semanas, por no hablar del millón de cortes, astillas, chichones y un pulgar fracturado —le explicó Megan, un poco aburrida.

—Eso es mucho más importante que lo que yo hago. De mi boutique de artículos de piel italianos o de mi línea de calzado francés no depende la vida de nadie. En cambio, lo que usted hace tiene trascendencia y es significativo.

—Supongo que sí —Megan estaba un poco alicaída. La mujer de su socio había dado a luz a una niña aquella semana, y ella había vuelto a experimentar aquel íntimo y conocido dolor. Sin embargo, no quiso decirle nada a Bernie. No le conocía lo suficiente y, al final, él empezaría a pensar que era una neurótica, obsesionada con los hijos de los demás—. ¿Le han dicho cuándo tendrá que volver a Nueva York?

—Todavía no. Por una vez, ni siquiera hemos tenido tiempo de hablar de ello. Hay mucho ajetreo en los almacenes en estos momentos. Por lo menos, es distraído. ¿Le apetecería almorzar conmigo mañana? —preguntó Bernie.

Le apetecía reunirse con ella en el café de Saint Helena.

—Ojalá pudiera. La mujer de Patrick ha tenido una niña esta semana y yo tengo que sustituirle. Si quiere, podría pasar por su casa antes de ir al hospital. ¿O cree que Jane lo tomaría a mal?

Megan quería ser sincera con él. Había notado la ani-

madversión que sentía la niña hacia ella y no quería dis
gustarla.

—No veo por qué razón lo tomaría a mal.

Bernie no veía lo que Megan o, por lo menos, no con
tanta claridad.

—Me parece que no le gusta ver señoras por su casa.

Hubiera querido decir «a su lado», pero no se atrevió.

—No tiene por qué preocuparse.

Megan no estaba muy segura de que Bernie comprendiera los motivos que impulsaban a la niña. Ésta protegía
la memoria de su madre, y era lógico que así lo hiciera.

—No quiero disgustar a nadie.

—Me dará un disgusto a mí, si no viene. Además, ya
es hora de que conozca a la señora Pippin. Es la mejor
de la familia. ¿A qué hora piensa pasar?

—Sobre las nueve. ¿Le parece bien o es demasiado
temprano?

—Estupendo. Es nuestra hora del desayuno.

—Hasta mañana.

Bernie se emocionó al pensar que volvería a verla. Se
dijo que todo se debía a que era una persona interesante
y procuró no pensar en el sedoso cabello negro ni en
la sensación que experimentaba en la boca del estómago
cuando evocaba la figura de aquella mujer.

Megan llegó a las nueve y cuarto de la mañana. Previamente, Bernie había colocado plato y cubiertos para
ella.

—¿Eso para quién es? —preguntó Jane, mirándole
extrañada.

—Para la doctora Jones —contestó Bernie como el
que no quiere la cosa mientras simulaba hojear el *New
York Times*.

Sin embargo, la señora Pippin le estaba observando
detenidamente, lo mismo que Jane. Como un buitre.

—¿Quién está enfermo? —insistió Jane.

—Nadie. Sólo le apetece tomar una taza de café con
nosotros.

—¿Por qué? ¿Quién la ha llamado?

—¿Por qué no te calmas, cariño? —dijo Bernie, volviéndose a mirarla—. Es una persona muy simpática. Bébete el zumo y no seas pesada.

—No tengo zumo.

Estaba comiendo fresas.

—Bébetelo de todos modos —repitió Bernie, mirándola distraído.

Jane sonrió, pero se puso inmediatamente en estado de alerta. No le gustaba que nadie se inmiscuyera en sus vidas. Ahora tenían todo cuanto necesitaban. Se tenían el uno al otro y tenían, además, a Alex y a la señora Pippin. Fue Alex quien empezó a llamarla Pip y todos la denominaron inmediatamente con este nombre. La señora Pippin era demasiado largo para el niño.

Llegó Megan con un enorme ramo de flores amarillas y una radiante sonrisa para todos. Bernie la presentó a la señora Pippin y ésta le estrechó una mano, complacida.

—¡Mucho gusto, *doctora*! El señor Fine ya me ha contado lo bien que le curó al pobrecito Alex la otitis.

A continuación ambas empezaron a charlar animadamente y quedó claro que a la señora Pippin le gustaba aquella chica no sólo como médica, sino asimismo como mujer. La colmó de atenciones y, mientras Jane observaba la escena con odio reconcentrado, le sirvió una taza de café con pastelillos, huevos, jamón ahumado, salchichas y un enorme cuenco de fresas. A la niña le molestaba la presencia de Meg y, sobre todo, su amistad con Bernie.

—No sé por qué papá le ha pedido que viniera —le dijo mientras Megan alababa la deliciosa comida y la miraba sonriendo—. Aquí nadie está enfermo.

Bernie se sorprendió de su grosería, al igual que la señora Pippin. En cambio, Megan esbozó una amable sonrisa, sin molestarse por el comentario de la niña.

—Me gusta ver a mis pacientes incluso cuando están bien. A veces —explicó—, es más fácil curar a alguien a quien ya se conoce.

—De todos modos, nosotros tenemos un médico en San Francisco.

—Jane —le reconvino Bernie en tono de reproche mientras le pedía disculpas a Megan con la mirada. En aquel instante, Alexander se acercó a ella y se la quedó mirando.

—Rodillas —anunció—. Quiero sentarme sobre rodillas.

Su forma de hablar aún seguía pareciendo una mala traducción del griego, pero Meg le entendió perfectamente y lo sentó sobre su regazo, ofreciéndole una fresa que el chiquillo se tragó entera mientras ella le miraba sonriendo. Bernie no dejó de observar que Megan lucía el pañuelo que él le había regalado la víspera. Se alegró de que lo llevara. Casi en aquel mismo instante, Jane se fijó también en él. Había visto la caja sobre el escritorio de su padre y, al preguntarle para quién era, él le había contestado que para una amiga. Jane recordaba los pañuelos de Hermès que Bernie solía comprarle a Liz. Esta vez, también le había regalado uno a la señora Pippin. Un precioso pañuelo azul marino, blanco y amarillo, para que se lo pudiera poner con sus uniformes, su abrigo azul marino, los zapatones claveteados y su sombrero a lo Mary Poppins.

—¿De dónde ha sacado este pañuelo? —preguntó Jane, como si Megan lo hubiera robado.

La joven se sobresaltó, pero reaccionó en seguida. Al parecer, Jane había ganado la partida, pero, al fin, la ganó Meg.

—Ah..., pues..., me lo ha regalado una amiga, hace tiempo. Cuando vivía en Francia.

Megan supo inmediatamente lo que tenía que hacer y Bernie se lo agradeció en el alma. Era como si hubieran organizado involuntariamente una conspiración de la que ahora ambos formaban parte.

—¿De veras? —preguntó Jane, sorprendida.

La niña pensaba que Bernie era la única persona del mundo que conocía la existencia de Hermès.

—Sí —contestó Meg, más tranquila y sosegada—. He vivido un año en Provenza. ¿Has estado en París con tu papá, Jane? —preguntó inocentemente mientras Bernie ocultaba una sonrisa. Meg sabía tratar a los niños. Más aún, se los llevaba de calle. Alex se acurrucó contra ella y, tras comerse todas sus fresas, ahora quería ayudarla a terminarse los huevos con jamón.

—No, nunca he estado en París. Todavía no. Pero en Nueva York, sí —añadió con orgullo.

—Qué suerte. ¿Y qué es lo que más te gusta de allí?

—¡El Radio City Hall! —contestó Jane con entusiasmo.

Sin que ella se diera cuenta, Megan se la estaba metiendo en el bolsillo. De repente, la niña miró con recelo a la doctora. Había olvidado que tenía que odiarla y, a partir de aquel momento, se negó a participar en la conversación y contestó sólo con monosílabos hasta que Megan se marchó.

Bernie se disculpó ante ella mientras la acompañaba al automóvil.

—Le pido perdón. Nunca se comporta de esta manera. Debe de estar celosa.

Megan sacudió la cabeza y le miró sonriendo. Bernie no estaba al corriente de ciertas cosas que ella conocía muy bien: las angustias y los dilemas de los niños.

—No se preocupe. Es normal. Usted y Alex son lo único que tiene. Y defiende su territorio —dijo Megan con suma delicadeza para no causarle dolor. Aún era demasiado frágil—. Defiende la memoria de su madre. Le cuesta ver a una mujer a su lado, aunque eso no constituya ninguna amenaza. Procure no llevar a casa a ninguna rubia explosiva porque, a poco que usted se descuide, la envenenará.

Ambos se echaron a reír mientras él abría la portezuela del vehículo.

—Lo tendré en cuenta. La ha sabido tratar muy bien, Megan.

—No olvide que ése es, más o menos, mi trabajo. Usted vende pan. Y yo conozco a los niños. A veces.

Bernie se inclinó hacia ella y experimentó el súbito deseo de darle un beso, pero retrocedió rápidamente, avergonzado de su propia reacción.

—También procuraré tenerlo en cuenta. Bueno, pues, hasta pronto —en aquel preciso momento, Bernie se acordó de lo que quería decirle. Faltaban apenas dos semanas para el Día de Acción de Gracias y ellos ya no volverían al campo hasta entonces—. ¿Quiere comer con nosotros el Día de Acción de Gracias?

Deseaba preguntárselo desde que había regresado de Nueva York.

—¿Cree que Jane está preparada para eso? —preguntó Meg a su vez, mirándole pensativa—. No la agobie demasiado.

—¿Qué debo hacer? ¿Pasarme la vida sentado en mi habitación? —dijo Bernie, poniendo cara de niño decepcionado—. Me asiste el derecho a tener amistades, ¿no?

—Sí, pero déle tiempo para que recupere el resuello. ¿Por qué no vengo a tomar el postre? Podría ser una buena solución de compromiso.

—¿Tiene otros planes?

Bernie quería saber con quién se veía. Andaba constantemente ocupada, pero él no sabía con quién. Le parecía increíble que pudiera entregarse tan profundamente a su trabajo.

—Le dije a Jessica, la mujer de Patrick, que le echaría una mano. Ha invitado a unos parientes suyos de fuera y no le vendrá mal que la ayude un poco en la cocina. ¿Le parece bien que primero la ayude y después venga aquí, a su casa?

—¿Tiene algún otro proyecto? ¿Aplicarle, por ejemplo, el boca a boca a alguien por el camino?

Era curioso, pensó Bernie. Siempre se preocupaba por los demás.

—Tan mal no me parece —dijo Meg sorprendida.

Jamás pensaba en sí misma. Era su manera de ser y una de las cosas que a Bernie más le gustaban de ella.

—Siempre hace cosas para los demás, y casi nunca para usted —dijo Bernie, mirándola preocupado.

—Supongo que eso me satisface. Con poco me conformo.

Por lo menos, eso pensaba ella. Últimamente, tenía sus dudas. Le faltaban muchas cosas. Lo comprendió cuando Alexander quiso sentarse sobre su regazo; e incluso cuando Jane la miró con rabia. Le pareció que ya estaba un poco harta de examinar oídos y gargantas y de comprobar reflejos.

—Entonces, nos veremos el Día de Acción de Gracias. Aunque no sea más que para tomar el postre.

Bernie lamentó no poder pasar más tiempo con ella aquel día y le echó secretamente la culpa a Jane. Estaba molesto con la niña y su irritación fue en aumento cuando la oyó criticar a Megan.

—Qué fea es, ¿verdad, papá? —dijo Jane mientras él la miraba con rabia.

—A mí no me lo parece, Jane. Creo que es una chica muy guapa —contestó Bernie, procurando no perder los estribos.

—¿Chica? ¡Pero, si por lo menos tiene cien años!

Bernie apretó las mandíbulas y la miró, tratando de reprimir su enojo.

—Pero, ¿por qué la odias tanto?

—Porque es tonta.

—No es tonta. Es muy lista. No hubiera podido ser médica si no lo fuera.

—Pues, bueno, a mí no me gusta —dijo la niña con los ojos llenos de lágrimas.

Estaba ayudando a la señora Pip a alzar la mesa cuando, de repente, se le cayó un plato de las manos que se hizo añicos en el suelo.

—No es más que una amiga, cariño —le dijo Bernie, acercándose presuroso a ella—. Sólo eso —Megan tenía razón. Jane no quería que ninguna mujer se inmiscuyera en sus vidas. Estaba clarísimo—. Te quiero mucho, nena.

—Pues, entonces, no la dejes venir más —contestó Jane, rompiendo a llorar mientras Alexander la miraba extasiado, sin saber de qué estaban hablando.

—¿Por qué no?

—Porque no nos hace ninguna falta.

Tras lo cual, Jane subió corriendo a su habitación y cerró la puerta de golpe. La señora Pip miró a Bernie en silencio y levantó una mano cuando él hizo ademán de seguirla.

—Déjela sola un ratito, señor Fine. Ya se le pasará. Tiene que aprender que las cosas no siempre van a ser así. Yo, por lo menos, lo espero. Por usted y también por Jane. La doctora me es muy simpática.

—A mí también me lo parece —dijo Bernie, agradeciéndole sus palabras de aliento—. Es una chica muy simpática y una buena amiga. No sé por qué Jane se pone de esta manera cuando la ve.

—Tiene miedo de perderle a usted.

—Era exactamente lo mismo que decía Megan.

—Pues, procure decírselo. Todo lo a menudo que pueda. En cuanto al resto, tendrá que acostumbrarse. Vaya despacio… Y ya verá cómo todo se arregla.

Pero, ¿adónde tenía que ir? No pensaba ir a ninguna parte. Ni con Megan ni con nadie.

—No se trata de nada de todo eso, señora Pip —dijo Bernie, mirándola solemnemente—. Eso es lo que yo quería que Jane comprendiera.

—No esté tan seguro de ello —dijo la señora Pippin con la cara muy seria—. Usted tiene derecho a una vida mejor que la que ahora lleva. No sería sano vivir siempre de esta manera.

Sabía muy bien lo solo que estaba Bernie y había observado las visitas que él y Jane solían hacer al armario de Liz, so pretexto de buscar alguna cosa. Ya era hora de que se olvidara de ellas, pero sabía, asimismo, que él aún no estaba preparado para eso.

39

Megan cumplió su palabra y acudió a tomar el postre con ellos, tras haber celebrado el Día de Acción de Gracias con Patrick, Jessica y el hijo recién nacido de ambos. Llevaba un pastel de frutas elaborado por ella misma. La señora Pippin dijo que era estupendo, pero Jane no quiso ni probarlo, alegando que ya había comido suficiente. Bernie tomó un trozo y le pareció muy bueno.

—Me sorprende —dijo ella, complacida. Lucía un vestido rojo que se había comprado en Wolff's el día en que fue a tomar unas copas con él—. Soy la peor cocinera del mundo. No sé hacer ni siquiera un huevo pasado por agua, y el café que hago sabe a veneno. Mi hermano me pide siempre que no ponga los pies en su cocina.

—Debe de ser todo un personaje.

—En este caso, tiene razón —Jane sonrió muy a pesar suyo y Alex volvió a acercarse a ella y se sentó sobre sus rodillas sin pedirle permiso. Meg le dio un trozo de pastel, pero el chiquillo lo escupió—. ¿Lo ven? Alexander sabe lo que hace. ¿Verdad que sí?

El niño asintió con la cara muy seria, y todo el mundo se echó a reír.

—Mi mamá era una cocinera estupenda, ¿verdad,

papá? —dijo Jane con ánimo de ofender, aunque también con sincera añoranza.

—Sí, cariño.

—Solía hacernos muchas cosas al horno.

Jane recordó los pastelillos en forma de corazón que elaboró su madre para el último día de la escuela y poco faltó para que se echara a llorar mientras miraba tristemente a Megan.

—Yo lo admiro mucho porque sé cuán bonito es saber hacer estas cosas.

—Además, era muy guapa —añadió Jane. Bernie comprendió que sus palabras eran más un recuerdo que una comparación. Por mucho que a él le doliera, la niña necesitaba desahogarse—. Era rubia y más bien delgada y bajita.

Megan miró a Bernie, sonriendo. O sea que él no se sentía atraído por ella por el hecho de que se pareciera a su difunta esposa. En realidad, ella era justo lo contrario, de lo cual se alegraba muchísimo. La gente intentaba a menudo repetir infructuosamente lo que había perdido y era imposible seguir la sombra de alguien cuando el sol se movía.

—No te lo vas a creer —le dijo a Jane—, pero mi madre también es rubia, delgada y bajita. Al igual que mi hermano.

—¿De veras? —preguntó Jane sonriendo.

—De veras. Mi mamá es así de alta —contestó Megan, señalando su hombro—. Yo me parezco a mi padre.

Pero daba igual porque ambos eran muy guapos.

—¿Y su hermano es tan bajito como su mamá? —preguntó Jane, súbitamente interesada.

Bernie sonrió complacido. Tal vez Jane acabaría calmándose.

—Ya lo creo. Yo siempre le llamo enano.

—Apuesto a que la debe odiar con toda el alma —dijo Jane, riéndose de buena gana.

—Pues, sí, supongo que sí. A lo mejor, se hizo psiquiatra para aclararse un poco las ideas.

Todo el mundo se rió mientras la señora Pippin le servía una taza de té y ambas intercambiaban una mirada de complicidad. Luego, la tata se llevó a Alexander para darle un baño y Megan ayudó a Bernie y a Jane a levantar la mesa. Echaron los desperdicios a la basura, guardaron la comida sobrante, quitaron los restos de comida de los platos, lavaron los platos, los enjuagaron y los colocaron en el lavavajillas; y ya habían terminado, cuando volvió la señora Pippin. Ésta estuvo a punto de comentar lo bien que le iría que hubiera otra mujer en la casa, pero lo pensó mejor y se limitó a darles las gracias. Le pareció más diplomático.

Megan se quedó una hora más charlando de mil cosas con ellos hasta que se disparó el avisador; entonces dejó que Jane marcara el número de su centralita e incluso le permitió escuchar mientras le daban el mensaje. Alguien se había atragantado con un hueso de pavo. Por suerte, habían conseguido sacárselo, pero ahora el niño tenía la garganta en carne viva. Acababa de colgar cuando volvió a sonar el avisador. Una niña se había cortado con el cuchillo de trinchar y necesitaba puntos de sutura.

—Uy —exclamó Jane, haciendo una mueca—. Eso no me gusta nada.

—Algunas veces, puede ser grave. Pero no creo que en este caso lo sea. No se ha rebanado el dedo ni nada por el estilo —dijo Megan, mirando a Bernie por encima del hombro de la niña—. Me parece que voy a tener que irme.

—¿Quiere volver más tarde? —le preguntó Bernie, confiando en que le contestara que sí; pero ella prefería ser prudente en atención a Jane.

—Creo que entonces ya sería muy tarde. A veces, no se termina tan pronto como una espera. No querrá usted que aporree su puerta a las diez de la noche.

De eso no estaba Bernie muy seguro. Todos lamentaron que se fuera, incluso Jane, y, sobre todo, Alex, el cual corrió en su busca al salir del baño y se puso a llorar cuando Jane le dijo que ya no estaba.

El incidente le hizo recordar a Bernie las carencias de sus hijos. Pensó que, a lo mejor, la tata tenía razón al decir que sus vidas no siempre serían igual. Sin embargo, no le apetecía ningún cambio, de momento. Exceptuando el de su traslado a Nueva York, aunque ahora eso ya no le interesaba tanto como antes. Se encontraba a gusto en California últimamente.

Se fueron a Nueva York por Navidad sin haber vuelto a ver a Megan. No subieron al campo porque Bernie tenía mucho que hacer en los almacenes y los niños estaban también muy ocupados en la ciudad. La señora Pippin les llevó a ver *Cascanueces* y otros espectáculos infantiles, entre ellos, como es lógico, el Papá Noel de Wolff's. Alexander se entusiasmó y Jane le quiso acompañar, aunque ahora que casi tenía diez años ya no creía en aquellas cosas.

Bernie llamó a Megan antes de marcharse.

—Que tenga una felices vacaciones —le dijo con toda sinceridad. Se las merecía, después de lo mucho que había trabajado durante el año.

—Lo mismo le digo. Déle recuerdos a Jane de mi parte.

Megan le había enviado a la niña una abrigada bufanda y un gorro de color de rosa para el viaje a Nueva York y un gracioso Papá Noel a Alex, pero los regalos aún no habían llegado cuando Bernie habló con ella.

—Siento no haberla visto antes de las vacaciones.

Mucho más de lo que ella imaginaba. Últimamente, Bernie pensaba mucho en Meg.

—Quizá nos veamos en Nueva York —le dijo ella.

—Yo creía que iba a Boston a ver a su familia.

—Y así es. Pero los chiflados de mi hermano y de mi cuñada irán a Nueva York y están empeñados en que yo vaya con ellos. Una de nuestras primas se va a casar y organizarán una fiesta por todo lo alto en el Colony Club. No me gustan nada los acontecimientos de esta clase, pero parece que ellos quieren que vaya, y les dije que ya lo pensaría.

Deseaba ver a Bernie en Nueva York, pero ahora le pareció que hubiera sido mejor no decir nada. Bernie se entusiasmó ante la perspectiva de poder verla.

—¿Me dirá si viene?

—Pues, claro. Veré lo que tengo en programa cuando llegue y le llamaré en cuanto sepa algo.

Bernie le facilitó su número de Scarsdale, confiando en que le llamara.

Aquella noche al volver a casa, Bernie encontró el enorme paquete de regalos que Meg les había enviado. La bufanda y el gorro para Jane, el Papá Noel para Alex, un jersey muy abrigado para la señora Pippin y un precioso libro encuadernado en piel para él. Bernie observó en seguida que el libro era antiguo y, probablemente, raro. Meg le decía en la nota que lo había heredado de su abuelo y la había ayudado en muchos momentos difíciles, tal como esperaba que le ayudara a él. Le deseaba toda clase de venturas para el nuevo año y unas felices Navidades a todos. Tras leer su nota, Bernie se sintió muy solo sin Meg. Lamentó que no pudieran pasar las vacaciones en la misma ciudad y que la vida fuera a veces tan complicada. Las Navidades eran, para él, unas fiestas muy tristes porque le recordaban a Liz y el aniversario de su boda. Estuvo muy apagado durante el vuelo al este. Demasiado, pensó la señora Pippin. A juzgar por el dolor que reflejaba su rostro, debía de estar pensando en Liz. La echaba todavía mucho de menos.

En cambio, Megan, se pasó el viaje comparando a su difunto prometido con Bernard. Eran hombres muy distintos y, aunque los apreciaba a los dos, en aquel momento, a quien echaba de menos era a Bernie. Aquella noche le llamó sólo para hablar con él. Sonó el teléfono en casa de los padres de Bernie cuando la señora Pippin estaba acostando a los niños. Su madre le pasó el teléfono a Bernie con expresión preocupada. La comunicante dijo ser la doctora Jones. Temiendo que alguien se hubiera puesto enfermo, Ruth miró a Bernie hasta que éste le hizo nerviosamente señas de que se retirara, sabiendo que más tarde tendría que darle explicaciones. Se moría de ganas de hablar con Meg.

—¿Megan? —dijo Bernie con el rostro más resplandeciente que un árbol de Navidad—. ¿Qué tal fue el viaje?

—No del todo mal —contestó Meg ligeramente turbada por el hecho de ser la primera en llamar. Sin embargo, en el fondo le daba igual. Al llegar a Boston, se sintió tan sola sin Bernie que experimentó el súbito impulso de oír su voz—. Siempre se me hace un poco extraño, al principio. Mis padres se olvidan de que soy adulta y me empiezan a dar órdenes como si fuera una niña.

Bernie se rió porque a él le ocurría exactamente lo mismo. Aún recordaba lo incómodos que se sentían él y Liz cuando dormían en su antigua habitación de soltero. El sexo estaba prohibido y era como haber vuelto a tener catorce años. Él hubiera preferido alojarse en un hotel, pero con los niños era más difícil. Y, además, éstos querían compartir las vacaciones con sus abuelos. Con ellos se sentía menos solo que en un hotel, pero comprendía exactamente lo que Megan quería decir.

—Lo comprendo. Es como retroceder en el tiempo para demostrar que ellos tenían razón. Tienes catorce años y has vuelto para hacer las cosas a su gusto... Pero, al fin, no las haces y todo el mundo se enfada contigo.

Eso ya había ocurrido en Boston. Cuando hacía apenas una hora que acababa de llegar, su padre tuvo que asistir a un parto y se marchó muy ofendido porque ella estaba muy cansada y no quiso acompañarle. Su madre la regañó a su vez por no haber traído botas suficientemente abrigadas y llevar todas las cosas mal dobladas en la maleta.

Más tarde, le echó una bronca por haber dejado el dormitorio desordenado.

—Mi hermano me ha dicho que esta noche me rescatará. Han organizado una fiesta en su casa.

—¿Será una fiesta tranquila o alborotada?

—Conociéndoles como les conozco, probablemente ambas cosas. Él se emborrachará como una cuba y alguien se desnudará del todo; seguramente, algún psicoanalista de la escuela de Jung, embriagado con el ponche que ellos suelen preparar.

—Pues tenga mucho cuidado —dijo Bernie. No se la imaginaba en aquel ambiente. De repente, se percató de lo mucho que la echaba de menos, pero no se atrevió a decírselo porque sus relaciones con ella sólo eran amistosas—. ¿Vendrá finalmente a esta boda en Nueva York? —le preguntó.

Contaba con ello, pero no se lo dijo.

—Creo que sí. A mis padres no les hará mucha gracia que me vaya habiendo venido a pasar las vacaciones con ellos, pero ya veremos qué dicen —dijo Meg.

—Espero que le permitan venir.

Bernie parecía un adolescente. De súbito, ambos se echaron a reír. Era el síndrome de los catorce años.

—¿Ve usted lo que quiero decir?

—Pues, venga aunque sólo sea una noche. Sería divertido verla aquí.

Megan deseaba verle. No lograba apartarlo de sus pensamientos hacía varias semanas, y lamentaba que ambos no se hubieran vuelto a ver antes de marcharse al este, a causa de sus múltiples ocupaciones y responsabilidades. No sería mala idea reunirse con él en Nueva York.

—Veré si puedo arreglarlo. Sería divertido —precisamente en aquel instante, a Megan se le ocurrió otra posibilidad mejor—. ¿Por qué no me acompaña a la boda? ¿Se ha traído un esmoquin?

—No, pero conozco una tienda estupenda donde los

alquilan —contestó él riéndose—. ¿Está segura de que es correcto, no conociendo ni a los novios?

Una boda en el Colony Club le parecía una cosa muy seria y la sola idea le intimidaba un poco.

—Todo el mundo estará tan borracho que a nadie le importará un bledo —contestó Megan, soltando una carcajada—. Después, podríamos marcharnos temprano e ir a algún otro sitio... Por ejemplo, al Carlyle para escuchar a Bobby Short.

Era una de las cosas que a Bernie más le apetecía hacer en Nueva York. Bobby era un viejo amigo suyo de sus tiempos en aquella ciudad, y él llevaba muchos años siguiendo su carrera.

—Me encantaría —dijo, sintiéndose nuevamente alegre y feliz como si su vida estuviera a punto de empezar y no hubiera terminado en tragedia hacía casi dos años—. Intente venir, Meg.

—Lo haré —Megan tenía ciertas dudas y recelos y, sin embargo, deseaba verle antes de que ambos volvieran a reunirse en Napa—. Haré todo lo posible. Y anote el día veintiséis en su agenda. Vendré por la mañana y me alojaré en el Hotel Carlyle, donde siempre se aloja mi hermano.

—Esta misma semana iré a los almacenes por un esmoquin.

A Bernie le encantaba el plan, aunque gustosamente hubiera prescindido de ir a la boda. Se celebraría tres días antes de su aniversario de boda con Liz. Habían transcurrido cuatro años desde entonces, pero no podía pasarse la vida celebrando aniversarios inexistentes. Tenía que arrancar aquellos recuerdos de su cabeza, pensó mientras Megan percibía algo extraño en su voz. Se había establecido una curiosa comunicación entre ambos, de la que ellos eran plenamente conscientes.

—¿Se encuentra mal? —preguntó Megan en voz baja.

—No. A veces, me persiguen los fantasmas. Sobre todo, en esta época del año.

—Es una situación muy dura para todos —Megan había pasado por aquel trance hacía tiempo. En general, siempre había un hombre en su vida por aquellas fechas. O eso o hacer guardia en el hospital. En cualquiera de los dos casos, sufría menos que Bernie. Sabía lo difícil que iban a ser aquellas vacaciones para él y los niños, o, por lo menos, para Jane—. ¿Cómo está su hija?

—Muy contenta. Ella y mi madre son uña y carne. Ya han elaborado planes para las próximas tres semanas. La señora Pippin se quedará aquí, con ellos, cuando yo me vaya. Tengo que estar de vuelta en San Francisco para asistir a una reunión el día treinta, y Jane no reanuda las clases hasta el diez, lo cual significa que aún les quedarán dos semanas de vacaciones cuando yo me vaya.

—¿Subirá usted a Napa algún día?

—Es posible.

Se hizo un largo silencio durante el cual ambos compartieron los mismos deseos sin atreverse a expresarlos. Meg prometió llamar a Bernie a finales de semana para comunicarle sus planes. Sin embargo, la segunda vez fue él quien la llamó a los dos días de su llegada a Nueva York, precisamente el día de Navidad. Se puso al teléfono el padre de Megan, el cual la llamó con voz de trueno, instándola a que se diera prisa. Bernie sonrió al oír su voz.

—Felices Navidades, Meg —le dijo, utilizando aquel diminutivo que tanto le gustaba.

—Felices Navidades también a usted.

Megan pareció alegrarse de hablar con él, pero se oía mucho ruido en segundo plano y alguien la estaba llamando a voces.

—¿He llamado en un mal momento? —preguntó Bernie.

—No. Es que estamos a punto de salir hacia la iglesia. ¿Le importa que le llame más tarde?

Cuando Meg telefoneó, se identificó de nuevo ante la madre de Bernie como la doctora Jones. Al término de la conversación, Ruth miró inquisitivamente a su hijo. Los niños se encontraban en su habitación jugando con los regalos en compañía de la señora Pip. Casi todos se los habían hecho por el Chanukah, pero la abuela Ruth no podía pasar enteramente por alto la Navidad. Por nada del mundo hubiera querido desilusionar a Jane o a Alexander y así fue cómo Papá Noel visitó también la casa. Bernie sonrió con disimulo. Si él hubiera querido celebrar la Navidad en su infancia, se hubiera producido una catástrofe. En cambio, por amor a sus nietos, Ruth estaba dispuesta a todo. Sus padres se habían ablandado mucho con los años. Aunque no del todo.

—¿Quién era? —preguntó Ruth en tono falsamente ingenuo cuando Bernie colgó el teléfono.

—Una amiga, mamá.

Era el habitual juego de siempre, aunque Bernie llevaba muchísimo tiempo sin jugarlo. Le hizo gracia.

—¿La conozco yo?

—Creo que no, mamá.

—¿Cómo se llama?

En otros tiempos, esa pregunta solía sacar de quicio a Bernie. Ahora le daba igual. No tenía nada que ocultarle a su madre.

—Megan Jones —contestó.

Ruth le miró medio complacida de que una mujer le hubiera llamado y medio enojada porque no se llamara Rachel Schwartz.

—Otra de esas —dijo en tono displicente. Sin embargo, en su fuero interno se alegraba de que a su hijo le llamara una mujer. Eso significaba que había vuelto a renacer. Algo, en los ojos de Bernie, le hacía abrigar cierta esperanza. Se lo comentó a Lou la noche de la llegada de Bernie, pero su marido le dijo que no observaba en él ningún cambio. Nunca se enteraba de nada. Por el contrario, Ruth lo había visto con toda claridad—. ¿Cómo es posible que nunca salgas con chicas judías?

Era una pregunta y una queja a la vez.

—Supongo que porque ya jamás voy al templo.

Ruth asintió en silencio y luego se preguntó si Bernie estaría enojado con Dios a causa de lo de Liz, pero no le quiso decir nada.

—Esa mujer, ¿qué es? —preguntó tras una prolongada pausa.

—Episcopaliana.

Ambos recordaron la escena en el Côte Basque.

—Ah —fue más una constatación que una declaración de guerra—. ¿Va en serio?

—No —contestó Bernie, sacudiendo enérgicamente la cabeza—. Sólo es una amiga.

—Pues te llama mucho.

—Sólo dos veces.

Sin embargo, Ruth sabía que también él la había llamado.

—¿Es simpática? ¿Le gustan los niños?

Bernie decidió decir algo en favor de Meg, para asegurarle, por lo menos, el respeto de su madre.

—Es pediatra, por si te interesa saberlo.

Pues claro que le interesaba. ¡Premio gordo para Megan Jones!

Bernie sonrió para sus adentros al ver la cara que ponía su madre.

—¿Es médica...? Ah, claro... La doctora Jones... ¿Por qué no me lo dijiste?

—Porque no me lo preguntaste.

Eran las eternas palabras del eterno juego. Parecía casi una cantilena.

—¿Cómo dices que se llama?

Bernie comprendió ahora que Ruth le pediría a su marido que hiciera averiguaciones.

—Megan Jones. Estudió en la Universidad de Harvard y después en la de Stanford, e hizo el período de residencia en la Universidad de California. Así papá no tendrá que tomarse la molestia de hacer averiguaciones. Últimamente, no tiene la vista muy bien.

—No seas impertinente —dijo Ruth, fingiendo enojarse aunque, en realidad, estaba contenta. Hubiera preferido que el médico fuera él y que ella trabajara en Wolff's, pero, qué se le iba a hacer, no se podía tener todo en la vida. Bien lo sabían ellos—. ¿Cómo es?

—Está llena de verrugas y tiene dientes de caballo.

Esta vez, fue ella quien se rió. Era la primera vez que Ruth se reía con él al cabo de mucho tiempo.

—¿Me presentarás alguna vez a esta beldad de las verrugas y los dientes de caballo y de los títulos rimbombantes?

—Es posible.

—¿Va en serio? —preguntó Ruth, mirándole con los ojos entornados mientras él buscaba algún medio de escabullirse.

Le gustaba jugar con ella, pero aún no estaba preparado para hablar seriamente sobre el asunto. De momento, sólo eran amigos, por mucho que ambos se telefonearan mutuamente.

—No —contestó Bernie al final.

Cuando le vio la cara, Ruth comprendió que sería mejor no insistir. Tampoco dijo nada cuando, aquella noche, Megan le llamó para comunicarle a qué hora estaría en el Hotel Carlyle al día siguiente. Pensaba ir a la boda con él. Bernie ya tenía el esmoquin en casa. Su madre se quedó de una pieza cuando le vio salir a la tarde siguiente y descubrió el reluciente automóvil negro que aguardaba en la puerta.

—¿Es el automóvil de esa chica? —preguntó en tono reverente.

Al cabo de cuarenta años de ejercer la medicina en la Avenida del Parque de Nueva York, Lou no hubiera podido permitirse el lujo de tener un vehículo como aquél. Y no es que a ella le importara, pero aun así...

—No, mamá, es mío. Lo he alquilado.

—Ah —Ruth se decepcionó sólo un poco.

Le observó muy orgullosa desde detrás de la cortina mientras subía al automóvil y se alejaba calle abajo. Exhaló un suspiro, se apartó de la ventana y, al volverse, vio a la señora Pippin que la miraba en silencio.

—Es que... quería ver si iba suficientemente abrigado. Hace mucho frío esta tarde —le dijo como si necesitara justificarse.

—Su hijo es muy bueno, señora Fine —dijo la señora Pippin, sintiéndose también muy orgullosa de él.

Esas palabras conmovieron profundamente a Ruth, la cual miró a su alrededor para asegurarse de que no había nadie y se acercó con cautela a la señora Pip. Entre ambas se había establecido una sólida amistad. Ruth respetaba a la señora Pippin y ésta, a su vez, le tenía un gran aprecio.

—¿Cómo es la doctora? —preguntó Ruth, sabiendo que la señora Pippin debía estar al corriente de las andanzas de su hijo.

—Muy buena. Y muy inteligente.

—¿Es guapa?

—Es una chica preciosa.

Hubieran hecho muy buena pareja, pero la señora Pippin no quería alentar la esperanza de Ruth porque no había ninguna razón para suponer que había algo serio entre ambos, aunque a ella le hubiera gustado mucho. Megan hubiera sido una esposa ideal.

—Es una buena chica, señora Fine. Puede que algún día se llegue a otra cosa.

Sin embargo, no quería asegurarle nada. Ruth asintió en silencio y pensó en su único hijo, que se dirigía a la ciudad en un lujoso automóvil de alquiler. Qué guapo era..., y qué bueno. La señora Pippin tenía razón. Se enjugó una lágrima mientras apagaba las luces del salón para irse a dormir, deseándole con toda el alma la mejor suerte del mundo a su hijo Bernie.

40

El trayecto hasta la ciudad duró más de la previsto a causa de la nieve. Sentado en la trasera del automóvil, Bernie pensó en Megan. Le pareció que había transcurrido una eternidad desde la última vez que la viera en Napa. Estaba sumamente emocionado y todo era nuevo y distinto para él. De Meg le gustaba la sencillez de su vida, su duro trabajo, su amor y entrega a los demás. Y, sin embargo, había otras muchas cosas; su familia de Boston, el hermano medio chiflado al que con tanto cariño describía y los parientes encopetados como, por ejemplo, los primos que se iban a casar aquella tarde. Pero lo más importante era lo que Bernie sentía por ella. Respeto, admiración y un afecto creciente. Y también algo más. Una atracción física que no podía negar, por mucho que le remordiera la conciencia. Y esa atracción era cada vez más poderosa. Recordó lo bonita que era cuando el vehículo subió a toda velocidad por la Avenida Madison sobre la calzada cubierta de sal y giró al este para enfilar la calle Setenta y seis.

Bernie descendió del automóvil y preguntó por ella al entrar en el elegante vestíbulo. Un recepcionista con un clavel blanco en el ojal examinó el registro y asintió solemnemente con la cabeza.

—La doctora Jones está en el cuatro-doce.

Bernie tomó el ascensor hasta la cuarta planta y giró a la derecha, tal como le habían indicado. Contuvo el aliento al pulsar el timbre.

Se quedó embobado cuando Meg abrió la puerta y la vio con un precioso vestido de noche de raso azul marino y un impresionante collar de zafiros con pendientes a juego. Las joyas habían pertenecido a su abuela, pero no fue eso lo que más le llamó la atención a Bernie, sino su rostro y sus ojos. Se inclinó para abrazarla. Era curioso lo mucho que se habían echado de menos el uno al otro en tan pocos días. Apenas tuvieron tiempo de hablar porque en seguida apareció el hermano de Megan, entonando una atrevida canción en francés. Era exactamente tal y como ella lo había descrito. El rubio y apuesto Samuel Jones era la quintaesencia de la aristocracia. Había heredado toda la gracia y delicadeza de su madre, menos la boca, la voz, el sentido del humor y, según él, el impulso sexual. Le dio a Bernie un fuerte apretón de manos, le aconsejó que uno probara los guisos de su hermana ni se atreviera a bailar con ella, y le preparó un whisky doble con hielo mientras Bernie trataba de recuperar el resuello y de cambiar unas palabras con Megan. Sin embargo, a los pocos momentos, llegó la cuñada luciendo un vestido verde de raso y un precioso collar de esmeraldas. Estar a su lado era como vivir en medio de un torbellino. Sólo a bordo del vehículo que les conducía a la iglesia pudo Bernie contemplar a Megan con tranquilidad.

—Está usted fantástica, Meg.

—Lo mismo le digo.

El esmoquin le sentaba a Bernie de maravilla.

—La he echado mucho de menos —se atrevió a decir Bernie por fin—. Esta vez, casi me he desorientado en Nueva York. Quería regresar a Napa y charlar con usted... salir a dar un paseo... O irnos a tomar una hamburguesa al Olive Oyl's.

—¿En lugar de toda esta magnificencia? —preguntó ella en tono burlón.

—Creo que me gusta mucho más la sencilla vida del valle de Napa. A lo mejor, hizo bien en irse de Boston.

Bernie casi lamentaba tener que regresar a Nueva York. Ahora ya no le interesaba tanto como antes. Prefería regresar a California donde siempre hacía buen tiempo y la gente era amable y cordial, y donde podría ver a Meg con pantalones vaqueros y su almidonada bata blanca de médico. En cierto modo, añoraba todo aquello.

—Yo pienso lo mismo cuando estoy aquí —le dijo Megan.

Deseaba regresar al valle de Napa donde pasaría la noche de fin de año de guardia en el hospital en sustitución de Patrick, que estuvo de guardia por Navidad. Les hacía falta un tercer socio. Pero, aquella tarde, cuando Bernie descendió del automóvil frente a la iglesia de San Jaime, en la confluencia entre la Avenida Madison y la calle Setenta y uno, tomando a Megan de la mano, todo aquello le pareció muy lejano. Megan estaba guapísima y Bernie se enorgullecía de ser su acompañante. Más tarde, Bernie fue presentado a los primos y charló un rato con el hermano y su mujer, los cuales le parecieron simpatiquísimos. A diferencia de la pobre Liz, que estaba tan sola en el mundo, Megan tenía unos estrechos vínculos familiares.

Bernie bailó con la cuñada de Meg, pero, sobre todo, con la propia Meg. Estuvieron bailando hasta la una de la madrugada y después se quedaron en el Bemelmans Bar del Hotel Carlyle hasta las cuatro y media de la madrugada, contándose cosas, compartiendo confidencias y haciendo descubrimientos el uno sobre el otro. Eran casi las seis de la mañana cuando Bernie regresó a Scarsdale en el vehículo de alquiler. Aquel día, almorzó con Meg. A pesar de lo agotado que estaba de la víspera, a las nueve en punto de la mañana ya se encontraba en los almacenes para asistir a diversas reuniones. Megan se presentó con un abrigo de lana rojo cuando Bernie acudió a recogerla para llevarla a almorzar al «21». Allí se tropezaron con el hermano, el cual tenía una fuerte resaca. Cuando pidieron los platos, Bernie no pudo disimular una sonrisa. Era una personaje infantil, desconcertante y descarado, un cabeza de chorlito, como decía Megan, pero también un hombre extraordinariamente apuesto. Al final, él y su esposa Marie-Ange se fueron arriba y dejaron a Megan y Bernie en paz. Durante el almuerzo, le deseó a Megan mucha suerte para atrapar a Bernie, el cual poseía, en su opinión, precisamente lo que ella necesitaba: estilo, inteligencia y valor. Pero se olvidó de lo mejor: un corazón enorme. Precisamente lo que a Megan más le gustaba de él. Durante el almuerzo, ambos recordaron el valle de Napa al que deseaban represar.

—¿Por qué no inaugura allí la tienda de la que me habló, Bernie?

A Megan le encantaba la idea y la luz que se encendía en los ojos de Bernie cuando éste hablaba del proyecto.

—Me falta tiempo, Meg.

—Bastaría con que encontrara unos colaboradores eficaces. La podría dirigir desde San Francisco e incluso desde Nueva York, una vez en marcha.

Bernie sacudió la cabeza, sonriendo ante la inocencia de Meg, que no tenía ni idea de lo complejo que era aquello.

—No creo.

—¿Por qué no? Inténtelo.

—Lo pensaré —dijo Bernie, aunque, en aquel momento, lo que más le interesaba eran sus planes para la Nochevieja.

Habían decidido pasarla juntos aunque ella estuviera de guardia. A Bernie no le importaba. Le prometió subir en su automóvil a Oakville cuando finalizaran sus reuniones de trabajo en la ciudad el día treinta de diciembre. Aquella tarde, Meg haría las maletas en el Hotel Carlyle, después del almuerzo, y regresaría a Boston. Por su parte, Bernie tenía una cita con Paul Berman. Dos días después, regresó a San Francisco. Deseaba que llegara el 30 de diciembre. Megan había vuelto la víspera, pero, cuando Bernie la llamó, ella estaba en la sala de urgencias, atendiendo un caso de apendicitis aguda. Una vez en casa, Bernie se dio cuenta de lo vacíos que estaban su vida y su corazón sin ella. No estaba seguro de si la echaba de menos a ella o a Liz y le remordía la conciencia por ello. A las once de la noche, sonó el teléfono cuando estaba haciendo las maletas para trasladarse a Napa. Era Megan.

—¿Cómo está, Bernie? —le preguntó.

—Ahora, bien —le contestó él con toda sinceridad—. La casa está muy vacía sin Jane y Alexander.

Y sin Liz..., sin ti.

Bernie decidió concentrarse únicamente en Megan, aunque se sintiera culpable por ello.

Ella le comentó que tenía el escritorio lleno de publicaciones médicas y él le habló de las reuniones a las que tendría que asistir al día siguiente. Megan le volvió a mencionar el proyecto de Napa, señalando que tenía una amiga capaz de dirigir la tienda a la perfección.

—Se llama Phillippa Winterturn y le encantará —le dijo, entusiasmada.

Siempre estaba llena de ideas y proyectos.

—Menudo nombrecito, Meg.

—Pues sí —contestó Megan, y se echó a reír—. Pero encaja muy bien con ella. Tiene canas prematuras a pesar de su juventud, unos ojos verdes preciosos y un estilo impresionante. Hoy me tropecé con ella en Yountville. Le aseguro que es estupenda, Bernie. Trabajó en la revista *Women's Wear* y en el establecimiento Bendel's de Nueva York, hace tiempo. Es maravillosa y ahora está libre. Si quiere, se la presento.

Estaba empeñada en que Bernie inaugurara la tienda porque sabía lo mucho que le iba a gustar.

—Bueno, bueno, ya lo pensaré —le contestó Bernie.

Pero, en aquel momento tenía otras cosas en que pensar: entre ellas, la Nochevieja.

Decidieron cenar juntos en su casa de Oakville. Meg compraría los comestibles y ambos prepararían la cena al alimón. Con un poco de suerte, quizá no la llamaran antes de las doce. Bernie deseaba mucho verla. Cuando colgó el teléfono, se quedó mirando el armario de Liz, pero esta vez no tocó la puerta, no la abrió ni entró. No quiso ni acercarse. Se estaba alejando de Liz, centímetro a centímetro. Tenía que obrar así por mucho que le doliera hacerlo.

41

Llegó a Napa a las seis de la tarde del día siguiente y pasó por su casa para cambiarse. Se puso unos cómodos pantalones de franela, una camisa a cuadros y, encima, un grueso jersey irlandés. Llegó al consultorio extraordinariamente emocionado. Cuando Meg abrió la puerta, la atrajo inesperadamente hacia sí y la estrechó en sus brazos.

—Tenga un poco de recato, por favor, doctora Jones —le dijo su socio al verlos.

Había observado que Megan estaba muy contenta últimamente y ahora comprendía la razón. Sospechaba que ambos se habrían visto también en Nueva York, aunque ella no le dijo nada al respecto.

Los tres abandonaron el consultorio juntos y Bernie trasladó los comestibles al automóvil mientras ella le comentaba su apretada jornada laboral. Cuarenta y un pacientes nada menos.

Regresaron a la casa de Oakville y prepararon unos bistecs con ensalada. Cuando acababan de comérselos, se disparó el avisador y Megan miró a Bernie con expresión culpable.

—Lo siento. Sabía que iba a ocurrir.

—Y yo también. ¿Acaso no sabe que soy su amigo? No se preocupe.

Bernie preparó el café mientras ella hablaba por teléfono. Megan regresó al cabo de unos instantes con el ceño frucido.

—Uno de mis pacientes se ha emborrachado y se ha encerrado en el cuarto de baño —dijo, lanzando un suspiro mientras se sentaba para tomarse el café que Bernie le había preparado.

—¿No sería mejor que llamaran a los bomberos?

—Ya lo han hecho, pero el niño se desmayó y se golpeó la cabeza y ahora quieren que le examine por si tuviera una conmoción. Además, creen que se ha roto la nariz.

—Vaya por Dios —dijo Bernie, sonriendo—. ¿Qué tal si le hago de chófer esta noche?

No le gustaba que Meg circulara sola en su automóvil en Nochevieja.

—Me encantaría, Bernie —contestó Megan, conmovida por su solicitud.

—Termínese el café mientras yo echo todo eso a la basura.

Se fueron momentos después en el coche de Bernie.

—Qué bien se está aquí —musitó Megan. Pusieron la radio y disfrutaron de la música por el camino. Se respiraba en el aire una atmósfera de fiesta aunque ella tuviera que trabajar—. Me encanta que mi viejo Austin tenga goteras. Hace tanto frío dentro que eso me mantiene despierta cuando vuelvo del hospital a altas horas de la madrugada; de no ser así, me estrellaría contra un árbol. En cambio, de esta manera, no hay peligro de que eso ocurra.

Bernie no quería que corriera ningún tipo de peligro y, aquella noche, se alegró de poder acompañarla y protegerla de los borrachos que, sin duda, habría por la carretera. Luego, pensaban volver a casa y tomarse el postre y un poco más de café. Megan no quería beber champán estando de guardia.

—Doctora... Jones... Doctora Jones, a la sala de urgencias...

Cuando llegaron al hospital, ya la estaban llamando. Bernie se acomodó en la sala de espera con un montón de revistas y Megan le prometió regresar en cuanto pudiera. Lo hizo exactamente media hora más tarde.

—¿Lista? —le preguntó él.

Meg asintió en silencio mientras se quitaba la bata blanca y se la colgaba del brazo.

—Ha sido muy fácil —le comentó a Bernie al salir—. El pobrecillo ni se ha roto la nariz ni tiene conmoción. Pero se ha hecho un chichón tremendo y mañana lo pasará muy mal. Se ha bebido una botella de ron antes de que sus padres le descubrieran.

—¡Vaya! Yo lo hice una vez en la universidad. En realidad, fue ron con tequila. Cuando desperté a la mañana siguiente, pensé que tenía un tumor cerebral.

—Y yo lo hice con margaritas en Harvard —dijo Meg, echándose a reír—. Alguien organizó una fiesta mexicana y, de repente, no pude tenerme en pie. Fue en segundo de medicina y jamás lo he podido olvidar. Al parecer, hice de todo, menos correr desnuda por la calle gritando como una loca —se rió al recordarlo—. A veces, cuando pienso en esas cosas, me parece que tengo cien años.

—Pues nadie lo diría.

Bernie la miró con dulzura. Aún no acababa de creerse que estaba próximo a convertirse en un cuarentón. El tiempo pasaba volando.

Volvieron a casa una hora y media más tarde. Mientras él encendía la chimenea del salón, Meg se fue a la cocina a preparar el café. Poco después, Bernie se reunió con ella. Era una manera un tanto extraña de celebrar la Nochevieja, pero a ellos les daba igual. Se tomaron tranquilamente el café, sentados, con las piernas cruzadas en el suelo, frente a la chimenea.

—Me alegro de que haya venido este fin de semana, Bernie —le dijo Meg—. Necesitaba verle.

—Yo a usted también. Me encontraba muy solo en la casa de la ciudad, y es bonito pasar la Nochevieja aquí en compañía de alguien a quien aprecias —contestó Bernie, cuidando mucho la elección de las palabras—. Pensaba quedarme aquí esta semana, aprovechando que los niños no están. No me importa ir y venir diariamente.

—Sería maravilloso —a Megan se le iluminó el rostro al oírle.

En aquel instante, volvió a dispararse el avisador, pero esta vez era sólo una niña de cinco años con un poco de fiebre y ella no tuvo que ir a ningún sitio. Se limitó a darles las correspondientes instrucciones a los padres y les dijo que le llevaran la niña al consultorio y que, en caso de que la fiebre subiera a más de cuarenta, la volvieran a llamar.

—¿Cómo consigue hacer eso noche tras noche? Debe de ser agotador. Se entrega demasiado, Meg —le dijo Bernie, a pesar de constarle lo mucho que a ella le gustaba su profesión.

—¿Por qué no iba a hacerlo si no tengo a nadie más a quien entregarme?

Lo habían comentado infinidad de veces. En cierto modo, ella estaba casada con su trabajo. De repente, Meg le miró y ocurrió algo extraño. Bernie no pudo mantenerse dentro de los límites que previamente se había impuesto. El solo hecho de abrazarla abrió unas puertas que ya no pudo cerrar. Como si fuera la cosa más natural del mundo, la tomó en sus brazos y la besó largo rato como si tratara de recordar cómo se hacía. Al terminar, ambos se habían quedado casi sin resuello.

—¿Bernie?... —Megan no estaba muy segura de lo que estaban haciendo ni del porqué.

Sólo estaba segura de una cosa: de que amaba a Bernie con todo su corazón.

—¿Debo pedirte disculpas? —preguntó Bernie, mirándola a los ojos. Al ver en ellos sólo ternura, volvió a besarla sin esperar la respuesta.

—Disculpas, ¿por qué? —replicó ella, aturdida.

Bernie la besó y abrazó de nuevo con fuerza. Ya no podía detenerse. La deseaba desde hacía mucho tiempo y ahora ya no podía resistirlo más.

De repente, se levantó, turbado.

—Lo siento, Meg —respiró hondo y se acercó a la ventana, tratando de recordar a Liz, pero no pudo.

Se asustó y miró a Meg con la expresión de un niño perdido.

—No te preocupes, Bernie... Nadie te va a hacer daño —le dijo ella.

Entonces, Bernie la volvió a abrazar y esta vez rompió a llorar como si necesitara sentir el calor de aquella mujer y la miró a los ojos con las pestañas húmedas de lágrimas.

—No sé qué otras cosas siento, Meg... Pero sí sé con toda certeza que te quiero.

—Yo a ti también... Y, además, soy tu amiga...

Bernie sabía que era cierto. Después, empezó a besarla y acariciarla por todas partes mientras ella gemía dulcemente. Sin una palabra de protesta por su parte, la llevó al sofá donde ambos se tendieron frente a la chimenea, explorándose mutuamente los cuerpos. Meg tenía una piel blanca como la luz de la luna. Se quitaron el resto de la ropa y apretaron sus cuerpos el uno contra el otro, llorando de desesperación, angustia, pasión y gozo mientras se elevaban hasta el cielo y volvían a bajar juntos a la tierra.

Permanecieron tendidos largo rato en silencio; él, acariciándola suavemente con los ojos cerrados y ella, contemplando el fuego mientras meditaba acerca de lo mucho que le quería.

—Gracias —susurró Bernie.

Sabía lo mucho que ella le había dado y hasta qué extremo la necesitaba. Más de lo que imaginaba. Necesitaba su amor, su dulzura y su ayuda. Se estaba apartando de Liz, y era casi tan doloroso como cuando ella murió, o tal vez más porque ahora sería para siempre.

—No digas eso... Yo también te quiero. Jamás pensé que pudiera volver a decirlo —Bernie abrió los ojos y, al ver el rostro de Meg, la creyó y experimentó una sensación de alivio desconocida. Alivio, paz y seguridad sólo de estar con ella.

Meg sonrió; mientras le estrechaba en sus brazos como si fuera un niño, Bernie se quedó dormido.

42

Ambos estaban entumecidos cuando despertaron a la mañana siguiente. Se miraron el uno al otro con ansia y comprendieron que no tenían nada que temer. Era el día de Año Nuevo y Bernie hizo unos comentarios jocosos sobre cómo habían pasado la Nochevieja.

Después se fue a la cocina a preparar el café y Meg le siguió no sin antes ponerse un albornoz de Bernie que encontró por allí. Llevaba el largo cabello negro completamente alborotado y estaba preciosa cuando se sentó, sosteniéndose la barbilla con las manos mientras apoyaba los codos sobre la mesa.

—¿Sabes que eres un hombre muy guapo? —le dijo a Bernie.

Era el hombre más sensual con quien jamás se hubiera acostado, y nunca había sentido por nadie lo que sentía por él. Sin embargo, sabía muy bien el peligro que corría. Bernie no había superado todavía la muerte de su mujer y faltaban pocos meses para que regresara a Nueva York. Él mismo se lo había dicho, y Meg era lo bastante experta como para saber que, a veces, los más honrados eran los que más la hacían sufrir a una.

—¿En qué piensas? Te veo muy seria, señorita.

—Pienso en lo triste que me voy a quedar cuando te vayas a Nueva York.

Meg también quería ser sincera con él. No tenía más remedio. Había sobrevivido a sus propias tragedias a lo largo de los años y tenía unas cicatrices que no podía olvidar.

—Es curioso. Ya no me apetece regresar. Al principio, sólo quería quedarme aquí dos años —Bernie se encogió de hombros, ofreciéndole a Meg una taza de humeante café cargado—. Ahora, pienso que ojalá no tuviera que irme. ¿Por qué no procuramos olvidarlo de momento?

—Será doloroso en cualquiera de los dos casos —dijo Meg—, pero creo que, por ti, merece la pena probarlo.

—Te agradezco el cumplido.

Bernie también hubiera sido capaz de pagar cualquier precio por ella.

—Te encontré guapísimo la noche que fuiste al hospital con Alex. Se lo comenté incluso a la enfermera... Pero pensé que estarías casado. Al volver a casa, me eché un sermón a propósito de los peligros que suponían los padres de mis pacientes —Meg le miró, riéndose—. De veras que lo hice.

—Pues menudo sermón te debiste echar. Anoche no fuiste precisamente lo que se dice fría.

Meg se ruborizó mientras él se sentaba a su lado, encendiéndose nuevamente de deseo por ella. De momento, vivían en una especie de país de las hadas. Bernie le abrió cuidadosamente la bata que ella se había puesto hacía apenas un instante y la prenda cayó al suelo. Después la llevó a su dormitorio y esta vez hicieron el amor en su cama hasta que, al final, Megan se levantó para tomarse una ducha, alegando que tenía que vestirse para pasar visita con Patrick en el hospital.

—Te acompaño —le dijo Bernie.

Se sentía más feliz de lo que jamás se hubiera sentido en dos años. Meg le miró con la cara todavía mojada.

—¿De veras quieres volver a acompañarme?

Le encantaba tenerle a su lado y compartir su vida con él. Pero sabía, asimismo, que la situación era peligrosa porque, más tarde o más temprano, Bernie tendría que dejarla.

—No puedo apartarme de ti, Meg.

Lo decía con toda sinceridad. Era como si, tras haber perdido a la mujer a la que amaba, no pudiera soportar la pérdida de otra, ni que fuera sólo una hora.

—De acuerdo, pues.

Permanecieron juntos todo el fin de semana; comieron, durmieron, pasearon, corrieron, se rieron e hicieron el amor tres o cuatro veces al día. Bernie estaba sediento de amor y de afecto y no lograba saciar sus ansias. Se pasó toda la semana volviendo todos los días muy temprano de la ciudad para ir a recogerla al consultorio y disfrutar con ella de los pequeños regalos, tesoros y exquisiteces gastronómicas que le compraba. Ambos sabían que la cosa no podía durar. Un día, él regresaría a Nueva York y todo habría terminado. Sólo que eso parecía de momento muy lejano, porque Paul Berman aún no había encontrado a nadie capaz de sustituir a Bernie.

La última noche que pasaron juntos antes del regreso de los niños, Bernie descorchó una botella de champán y se la bebieron mientras ella preparaba la cena. Patrick sustituiría a Meg en el hospital y pasaron una tranquila, pero apasionada, noche el uno en brazos del otro, hasta la madrugada.

Bernie se había tomado el día libre para estar con ella, pero los niños llegaban a las seis y, a las cuatro, tuvo que emprender el regreso a la ciudad.

—Siento tener que dejarte —dijo. Se habían pasado diez días sin separarse el uno del otro y ahora Bernie estaba muy deprimido. Las cosas ya no serían igual estando los niños, sobre todo Jane, que no tenía un pelo de tonta. Ya no podrían dormir abiertamente juntos so pena de causarle a la niña un enorme disgusto y transgredir las normas del decoro en las que ambos creían. Tendrían que irse a otro sitio para hacerlo, o bien Bernie tendría que irse a dormir a casa de Meg, marcharse a las seis de la madrugada y regresar a su casa antes de que los niños se levantaran—. Voy a echarte muchísimo de menos, Meg.

La besó con los ojos llenos de lágrimas.

—Yo no pienso irme a ningún sitio. Estaré aquí, esperándote.

Bernie se conmovió al oír esas palabras. A pesar de lo mucho que le amaba, Megan no tenía ningún derecho a aferrarse a él y se había prometido a sí misma no hacerlo jamás.

—Te veré este fin de semana, amor mío —le dijo Bernie.

Pero ya no sería lo mismo. Prometió llamarla por la noche, cuando los niños ya estuvieran en la cama. Mientras esperaba su llegada en el aeropuerto, experimentó la sensación de haber perdido algo muy querido y sintió el irrefrenable impulso de regresar junto a ella. Sólo cuando volvió a casa con la señora Pippin y los niños, se dio cuenta de lo que ocurría.

Esta vez, buscaba algo de verdad. Una caja que, según Jane, contenía unas viejas fotografías de los abuelos. La niña quería confeccionar un álbum y ofrecérselo como regalo. Cuando Bernie abrió la puerta del armario, le pareció ver a Liz, reprochándole lo que había hecho con Megan, y sintió en lo más hondo de su ser que la había engañado. Cerró apresuradamente la puerta del armario y salió trastornado de la estancia, sin las fotografías que Jane le había pedido.

—No las tengo —dijo, palideciendo bajo la barba.

¿Qué había hecho? ¿Qué le había hecho a Liz? ¿La había olvidado? ¿Era eso? Había pecado. Había cometido un pecado espantoso y estaba seguro de que Dios le castigaría. Ya no podía enfrentarse con el armario de Liz.

—Sí las tienes —insistió Jane—. La abuela me lo dijo.

—¡Te digo que no! —gritó Bernie, dirigiéndose exasperado a la cocina—. Estás confundida.

—¿Qué te pasa? —preguntó Jane, perpleja—. Sí, algo te pasa. ¿No te encuentras bien, papá?

Bernie se volvió a mirarla con lágrimas en los ojos y la chiquilla se arrojó en sus brazos, asustada.

—Perdóname, nena. Es que os he echado mucho de menos.

No sabía si se estaba disculpando ante ella o ante Liz, pero, cuando los niños se acostaron, llamó a Megan, de todos modos. Se volvía loco sin ella.

—¿No te encuentras bien, cariño? —le preguntó Meg, percibiendo un matiz extraño en la voz de Bernie.

Sabía que el regreso a la casa que compartió con Liz iba a ser doloroso para él. Sobre todo, en aquellos momentos en que seguramente se sentía culpable.

—Estoy bien —contestó Bernie, pero no lo parecía.

—Sería normal que no lo estuvieras.

Bernie lamentaba, en cierto modo, que Megan le conociera tan bien. Su confusión y su remordimiento eran auténticos, pero no podía evitarlos.

—Hablas como mi madre.

—No me digas —dijo ella, sonriendo.

Al final, Bernie decidió contarle lo ocurrido.

—Me siento culpable. Abrí el armario y fue como si ella estuviera allí todavía.

—¿Aún guardas su ropa?

—Pues, sí... —contestó Bernie, turbado.

—No te preocupes, no tienes por qué disculparte, Bernie. Tu vida es así y tienes derecho a todo eso.

Era la primera persona que se lo decía y Bernie se lo agradeció en su fuero interno.

—Te quiero. Eres lo mejor que me ha sucedido en mucho tiempo y espero no volverte loca.

—Me vuelves loca, pero no en el sentido que tú dices —dijo Megan, ruborizándose levemente.

—¿Cómo podremos reunirnos este fin de semana? —preguntó Bernie, ya más tranquilo.

Acordaron que él pasaría la noche del viernes con ella y, después, regresaría a su casa a primera hora de la mañana siguiente. Dio resultado y, al llegar el sábado, volvieron a hacer lo mismo. El miércoles por la noche Bernie se trasladó de nuevo a Napa y le dijo a Jane que tenía que irse a Los Ángeles en viaje de negocios.

Cada semana les dijo lo mismo y una semana se ausentó dos noches. Sólo la señora Pip sabía la verdad. Bernie le dijo dónde estaba, por si les ocurriera algo a los niños; se limitó a darle el número de teléfono y le dijo que sólo lo utilizara en caso de emergencia. Ella no hizo el menor comentario y no pareció escandalizarse. Sabía adónde iba Bernie y siempre le despedía con una sonrisa y una palmada en la espalda.

Cuando los fines de semana subían todos juntos a Napa, Megan acudía a visitarles. Un día enseñó a Jane a hacer un nido para un pajarillo que se cayó de un árbol cerca de la casa y la ayudó a curarle la pata cuando descubrieron que la tenía rota. Se llevaba a Alex cuando iba de compras y el chiquillo gritaba de placer cada vez que la veía. Poco a poco, Jane empezó a ablandarse.

—¿Por qué te gusta tanto, papá? —le preguntó a Bernie un día que ambos colocaban los platos en el fregadero.

—Porque es simpática, inteligente, amable y cariñosa. Y eso no es fácil de encontrar.

Él tuvo la suerte de encontrarlo dos veces. Ahora su suerte duraría hasta que tuviera que regresar a Nueva York. La idea le gustaba cada vez menos.

—¿La quieres?

Bernie contuvo la respiración sin saber qué responder. Quería ser sincero con su hija, pero con prudencia.

—Tal vez.

—¿De veras? —Jane le miró asombrada—. ¿Tanto como a mamá?

—No. Todavía no. No la conozco lo bastante.

Jane asintió en silencio. La cosa iba en serio. Sin embargo, por mucho que lo intentara, ya no podía seguir odiando a Meg porque era extraordinariamente cariñosa con los niños. Cuando, en abril, Bernie tuvo que ir a Europa y Jane le pidió permiso para quedarse con ella los fines de semana, Bernie estuvo a punto de llorar de gratitud y alivio.

—¿No te importa tenerlos en casa? —Bernie le prometió a Jane que se lo preguntaría—. Podría enviar a la señora Pip con ellos.

—Me encantará.

Su casa era pequeña, pero, si ella durmiera en el sofá, podría darle a la señora Pip su dormitorio e instalar a los niños en su estudio. Se lo pasaron muy bien. Los niños subían con la señora Pippin los fines de semana, cuando terminaban las clases, el viernes. Bernie regresó a tiempo para celebrar con ellos el tercer cumpleaños de Alexander. Después, salió a dar un largo paseo con Megan.

—¿Qué ocurrió en Nueva York? Te veo muy cabizbajo —le preguntó ella, preocupada.

—Berman cree que ya está a punto de encontrar a alguien que me sustituya. Quiere contratar a una mujer que actualmente trabaja en otros grandes almacenes. Están estudiando la cuestión del sueldo. Pero él siempre suele ganar este tipo de batallas. ¿Qué voy a hacer, Meg? —dijo Bernie, mirándola angustiado—. No quiero dejarte.

En el transcurso de su estancia en Europa, la echó extraordinariamente de menos.

—Ya veremos qué se puede hacer cuando llegue el momento.

Aquella noche hicieron el amor como si fuera la última vez. Dos semanas más tarde, Bernie subió expresamente a Napa para comunicarle la noticia a Megan. Berman había perdido a la probable sustituta, quien había

425

15

firmado un nuevo contrato con los propietarios de los otros almacenes por un sueldo casi el doble del que antes percibía. Fue un alivio, pero Bernie comprendió que no podía seguir dependiendo del destino.

—¡Aleluya! —gritó a modo de saludo.

Llevaba una botella de champán bajo el brazo, y aquella noche lo fueron a celebrar al Auberge du Soleil y lo pasaron muy bien. Bernie pensaba regresar a la ciudad a las ocho de la mañana siguiente, pero Meg insistió primero en enseñarle una cosa y le indicó el camino al volante de su Austin Healy. Era una deliciosa casita de estilo victoriano, situada entre los viñedos, cerca de la autopista.

—Es muy bonita. ¿De quién es? —preguntó Bernie con indiferencia no exenta de admiración.

Meg le miró sonriendo, como si le reservara una sorpresa.

—Es una finca. Pertenecía a la anciana señora Moses que murió cuando tú estabas en Europa. Tenía noventa y un años y la casa se encuentra en perfecto estado.

—¿La quieres comprar? —le preguntó Bernie, intrigado.

—No, pero se me ha ocurrido una idea mejor.

—¿Qué es? —preguntó él, consultando el reloj.

Tenía que asistir a una reunión en los almacenes.

—¿Qué te parece si inauguraras ahora tu propia tienda? No quería decírtelo hasta que supieras si te ibas a marchar o no. Pero, aunque sólo fuera por unos meses, podría ser una inversión fabulosa, Bernie.

Estaba tan emocionada como una niña, pensó Bernie, mirándola conmovido. Pero no podía hacerlo porque el día menos pensado se tendría que ir.

—Oh, Meg... No puedo.

—¿Por qué no? Deja, por lo menos, que te presente a Phillippa.

—Nena... —por nada del mundo hubiera querido Bernie decepcionarla, pero ella no tenía ni idea de lo compleja que era la inauguración de una tienda—. No sólo necesito una directora, sino también un arquitecto, un jefe de compras, un...

—¿Por qué? Tú mismo te puedes encargar de estas cosas, y por aquí hay muchos arquitectos. Vamos, Bernie, por lo menos, piénsalo.

Megan se decepcionó al ver su escaso entusiasmo.

—Lo pensaré, pero ahora tengo que irme —dijo Bernie—. Volveré el sábado.

La vida de ambos giraba en torno a los días que transcurrían juntos.

—¿Querrás almorzar con Phillippa?

—De acuerdo —contestó Bernie, dándole un pellizco en el trasero antes de subir a su automóvil.

Después se alejó saludándola con una mano. Megan sonrió para sus adentros cuando más tarde se dirigió al hospital al volante de su Austin. Estaba segura de que a Bernie le encantaba el proyecto y no había razón para que no lo llevara a la práctica. Por su parte, ella estaba dispuesta a hacer todo lo posible por ayudarle. Tenía derecho a convertir su sueño en realidad. Tal vez, con un poco de suerte..., Bernie se quedara en California.

43

Phillippa Winterturn tenía un nombre rarísimo y uno de los rostros más bellos que Bernie hubiera visto jamás. Era una encantadora mujer de cincuenta y tantos años que había hecho de todo, desde regentar una tienda en Palm Beach y dirigir una cadena de establecimientos en Long Island, hasta trabajar en las revistas *Women's Wear Daily* y *Vogue* y diseñar ropa infantil. Conocía todos los aspectos de la venta al por menor desde hacía treinta años e incluso tenía un título en ciencias empresariales.

Megan les oyó hablar y sonrió para sus adentros. No le importó tener que regresar al consultorio para vendarle una muñeca rota a un niño de ocho años. Cuando regresó, ellos aún estaban hablando. Al término del almuerzo, Bernie parecía otro hombre. Phillippa sabía exactamente lo que quería hacer, y se moría de ganas de colaborar con él. No tenía dinero para invertir, pero Bernie estaba seguro de que podría resolver la cuestión, pidiéndole un préstamo al banco o incluso una pequeña ayuda a sus padres.

Lo malo era que el proyecto no tenía sentido para él puesto que, tarde o temprano, tendría que regresar a Nueva York. Sin embargo, tras almorzar con Phillippa, no conseguía apartar aquella idea de sus pensamientos.

Pasó por delante de la casa que Megan le había mostrado varias veces. Le atraía irresistiblemente, pero le parecía absurdo comprar una casa en California como no fuera para invertir.

No obstante, cada vez que Paul le llamaba, Bernie se mostraba extrañamente apático y distante. Inesperadamente, volvieron a acosarle los fantasmas de antaño. Pensaba muy a menudo en Liz y ello repercutía en sus relaciones con Meg.

Se pasó el verano en los almacenes de San Francisco; por lo menos, físicamente. Su corazón, su mente y su alma estaban en otro sitio. En Napa, con Megan, y la casa que deseaba comprar. Se sentía culpable y sin saber qué hacer. Megan intuía sus sentimientos y trataba de ayudarle, procurando no hacerle preguntas sobre sus planes, cosa que él le agradecía muchísimo. Era una mujer extraordinaria y ésa era otra de las causas de su inquietud.

Llevaban siete meses viviendo de prestado y, más tarde o más temprano, tendrían que enfrentarse con una desagradable realidad. A Bernie le gustaba dar largos paseos con Megan, charlar con ella hasta altas horas de la noche e incluso acompañarla al hospital cuando tenía alguna llamada urgente. Megan era fabulosa con sus hijos, y tanto Alexander como Jane y la señora Pippin estaban locos por ella. Parecía una mujer hecha a la medida para él... Pero aún tenía que habérselas con el recuerdo de Liz. Trataba de no compararlas, sabiendo que eran dos mujeres completamente distintas. Cada vez que Jane intentaba hacerlo, Megan le cortaba hábilmente.

—Tu mamá era una persona especial —le decía.

Hubiera sido imposible discrepar de ella sobre este punto y Jane se ponía muy contenta cuando le oía esta frase. Bernie no se encontraba a gusto en su casa de la ciudad. Los recuerdos ya no le consolaban como al principio, porque sólo se referían a los momentos tristes, a la enfermedad y la muerte de Liz, a su desesperada lucha por sobrevivir, a su sobrehumano esfuerzo por ir a la escuela y prepararles la cena mientras su cuerpo se iba debilitando día a día. Bernie ya no quería pensar en ello. Liz les había dejado hacía dos años y ahora él hubiera preferido pensar en otras cosas, pero no podía hacerlo.

En agosto, sus padres se trasladaron a San Francisco para ver a los niños, los cuales pasaban el verano en Napa, con Bernie. Se instalaron allí tal como ya hicieran el año anterior y, después, hicieron un viaje con Jane, como la otra vez. A la vuelta, Bernie les presentó a Megan. Ruth la estudió detenidamente y no le encontró ningún defecto. Incluso pareció que le gustaba.

—Conque tú eres la doctora, ¿eh? —dijo casi con orgullo.

Megan la besó con los ojos llenos de lágrimas. Al día siguiente, cuando Bernie se fue al trabajo, Meg les acompañó en un recorrido turístico por Napa y les mostró todos los lugares de interés. El padre de Bernie sólo podría quedarse allí unos días. Tenía que participar en un congreso de medicina en San Diego. Ruth decidió quedarse en Napa con los niños. Estaba preocupada por su hijo. Intuía que, a pesar de sus relaciones con Megan, Bernie aún lloraba la muerte de Liz. Ambas hablaron de ello un día en que fueron a almorzar juntas al Saint George, de Saint Helena.

—No es el mismo de antes —dijo Ruth, decidiendo ser sincera con aquella joven que tanto le gustaba.

Temía que no volviera a serlo nunca más. En algunas cosas, había mejorado porque era más sensible y maduro. Sin embargo, tras la muerte de Liz, había perdido la alegría de vivir.

—Eso lleva tiempo, señora Fine.

Habían transcurrido algo más de dos años y la recuperación sería necesariamente muy lenta. Sin embargo, lo que más preocupaba a Bernie en aquellos instantes eran las decisiones que debería tomar y las dolorosas opciones que tendría que hacer. O Megan o el recuerdo de Liz; o San Francisco o Nueva York; su propio establecimiento o su lealtad a Wolff's y a Paul Berman. Se debatía en un mar de dudas y Megan lo sabía muy bien.

—Ahora le veo muy tranquilo —dijo Ruth, hablando como lo hubiera hecho con una vieja amiga.

Megan la miró con aquella sonrisa capaz de aliviar los dedos heridos, los oídos dolientes y las barriguitas hinchadas.

Ruth comprendió que su hijo sería feliz con aquella mujer.

—Son momentos difíciles para él. Creo que está intentando averiguar si quiere desprenderse de todas estas cosas o no. Y eso es terrible para cualquiera.

—¿De qué cosas? —preguntó Ruth, perpleja.

—Del recuerdo de su mujer y de la ilusión de que un día ella volverá. Es, más o menos, lo que le ocurre a Jane. Mientras me siga rechazando, podrá soñar con el regreso de su madre algún día.

—Pero eso no es sano —dijo Ruth, frunciendo el ceño.

—Pero es normal —Megan no le comentó a Ruth el sueño de Bernie de inaugurar su propia tienda en el valle de Napa porque no quería disgustarla innecesariamente—. Creo que Bernie está a punto de tomar unas decisiones muy dolorosas para él, señora Fine. Se sentirá mejor cuando supere esta fase.

—Confío en que así sea.

Ruth no le preguntó a Megan si una de las decisiones se refería a la posibilidad de casarse con ella. Ambas se pasaron todo el almuerzo charlando animadamente y, cuando Meg la dejó frente a la casa y se alejó en su automóvil, Ruth se sintió más tranquila.

—Me gusta esta chica —le dijo a Bernie, aquella noche—. Es inteligente, sensible y cariñosa. Y, además, te quiere —añadió con timidez. Era la primera vez en su vida que su madre temía molestarle, pensó Bernie, sonriendo—. Es una chica estupenda. ¿Por qué no te decides?

Bernie miró largo rato a su madre en silencio y después exhaló un suspiro.

—Ella no puede trasladar su consultorio a Nueva York y Berman no querrá tenerme siempre aquí, mamá —contestó con tirantez.

—Tú no puedes estar casado con unos almacenes, Bernie —le dijo Ruth en voz baja.

Iba en contra de sus propios intereses, pero merecía la pena porque lo hacía por su hijo.

—Es lo que yo me digo.

—Pues, entonces, ¿qué esperas?

—Le debo mucho a Paul Berman.

—Pero no hasta el punto de sacrificarle tu vida, tu felicidad o la felicidad de tus hijos —dijo Ruth, enojada—. En mi opinión, él te debe más a ti que tú a él, después de todo cuanto has hecho por los almacenes.

—No es tan sencillo como tú crees, mamá —dijo Bernie, abatido.

—Tendría que serlo, cariño. Piénsalo bien.

—Lo haré —contestó Bernie, dándole un beso en la mejilla—. Gracias —musitó al final.

Tres días más tarde, Ruth se reunió con su marido en San Diego y Bernie lamentó sinceramente que se fuera. Se había convertido en su mejor amiga a lo largo de los años y hasta Megan la echó de menos.

—Es una mujer maravillosa, Bernie —dijo.

Era la primera noche que pasaban juntos tras la marcha de Ruth.

—Ella dice lo mismo de ti, Meg —contestó Bernie, tendido a su lado en la cama.

—Yo le tengo un enorme respeto.

Bernie se alegró de que ambas se llevaran tan bien. Megan no se cansaba jamás de tenerle a su lado y él pasaba con ella todas las horas que podía, hablando, abrazándola y haciendo el amor. A veces, ambos permanecían despiertos toda la noche sólo por el placer de estar juntos.

—Es como si llevara semanas sin verte —musitó Bernie, hundiendo el rostro en el cuello de Megan.

Estaba hambriento del cuerpo de su amante y del contacto de su piel. Hicieron apasionadamente el amor hasta que sonó el teléfono a lo lejos. Megan extendió el brazo para tomarlo. Aquella noche estaba de guardia. Bernie se apretó contra ella, como si quisiera impedirlo.

—Por favor, cariño, tengo que...

—Sólo por esta vez... Si no te encuentran, llamarán a Patrick.

—Puede que no consigan localizarlo —Megan amaba a Bernie, pero era muy responsable en su trabajo. Tomó el teléfono al cuarto timbrazo mientras él la acariciaba con ansia—. Aquí, la doctora Jones —era su voz oficial, seguida del habitual silencio—. ¿Dónde...? ¿Cuánto tiempo...? ¿Cuántos? Llévenla a la unidad de cuidados intensivos..., y avisen a Fortgang —tomó los vaqueros con la mano libre—. Consíganme también un buen anestesista. Voy ahora mismo —añadió con expresión preocupada.

Colgó el teléfono y se volvió a mirar a Bernie. Tenía que decírselo.

—¿Qué es?

Era la peor noticia que se podía dar a una persona.

—Cariño mío... Bernie... —Megan rompió inesperadamente a llorar y Bernie comprendió en el acto que algo terrible le había ocurrido a alguno de sus seres queridos—. Es Jane. Iba en bicicleta y la ha atropellado un automóvil —añadió mientras se vestía apresuradamente y él la miraba sin acabar de comprender.

No podía creer que Dios pudiera ser tan cruel dos veces seguidas.

—¿Qué ha ocurrido? ¡Maldita sea, Megan, dímelo! —gritó.

Meg deseaba trasladarse cuanto antes al hospital.

—Todavía no lo sé. Tiene una lesión en la cabeza y han avisado a un ortopedista.

—¿Qué se ha roto?

—La pierna, el brazo y la cadera están fracturados y podría tener alguna lesión en la columna vertebral. Aún no están seguros de ello.

—Oh, Dios mío —exclamó Bernie, cubriéndose el rostro con las manos mientras Megan le entregaba sus vaqueros e iba por los zapatos. Le ayudó a ponérselos mientras ella se ponía los suyos.

—Ahora no puedes derrumbarte. Tenemos que estar a su lado. A lo mejor, no es tan grave como parece.

Sin embargo, incluso a ella que era médico se lo parecía. Había peligro de que Jane no volviera a caminar jamás. En caso de que hubiera lesión cerebral, las consecuencias serían espantosas.

—Pero, puede que sea todavía peor, ¿verdad? —dijo Bernie, asiéndola de un brazo—. Puede que se muera o quede tullida o se pase la vida inconsciente.

—No —dijo Megan, enjugándose las lágrimas de los ojos mientras empujaba a Bernie hacia la puerta—. No, no puedo creerlo... Vamos...

Una vez fuera, Megan puso en marcha el vehículo e hizo marcha atrás para enfilar la autopista.

—Háblame, Bernie —dijo al ver que éste permanecía inmóvil en su asiento con la mirada perdida en el infinito.

—¿Sabes por qué ha ocurrido? —preguntó él, sintiéndose muerto por dentro.

—¿Por qué?

Menos mal que decía algo, pensó Megan. Iba a más de ciento cuarenta por hora y esperaba que no la detuvieran por exceso de velocidad. La enfermera de la sala de urgencias le había indicado la presión arterial. Jane estaba a las puertas de la muerte y ya tenían preparado un aparato de respiración asistida.

—Ha ocurrido porque estábamos en la cama. Dios me ha castigado.

—Hacíamos el amor y Dios no quiere castigarte por eso —contestó Megan, tratando de reprimir las lágrimas mientras pisaba el acelerador.

—Sí, me ha castigado porque no tenía ningún derecho a traicionar a Liz.

Bernie rompió súbitamente a llorar y Megan se pasó todo el rato hablándole sin interrupción para que no se viniera abajo antes de llegar al hospital.

Al llegar al aparcamiento, le dijo:

—Yo bajaré en cuanto nos detengamos. Tú aparcas el coche y entras en seguida. Te diré lo que ocurre, en cuanto lo sepa. Te lo juro —detuvo el vehículo y le miró por un instante—. Reza por ella, Bernie. Reza por ella y recuerda que te quiero.

Al cabo de veinte minutos, regresó junto a él enfundada en traje quirúrgico, gorro y mascarilla verdes.

—El ortopedista está trabajando con ella en estos momentos. Ahora comprobaremos el alcance de las lesiones. Vendrán dos cirujanos pediátricos en helicóptero desde San Francisco.

Ella misma los había mandado llamar.

—No conseguirá sobrevivir, ¿verdad, Meg? —preguntó Bernie medio muerto de angustia. Había llamado a la señora Pippin para comunicarle lo ocurrido, pero lloraba tanto que ella apenas podía entenderle. Al final, la señora Pippin le ordenó que se tranquilizara y le dijo que permanecería junto al teléfono a la espera de nuevas noticias. No quería llevar a Alexander al hospital para que no se asustara. Ni siquiera pensaba decírselo—. ¿Tú crees que...?

Megan leyó en los ojos de Bernie un terrible remordimiento. Hubiera querido repetirle, una vez más, que él no tenía la culpa, y que aquello no era un castigo por el hecho de haber traicionado a Liz; pero aquél no era el momento más adecuado para hacerlo. Se lo diría más tarde.

—Sobrevivirá y, con un poco de suerte, volverá a caminar. No lo dudes ni por un instante.

Pero, ¿y si no volviera a caminar? Cuando Megan se fue, Bernie no pudo apartar aquel pensamiento de su mente. Se hundió en el sillón como si fuera un muñeco de trapo. Una enfermera le ofreció un vaso de agua, pero él lo rechazó. Le recordaba a Johanssen cuando le dijo que Liz padecía un cáncer.

Los helicópteros aterrizaron veinte minutos más tarde. Los dos cirujanos entraron a toda prisa. Todo estaba a punto e inmediatamente empezaron a trabajar con la ayuda del ortopedista y de Megan. También estaba presente, por si acaso, un neurocirujano, pero las lesiones craneales no eran tan graves como se temió al principio. Los verdaderos daños estaban en la cadera y en la base de la columna vertebral. Eso era lo que más preocupaba a los médicos. Las fracturas del brazo y de la pierna eran limpias. En el fondo, la niña había tenido suerte. Si la fisura en la columna hubiera tenido dos milímetros más de profundidad, hubiera quedado paralítica para siempre de cintura para abajo.

La intervención duró cuatro horas. Bernie estaba casi histérico cuando Megan volvió a salir. Ya todo había terminado, pensó entre sollozos mientras ella le abrazaba con fuerza.

—Todo irá bien, cariño... Todo irá bien.

A la tarde del día siguiente, les dijeron que la niña volvería a caminar. Tardaría cierto tiempo y tendría que someterse a rehabilitación. Pero, más adelante, podría correr y jugar, caminar y bailar todo cuanto quisiera. Bernie lloró sin poderlo evitar mientras contemplaba la figura inerte de Jane. Cuando se volvió a despertar, la niña le miró sonriendo y después miró a Megan.

—¿Cómo vamos, cariño? —le preguntó ésta dulcemente.

—Aún me duele —contestó Jane en tono quejumbroso.

—Y todavía te dolerá durante algún tiempo, pero pronto podrás salir a jugar.

Jane esbozó una leve sonrisa y miró a Megan como si contara con su ayuda.

Bernie llamó a sus padres, los cuales sufrieron una fuerte impresión al conocer la noticia hasta que Megan los tranquilizó, explicándole los detalles al padre de Bernie.

—Tuvo mucha suerte —dijo Lou, lanzando un suspiro de alivio—. Y creo que usted lo ha hecho todo muy bien.

—Muchas gracias, señor —dijo Megan, agradeciéndole el cumplido.

A continuación, ella y Bernie se fueron a tomar una hamburguesa para elaborar los planes de los próximos meses. Jane tendría que permanecer en el hospital por lo menos seis semanas y, después, se tendría que pasar varios meses en una silla de ruedas. No podría subir la escalera de la casa de San Francisco en la silla de ruedas y la señora Pippin no podría ayudarla. Tendrían que quedarse en Napa. A Bernie no le disgustaba del todo la idea, pero por otras razones.

—¿Por qué no os quedáis? Aquí no hay ninguna escalera y, de todos modos, Jane no puede ir a la escuela. Tendrás que buscarle un profesor particular —dijo Megan mientras Bernie la miraba, recordando súbitamente lo que le dijo cuando ocurrió el percance.

—Te debo una disculpa, Megan —dijo Bernie, mirándola como si la viera por vez primera—. Me he sentido culpable durante mucho tiempo... Y ahora sé que me equivoqué.

—No te preocupes —dijo ella en voz baja.

—A veces, me siento culpable de lo mucho que te quiero... Como si eso no fuera correcto... Como si todavía tuviera que guardarle fidelidad a Liz. Pero ella ya no está y yo te quiero.

—Ya lo sé. Y sé, asimismo, que te sientes culpable.

Sin embargo, no tienes motivos para ello. Algún día, todo eso desaparecerá.

De repente, Bernie se percató de que ya había desaparecido. Desde hacía uno o dos días, ya no se sentía culpable de amar a Megan. Por muchas prendas de Liz que tuviera en el armario y por mucho que la hubiera amado, ella ya no estaba.

44

La policía hizo averiguaciones sobre el accidente e incluso sometió a la conductora del vehículo a un análisis de sangre antes de que transcurriera una hora, pero no cabía la menor duda de que la culpa fue de Jane, lo cual no constituyó para ellos ningún consuelo porque la niña se hallaba en el hospital, recuperándose de las lesiones y tendría que pasarse meses en una silla de ruedas y en tratamiento de rehabilitación.

—¿Por qué no podemos volver a San Francisco? —preguntó Jane. Lamentaba no poder ir a la escuela y no ver a sus amiguitos. Alexander hubiera tenido que ir al parvulario, pero todos los planes se habían ido al garete.

—Porque no podrías subir las escaleras, cariño, y la señora Pippin no te podría ayudar. Aquí, por lo menos, puedes salir de casa. Ya te buscaremos un profesor.

Eso le iba a fastidiar todo el verano, dijo la niña, decepcionada. Por poco le fastidia la vida, pensó Bernie, exhalando un suspiro de alivio.

—¿Vendrá la abuela Ruth?

—Dijo que vendría si tú quieres.

Jane esbozó una leve sonrisa.

Megan pasaba con ella casi todos sus ratos libres. Las conversaciones entre ambas sirvieron para consolidar una amistad antaño inexistente. El rencor desapareció de la vida de Jane casi al mismo tiempo que lo hacía el remordimiento de la de Bernie, el cual se mostraba ahora más sosegado que nunca. Al día siguiente, Bernie recibió una llamada inesperada. Era Paul Berman.

—Felicidades, Bernie —hubo una siniestra pausa durante la cual Bernie contuvo la respiración, intuyendo que estaba a punto de producirse un terremoto—. Tengo que darte una noticia. En realidad, son tres —Berman fue directamente al grano—. Me retiro dentro de un mes y el consejo de administración acaba de elegirte para que ocupes mi lugar. Acabamos de contratar a Joan Madison, de los establecimientos Saks, para que te sustituya en San Francisco. Vendrá dentro de dos semanas. ¿Podrás tener hecho el equipaje para entonces?

¿Dos semanas? ¿Dos semanas para despedirse de Meg? ¿Cómo era posible? Además, Jane tardaría varios meses en poder moverse, aunque no se trataba de eso ahora, sino de otra cosa muy distinta que Bernie no tenía más remedio que decirle. Ya no podía aplazarlo por más tiempo.

—Paul —sintió una opresión en el pecho y temió que fuera a darle un ataque al corazón. Eso lo hubiera simplificado todo, aunque no era lo que él quería en aquel momento. No pretendía buscar una salida fácil. Sabía exactamente lo que quería—. Hubiera tenido que decírtelo hace tiempo. De haber sabido que te ibas a retirar, lo hubiera hecho. No puedo aceptar este cargo.

—¿Que no puedes aceptarlo? —preguntó Berman, horrorizado—. ¿Qué quieres decir? Has dedicado veinte años de tu vida a prepararte para eso.

—Lo sé. Pero cambiaron muchas cosas cuando murió Liz. No quiero marcharme de California.

Ni abandonar a Megan..., ni el sueño que ella había alentado.

—¿Te ha ofrecido alguien otro cargo? —preguntó Berman, súbitamente asustado—. ¿Neiman Marcus tal vez...? ¿I. Magnin?

No podía creer que Bernie les hubiera traicionado, pasándose a la competencia, aunque, a lo mejor, le habían hecho una oferta fabulosa.

—Yo jamás te haría semejante cosa, Paul —dijo Bernie, apresurándose a tranquilizarle—. Tú conoces mi lealtad hacia los almacenes y hacia tu persona. Eso procede de otras muchas decisiones que he tenido que tomar en mi vida. Hay ciertas cosas que quiero hacer aquí y que no podría hacer en ningún otro lugar del país.

—No acierto a comprender qué pueda ser. Nueva York es el salvavidas de nuestra empresa.

—Quiero fundar mi propio negocio, Paul.

Se produjo un asombrado silencio al otro extremo de la línea.

—¿Qué clase de negocio?

—Una tienda. Un pequeño establecimiento de lujo en el valle de Napa —el solo hecho de pronunciar aquellas palabras le hizo sentir verdaderamente libre y disipó las tensiones de los últimos meses—. No te haré la competencia, pero quiero que sea un establecimiento muy exclusivo.

—¿Ya lo tienes en marcha?

—No. Primero tenía que resolver mi situación en Wolff's.

—¿Por qué no hacer ambas cosas? —preguntó Berman en un desesperado intento de retenerle—. Abrir una tienda aquí y buscar a alguien que te la lleve. De este modo, podrías volver a Nueva York y ocupar el lugar que te corresponde en Wolff's.

—Paul, es algo con lo que llevo muchos años soñando, pero ahora ya no es para mí. Ahora tengo que quedarme aquí y sé que no me equivoco.

—Eso va a ser un golpe muy duro para el consejo de administración.

—Lo siento, Paul. No quisiera colocarte en una situación embarazosa. Eso quiere decir que todavía no podrás retirarte —añadió Bernie, sonriendo—. Aún eres demasiado joven para cometer semejante estupidez.

—Pues, mi cuerpo no está de acuerdo contigo. Sobre todo, esta mañana.

—Lo siento mucho, Paul.

Y era cierto, pero también lo era que se sentía más feliz que nunca.

Tras colgar el teléfono, Bernie permaneció largo rato sentado en silencio en su despacho. Faltaban dos semanas para la llegada de la sustituta. Al cabo de tantos años de trabajar en Wolff's, faltaban dos semanas para que recuperara la libertad..., para que pudiera montar su propio negocio. Pero antes tenía que hacer otras cosas. A la hora del almuerzo, salió a escape de los almacenes.

Reinaba en la casa un silencio mortal cuando giró la llave en la cerradura, un silencio tan doloroso como el que le envolvió como un sudario cuando ella murió. Aún esperaba encontrarla allí y ver su bello y sonriente rostro, saliendo de la cocina mientras ella se echaba el largo cabello rubio hacia atrás y le miraba, secándose las manos con el delantal. Pero no había nadie. Nada. Hacía dos años que no lo había. Todo había terminado, junto con los sueños de antaño. Tenía que iniciar una nueva vida y buscar otros sueños. Con el corazón en un puño, arrastró las cajas hasta el recibidor y luego, hasta el dormitorio. Se sentó un instante en la cama que había compartido con Liz, pero volvió a levantarse en seguida. Tenía que hacerlo antes de que empezara a recordarla de nuevo, antes de que aspirara otra vez el perfume del lejano pasado.

Ni siquiera se molestó en sacar las prendas de las perchas; lo sacó todo revuelto como solían hacer los chicos en los depósitos de los almacenes, y lo arrojó a las cajas junto con los zapatos, los jerseys y los bolsos. Conservó tan sólo el precioso vestido de noche que había lucido en la ópera y su vestido de novia, pensando que, algún día, a Jane le gustaría tenerlos. Una hora más tarde, lo dejó todo en el vestíbulo, dentro de seis cajas enormes. Tardó otra media hora en cargar las cajas en el automóvil. Después, volvió a entrar en la casa por última vez. Pensaba venderla porque, sin Liz, ya no significaba nada para él. Ella había sido la luz de su existencia.

Cerró suavemente la puerta del armario. En él no había más que los dos vestidos en unas fundas de plástico de Wolff's. Todo el resto estaba vacío. Liz ya no necesitaba nada. Descansaba en un recóndito lugar de su corazón donde él siempre podría encontrarla. Tras echar una última mirada a su alrededor en la casa en silencio, Bernie se dirigió despacio a la puerta y salió a la luz del sol.

El local de una entidad benéfica a la que Liz solía entregar la ropa usada de Jane se encontraba a un tiro de piedra de la casa. Ella siempre decía que no se debía tirar nada porque otras personas podían aprovechar lo que ellos ya no necesitaban. La mujer que le atendió era muy amable y simpática e insistió en hacerle un recibo por su «generosa aportación», pero Bernie no quiso. Se limitó a esbozar una triste sonrisa y regresó a su despacho.

Mientras subía a la quinta planta utilizando la escalera mecánica, los almacenes le parecieron distintos. En cierto modo, Wolff's ya no le pertenecía a él, sino a otras personas. A Paul Berman y al consejo de administración de Nueva York. Le dolería marcharse, pero estaba preparado para hacerlo.

45

Aquella tarde, Bernie salió temprano de los almacenes. Tenía varias cosas que hacer. No cabía en sí de gozo cuando se dirigió hacia el puente Golden Gate. Estaba citado a las seis con una corredora de fincas y tenía que darse prisa. Llegó con veinte minutos de retraso debido al denso tráfico que había en San Rafael, pero la mujer aún le aguardaba. Al igual que la casa que Megan le había mostrado hacía unos meses. El precio había bajado y todo estaba en regla.

—¿Vivirá usted aquí con su familia? —le preguntó la mujer, mientras rellenaba unos impresos.

Bernie le había dado un cheque en concepto de paga y señal y deseaba entregar el resto del dinero.

—No exactamente —contestó.

Tenía permiso para utilizar la casa como local comercial, pero aún no quería decírselo a nadie.

—Con unas cuantas reformas, la podrá alquilar estupendamente.

—Así lo espero —dijo Bernie, esbozando una sonrisa.

La transacción terminó a las siete. Al salir, Bernie se dirigió a un teléfono público y llamó a la centralita de Megan, confiando en que estuviera de guardia.

Cuando preguntó por la doctora Jones, la voz del otro extremo de la línea le dijo que la doctora estaba en la sala de urgencias y que, por favor, le indicara su nombre, el nombre y la edad del niño y el problema de que se tratara. Bernie alegó ser el señor Smith, cuyo hijo se llamaba George, tenía nueve años y se había roto un brazo.

—¿Podría verla en la sala de urgencias? Es que al niño le duele mucho —se avergonzó de utilizar aquella estratagema, aunque fuera por una buena causa; la telefonista contestó que avisaría a la doctora Jones de su llegada—. Muchas gracias.

Reprimiendo una sonrisa, Bernie regresó corriendo a su automóvil para reunirse con ella en el hospital. La vio de pie junto al mostrador, de espaldas a él. Su lustroso cabello negro y la gracia de su cuerpo eran justo lo que Bernie necesitaba ver en aquel momento. Se le acercó por detrás y le dio una palmada en el trasero que le hizo pegar un respingo.

—Hola —dijo Megan, mirándole con aire de fingido reproche—. Estoy esperando a un paciente.

—Apuesto a que ya sé quién es.

—No, no creo. Es un nuevo paciente. Ni yo misma le conozco.

—¿El señor Smith? —le susurró Bernie al oído.

—Sí. Pero, ¿cómo...? —Megan se ruborizó intensamente—. ¡Bernie! ¿Acaso es una broma? —preguntó sorprendida, aunque no enojada.

Era la primera vez que Bernie hacía semejante cosa.

—¿Te refieres al pequeño George, el del brazo roto?

—¡Bernie! —exclamó Megan mientras él la empujaba suavemente hacia una sala de examen—. Eso no se hace. ¿Recuerdas la historia del niño que siempre gritaba «que viene el lobo»?

—¿Y tú sabes que ya no trabajo en Wolff's?

—¿Cómo? —Megan no podía dar crédito a sus oídos—. *¿Cómo?*

—Hoy me he despedido —dijo Bernie, esbozando una sonrisa de chiquillo travieso más propia del imaginario George que de un hombre hecho y derecho como él.

—Pero, ¿por qué? ¿Ha ocurrido algo?

—Sí —contestó Bernie—. Paul Berman me ha ofrecido su cargo. Quería retirarse.

—¿Hablas en serio? ¿Y por qué no aceptaste? Para eso precisamente has estado trabajando toda la vida.

—Lo mismo me dijo él.

Bernie empezó a buscar algo en un bolsillo mientras Megan le miraba, perpleja.

—Pero, ¿por qué? ¿Por qué no...?

—Le dije que iba a abrir una tienda propia. En el valle de Napa.

—¿Hablas en serio o acaso te has vuelto loco?

—Ambas cosas. Pero más bien lo segundo. Primero, te quiero enseñar una cosa.

Aún no le había dicho nada de la casa que acababa de comprar para instalar la tienda. Sin embargo, primero quería entregarle algo que eligió con sumo cuidado al salir del despacho. Se sacó del bolsillo un pequeño estuche envuelto en papel de regalo y se lo ofreció mientras ella le miraba de soslayo.

—¿Qué es?

—Una minúscula araña del género «viuda negra». Ten mucho cuidado cuando abras la cajita —contestó Bernie, riéndose como un niño mientras ella desenvolvía el paquetito y descubría un estuche de terciopelo negro de una joyería de fama internacional.

—Bernie, pero, ¿qué es eso?

Bernie se acercó a ella y, acariciándole el sedoso cabello negro, le dijo en un leve susurro:

—Eso, amor mío, es el comienzo de una nueva vida —después abrió el estuche y Megan se quedó sin habla al ver una fabulosa esmeralda rodeada de pequeños brillantes. Era una sortija preciosa y la esmeralda parecía hecha justo a su medida. Bernie no había querido comprarle un anillo como el de Liz porque estaba a punto de iniciar una vida completamente distinta. Las lágrimas rodaron lentamente por las mejillas de Megan cuando él se inclinó para darle un beso—. Te amo. ¿Quieres casarte conmigo, Megan?

—Pero, ¿por qué haces eso? Dejar el trabajo... Declararte... Abrir la tienda... No se pueden tomar tantas decisiones en una tarde. Es una locura.

—Llevo varios meses tomando decisiones, y tú lo sabes. Lo que ocurre es que he tardado mucho tiempo en ponerlas en práctica, y ahora ha llegado el momento de hacerlo.

Megan le miró a los ojos con una mezcla de alegría y temor. Merecía la pena haber esperado a aquel hombre, pero reconocía que no había sido nada fácil.

—¿Y Jane?

—¿Cómo? —preguntó Bernie, sorprendido.

—¿No crees que deberíamos primero pedirle permiso?

—Tendrá que adaptarse a lo que nosotros decidamos —contestó Bernie, súbitamente asustado.

—Yo creo que tendríamos que decírselo antes de que sea un hecho consumado.

Tras diez minutos de discusiones, Bernie accedió a subir a la planta en la que se encontraba Jane para comunicarle la noticia. Temía que la niña aún no estuviera preparada.

—Hola —le dijo Bernie, esbozando una sonrisa forzada.

Jane intuyó inmediatamente que ocurría algo raro, tanto más que las pestañas de Megan aún estaban húmedas de lágrimas.

—¿Pasa algo? —preguntó, preocupada.

—No —Megan sacudió la cabeza—. Pero queremos pedir tu opinión sobre una cosa.

Mantenía la mano izquierda metida en el bolsillo de la bata para que la niña no pudiera ver, de momento, la sortija.

—¿Sobre qué? —preguntó Jane, sintiéndose súbitamente importante, cosa que en efecto era tanto para Bernie como para Meg.

Ésta miró a Bernie, el cual se acercó a la niña, y tomó una mano entre las suyas.

—Megan y yo queremos casarnos, cariño, y deseamos preguntarte qué te parece.

Se produjo un largo silencio, en cuyo transcurso Bernie contuvo la respiración mientras Jane les miraba a los dos con una sonrisa en los labios.

—¿Y me lo habéis querido preguntar primero a mí? —Ambos asintieron al unísono—. Vaya, pues.

Eso no lo hizo ni siquiera su madre, pensó Jane, sin decirle nada a Bernie.

—Bueno, ¿qué piensas?

—Pienso que está muy bien —contestó la niña—. Mejor dicho, me parece estupendo. ¿Le vas a regalar una sortija, papá?

—Acabo de hacerlo —contestó Bernie, sacando la mano de Megan del bolsillo donde la tenía metida—. Pero ella no me ha querido decir que sí hasta que tú lo aprobaras.

Jane miró a Megan, diciéndole con los ojos que, sólo por aquel gesto, ambas serían amigas para siempre.

—¿Vais a celebrar una boda por todo lo alto?

—Ni siquiera lo he pensado —contestó Megan, echándose a reír—. Hoy han ocurrido tantas cosas que estoy un poco trastornada.

—Y que lo digas —terció Bernie.

Acto seguido, le comunicó a su hija que se había despedido de Wolff's y les anunció a las dos que iba a comprar la casa para instalar la tienda en ella.

Ambas se quedaron de una pieza.

—¿De veras vas a hacer todo eso, papá? ¿Abrirás la tienda y nos iremos todos a vivir a Napa? —preguntó Jane, batiendo palmas de contento.

—Pues claro —contestó Bernie, sentándose en una

silla—. Incluso ya he pensado el nombre que le voy a poner. Se me ha ocurrido cuando venía hacia aquí.

Ambas le miraron expectantes.

—He pensado en vosotras dos y en Alexander y en todas las cosas buenas que nos han ocurrido últimamente y en los felices momentos que he vivido, y entonces me ha venido a la mente un nombre —Megan deslizó una mano en la de él y, al contacto con la esmeralda de la sortija, Bernie sonrió para sus adentros—. Voy a llamarla «Cosas Buenas».* ¿Qué os parece?

—Me encanta —dijo Megan mientras Jane lanzaba un grito de júbilo.

Ni siquiera le importaba estar en el hospital ante las nuevas perspectivas que se abrían ante ellos.

—¿Podré ser dama de honor en la boda, Meg?

Ésta asintió con los ojos llenos de lágrimas mientras Bernie se inclinaba para darle un beso.

—Te quiero, Megan.

—Y yo os quiero a los tres —musitó ella, mirando al padre y a la hija, sin excluir a Alexander—. «Cosas Buenas» me parece un nombre precioso... «Cosas Buenas».

Era la mejor descripción de todo cuanto a Bernie le había ocurrido desde que la conociera.

* En inglés, «Fine Things», que es el título original de esta novela. Adviértase el juego de palabras entre el sustantivo «fine» (en castellano, 'bueno', 'fino', 'excelente') y el apellido del protagonista, Bernie Fine. (N. de la T.)

Esta obra, publicada por
GRIJALBO MONDADORI,
se terminó de imprimir en los talleres
de Novoprint, S.A. de
Sant Andreu de la Barca (Barcelona),
el día 10 de abril de 2001